# Sekret,
# którego nie zdradzę

# TESS GERRITSEN

## Sekret, którego nie zdradzę

Z angielskiego przełożył
ANDRZEJ SZULC

ALBATROS

Tytuł oryginału:
I KNOW A SECRET

Polish edition copyright © Wydawnictwo Albatros Sp. z o.o. 2017

Polish translation copyright © Andrzej Szulc 2017


Redakcja: Beata Kołodziejska
Zdjęcie na okładce: Denis Gavrilenco/StockSnap.io
Skład: Laguna


ISBN 978-83-8125-039-9

Książka dostępna także jako e-book

*Dystrybutor*
Firma Księgarska Olesiejuk sp. z o.o. sp. j.
Poznańska 91, 05-850 Ożarów Mazowiecki
tel. (22) 721 30 00, faks (22) 721 30 01
www.olesiejuk.pl

*Wydawca*
WYDAWNICTWO ALBATROS SP. Z O.O.
(dawniej Wydawnictwo Albatros Andrzej Kuryłowicz s.c.)
Hlonda 2A/25, 02-972 Warszawa
www.wydawnictwoalbatros.com
Facebook.com/WydawnictwoAlbatros | Instagram.com/wydawnictwoalbatros


2017. Wydanie I
Druk: Abedik S.A., Poznań

*Boskiej pani Margaret Ruley*

# Rozdział pierwszy

W wieku siedmiu lat przekonałam się, jakie to ważne, żeby płakać na pogrzebach. Tamtego dnia w środku lata w trumnie leżał mój stryjeczny dziadek Orson, którego pamiętałam głównie z tego, że palił śmierdzące cygara, jechało mu z ust i bez skrępowania pierdział. Za życia na ogół mnie ignorował, podobnie jak ja jego, więc nie przejęłam się zbytnio jego śmiercią. Nie rozumiałam, z jakiej racji mam uczestniczyć w pogrzebie, ale nie są to decyzje, które pozwala się podejmować siedmiolatkom. Dlatego tamtego dnia wierciłam się znudzona w kościelnej ławce, pocąc się w czarnej wełnianej sukience i zastanawiając się, dlaczego nie mogłam zostać w domu z tatą, który kategorycznie odmówił udziału w nabożeństwie. Udając, że opłakuje kogoś, kim pogardzał, byłby hipokrytą, oświadczył. Nie wiedziałam, co znaczy to słowo, „hipokryta", ale solidaryzowałam się z tatą. Stercząc tam, wciśnięta między matkę i ciotkę Sylvię, słuchałam ludzi, którzy jeden po drugim wygłaszali mdłe peany na cześć niczym się niewyróżniającego wujka Orsona. Jak dumnym i niezależnym był człowiekiem!

Z jaką pasją uprawiał swoje hobby! Jak bardzo kochał swoją kolekcję znaczków!

Nikt nie wspomniał o jego śmierdzącym oddechu.

W trakcie wlokącego się niemiłosiernie nabożeństwa, żeby zabić jakoś czas, przyglądałam się głowom siedzących przed nami ludzi. Zauważyłam, że kapelusz ciotki Donny obsypany jest białym łupieżem i że wujek Charlie zdrzemnął się i przekrzywił mu się tupecik. Wyglądało to tak, jakby brązowy szczur próbował ześlizgnąć się z jego głowy. Widząc to, zrobiłam coś, co zrobiłaby na moim miejscu każda normalna siedmiolatka.

Wybuchłam śmiechem.

Reakcja była natychmiastowa. Ludzie obrócili się i spiorunowali mnie wzrokiem. Zawstydzona matka wbiła pięć ostrych paznokci w moje ramię.

– Przestań! – syknęła.

– Ale jemu odkleiły się włosy! Wygląda, jakby szczur siedział mu na głowie!

Paznokcie wbiły się jeszcze głębiej.

– Przedyskutujemy to później, Holly.

W domu nie było żadnej dyskusji. Zostałam ochrzaniona i oberwałam po buzi. W ten sposób dowiedziałam się, jak należy się zachowywać na pogrzebach. Trzeba trzymać buzię na kłódkę, siedzieć z poważną miną, a czasami nawet uronić łezkę.

Cztery lata później, na pogrzebie matki, pamiętałam, by zalewać się łzami głośno i rzęsiście, bo tego właśnie się po mnie spodziewano.

Ale dziś na pogrzebie Sarah Basterash nie wiem, czy ktokolwiek tego po mnie oczekuje. Minęło ponad dziesięć lat, odkąd widziałam po raz ostatni dziewczynę, która nosiła w szkole nazwisko Byrne. Nigdy nie byłyśmy ze sobą blisko, więc nie mogę z ręką na sercu powiedzieć, że mi jej brak. Przyjechałam na jej pogrzeb w Newport z czystej ciekawości. Chcę wiedzieć, jak zmarła. Muszę wiedzieć, jak zmarła. „Taka straszna tragedia", szepczą wszyscy w kościele. Jej męża nie było akurat w mieście. Sarah wypiła kilka drinków i zasnęła. Na szafce nocnej paliła się świeczka. Pożar, w którym zginęła, był dziełem przypadku. Tak w każdym razie mówią.

Chcę wierzyć, że tak właśnie było.

Mały kościółek w Newport jest wypełniony po brzegi; są tu wszyscy, z którymi Sarah przyjaźniła się w swoim krótkim życiu. Większości nigdy nie poznałam. Nie znałam jej męża, Kevina, który w bardziej sprzyjających okolicznościach mógłby uchodzić za całkiem przystojnego faceta, kogoś, kogo mogłabym poderwać, lecz dziś wydaje się autentycznie zdruzgotany. Czy tak właśnie wygląda rozpacz?

Rozglądam się i spostrzegam za sobą koleżankę z klasy, niejaką Kathy. Ma spuchniętą od łez twarz i rozmazany tusz do rzęs. Wielu mężczyzn i prawie wszystkie kobiety płaczą, bo zaangażowana specjalnie w tym celu sopranistka śpiewa stary kwakierski hymn *Simple Gifts*, który zawsze przyprawia o łzy. Kathy i ja patrzymy sobie przez chwilę w oczy, ja w jej lśniące i załzawione, ona w moje suche i spokojne. Od czasów szkoły średniej bardzo się zmieniłam i nie sądzę, by mnie poznała, lecz mimo to wpatruje się we mnie, jakby zobaczyła ducha.

Odwracam się i wbijam wzrok przed siebie.

Kiedy *Simple Gifts* się kończy, ja też ronię kilka łez, tak jak wszyscy.

Później staję w długiej kolejce żałobników pragnących złożyć ostatni hołd zmarłej i mijając zamkniętą trumnę, przyglądam się umieszczonej na sztaludze fotografii Sarah. Miała tylko dwadzieścia sześć lat, cztery lata mniej ode mnie. Na fotografii jest niewinna, zaróżowiona i uśmiechnięta, jest tą samą śliczną blondynką, którą zapamiętałam ze szkolnych lat, kiedy nikt mnie nie zauważał i zawsze przemykałam bokiem. A teraz moje ciało tętni życiem, a z Sarah, małej ślicznej Sarah, zostały tylko zwęglone szczątki. Jestem przekonana, że takie właśnie myśli przebiegają przez głowę ludziom, którzy patrzą na jej zdjęcie sprzed pożaru: widzą uśmiechniętą twarz na fotografii i wyobrażają sobie spalone ciało i poczerniałą czaszkę.

Kolejka posuwa się do przodu i w końcu mogę złożyć kondolencje Kevinowi.

– Dziękuję za przybycie – mruczy w odpowiedzi. Nie ma pojęcia, kim jestem i skąd znałam Sarah, ale widzi łzy na moich policzkach i łapie mnie z wdzięcznością za rękę. Opłakuję wraz z nim jego zmarłą żonę i tylko to się liczy.

W końcu wymykam się z kościoła i nie zważając na zimny listopadowy wiatr, szybko się oddalam. Nie chcę trafić na żadnego ze znajomych Kathy i na żadnego z moich znajomych z dzieciństwa. W minionych latach udawało mi się ich wszystkich unikać.

A może to oni unikali mnie.

Minęła dopiero druga i chociaż mój szef w Booksmart Media dał mi cały dzień wolnego, zastanawiam się, czy nie wrócić do wydawnictwa i nie nadrobić zaległości, wysyłając e-maile i telefonując do ludzi. Pracuję w dziale promocji i obsługuję kilkunastu autorów – umawiam ich z mediami, wysyłam egzemplarze sygnalne i piszę materiały dla prasy.

Jednak przed powrotem do Bostonu muszę odwiedzić pewne miejsce.

Jadę pod dom Sarah – a właściwie to, co z niego zostało: poczerniałe szczątki, zwęglone belki i sterta okopconych cegieł. Biały płotek, za którym był kiedyś ogródek, leży przewrócony i połamany, zdewastowany przez strażaków, którzy ciągnęli z ulicy drabiny i węże. Zanim przyjechała straż, w domu musiało szaleć inferno.

Wysiadam z samochodu i podchodzę do gruzów. W powietrzu nadal czuć smród spalenizny. Stojąc na chodniku, dostrzegam w czarnym pogorzelisku połyskującą lodówkę ze stali nierdzewnej. Jedno spojrzenie na tę uliczkę w Newport mówi mi, że to był luksusowy dom. Zastanawiam się, w jakiej branży pracuje mąż Sarah i czy odziedziczył fortunę po swoich bliskich. Tej przewagi ja z całą pewnością nie miałam.

Zrywa się wiatr, pod moimi stopami szeleszczą zeschłe liście. Ten dźwięk przypomina mi inny jesienny dzień przed dwudziestu laty, gdy miałam dziesięć lat i szłam przez las. Tamten dzień nadal rzuca cień na moje życie i dlatego właśnie tu stoję.

Spoglądam na złożone w tym miejscu dowody pamięci. Ludzie przynieśli Sarah całe naręcza kwiatów; widzę sterty zwiędłych róż, lilii i goździków, kwiecisty hołd ku czci młodej kobiety, którą najwyraźniej kochali. Nagle zauważam coś zielonego, co nie jest elementem bukietu, ale leży na innych kwiatach, jakby zostało położone po namyśle.

To palmowy liść. Symbol męczeństwa.

Wstrząsa mną zimny dreszcz i szybko się cofam. Serce wali mi jak młotem i nagle słyszę zbliżający się samochód. Odwróciwszy się, widzę radiowóz, który zwolnił do prędkości pieszego. Ma zamknięte szyby i nie widzę twarzy policjanta, ale domyślam się, że mierzy mnie uważnym wzrokiem. Wsiadam z powrotem do swojego auta. Przez chwilę siedzę, czekając, aż uspokoi mi się serce i przestaną drżeć dłonie. Patrzę na ruiny domu i ponownie wyobrażam sobie Sarah w wieku sześciu lat. Małą śliczną Sarah Byrne podrygującą przede mną na siedzeniu szkolnego autobusu. Tamtego popołudnia jechało nas pięcioro.

Teraz została tylko czwórka.

– Żegnaj, Sarah – szepczę, po czym przekręcam kluczyk w stacyjce i ruszam z powrotem do Bostonu.

# Rozdział drugi

Bestie też umierają.

Kobieta leżąca po drugiej stronie szyby mogła wydawać się taką samą istotą ludzką jak inni pacjenci oddziału intensywnej opieki, jednak doktor Maura Isles wiedziała, że Amalthea Lank jest prawdziwą bestią. Za szybą widziała kogoś, kto nawiedzał ją w koszmarach, kto rzucał cień na jej przeszłość i na czyjej twarzy widziała swoją przyszłość.

To moja matka.

– Słyszeliśmy, że pani Lank ma córkę, ale nie zdawaliśmy sobie sprawy, że mieszka pani w Bostonie tak blisko – odezwał się doktor Wang. Czy w jego głosie zabrzmiała nutka krytycyzmu? Dezaprobata wypływająca z faktu, że nie okazała się kochającą córką i nie pojawiła przy łożu konającej matki?

– Jest moją biologiczną matką – wyjaśniła Maura. – Oddała mnie do adopcji, kiedy byłam niemowlęciem. Dowiedziałam się o tym dopiero przed kilku laty.

– To znaczy, że się znacie?

– Tak, ale nie rozmawiałam z nią, odkąd… – Maura urwała. *Odkąd przysięgłam, że nie będę z nią miała nic wspólnego.* – Zanim dziś po południu zadzwoniła do mnie pielęgniarka, nie miałam pojęcia, że leży na OIOM-ie.

– Przyjęto ją dwa dni temu, z bardzo wysoką temperaturą i niskim poziomem białych krwinek.

– Jak niskim?

– Poziom neutrofili... to szczególny rodzaj krwinek... wynosi tylko pięćset jednostek. Powinien być trzy razy wyższy.

– Rozumiem, że zastosowaliście antybiotykoterapię empiryczną? – Maura zobaczyła na twarzy lekarza zaskoczenie. – Przepraszam, doktorze Wang – dodała. – Powinnam wyjaśnić, że jestem lekarką. Pracuję w zakładzie medycyny sądowej.

– Och, nie zdawałem sobie sprawy. – Doktor Wong odchrząknął i natychmiast przerzucił się na znacznie bardziej profesjonalny język. – Owszem, zaczęliśmy podawać antybiotyki natychmiast po pobraniu krwi na posiew. Mniej więcej pięć procent pacjentów chemioterapii cierpi na gorączkę neutropeniczną.

– Jakiemu rodzajowi chemioterapii jest poddawana?

– Zastosowaliśmy terapię Folfirinox. To połączenie czterech leków, w tym fluorouracylu i leucovorinu. Według francuskich badań Folfirinox zdecydowanie przedłuża życie pacjentom z metastatycznym rakiem trzustki, ale trzeba monitorować ich temperaturę. Więzienna pielęgniarka w Framingham na szczęście o tym wiedziała. Mam nadzieję, że nie pogniewa się pani, jeśli o coś zapytam.

– Tak?

Doktor Wang odwrócił wzrok, najwyraźniej skrępowany. O wiele łatwiej jest dyskutować o wynikach badania krwi, antybiotykoterapii i badaniach naukowych, ponieważ te rzeczy nie są dobre ani złe; nie trzeba ich osądzać.

– W jej historii choroby z Framingham nie ma mowy o tym, dlaczego trafiła za kratki. Wiemy tylko, że pani Lank odsiaduje wyrok dożywocia bez możliwości zwolnienia warunkowego. Strażnik, którego jej przydzielono, nalega, by chorą przykuto do ramy łóżka, co wydaje się barbarzyństwem.

– Takie po prostu obowiązują zasady w stosunku do hospitalizowanych więźniów.

– Ona umiera na raka trzustki i każdy widzi, jaka jest słaba. Z całą pewnością nie wyskoczy z łóżka i nie ucieknie. Ale strażnik powiedział, że jest bardziej niebezpieczna, niż na to wygląda.

– Bo jest – odparła Maura.

– Za co trafiła do więzienia?

– Za zabójstwa. Wielokrotne.

Doktor Wong przyglądał się przez chwilę Amalthei.

– Ta kobieta jest morderczynią?

– Teraz rozumie pan, dlaczego są konieczne kajdanki. I strażnik dyżurujący na korytarzu. – Maura zerknęła na umundurowanego funkcjonariusza, który siedział przy drzwiach i przysłuchiwał się ich rozmowie.

– Przykro mi – powiedział doktor Wang. – To musi być dla pani trudne. Życie ze świadomością, że pani matka…

– …jest morderczynią? Owszem. – *I nie wie pan, co jest najgorsze. Nie poznał pan innych członków mojej rodziny.*

Za szybą izolatki oczy Amalthei powoli się otworzyły. Kościsty palec zgiął się niczym szatański szpon i ten władczy, przyzywający gest przyprawił Maurę o dreszcze. Powinnam się odwrócić i wyjść, pomyślała. Amalthea nie

15

zasługiwała na niczyją litość i życzliwość. Niestety, były ze sobą połączone więzami równie mocnymi jak ich molekuły. Nawet jeśli świadczyło o tym wyłącznie ich DNA, Amalthea Lank była jej matką.

Strażnik nie spuszczał Maury z oczu, kiedy wkładała fartuch i maskę. To nie była prywatna wizyta; każde ich spojrzenie i każdy gest były obserwowane. Nieuniknione plotki z pewnością rozejdą się po szpitalu. Doktor Maura Isles, bostońska patolog, której skalpel rozciął trudną do oszacowania liczbę zwłok, która regularnie podążała śladem kostuchy, jest córką seryjnej zabójczyni. Śmierć była jej rodzinną domeną.

Amalthea spojrzała na Maurę oczami czarnymi jak okruchy obsydianu. We wprowadzonych do nosa rurkach syczał cicho tlen, na kardiomonitorze przy łóżku widać było krzywą elektrokardiograficzną – dowód, że nawet ktoś tak bezduszny jak Amalthea miał serce.

– W końcu przyszłaś się ze mną zobaczyć – szepnęła. – Choć przysięgałaś, że nigdy tego nie zrobisz.

– Powiedzieli, że jesteś śmiertelnie chora. To może ostatnia szansa, żebyśmy ze sobą porozmawiały. Chciałam się z tobą zobaczyć, dopóki to jeszcze możliwe.

– Bo czegoś ode mnie potrzebujesz?

Maura pokręciła z niedowierzaniem głową.

– Czego mogłabym od ciebie potrzebować?

– Tak funkcjonuje świat, Mauro. Wszystkie rozsądne istoty szukają przewagi nad innymi. Robimy tylko to, co leży w naszym interesie.

– Być może tak to wygląda w twoim świecie. Nie w moim.

– Więc po co przyszłaś?

– Bo umierasz. Bo wciąż do mnie pisałaś, prosząc, żebym cię odwiedziła. Bo lubię sobie wyobrażać, że mam dla bliźnich trochę współczucia.

– Którego ja jestem pozbawiona.

– A dlaczego, twoim zdaniem, przykuli cię do łóżka?

Amalthea skrzywiła się i zamknęła oczy. Jej twarz stężała z bólu.

– Chyba sobie na to zasłużyłam – mruknęła.

Pot zalśnił nad jej górną wargą i przez chwilę leżała zupełnie nieruchomo, jakby każdy ruch, nawet zaczerpnięcie oddechu, przyprawiał ją o straszliwy ból. Kiedy Maura widziała ją poprzednio, czarne włosy Amalthei były gęste i przetykane siwizną. Teraz do czaszki przylegały nieliczne kosmyki, niedobitki brutalnej chemioterapii. Zwisająca z kościstej twarzy skóra przypominała zapadnięty namiot.

– Wyglądasz, jakby cię bolało. Potrzebujesz morfiny? – zapytała Maura. – Zawołam pielęgniarkę.

– Nie. – Amalthea powoli wypuściła powietrze z płuc. – Jeszcze nie. Muszę mieć jasny umysł. Muszę z tobą porozmawiać.

– O czym?

– O tobie, Mauro. O tym, kim jesteś.

– Wiem, kim jestem.

– Naprawdę? – Oczy Amalthei były ciemne i bezdenne. – Jesteś moją córką. Nie możesz się tego wyprzeć.

– W niczym cię nie przypominam.

– Bo dorastałaś w miłej i szanowanej rodzinie państwa Islesów w San Francisco? Bo chodziłaś do świetnych szkół i odebrałaś najlepsze wykształcenie? Bo pracujesz na rzecz prawdy i sprawiedliwości?

– Bo nie zarżnęłam dwudziestu czterech kobiet. A może było ich więcej? Może zostawiłaś za sobą więcej trupów, nie zdołano ci tylko ich przypisać.

– To wszystko należy do przeszłości. A ja chcę mówić o przyszłości.

– A co może cię obchodzić przyszłość? Za chwilę cię nie będzie.

To, co powiedziała, było nieludzkie, ale nie chciała się nad nią litować. Nagle uświadomiła sobie, że padła ofiarą manipulacji, dała się tu zwabić przez kobietę, która wiedziała dokładnie, jak pociągać za sznurki. Amalthea przez kilka miesięcy wysyłała jej listy. „Umieram na raka. Jestem twoją jedyną krewną. To twoja ostatnia szansa, byśmy mogły się pożegnać". Mało jest bardziej sugestywnych słów. Kiedy człowiek zmarnuje ostatnią szansę, może tego żałować do końca życia.

– Zgadza się. Umrę – potwierdziła rzeczowym tonem Amalthea. – A ty zostaniesz i będziesz się zastanawiała, kim są twoi pobratymcy.

– Moi pobratymcy? – Maura roześmiała się. – Mówisz to tak, jakbyśmy byli członkami jakiegoś plemienia?

– Bo nimi jesteśmy. Należymy do plemienia, które czerpie korzyści ze zmarłych. Twój ojciec i ja robiliśmy z nich użytek. Podobnie jak twój brat. I czy nie zakrawa na ironię, Mauro, że ty również to robisz? Zapytaj siebie, dlaczego wybrałaś taki zawód. Taki dziwny rodzaj kariery. Dlaczego nie jesteś nauczycielką albo bankowcem? Co cię skłania do krojenia zmarłych?

– Chodzi o prawdę naukową. Chcę zrozumieć, dlaczego zginęli.

– Oczywiście. Udzielasz odpowiedzi intelektualnej.

– Czy jest jakaś lepsza?

– Robisz to, bo masz w sobie mrok. Tak samo jak ja. Różnica polega na tym, że ty się go boisz, a ja nie. Próbujesz poradzić sobie z lękiem, krojąc go skalpelem, w nadziei, że odkryje swoje sekrety. Ale to nie działa, prawda? To nie rozwiązuje twojego zasadniczego problemu.

– Jakiego problemu?

– Że mrok jest w tobie. Należy do ciebie.

Maura spojrzała w oczy matce i to, co w nich zobaczyła, sprawiło, że zaschło jej w gardle. *Mój Boże, widzę samą siebie*. Cofnęła się.

– Koniec wizyty. Prosiłaś, żebym przyszła, i zrobiłam to. Nie wysyłaj mi więcej listów, bo na nie nie odpowiem. Do widzenia, Amaltheo – powiedziała, odwracając się do wyjścia.

– Nie jesteś jedyną osobą, do której pisałam.

Maura znieruchomiała z dłonią uniesioną nad klamką.

– Słyszę o różnych sprawach. Które być może i ty będziesz chciała poznać. – Amalthea zamknęła oczy i westchnęła. – Nie wydajesz się zainteresowana, ale to się zmieni, ponieważ wkrótce odkryjesz kolejną.

*Jak to kolejną?*

Maura wahała się, czy ma wyjść, czy zostać. Nie chciała dać się w to wciągnąć. Nie wdawaj się w dyskusję, mówiła sobie. Nie pozwól, żeby złapała cię w pułapkę.

Uratowała ją w końcu komórka, która zawibrowała w kieszeni. Nie oglądając się za siebie, Maura wyszła z izolatki, zerwała z twarzy maskę i wsunęła rękę pod fartuch, żeby wyciągnąć telefon.

– Doktor Isles – powiedziała.

– Mam dla ciebie wcześniejszy prezent pod choinkę – oznajmiła Jane Rizzoli zdecydowanie zbyt lekkim tonem, zważywszy, o co mogło jej chodzić. – Dwudziestosześcioletnia biała kobieta. Zmarła w łóżku, w ubraniu.

– Gdzie?

– Jesteśmy w Leather District, w lofcie przy Utica Street. Nie mogę się doczekać, żeby poznać twoje zdanie.

– Powiedziałaś, że zmarła w łóżku? Własnym?

– Tak. Znalazł ją ojciec.

– I na pewno mamy do czynienie z zabójstwem?

– Nie ma wątpliwości. Ale dopiero to, co stało się z nią później, przyprawiło tu obecnego Frosta o mdłości. – Jane na chwilę przerwała. – Przynajmniej mam nadzieję, że to stało się później – dodała cicho.

Maura widziała przez szybę, że Amalthea śledzi rozmowę z dużym zainteresowaniem. To oczywiste, że była zaciekawiona; śmierć była ich rodzinną domeną.

– Jak szybko zdołasz tutaj dotrzeć? – zapytała Jane.

– Jestem w tej chwili we Framingham. Może mi to zająć trochę czasu, w zależności od korków.

– We Framingham? Co ty tam robisz?

Nie był to temat, który Maura chciałaby rozwijać, zwłaszcza z Jane.

– Już stąd wychodzę – powiedziała, po czym rozłączyła się i spojrzała na umierającą matkę. Załatwiłam wszystko, co było do załatwienia, pomyślała. Nie muszę cię już nigdy oglądać.

Usta Amalthei wykrzywiły się powoli w uśmiechu.

# Rozdział trzeci

Kiedy Maura dotarła do Bostonu, zapadał zmierzch. Przeszywający do szpiku kości wiatr zagnał większość ludzi do domów. Wąska Utica Street była zastawiona radiowozami, zaparkowała więc za rogiem i przebiegła wzrokiem wyludnioną ulicę. Kilka dni wcześniej spadł śnieg, potem przyszła odwilż, a teraz znów ściął mróz i chodniki były pokryte zdradziecką warstwą lodu. Czas zająć się pracą i zapomnieć o Amalthei, pomyślała. Dokładnie coś takiego poradziła jej przed kilku miesiącami Jane: „Nie odwiedzaj jej i nawet o niej nie myśl. Niech ta kobieta zgnije za kratami".

Teraz mam to już za sobą, stwierdziła w myślach Maura. Pożegnałam się i w końcu wykreśliłam ją ze swojego życia.

Kiedy wysiadła z lexusa, wiatr porwał poły jej długiego czarnego płaszcza i owiał nogawki wełnianych spodni. Stąpając ostrożnie po śliskim chodniku, minęła kawiarnię oraz zamknięte biuro podróży i skręciła w wąski kanion Utica Street. Niegdyś mieściły się tutaj warsztaty garbarskie i składy skór. Wiele z dziewiętnastowiecznych budynków

21

z czerwonej cegły zostało przerobionych na lofty i dzielnica przemysłowa zmieniła się w modną enklawę bohemy.

Obchodząc blokujące ulicę pozostałości placu budowy, Maura utkwiła wzrok w niebieskich światłach, które migały na dachu radiowozu niczym posępna latarnia morska. W środku, za przednią szybą, widziała sylwetki dwóch mundurowych. Siedzieli z pracującym silnikiem, żeby nie zmarznąć. Gdy podeszła bliżej, jeden z nich opuścił szybę.

– Cześć, pani doktor – przywitał ją, szczerząc zęby w uśmiechu. – Ominęły panią nie lada atrakcje. Właśnie odjechała karetka. – Choć wyglądał znajomo i najwyraźniej ją rozpoznał, nie miała pojęcia, jak się nazywa. Zdarzało jej się to ostatnio coraz częściej.

– Jakie atrakcje? – zapytała.

– Kiedy Rizzoli rozmawiała w środku z jakimś facetem, złapał się nagle za pierś i zemdlał. Prawdopodobnie atak serca.

– Żyje?

– Żył, kiedy go stąd zabierali. Szkoda, że pani tu nie było. Przydałby mu się lekarz.

– Nie ta specjalizacja. – Maura zerknęła na budynek. – Rizzoli nadal tam jest?

– Owszem. Wystarczy wejść po schodach. Na górze mają całkiem fajny apartament. Przytulne gniazdko, pod warunkiem że lokator nie odwali kity. – Gliniarz zamknął szybę i usłyszała, jak śmieje się z własnego dowcipu. Ha, ha, humor miejsca zbrodni. Raczej mało śmieszny.

Stojąc w lodowatych podmuchach wiatru, włożyła rękawiczki, naciągnęła foliowe osłony na buty i weszła do budynku. I natychmiast stanęła jak wryta, widząc przed sobą

22

zakrwawioną twarz dziewczyny. W holu wejściowym niczym makabryczna powitalna tablica wisiał plakat horroru *Carrie*, krwawa plama w technicolorze, która mogła przyprawić o dreszcz każdego wchodzącego. Ceglane ściany klatki schodowej zdobiła cała kolekcja filmowych plakatów. Wchodząc po schodach, minęła *Dzień Tryfidów*, *Studnię i wahadło*, *Ptaki* i *Noc żywych trupów*.

– Jesteś w końcu! – zawołała Jane z podestu drugiego piętra. – Wyobraź sobie, że codziennie po powrocie do domu widzisz takie miłe obrazki.

– Wszystkie te plakaty wyglądają na oryginalne. Nie są w moim guście, ale mają chyba dużą wartość.

– Wejdź na górę, to zobaczysz więcej rzeczy, które nie są w twoim guście. Z pewnością nie są w moim.

Maura weszła za Jane do mieszkania i zatrzymała się, by spojrzeć z podziwem na masywne drewniane belki nad głową. Podłoga była wyłożona oryginalnymi szerokimi dębowymi deskami, które wypolerowano na wysoki połysk. Gustowna renowacja zmieniła obskurne wnętrze magazynu w olśniewający loft z ceglanymi ścianami, na który na pewno nie było stać pierwszego z brzegu głodującego artystę.

– Moje mieszkanko nawet się do tego nie umywa – stwierdziła Jane. – Mogłabym się tu od razu przeprowadzić, ale najpierw musiałabym się pozbyć tego paskudztwa ze ściany – dodała, wskazując monstrualne czerwone oko łypiące z kolejnego filmowego plakatu. – Zauważyłaś, jaki jest tytuł horroru?

– *Widzę cię?* – mruknęła Maura.

– Zapamiętaj go. Może mieć dla nas znaczenie – rzuciła złowróżbnym tonem Jane.

Przeszły przez otwartą kuchnię, mijając wazon ze świeżo ściętymi różami i liliami – miłym wiosennym akcentem w ten grudniowy wieczór. Na czarnym granitowym blacie leżała wizytówka z purpurowym napisem „Wszystkiego najlepszego w dniu urodzin! Całusy, tata".

– Mówiłaś, że znalazł ją ojciec? – zapytała Maura.

– Zgadza się. Należy do niego cały budynek. Pozwala jej tu mieszkać za darmo. Zaprosił ją dziś na lunch do Four Seasons. Mieli świętować jej urodziny. Nie zjawiła się i nie odbierała telefonów, więc przyjechał, żeby zobaczyć, co się stało. Powiedział, że drzwi były otwarte, ale poza tym wszystko wydawało się w porządku. Do momentu, kiedy wszedł do sypialni. – Jane na chwilę przerwała. – Mniej więcej w tym punkcie swojej opowieści zbladł, złapał się za klatkę piersiową i musieliśmy wezwać karetkę.

– Policjant na dole twierdzi, że żył, kiedy stąd odjeżdżali.

– Ale nie wyglądał najlepiej. Po tym, co zobaczyliśmy w sypialni, bałam się, że Frost też będzie potrzebował karetki.

Detektyw Barry Frost stał w przeciwległym rogu sypialni, z wielkim zaangażowaniem pisząc coś w notesie. Zimowa bladość jego cery była wyraźniejsza niż zwykle i kiedy Maura weszła do pokoju, zdołał jej tylko słabo kiwnąć głową. Prawie na niego nie spojrzała; całą uwagę skupiła na łóżku, na którym leżała ofiara. Młoda kobieta spoczywała w dziwnie spokojnej pozie, z rękami po bokach, jakby położyła się na narzucie w ubraniu, żeby uciąć sobie drzemkę. Miała na sobie czarne legginsy i golf, co dodatkowo podkreślało upiorną biel twarzy. Jej włosy również były czarne, choć jasne odrosty zdradzały, że są farbowane. Uszy miała przebite licznymi złotymi ćwiekami, na łuku brwiowym lśniło złote kółko. Całą uwagę Maury przykuło jednak to, co zobaczyła pod brwiami.

Oba oczodoły były puste. W miejscu oczu ziały krwawe dziury.

Zszokowana zerknęła w dół na lewą otwartą dłoń kobiety. Leżało na niej coś, co przypominało makabryczne marmurowe kulki.

– I to właśnie sprawia, że ta noc jest pełna cudów, chłopcy i dziewczęta – mruknęła Jane.

– Obustronne wyłuszczenie gałek ocznych – stwierdziła cicho Maura.

– To jakiś rodzaj medycznej nowomowy? Żeby nie powiedzieć wprost, że ktoś wyłupił jej oczy?

– Owszem.

– Uwielbiam cię za te wszystkie chłodne kliniczne określenia. Dzięki temu to, że ta dziewczyna trzyma w dłoni własne oczy, wydaje się mniej pojebane.

– Powiedzcie coś więcej o ofierze – poprosiła Maura.

Frost uniósł niechętnie wzrok znad notesu.

– Cassandra Coyle, wiek: dwadzieścia sześć lat. Mieszka… mieszkała tutaj sama; aktualnie bez chłopaka. Jest niezależnym filmowcem, z własną wytwórnią o nazwie Crazy Ruby Films. Ma małe studio przy South Street.

– Mieszczące się w kolejnym budynku należącym do taty – dodała Jane. – Rodzina jest najwyraźniej zamożna.

– Ojciec twierdzi, że rozmawiał z nią po raz ostatni wczoraj o piątej lub szóstej po południu – podjął Frost – tuż zanim wyszła ze swojego studia. Pojedziemy tam zaraz, żeby przesłuchać jej kolegów i spróbować ustalić, kiedy ją ostatnio widzieli.

– Jaki rodzaj filmów kręcą? – zapytała Maura, choć na podstawie plakatów, które widziała na klatce schodowej, odpowiedź wydawała się oczywista.

– Horrory – odparł Frost. – Ojciec Cassandry twierdzi, że właśnie skończyli kręcić jej drugi.

– I to pasuje jakby do jej upodobań, jeśli chodzi o modę – powiedziała Jane, spoglądając na kruczoczarne włosy i kolczyki ofiary. – Wydawało mi się, że gotycki rock odszedł już w niepamięć, ale ta dziewczyna jest mu najwyraźniej dozgonnie wierna.

Maura skupiła ponownie uwagę na dłoni ofiary. Powietrze wysuszyło rogówki i lśniące niegdyś niebieskie oczy były teraz zmętniałe i matowe. Choć przecięte tkanki zdążyły się obkurczyć, mogła zidentyfikować mięśnie proste i skośne, które tak precyzyjnie kontrolują ruchy ludzkiego oka. Dzięki tym sześciu perfekcyjnie współpracującym ze sobą mięśniom myśliwy widzi lecącą wysoko kaczkę, a uczeń jest w stanie przebiec wzrokiem tekst w podręczniku.

– Powiedz nam, proszę, że była już martwa, kiedy ją to spotkało – odezwała się Jane.

– Sądząc po stanie powiek, wyłuszczenia robią wrażenie pośmiertnych. Widzicie, że nie ma prawie zewnętrznych uszkodzeń tkanki? Ten, kto usuwał gałki, raczej się z tym nie śpieszył, co trudno sobie wyobrazić, gdyby ofiara była przytomna i szarpała się. Minimalna utrata krwi wskazuje, że brak było tętna. Kiedy dokonano pierwszego nacięcia, krążenie krwi już ustało. – Maura przerwała i przyglądała się przez chwilę pustym oczodołom. – Zawarta w tym wszystkim symbolika jest fascynująca.

– Uprzedzałam cię, że to powie – mruknęła Jane do Frosta.

– Oczy uważane są za okna duszy. Być może zabójcy nie spodobało się to, co w nich zobaczył. Albo to, jak na niego popatrzyła. Może przestraszył się jej spojrzenia i zareagował, wyłupiając jej oczy.

– Niewykluczone, że miał z tym coś wspólnego jej ostatni film – podpowiedział Frost. – *Widzę cię*.

Maura spojrzała na niego.

– Ten plakat jest do jej filmu?

– Napisała scenariusz i go wyprodukowała. Według ojca, był to jej pierwszy film fabularny. Nie wiadomo, kto go oglądał. Wśród widzów mógł być jakiś świr.

– I mogło go to zainspirować – dokończyła za niego Maura, wpatrując się w dwie gałki leżące na dłoni Cassandry.

– Zetknęłaś się wcześniej z czymś takim? – zapytał Frost. – Z ofiarą, której wyłupiono oczy?

– Coś takiego zdarzyło się w Dallas – odparła. – Nie zajmowałam się tą sprawą, ale opowiadał mi kolega. Trzy kobiety zostały zastrzelone i po śmierci usunięto im gałki oczne. U pierwszej ofiary zabójca zrobił to z chirurgiczną precyzją, podobnie jak tutaj. Jednak u trzeciej spartolił robotę i dzięki temu go złapali.

– Więc to… seryjny zabójca.

– Który znał się poza tym na taksydermii. Po aresztowaniu policja znalazła w jego mieszkaniu dziesiątki zdjęć kobiet. Na każdym wycinał im oczy. Nienawidził kobiet i zadawanie im bólu podniecało go seksualnie. – Maura spojrzała na Frosta. – To jedyny przypadek, o jakim słyszałam. Tego rodzaju okaleczenia są bardzo rzadkie.

– Widzimy coś takiego po raz pierwszy – przyznała Jane.

– Miejmy nadzieję, że po raz pierwszy i ostatni. – Maura podniosła rękę kobiety i próbowała zgiąć ją w łokciu, ale staw był sztywny. – Skóra jest zimna, ofiara znajduje się w pełnym stężeniu pośmiertnym. Wczoraj około piątej rozmawiała przez telefon z ojcem, więc wiemy, że jeszcze wtedy żyła, co oznacza, że musiała zginąć najwcześniej dwadzieścia cztery i najpóźniej dwanaście godzin temu. – Podniosła wzrok. – Czy mamy jakiegoś świadka, dzięki któremu moglibyśmy zawęzić ten przedział czasowy? Czy w pobliżu są kamery monitoringu?

– Na tej przecznicy nie ma – odparł Frost. – Ale zauważyłem kamerę na budynku za rogiem. Jest chyba skierowana prosto w wylot Utica Street. Może zarejestrowała Cassandrę, kiedy wracała do domu, a jeśli dopisze nam szczęście, jeszcze kogoś innego.

Maura odwinęła golf ofiary, żeby sprawdzić, czy na szyi są zasinienia lub ślady duszenia, lecz nic nie zobaczyła. Następnie podciągnęła golf na brzuchu, żeby odsłonić tors, i z pomocą Jane przekręciła ciało na bok. Plecy, do których po śmierci spłynęła krew, miały ciemnosiny kolor. Wciskając palec w przebarwione ciało, przekonała się, że plamy pośmiertne są w pełni wykształcone. To potwierdzało, że ofiara nie żyła co najmniej od dwunastu godzin.

Tylko jaka była przyczyna śmierci? Poza wyłupionymi oczami nie widziała żadnych urazów.

– Żadnych ran postrzałowych, żadnej krwi ani śladów duszenia – stwierdziła. – Nie widzę innych obrażeń.

– Zabójca wycina oczy, ale ich ze sobą nie zabiera. – Jane zmarszczyła czoło. – Zamiast tego zostawia je na dłoni ofiary niczym jakiś chory pożegnalny prezent. Co to, do diabła, ma znaczyć?

– To pytanie do psychologa. – Maura wyprostowała się. – Na razie nie jestem w stanie ustalić przyczyny śmierci. Zobaczymy, jaki będzie wynik sekcji.

– Może to było przedawkowanie? – zasugerował Frost.

– Przedawkowanie jest z całą pewnością bardzo prawdopodobne. Odpowiedź da nam badanie toksykologiczne. – Maura ściągnęła z dłoni rękawiczki. – Zajmę się nią jutro z samego rana.

Jane wyszła za nią z sypialni.

– Jest coś, o czym chciałabyś ze mną porozmawiać, Mauro? – zapytała.

– Będę mogła powiedzieć ci coś więcej po sekcji.

– Nie miałam na myśli tej sprawy.

– Nie bardzo rozumiem, o co ci chodzi.

– Przez telefon wspomniałaś, że jesteś we Framingham. Powiedz, że nie pojechałaś zobaczyć się z tą kobietą.

Maura zapięła spokojnie płaszcz.

– Mówisz, jakbym popełniła jakąś zbrodnię.

– A więc tam byłaś. Uzgodniłyśmy chyba, że powinnaś trzymać się od niej z daleka.

– Amaltheę przyjęto na oddział intensywnej opieki. Doszło do komplikacji po chemioterapii i nie mam pojęcia, jak długo jeszcze pożyje.

– Ona cię wykorzystuje, nadużywa twojego współczucia. O rany, Mauro, ona znów cię skrzywdzi.

– Wiesz, że naprawdę nie chcę o tym mówić.

Nie oglądając się za siebie, Maura zbiegła po schodach i wyszła z budynku. W twarz uderzył ją podmuch lodowatego wiatru. Zmierzając szybkim krokiem do samochodu, usłyszała, że drzwi budynku ponownie się otworzyły. Jane wybiegła za nią.

– Czego ona od ciebie chce?! – zawołała.

– Umiera na raka. Czego, twoim zdaniem, może chcieć? Może odrobiny współczucia?

– Miesza ci w głowie. Dobrze wie, jak z tobą postępować. Pamiętasz, jak udało jej się omotać syna?

– Uważasz, że mogę się do niego kiedykolwiek upodobnić?

– Oczywiście, że nie. Ale sama mi to kiedyś powiedziałaś. Że urodziłaś się z tą mroczną zadrą, która tkwi pod skórą każdego członka rodziny Lanków. Ona znajdzie jakiś sposób, żeby to wykorzystać.

Maura otworzyła lexusa.

– I bez tego mam dosyć problemów. Nie muszę wysłuchiwać twoich kazań.

– Dobrze, dobrze. – Jane podniosła ręce na znak, że się poddaje. – Po prostu się o ciebie boję. Zazwyczaj potrafisz o siebie zadbać. Proszę cię, nie zrób nic głupiego.

Maura patrzyła, jak Jane wraca na miejsce zbrodni. Do sypialni, w której leżała sztywna, pozbawiona oczu kobieta.

Nagle przypomniały jej się słowa Amalthei. „Wkrótce odkryjesz kolejną".

Obracając się, omiotła szybko wzrokiem ulicę, sprawdzając każde drzwi i każde okno. Czy z drugiego piętra nie obserwowały jej czyjeś oczy? Czy nikt nie czaił się w tamtej alejce? Wszędzie widziała podejrzane cienie. Przed tym właśnie przestrzegała ją Jane. Na tym polegała moc Amalthei: uchylała zasłonę, za którą rozpościerał się pejzaż ze złego snu, za którą wszystko tonęło w mroku.

Czując, jak przechodzi ją dreszcz, Maura wsiadła do samochodu i uruchomiła silnik. Z otworów wentylacji dmuchnęło lodowate powietrze.

Czas wracać do domu.

Czas skryć się przed mrokiem.

# Rozdział czwarty

Z kawiarni, w której siedzę, obserwuję rozmawiające na ulicy dwie kobiety. Rozpoznaję je, bo widziałam, jak udzielały wywiadu w telewizji, i czytałam o nich w gazetach, najczęściej w związku z morderstwami. Ta ze zmierzwionymi ciemnymi włosami to detektyw z wydziału zabójstw, ta druga, w długim eleganckim płaszczu, jest lekarzem sądowym. Nie słyszę, co mówią, ale widzę, że policjantka agresywnie gestykuluje, a lekarka się cofa.

Policjantka nagle się odwraca i odchodzi. Lekarka stoi przez chwilę bez ruchu, jakby nie wiedziała, czy za nią iść, czy dać sobie spokój. W końcu kręci zrezygnowana głową, wsiada do czarnego lexusa i odjeżdża.

Ciekawe, o co im chodziło.

Wiem już, co sprowadziło je tutaj w tę przejmująco zimną noc. Przed godziną usłyszałam o tym w wiadomościach. Na Utica Street, ulicy, gdzie mieszka Cassandra Coyle, zamordowano młodą kobietę.

Zerkam w głąb Utica Street, ale widzę tylko migające światła radiowozów. Czy to Cassandra leży tam martwa, czy ofiarą mordercy padła jakaś inna nieszczęsna kobieta? Nie widziałam się z Cassie od szkoły średniej i zastanawiam się, czybym ją w ogóle poznała. Bo ona z pewnością nie rozpoznałaby nowej Holly, która chodzi z podniesioną głową, patrzy ludziom w oczy i nie chowa się po kątach, zazdroszcząc złotym dziewczętom. Z czasem nabrałam pewności siebie i wyczucia stylu. Moje czarne włosy są teraz elegancko przycięte na pazia, nauczyłam się chodzić na szpilkach i mam na sobie bluzkę za dwieście dolarów, którą udało mi się kupić z siedemdziesięcioprocentowym rabatem. Każdy, kto pracuje w public relations, przekonuje się, że pozory są ważne – dlatego się zaadaptowałam.

– Co się tam dzieje? Orientuje się pani? – odzywa się nagle męski głos.

Facet pojawił się obok tak niespodziewanie, że mrugam zaskoczona. Normalnie od razu wyczuwam, gdy ktoś narusza moją prywatną przestrzeń, ale byłam tak zaabsorbowana działaniami policji za szybą, że nie zauważyłam, jak podszedł. Gorące ciacho, myślę, bacznie mu się przyglądając. Wiek trzydzieści kilka lat, parę lat więcej ode mnie, szczupłe umięśnione ciało, niebieskie oczy i włosy pszenicznego koloru. Odliczam mu kilka punktów, bo pije latte, a o tej wieczornej porze prawdziwi faceci piją raczej espresso. Ale jestem skłonna mu to wybaczyć z powodu tych cudownych błękitnych oczu. W tym momencie nie patrzy na mnie, tylko na to, co dzieje się na ulicy. Na te wszystkie radiowozy i karetki stojące na ulicy, przy której mieszka Cassandra Coyle.

Albo mieszkała.

– Ile tam policji – mówi. – Ciekawe, co się stało.

– Na pewno coś złego.

– Niech pani spojrzy, podjechał wóz transmisyjny Channel Six.

Przez chwilę oboje siedzimy w milczeniu, sącząc napoje i obserwując ulicę. Pojawia się kolejny wóz transmisyjny, co przyciąga do okna kilku innych gości. Czuję, jak tłoczą się wokół mnie, chcąc mieć lepszy punkt obserwacyjny. Widok jednego radiowozu nie jest w stanie zainteresować przeciętnego bostończyka, ale kiedy pojawiają się kamery telewizyjne, to nas kręci. Wiemy, że chodzi o coś więcej niż o zwykłą stłuczkę albo parkowanie na drugiego. Wydarzyło się coś, o czym z pewnością powiedzą w wiadomościach.

Potwierdzając jakby nasze przeczucia, w polu widzenia pojawia się biała furgonetka z zakładu medycyny sądowej. Czy przyjechała po Cassandrę, czy po jakąś inną nieszczęśnicę? Czuję, że skacze mi nagle tętno. Niech to nie będzie ona, myślę. Niech to będzie ktoś inny, ktoś, kogo nie znam.

– Oho, karetka z kostnicy – mówi Błękitnooki. – Niedobrze.

– Czy ktoś widział, co się stało? – pyta jakaś kobieta.

– Po prostu pojawiło się sporo policji.

– Ktoś słyszał strzały z broni palnej albo coś podobnego?

– Pani była tu pierwsza – zwraca się do mnie Błękitnooki. – Co pani widziała?

Wszyscy kierują ku mnie wzrok.

– Kiedy przyszłam, radiowozy już tu były – odpowiadam. – To musiało stać się wcześniej.

Inni nadal się gapią, zahipnotyzowani migającymi światłami. Błękitnooki sadowi się na stołku tuż obok mnie i wrzuca kostkę cukru do swojego niezbyt stosownego latte. Zastanawiam się, czy wybrał to miejsce, bo chce mieć lepszy

34

widok na ulicę, czy chce się ze mną zaprzyjaźnić. To drugie nawet by mi odpowiadało. Właściwie to czuję, jak przez udo przechodzi mi dreszcz. Moje ciało reaguje na niego całkowicie odruchowo. Nie przyszłam tu, by szukać towarzystwa, ale minęło już sporo czasu, odkąd po raz ostatni obdarzył mnie swoimi względami jakiś facet. Ponad miesiąc, jeśli nie liczyć zeszłotygodniowej szybkiej palcówki z parkingowym przy hotelu Colonnade.

– Mieszka pani w pobliżu? – pyta. Obiecujące otwarcie, choć może niezbyt wyszukane.

– Nie. A pan?

– Mieszkam w Back Bay. Miałem się spotkać ze znajomymi we włoskiej restauracji przy tej samej ulicy, ale przyszedłem o wiele za wcześnie. Pomyślałem, że wpadnę na kawę.

– Ja mieszkam w North End. Też miałam się spotkać ze znajomymi, jednak w ostatniej chwili to odwołali.

Jak łatwo kłamstwa padają z moich ust, a on nie ma powodu, by mi nie wierzyć. Większość ludzi automatycznie zakłada, że ich rozmówca mówi prawdę, i to bardzo ułatwia życie komuś takiemu jak ja. Podaję mu dłoń. Wielu mężczyzn wprawia w zakłopotanie zainicjowanie znajomości przez kobietę, ale ja chcę, by od samego początku sprawa była jasna. Chcę, żeby wiedzieli, że spotykamy się na równych zasadach.

Siedzimy przez chwilę w przyjaznym milczeniu, sącząc kawę i przyglądając się temu, co dzieje się na ulicy. Widać tylko podjeżdżające i odjeżdżające pojazdy, a także umundurowanych funkcjonariuszy, którzy wchodzą i wychodzą z budynku. Nie wiadomo, co dzieje się w środku; możemy się tego tylko domyślać. Na twarzach gliniarzy maluje się spokój, a nawet znudzenie. To, co zdarzyło się na Utica Street, nastąpiło przed kilkoma godzinami i śledczy układają teraz po prostu fragmenty łamigłówki.

Ponieważ nie dzieje się nic ciekawego, inni goście powoli się rozchodzą. Przy oknie zostajemy tylko ja i Błękitnooki.

– Jeśli chcemy dowiedzieć się, co tu się stało, będziemy musieli chyba obejrzeć wiadomości – mówi.

– Popełniono zbrodnię – odpowiadam.

– Skąd pani wie?

– Kilka minut temu widziałam kogoś z wydziału zabójstw.

– Podszedł do pani i przedstawił się?

– To kobieta. Nie pamiętam, jak się nazywa, ale widziałam ją w telewizji. Zaciekawił mnie fakt, że to kobieta. Zastanawiam się, dlaczego wybrała takie zajęcie.

Błękitnooki uważnie mi się przygląda.

– Interesuje się pani eee… tego rodzaju sprawami? Zabójstwami?

– Nie, zapamiętuję po prostu twarze. Chociaż zapominam imion.

– Skoro mówimy o imionach, ja mam na imię Everett. – Facet uśmiecha się i w kącikach jego oczu pojawiają się urocze kurze łapki. – Teraz może je pani zapomnieć.

– A jeśli będę wolała je zapamiętać?

– Mam nadzieję, że to znaczy, że wpadam ludziom w oko.

Zastanawiam się, co może się między nami wydarzyć. Patrząc mu w oczy, wiem nagle, czego bym chciała: żebyśmy poszli do jego mieszkania w Back Bay, popili kawę kilkoma kieliszkami wina, a potem przez całą noc pieprzyli się jak króliki. Jaka szkoda, że umówił się ze znajomymi na kolację. Nie mam wcale zamiaru się z nimi spotykać i nie będę tracić czasu, czekając, aż do mnie zadzwoni, więc domyślam się, że nadeszła pora pożegnania. Pewne marzenia po prostu się nie spełniają, bez względu na to, jak bardzo byśmy tego pragnęli.

Dopijam kawę i wstaję ze stołka.

– Miło było cię poznać, Everett – mówię.

– Ach, więc zapamiętałaś moje imię.

– Mam nadzieję, że spędzisz miły wieczór ze znajomymi.

– A jeśli wcale nie chcę spędzać z nimi wieczoru?

– Czy nie dlatego właśnie tu przyjechałeś?

– Plany mogą się zmienić. Mogę do nich zadzwonić i powiedzieć, że muszę być pilnie gdzie indziej.

– To znaczy gdzie?

On też wstaje i stoimy teraz twarzą w twarz. Ten dreszcz, który przeszedł mi przez udo, czuję teraz w podbrzuszu i nagle zapominam o Cassandrze i o tym, co mogłaby oznaczać jej śmierć. Cała moja uwaga skupiona jest wyłącznie na tym mężczyźnie i na tym, co się między nami wydarzy.

– U ciebie czy u mnie? – pyta.

# Rozdział piąty

Amber Voorhees miała fioletowe pasemka we włosach i pomalowane na czarno paznokcie, ale tym, co najbardziej wytrącało z równowagi Jane, było złote kółko w jej nosie. Kiedy szlochała, z kółka zwisały nitki śluzu, które bez przerwy delikatnie wycierała chusteczką. Jej koledzy, Travis Chang i Ben Farney, nie płakali, ale wydawali się w równym stopniu zszokowani i zdruzgotani wiadomością o śmierci Cassandry Coyle. Cała trójka filmowców miała na sobie typowe hipsterskie T-shirty, bluzy z kapturami i podarte dżinsy i żadne od wielu dni nie używało grzebienia. Sądząc po unoszącym się w studiu zapachu, żadne nie brało również od kilku dni prysznica. Wszystkie płaskie powierzchnie zajmowały puste pudełka po pizzach, puszki po red bullu oraz luźne kartki scenariusza. Na monitorze widać było scenę z montowanego przez nich filmu: ścigana przez nieubłaganego i nieuchwytnego zabójcę jasnowłosa nastolatka uciekała przez ciemny las, szlochając i potykając się,

Travis odwrócił się nagle do komputera i zatrzymał obraz. Na ekranie zastygła złowroga sylwetka przemykającego między drzewami zabójcy.

– Kurwa – jęknął Travis. – Nie mogę w to uwierzyć. Nie mogę w to, kurwa, uwierzyć.

Amber objęła go ramionami i z piersi młodego człowieka wydarł się szloch. Dołączył do nich Ben i troje skąpanych w poświacie monitora filmowców stało przez chwilę w potrójnym uścisku.

Jane zerknęła na Frosta i zobaczyła, że z trudem powstrzymuje łzy. Rozpacz jest zaraźliwa. Frost nie był na nią uodporniony nawet po latach przekazywania złych wiadomości i patrzenia, jak reagują na nie bliscy ofiary. Gliniarze przypominali pod tym względem terrorystów. Podkładają bomby w domach rodziny i przyjaciół i przyglądają się dokonanym przez siebie zniszczeniom.

Travis pierwszy wyzwolił się z uścisku, podszedł do zapadającej się sofy, usiadł na niej i schował głowę w dłoniach.

– Mój Boże, jeszcze wczoraj tu z nami była – jęknął. – Siedziała dokładnie w tym miejscu.

– Wiedziałam, że coś musiało się stać, gdy przestała odbierać moje SMS-y – szepnęła Amber, wydmuchując nos w chusteczkę. – Kiedy umilkła, wydawało mi się z początku, że stresowała się przed spotkaniem z ojcem.

– Kiedy przestała odbierać SMS-y? – zapytała Jane. – Może pani to sprawdzić w telefonie?

Amber zaczęła przekładać rozrzucone kartki scenariusza. W końcu znalazła swoją komórkę i sprawdziła wiadomości.

– Ostatniego wysłałam około drugiej w nocy. Nie odpowiedziała.

– Spodziewała się pani odpowiedzi o drugiej w nocy?

– Czemu nie? Na tym etapie projektu to normalne.

– Zarywamy wszystkie nocki – wtrącił Ben, również siadając na sofie i masując twarz. – Byliśmy na nogach do trzeciej i montowaliśmy film. Żadne z nas nie wróciło do domu, walnęliśmy się po prostu spać tutaj – dodał, wskazując pozwijane w kącie śpiwory.

– Wszyscy troje spędziliście tutaj noc?

Ben pokiwał głową.

– Mamy napięte terminy. Cassie też by tu z nami harowała, ale musiała wziąć się w garść przed spotkaniem z ojcem. To na pewno nie było coś, na co czekała z utęsknieniem.

– O której stąd wczoraj wyszła? – zapytała Jane.

– Chyba koło szóstej? – Ben zwrócił się do kolegów, a oni pokiwali głowami.

– Właśnie dowieziono nam pizzę – wyjaśniła Amber. – Cassie nie została, żeby ją z nami zjeść. Powiedziała, że kupi sobie coś sama, żeby nasza trójka mogła dłużej pracować. – Otarła dłonią oczy, zostawiając na policzku grubą smugę tuszu do rzęs. – Nie mogę uwierzyć, że widzieliśmy ją wtedy ostatni raz. Wychodząc, mówiła o przyjęciu, które wyprawimy po zakończeniu montażu.

– Film jest wtedy w zasadzie ukończony – dorzucił Ben. – Trzeba tylko dodać efekty dźwiękowe albo muzykę. Jesteśmy już na finiszu, potrzeba nam tylko tygodnia albo dwóch.

– I kolejnych dwudziestu tysięcy – mruknął Travis. Kiedy podniósł głowę, sterczały na niej przetłuszczone czarne włosy. – Cholera. Nie wiem, skąd je wytrzaśniemy bez Cassie.

Jane wbiła w niego wzrok.

– To Cassandra miała je zapewnić? – zapytała.

Troje młodych filmowców wymieniło między sobą spojrzenia, jakby nie wiedzieli, które z nich ma odpowiedzieć na to pytanie.

– Miała o nie poprosić ojca podczas lunchu – wyjaśniła Amber. – Dlatego tak się stresowała. Nienawidziła prosić go o forsę. Zwłaszcza podczas lunchu w Four Seasons.

Jane omiotła wzrokiem pokój, przyglądając się poplamionemu dywanowi, podniszczonej sofie i zwiniętym śpiworom. Młodzi filmowcy zbliżali się do trzydziestki, ale wyglądali o wiele młodziej: przypominali trójkę obywających się byle czym dzieciaków z obsesją na punkcie kina.

– Czy naprawdę zarabiacie pieniądze na kręceniu filmów? – zapytała.

– Czy zarabiamy pieniądze? – Travis wzruszył ramionami, jakby jej pytanie nie miało sensu. – Kręcimy je i to jest ważne. Żyjemy marzeniami.

– Korzystając z pieniędzy ojca Cassandry.

– To nie jest prezent. Facet inwestował w przyszłość córki. Dzięki temu filmowi mogła wyrobić sobie w branży nazwisko, a fabuła była dla niej ważna z przyczyn osobistych.

Jane spojrzała na leżący na biurku scenariusz.

– *Mr. Simian*?

– Niech panią nie zwiedzie tytuł ani fakt, że to horror. To poważna historia o dziewczynie, która zaginęła. Film jest oparty na autentycznych wydarzeniach z dzieciństwa Cassandry i na pewno będzie miał większą widownię niż nasza pierwsza produkcja.

– Wasz pierwszy film nosił tytuł *Widzę cię*? – zapytał Frost.

Travis posłał mu zaskoczone spojrzenie.

41

– Widział go pan?

– Widziałem plakat. Ten, który wisiał w sypialni Cassandry.

– To tam... – Amber przełknęła ślinę. – To tam ją znaleźliście?

– Tam znalazł ją ojciec.

Amber zadygotała i objęła się ramionami, jakby nagle zrobiło jej się zimno.

– Jak to wyglądało? – zapytała. – Ktoś się do niej włamał?

Zamiast odpowiedzieć, Jane zadała własne pytanie:

– Gdzie byliście wszyscy w ciągu ostatnich dwudziestu czterech godzin?

Troje filmowców popatrzyło na siebie.

– Byliśmy tutaj, w tym budynku – odparł w końcu Travis, powoli i z namysłem. – Wszyscy troje. Przez całą noc i cały dzień.

Pozostała dwójka pokiwała głowami.

– Rozumiem, dlaczego zadaje nam pani te pytania – podjął Travis. – To należy do pani obowiązków. Ale znaliśmy Cassie od czasu studiów na Uniwersytecie Nowojorskim. Kiedy robi się razem film... to niewiarygodnie wiąże ze sobą ludzi, bardziej niż cokolwiek innego. Razem jemy, razem śpimy i razem pracujemy. Oczywiście czasem wybuchają kłótnie, ale potem się godzimy, bo jesteśmy jedną rodziną. – Travis pokazał ekran monitora, na którym wciąż widać było zastygłego w bezruchu zabójcę. – Ten film to dla nas przełom. Pokażemy, że nie trzeba całować w dupę dyrektora wytwórni, żeby nakręcić wielkie dzieło.

– Możecie mi powiedzieć, jaką każde z was pełni funkcję przy kręceniu *Mr. Simian*? – zapytał Frost, notując wszystko pilnie w sfatygowanym notesie.

– Ja jestem reżyserem – odparł Travis.

– A ja autorem zdjęć – oznajmił Benjamin. – Innymi słowy, operatorem kamery.

– Jestem producentką – wyjaśniła Amber. – Zatrudniam i zwalniam, wypłacam wynagrodzenia, pilnuję, żeby wszystko działało jak dobrze naoliwiona maszyna. Praktycznie robię wszystko – dodała z westchnieniem.

– A czym zajmowała się Cassandra?

– Napisała scenariusz. I była producentem wykonawczym, co, można powiedzieć, jest kluczowe. Finansowała całą produkcję.

– Pieniędzmi swojego ojca.

– Owszem, ale okazało się, że potrzebujemy ich trochę więcej. Zamierzała go poprosić o jeszcze jeden mały czek.

Czek, którego w tej sytuacji prawdopodobnie nigdy już nie dostaną.

Amber opadła na sofę obok Bena i wszyscy troje umilkli. W pomieszczeniu unosił się zapach nieświeżego jedzenia i klęski.

Jane spojrzała na wiszący za nimi na ścianie plakat. Ten sam, który widziała w apartamencie Cassandry. *Widzę cię*.

– Opowiedzcie mi o tym filmie – poprosiła, wskazując wyłaniające się z mroku monstrualne czerwone oko.

– To był nasz pierwszy film fabularny – odparł Travis. – Mam nadzieję, że nie ostatni – dodał ponuro.

– Pracowaliście przy nim wszyscy czworo?

– Zgadza się. Początkowo to był nasz wspólny projekt na uniwerku. Dużo się nauczyliśmy przy jego realizacji. – Travis pokręcił ze smutkiem głową. – Popełniliśmy również dużo błędów.

– Ilu zebrał widzów w kinach? – zapytał Frost.

Milczenie, które zapadło po jego słowach, było bolesne. I wymowne.

– Nie podpisaliśmy kontraktu z żadnym dystrybutorem – przyznał Travis.

– Więc praktycznie nikt go nie widział?

– Pokazaliśmy go na kilku festiwalach. Między innymi tam. – Travis wskazał T-shirt z napisem SCREAMFEST FILM FESTIVAL, który miał pod bluzą z kapturem. – Film jest również dostępny na DVD i w systemie VOD. Właściwie stał się podobno czymś w rodzaju kultowego klasyku, co jest najlepszą rzeczą, jaka może się przytrafić horrorowi.

– Czy zarobił jakieś pieniądze? – zapytała Jane.

– To naprawdę nie jest najważniejsze.

– Więc co jest najważniejsze?

– Mamy teraz fanów. Ludzi, którzy wiedzą, że kręcimy filmy! W niezależnej produkcji filmowej czasami sama fama wystarcza, żeby mieć widownię na następny film.

– To znaczy, że film nie zarobił ani grosza.

Travis westchnął i wbił wzrok w brudny dywan.

– Nie – przyznał.

Jane ponownie spojrzała na monstrualne oko na plakacie.

– Co się dzieje w tym filmie? – zapytała. – O czym jest?

– O dziewczynie, która jest świadkiem morderstwa, ale policja nie może odnaleźć zwłok ani żadnych dowodów i jej nie wierzy. Dzieje się tak dlatego, że morderstwo nie zostało jeszcze popełnione. Bohaterka kontaktuje się telepatycznie z zabójcą i widzi, co tamten chce zrobić.

Jane i Frost popatrzyli na siebie. *Jaka szkoda, że sami nie mamy takich zdolności. Rozwiązalibyśmy tę sprawę w mgnieniu oka.*

– Domyślam się, że zabójca bierze ją w końcu na celownik – powiedziała Jane.

– Oczywiście – potwierdził Ben. – To podstawowa zasada horroru. Zabójca musi zacząć ścigać główną bohaterkę.

– Czy któryś z bohaterów tego filmu został okaleczony?

– Oczywiście. To też jest jedna z podstawowych zasad horroru. Wywodzi się...

– Rozumiem. To po prostu należy do gatunku. Jakiego rodzaju okaleczenia?

– Kilka odciętych palców. Dziewczynie wycinają na czole liczbę sześćset sześćdziesiąt sześć.

– Powiedz o uchu – przypomniała Amber.

– A tak... jeden z bohaterów ucina sobie ucho, podobnie jak van Gogh.

*Macie nierówno pod sufitem.*

– A oczy? – zapytał Frost. – Czy którejś z postaci wyłupiono oczy?

Filmowcy popatrzyli na siebie.

– Nie – odparł Travis. – Dlaczego pytacie o oczy?

– Z powodu tytułu. *Widzę cię.*

– Ale zapytał pan konkretnie o wyłupione oczy. Dlaczego? Czy coś podobnego przydarzyło się... – Travis umilkł i popatrzył na nich przerażony.

Amber przycisnęła dłoń do ust.

– O mój Boże. Czy to się przydarzyło Cassandrze?

Zamiast odpowiedzieć, Jane przeszła do kolejnego pytania:

45

– Ile osób widziało ten film?

Przez chwilę żadne z nich się nie odzywało. Byli wciąż ogłuszeni tym, czego się dowiedzieli. W ich świecie krew była fałszywa, kończyny zrobione z gumy, przemoc rodem z komiksu.

*Witajcie w moim świecie. Gdzie wszystko dzieje się naprawdę.*

– Ile osób? – powtórzyła.

– Tak naprawdę nie mamy pojęcia – przyznał się Travis. – Sprzedaliśmy trochę DVD. Zarobiliśmy około tysiąca dolców w systemie VOD. No i były te pokazy na festiwalach.

– Niech pan poda przybliżoną liczbę.

– Film obejrzało pewnie kilka tysięcy widzów. Nie mamy pojęcia, kim byli. Horrory mają widzów na całym świecie, więc mogą mieszkać wszędzie.

– Chyba pani nie myśli, że zabił ją ktoś, kto obejrzał nasz film?! – zawołała Amber. – To jakieś szaleństwo! Fani horrorów mogą wyglądać trochę nienormalnie, ale w rzeczywistości są miłymi, zrównoważonymi ludźmi. – Wskazała ekran monitora, na którym wciąż widać było zastygłego w bezruchu zabójcę. Filmy w rodzaju *Mr. Simian* pomagają nam się uporać z lękami, przepracować wewnętrzną agresję. Są terapeutyczne. Prawdziwi dranie nie oglądają horrorów – dodała, kręcąc głową.

– Wie pani, co oglądają prawdziwi dranie? – zapytał Ben. – Komedie romantyczne.

Travis otworzył szufladę biurka, wyjął z niej płytę DVD i wręczył Jane.

– To kopia *Widzę cię*. Może ją pani wziąć.

– A film, nad którym teraz pracujecie? Macie kopię *Mr. Simian*, którą moglibyśmy obejrzeć?

– Przykro mi, ale wciąż jesteśmy w fazie montażu, więc nie można go obejrzeć. Jednak proszę rzucić okiem na *Widzę cię* i powiedzieć nam, co pani myśli. Jeśli będzie pani czegoś potrzebować, chętnie pomożemy.

– Czy jeśli to morderstwo rzeczywiście ma jakiś związek z *Widzę cię*, nie powinniśmy wszyscy zacząć się bać? – zapytała Amber. – Czy zabójca nie wziął teraz na celownik nas?

Zapadła cisza; trójka filmowców zastanawiała się nad tą możliwością.

– To pierwsza zasada horroru – stwierdził w końcu cicho Travis.

# Rozdział szósty

Leżący w szpitalnym łóżku, odurzony środkami uspokajającymi pacjent zupełnie nie przypominał mężczyzny, z którym Jane rozmawiała zaledwie kilka godzin wcześniej. Z Matthew Coyle'a uszło całe życie: poszarzał, zmalał, opadła mu szczęka. W porównaniu z tym cieniem człowieka siedząca przy jego łóżku małżonka olśniewała kolorami: w szmaragdowej bluzce, z ognistorudymi włosami i jaskrawoczerwoną szminką. Choć Priscilla Coyle miała pięćdziesiąt osiem lat, prawie tyle samo co Matthew, wydawała się co najmniej dziesięć lat młodsza, z wygładzoną botoksem twarzą i jędrnym jak u sportsmenki ciałem. Przy swoim niedomagającym mężu wydawała się obrazem witalności, a sądząc po szytym na miarę stroju i wysokich obcasach, nie planowała raczej czuwać wieczorem przy jego łożu.

Na widok Jane i Frosta zerknęła na zegarek.

– Musicie wrócić jutro rano, jeśli chcecie z nim porozmawiać – powiedziała. – Był tak pobudzony, że lekarze dali mu coś na uspokojenie. Będzie pewnie spał przez całą noc.

– Właściwie mamy zamiar porozmawiać z panią, pani Coyle – oświadczyła Jane.

– Po co? Naprawdę nie mam wam nic do powiedzenia. Całe popołudnie spędziłam na zebraniu rady muzeum Gardner. Nie miałam pojęcia, że coś się stało, dopóki nie zadzwonili do mnie ze szpitala, informując, że jest u nich Matthew.

– Czy moglibyśmy stąd wyjść? Jest tu poczekalnia, w której będziemy mogli porozmawiać.

– Naprawdę powinnam już wracać do domu. Jest wiele osób, które muszę zawiadomić.

– To nie zajmie dużo czasu – zapewnił ją Frost. – Musimy tylko potwierdzić kilka informacji. Ustalić, co się kiedy wydarzyło.

Matthew Coyle trafił do VIP-owskiego skrzydła szpitala Pilgrim. W tamtejszej poczekalni były skórzane meble, szerokoekranowy telewizor i dobrze zaopatrzony ekspres marki Keurig. Priscilla siadła na sofie, stawiając obok siebie torebkę z krokodylej skóry od Prady i rzucając niedbale na oparcie płaszcz od Cucinellego. Jane udało się kiedyś zerknąć na metkę jednego z produktów tej firmy i wiedziała, ile kosztuje taki kaszmirowy płaszcz. Gdyby należał do niej, trzymałaby go w sejfie, a nie rzucała, gdzie popadnie, tak jak to zrobiła pani Coyle.

Frost przysunął sobie krzesło i usiadł naprzeciwko Priscilli.

– Proszę nam opowiedzieć, co się dzisiaj wydarzyło, pani Coyle – powiedział. Zadał to proste pytanie niezobowiązującym, swobodnym tonem, ale Priscilla bardzo długo się zastanawiała, nim udzieliła odpowiedzi.

– Matthew umówił się z Cassandrą na lunch w hotelu

49

Four Seasons. Kiedy nie pojawiła się w restauracji, zadzwonił do mnie, pytając, czy nie miałam od niej wiadomości. Nie miałam. A kilka godzin później zadzwoniono do mnie ze szpitala z informacją, że miał atak serca.

– Często spotykali się na lunchu?

– Prawie nigdy. Cassie jest tak zajęta, że nie ma nawet czasu, aby… – Priscilla nagle przerwała. – Ma własne życie, więc rzadko się widujemy – wyjaśniła po chwili. – Ale dzisiaj była specjalna okazja.

– Pani mąż powiedział nam, że mieli obchodzić jej urodziny.

Priscilla pokiwała głową.

– Właściwie przypadają trzynastego grudnia, ale nie było nas wtedy w mieście. Dlatego planowali to uczcić dzisiaj.

– Nie zamierzała pani do nich dołączyć?

– Miałam już ustalone zebranie rady muzeum i nie sądzę, żeby… – Priscilla znowu umilkła i zaczęła bawić się złotym zameczkiem torebki.

Jane o wiele bardziej ciekawiło to, czego ta kobieta nie mówiła. Czasami milczenie może powiedzieć więcej niż słowa.

– Jak dogadywała się pani z córką? – zapytała.

– Cassandra była moją pasierbicą. – Priscilla wzruszyła ramionami. – Nie byłyśmy ze sobą blisko.

– Byłyście skonfliktowane?

W tym momencie Priscilla podniosła wzrok.

– Będę szczera. Matthew rozwiódł się z matką Cassandry, żeby się ze mną ożenić, więc chyba pani rozumie, że dochodziło między nami do spięć. Cassandra zawsze obarczała mnie winą, chociaż małżeństwo jej rodziców rozpadło się na

50

długo przedtem, zanim Matthew i ja się związaliśmy. Minęło już dziewiętnaście lat, ale wciąż jestem tą „drugą", mimo że to z moich pieniędzy opłacaliśmy jej studia i to moje pieniądze szły na te śmieszne...

Priscilla ugryzła się w język i znów spojrzała na torebkę z krokodylej skóry, doskonale symbolizującą to, co wniosła do tego małżeństwa. Matthew Coyle porzucił żonę dla kobiety, która przywykła do Prady i Cucinellego. Tego rodzaju brak finansowej równowagi mógł narazić na szwank każde relacje.

– Zna pani kogoś, kto chciałby wyrządzić krzywdę Cassandrze? – zapytała Jane. – Jakichś jej byłych chłopaków, kogoś, kto żywił do niej wrogie uczucia? – Nie licząc pani, pomyślała.

– Nie znam nikogo takiego. Ale też nie interesowałam się bliżej jej życiem. Po naszym ślubie Cassandra została z matką w Brookline.

– Gdzie jest teraz jej matka? Musimy z nią porozmawiać.

– Elaine jest w Londynie, poleciała odwiedzić przyjaciół. Wraca pojutrze. Tak przynajmniej napisała w e-mailu.

– Wysłała jej pani e-mailem wiadomość o Cassandrze?

– Ktoś musiał to zrobić.

Jane próbowała sobie wyobrazić, że dostaje wiadomość: „Pani córka została zamordowana". Jak bardzo musiały się nienawidzić te dwie kobiety, skoro informacja o śmierci córki została przekazana matce kilkoma stuknięciami w ekran smartfona.

– Naprawdę nie wiem, co jeszcze mogłabym wam powiedzieć – mruknęła Priscilla.

– Znała pani jakichś przyjaciół Cassandry?

Pani Coyle zmarszczyła nos.

– Spotkałam trójkę tych smarkaczy, z którymi pracuje.

– Smarkaczy?

– Skończyli studia cztery lata temu, ale wyglądają tak, jakby nadal spali w ubraniach. Powinni chyba znaleźć już jakąś porządną pracę. Nie mam pojęcia, z czego się utrzymują, kręcąc te swoje horrory.

– Widziała pani może pierwszy film Cassandry?

– Obejrzałam jakieś piętnaście minut *Widzę cię*. Więcej nie dałam rady. – Priscilla spojrzała w stronę izolatki męża. – Matthew wytrzymał do końca. Przekonał sam siebie, że ten chłam mu się podoba, ale jakie miał wyjście? Chciał uszczęśliwić swoją małą córeczkę. Po wszystkich tych latach nadal usiłował jej wynagrodzić to, że rzucił jej matkę, a Cassie nie wahała się brać od niego, co tylko się da. Darmowy apartament, darmowy lokal na studio. Ale nie sądzę, żeby mu kiedykolwiek naprawdę wybaczyła.

– Byli ze sobą w dobrych stosunkach? Pani mąż i Cassandra?

– Oczywiście.

– Powiedziała pani, że Cassandra nigdy mu nie wybaczyła. Czy dochodziło między nimi do scysji, na przykład o pieniądze?

– Chyba wszystkie dzieci handryczą się z rodzicami o pieniądze?

– Czasami takie sprzeczki mogą się wymknąć spod kontroli.

Priscilla wzruszyła ramionami.

– Dochodziło czasami do pewnych zadrażnień. Jestem pewna, że w trakcie lunchu miał zostać poruszony temat pieniędzy. Cassandra sugerowała, że potrzebuje więcej, żeby skończyć ten swój nowy film. To kolejny powód, dla którego nie chciałam brać w tym udziału. – Na chwilę umilkła. – Dlaczego pytacie o Matthew? Nie sądzicie chyba, że miał z tym coś wspólnego?

– To rutynowe pytania, proszę pani – zapewnił ją Frost. – Zawsze musimy sprawdzić najbliższą rodzinę.

– On jest jej ojcem. Nie macie żadnych prawdziwych podejrzanych?

– Zna pani jakichś, pani Coyle?

Priscilla przez chwilę się zastanawiała.

– Cassie była ładną dziewczyną, a takie zawsze zwracają na siebie uwagę. Kiedy wpadnie się w oko jakiemuś mężczyźnie, nie wiadomo, co może z tego wyniknąć. Facet może mieć obsesję. Może śledzić ją w drodze do domu i… Wszyscy wiemy, jaki los spotyka czasem kobiety.

Jane z pewnością o tym wiedziała. Widziała skutki tej obsesji w kostnicach, oglądając zmasakrowane zwłoki i ładne buzie pocięte przez odrzuconych zalotników. Pomyślała o wyłupionych oczach Cassandry, oczach, które musiały widzieć zabójcę. Czy spojrzała na niego z pogardą lub wstrętem? Czy dlatego właśnie je wyłupił? Żeby nigdy już na niego nie popatrzyły?

Priscilla sięgnęła po płaszcz.

– Naprawdę muszę już wracać. To był okropny dzień.

– Jeszcze jedno pytanie, pani Coyle – powiedziała Jane.

– Słucham?

– Gdzie byli państwo wczorajszej nocy?

– Wczorajszej nocy? – Priscilla zmarszczyła brwi. – Dlaczego pani pyta?

– To kolejne rutynowe pytanie.

– W porządku – mruknęła pani Coyle, zaciskając wargi. – Skoro musi pani o to zapytać, chętnie odpowiem. Wczorajszą noc Matthew i ja spędziliśmy w domu. Przyrządziłam kolację. Łososia z brokułami, jeśli was to interesuje. A później oglądaliśmy film w telewizji.

– Jaki to był film?

– Och, na litość boską. Jakiś stary film na TCM. *Inwazja porywaczy ciał.*

– A potem?

– Potem poszliśmy do łóżka.

□   □   □

– Oglądałaś kiedyś *Inwazję porywaczy ciał*? – zapytał Frost, kiedy siedzieli w szpitalnej kawiarence, opychając się kanapkami. O tak późnej godzinie w automacie były tylko kanapki z tuńczykiem, szynką i serem. Ta z tuńczykiem, którą wzięła Jane, zupełnie rozmiękła, ale była to przynajmniej jakaś kolacja, której oboje nie mieli okazji zjeść wcześniej.

– Ten film miał chyba kilka wersji?

– Nie mówię o remake'ach, tylko o klasycznym czarno--białym filmie, tym z Kevinem McCarthym.

– Czarno-białym? To chyba jeszcze sprzed naszej epoki?

– Owszem, ale ten film jest ponadczasowy. Alice mówi, że jest doskonałą metaforą alienacji. Jej zdaniem, ktoś, kto tak jak w tym filmie, zaczyna się zachowywać w mechaniczny sposób, jest jak twoja żona lub mąż, którzy przeistoczyli się w kogoś obcego, kogoś, kto cię już nie kocha. Taka historia jest bardziej niepokojąca od typowego filmu o potworach, bo oddziałuje na ciebie na głębokim psychologicznym poziomie.

– Odkąd to znów rozmawiasz z Alice?

– Od... właściwie nie wiem. Od kilku tygodni. Wczoraj wieczorem oglądaliśmy razem *Inwazję*. Zaczęła się o dziewiątej, więc Priscilla Coyle nie kłamie, twierdząc, że oglądała film razem z mężem.

– Spędziłeś noc z Alice?

– Zjedliśmy tylko kolację i obejrzeliśmy telewizję. Potem poszedłem do domu.

– Możesz mi przypomnieć, przed iloma miesiącami wziąłeś z nią rozwód?

– To wcale nie znaczy, że do siebie wrócimy.

Jane westchnęła i odłożyła rozmiękłą kanapkę. Dlaczego wszyscy, na których jej zależało, podejmowali ostatnio fatalne osobiste decyzje? Najpierw Maura pojechała zobaczyć się z tą psychopatką, Amaltheą Lank. A teraz Frost, którego traktowała jak młodszego brata, na nowo kontaktuje się z eksżoną. Pamiętała, jak nocami wydzwaniał do niej z płaczem, kiedy Alice zdradziła go ze swoim kolegą z wydziału prawa. Jak zastanawiała się, czy nie skonfiskować mu broni, żeby nie zrobił sobie czegoś złego. Pomyślała o miesiącach, które nastąpiły potem: wysłuchiwaniu jego litanii narzekań na nieudane randki z kobietami, które nigdy nie były tak ładne i tak inteligentne, by zastąpić Alice, tę sukę. Teraz cały ten nieszczęsny cykl powtarzał się od nowa: sielanka i złamane serce, sielanka i złamane serce. Frost zasługiwał na coś lepszego.

Nadeszła pora, żeby wygarnąć mu bez ogródek, w co się pakuje.

– Ponieważ znowu ze sobą rozmawiacie – podjęła – czy zwierzyła ci się może, co porabia jej nowy chłopak? Ten, którego poznała na wydziale prawa?

– Skończyła już prawo. Ma dyplom.

– Łatwiej jej będzie zgnoić cię przed sądem.

– Ale ona wcale mnie nie zgnoiła. Rozwiedliśmy się całkiem kulturalnie.

– Pewnie dlatego, że miała wyrzuty sumienia, bo bzykała się z Panem Studentem Prawa. Obiecaj, że będziesz na siebie uważał.

Frost również odłożył kanapkę i głęboko westchnął.

– Życie nie jest takie czarno-białe, jak ci się wydaje. Nie ożeniłem się z Alice bez powodu. Jest inteligentna, śliczna, wesoła...

– Ma chłopaka.

– Ta sprawa jest już zakończona. Dostał pracę w Waszyngtonie i zerwali.

– Aha. Dlatego przybiegła z powrotem do swojego mężulka.

– Jezu, ty nie zdajesz sobie sprawy, jak wygląda teraz szukanie partnerki. To jak pływanie w morzu pełnym rekinów. Byłem na kilkudziesięciu randkach i wszystkie okazały się katastrofą. Kobiety nie są takie jak kiedyś.

– Teraz wyrosły nam kły.

– I żadna nie chce się umawiać z gliniarzem. Wszystkie są przekonane, że mamy problemy z samokontrolą.

– Ty z pewnością masz z tym problem. Pozwalasz, żeby to ona cię kontrolowała.

– Nieprawda.

– Dlatego pewnie do ciebie wróciła. Bo wie, że może cię okręcić wokół małego palca. – Jane pochyliła się ku niemu, zdecydowana uchronić go przed błędem, którego będzie kiedyś gorzko żałował. – Zasługujesz na coś lepszego, naprawdę. Jesteś miłym, bystrym facetem. Będziesz miał superemeryturę.

– Przestań. Zawsze wydaje ci się, że wiesz lepiej. – Frost, który miał ziemistą cerę, teraz wyraźnie się zaczerwienił. – Swoją drogą, dlaczego w ogóle mówimy o Alice? Rozmawialiśmy o *Inwazji porywaczy ciał*.

– No tak, jasne. – Jane westchnęła. – O tym filmie.

– Rzecz w tym, że puszczali go wczoraj w telewizji, tak jak powiedziała pani Coyle. A to znaczy, że nie kłamała. Zresztą, dlaczego miałaby zabijać pasierbicę?

– Bo się nienawidziły?

– Coyle, kiedy się obudzi, na pewno potwierdzi alibi żony.

– Wracając do Alice. Pamiętasz chociaż, jak bardzo cię skrzywdziła? Nie chcesz chyba, żeby to się powtórzyło?

– Dosyć. Nie będziemy o tym mówić.

Frost zmiął opakowanie po kanapce, wstał i nagle nadstawił uszu, słysząc nadawany przez głośniki komunikat.

– Kod niebieski, sala siedemset piętnaście. Powtarzam: kod niebieski, sala siedemset piętnaście.

Spojrzał na Jane.

– Siedemset piętnaście? Czy to nie…

Izolatka Matthew Coyle'a.

Wybiegli pędem z kawiarenki. Coyle leżał na siódmym piętrze. Za wysoko, żeby wspinać się po schodach. Jane nacisnęła dwa razy przycisk windy. Kiedy drzwi się otworzyły, o mało nie zderzyła się z wychodzącą z kabiny pielęgniarką.

– Myślałem, że będzie z nim dobrze – powiedział Frost, gdy ruszyli na siódme piętro.

– Atak serca nigdy dobrze się nie kończy. A my nie skończyliśmy go przesłuchiwać.

Kiedy wychodzili z windy, przemknęła obok nich pielęgniarka. Biegła do sali siedemset piętnaście. Przez otwarte drzwi nie widać było pacjenta. Tłum medyków w niebieskich fartuchach kompletnie zasłaniał widok.

– Wazopresyna nie działa! – zawołała jakaś kobieta.

– W porządku, próbujemy jeszcze raz. Dwieście dżuli.

– Uwaga, impuls na trzy. Odsunąć się! Raz. Dwa. Trzy!

Jane usłyszała głuche łupnięcie. Przez kilkanaście sekund oczy wszystkich zwrócone były na monitor.

– W porządku, mamy rytm! Tachykardia zatokowa.

– Ciśnienie krwi dziewięćdziesiąt na sześćdziesiąt.

– Przepraszam – odezwał się nagle ktoś stojący za Jane. – Czy są państwo z rodziny?

Jane odwróciła się i zobaczyła przed sobą pielęgniarkę.

– Jesteśmy z bostońskiej policji – odparła. – Ten pacjent jest świadkiem w sprawie o zabójstwo.

– Proszę stąd wyjść.

– Co się dzieje? – zapytała Jane.

– Proszę pozwolić lekarzom wykonywać ich pracę.

Kiedy pielęgniarka wyprowadzała ich na korytarz, Jane dostrzegła bosą stopę Matthew Coyle'a. Na tle białego prześcieradła wydawała się niepokojąco sina i z plamami. Potem drzwi się zatrzasnęły i stopa zniknęła z pola widzenia.

– Będzie żył? – zapytał Frost.

Pielęgniarka spojrzała na zamknięte drzwi.

– Nie wiem – odpowiedziała zgodnie z prawdą.

# Rozdział siódmy

Błękitnooki wciąż śpi, gdy nazajutrz rano wstaję z jego łóżka. Nasze ubrania leżą na podłodze tam, gdzie je z siebie zrzuciliśmy, moja bluzka i jego koszula przy drzwiach, moje majtki pośrodku pokoju, biustonosz zwinięty niczym koronkowa różowa kobra przy szafce nocnej. Zabieram ciuchy i torebkę i wchodzę na palcach do łazienki – typowo męskiego przybytku z chromowanym prysznicem i czarną terakotą na ścianach. Nigdzie nie widzę wanny; faceci po prostu nie lubią moczyć się długo w ciepłej wodzie. Sikam do smukłego sedesu Numi, a potem myję twarz i zęby w onyksowej białej umywalce. Na wypadek takich szybkich numerków zawsze noszę ze sobą w torebce szczoteczkę do zębów, choć nie pamiętam, kiedy ostatnio spędziłam całą noc w łóżku mężczyzny. Na ogół wynoszę się na długo przed wschodem słońca. Zeszłej nocy musiałam być naprawdę zmęczona.

A może powodem była rioja, której wypiliśmy całe dwie butelki.

Widzę jej efekty w lustrze: podkrążone oczy i włosy jak u stracha na wróble. Zwilżam włosy i je wygładzam, żeby przypominały moją normalną fryzurę na pazia. Chociaż rozmamłana, robię również wrażenie zaspokojonej i zadowolonej, czego nie pamiętam od dłuższego czasu. Dzięki, Błękitnooki.

Otwieram apteczkę i sprawdzam jej zawartość. Plastry, aspiryna, krem do opalania z filtrem 30 oraz syrop na kaszel. Są również dwie buteleczki z lekami na receptę, którym uważniej się przyglądam. Vicodin i valium, oba przepisane na bóle kręgosłupa. Leki wykupiono dwa lata temu i w każdej buteleczce jest jeszcze kilkanaście tabletek, co oznacza, że ostatnio nie dokuczały mu plecy.

Nie zorientuje się, że ktoś mu zwinął kilka tabletek.

Wysypuję na dłoń po cztery z każdej buteleczki i chowam do kieszeni. Nie jestem uzależniona, ale skoro nadarza się sposobność, dlaczego nie skorzystać z darmowych farmaceutyków? Mogą mi się pewnego dnia przydać, a jemu najwyraźniej nie są pilnie potrzebne. Nakładam z powrotem zabezpieczające przed dostępem dzieci zakrętki i zerkam na widniejące na buteleczkach nazwisko. Everett J. Prescott. Cóż za wielkopańskie nazwisko. Na pewno wywodzi się z jakiegoś szacownego rodu. W nocy nie mieliśmy czasu przedstawić się sobie. Nie ma pojęcia, jak się nazywam, co nawet mi odpowiada, bo wszystko wskazuje na to, że nigdy się już nie spotkamy.

Ubieram się w łazience i wracam cichutko do sypialni, żeby włożyć buty. On dalej śpi, z wysuniętym spod kołdry nagim ramieniem. Na chwilę przystaję, by podziwiać jego smukłe rzeźbione mięśnie. To nie są nabrzmiałe muskuły bywalca siłowni; wyglądają na coś, co wykształcił dzięki uczciwej pracy. Wczoraj wieczorem mówił, że jest architektem krajobrazu, i wyobrażam sobie, jak buduje kamienne murki i dźwiga worki z torfem, choć szczerze mówiąc, nie sądzę, żeby na tym polegała ta praca. Szkoda, że nigdy się tego nie dowiem.

Już dawno powinnam się stąd wynieść. Nie chcę tu być, kiedy się obudzi. Tak zawsze rozwiązuję problem postkoitalnego poranka. Nie jestem fanką niezdarnych pożegnań i obiecywania sobie, że jeszcze się spotkamy. I tak zresztą nie dotrzymuję takich obietnic. Dlatego nigdy nie sprowadzam mężczyzn do siebie. Nie wiedząc, gdzie mieszkam, na pewno nie zapukają do moich drzwi.

Ale coś w Everetcie sprawia, że zaczynam wątpić w słuszność strategii „pokochaj i rzuć". Nie chodzi tylko o to, że był nadzwyczaj uważnym kochankiem i chętnie zaspokajał moje najbardziej wyuzdane potrzeby, że miał wesołe oczy i śmiał się ze wszystkich moich dowcipów. Jest w nim coś więcej: jakaś głębia, szczerość, którą rzadko dostrzegam u ludzi.

A może to tylko zastrzyk oksytocyny, którego efektów doświadcza się po każdym udanym i wyczerpującym stosunku.

Na ulicy oglądam się, żeby zobaczyć, gdzie mieszka. To ładny ceglany budynek, bez wątpienia zabytkowy, w dzielnicy, na którą nie będzie mnie nigdy stać. Everett musi naprawdę dobrze zarabiać i przez chwilę zastanawiam się, czy dobrze robię, tak nagle się z nim rozstając. Być może należało zostać trochę dłużej. Może powinnam mu podać numer swojego telefonu albo przynajmniej nazwisko.

Potem uświadamiam sobie minusy. Zamach na moją prywatność. Jego wygórowane oczekiwania. Natarczywe telefony, uczepienie się mnie, zazdrość.

Nie, lepiej będzie po prostu odejść.

Ale robiąc to, zapamiętuję adres, żebym w razie czego mogła tu wrócić. Bo nigdy nie wiadomo: ktoś taki jak Everett Prescott zawsze może się przydać.

# Rozdział ósmy

– Jak długo go reanimowali? – zapytała Maura, przecinając żebra Cassandry Coyle.

Jane skrzywiła się, słysząc trzask kości i zgrzytanie nożyc. Żebra i mostek, które wcześniej chroniły serce i płuca Cassandry, broniły teraz dostępu do zawartych w jej ciele sekretów. Maura usuwała je szybko i skutecznie.

– Piętnaście, może dwadzieścia minut – odparła Jane. – W końcu udało się wznowić akcję serca. Kiedy dziś rano dzwoniłam do szpitala, wciąż żył.

Maura przecięła kolejne żebro i Jane zobaczyła grymas na twarzy Frosta. Maura czuła się w kostnicy jak w domu, ale dla Frosta, o którego delikatnym żołądku opowiadano w wydziale zabójstw legendy, widoki i zapachy, z jakimi spotykał się w tym pomieszczeniu, stanowiły zawsze poważne wyzwanie. Zwłoki Cassandry Coyle były jednymi ze świeższych, z jakimi mieli do czynienia – miały zaledwie dzień, gdy je odkryto – ale w temperaturze pokojowej martwe ciało bardzo szybko zaczyna wydzielać nieprzyjemny odór. Teraz był wystarczająco silny, by Frost pobladł i podniósł rękę, chcąc się przed nim zasłonić.

– Kiedy do zatrzymania akcji serca dochodzi w szpitalu, człowiek ma czterdzieści procent szans, że ją przywrócą. I dwadzieścia procent na to, że wyjdzie żywy ze szpitala – przytoczyła statystyki Maura, przecinając ostatnie żebra. – Już się wybudził?

– Nie. Nadal jest w śpiączce.

– W takim razie obawiam się, że rokowania nie są dobre. Nawet jeśli Coyle przeżyje, niedotlenienie spowoduje trwałe uszkodzenie mózgu.

– To znaczy, że będzie warzywem.

– Niestety, jest to całkiem możliwe.

Wszystkie, żebra zostały przecięte i Maura podważyła teraz mostek. Z otwartej klatki piersiowej rozszedł się odór płynów ustrojowych i Frost natychmiast się cofnął. Za to Maura pochyliła się bardziej, żeby przyjrzeć się znajdującym się tam narządom.

– Płuca wydają się obrzęknięte. Jest w nich dużo płynu – powiedziała, sięgając po skalpel.

– Co nam to mówi? – zapytał stłumionym głosem Frost.

– To nie jest rzadki objaw. Może oznaczać kilka rzeczy. – Maura zerknęła na swojego asystenta. – Yoshima, czy mógłbyś dopilnować, żeby materiał posłano do badań toksykologicznych?

– Już to zrobiłem – odparł Yoshima, jak zawsze spokojny i kompetentny. – Zamówiłem zarówno AxSYM, jak i Toxi-Lab A, poza tym GC-MS dla ustalenia ilości. To powinno objąć wszystkie znane leki i narkotyki.

Maura sięgnęła głębiej do klatki piersiowej i wyciągnęła ociekające krwią płuca.

– Są zdecydowanie ciężkie – stwierdziła. – Nie widzę

żadnych urazów, tylko kilka wybroczyn. To też nie jest rzadki objaw. – Położyła wycięte serce na tacce i zaczęła wodzić palcami w rękawiczkach po tętnicach wieńcowych. – Ciekawe – mruknęła.

– Powtarzasz to przy każdych zwłokach – zauważyła Jane.

– Bo każde zwłoki opowiadają jakąś historię, lecz te nie zdradzają żadnych sekretów. Nacięcie szyjne i zdjęcia rentgenowskie nie wykazały nic odbiegającego od normy. Jej kość gnykowa jest nietknięta. I popatrz, jak czyste są tętnice wieńcowe. Ani śladu zakrzepu i zawału. To idealnie zdrowe serce w idealnie, zdawałoby się, zdrowej młodej kobiecie.

Kobiecie, która wydawała się silna i sprawna, z całą pewnością zdolna do stawienia zażartego oporu napastnikowi, pomyślała Jane. A mimo to Cassandra Coyle nie miała ani jednego złamanego paznokcia, ani jednego sińca na rękach, nic, co wskazywałoby, że walczyła z zabójcą.

Maura zajęła się jamą brzuszną. Metodycznie wycięła wątrobę i śledzionę, trzustkę i jelita, ale najbardziej interesował ją żołądek. Podniosła go ostrożnie, jakby odbierała poród, i położyła na tacce. Tej części sekcji Jane zawsze najbardziej się obawiała. Wszystko, co przed śmiercią zjadła ofiara, miało już dwa dni i było rozkładającą się mieszanką kwasów żołądkowych i częściowo przetrawionego jedzenia. Ona i Frost cofnęli się o kilka kroków, a Maura wzięła do ręki skalpel. Frost zmrużył oczy nad papierową maską, szykując się na przykry zapach.

Jednak kiedy Maura rozcięła żołądek, wyciekł z niego tylko purpurowy płyn.

– Czujecie zapach? – zapytała.

– Raczej nie – odparła Jane.

– Moim zdaniem, to wino. Sądząc po kolorze, raczej ciężkie: cabernet albo zinfandel.

– Nie podasz nam rocznika? Ani winnicy? – parsknęła Jane. – Opuszczasz się, Mauro.

Maura zbadała zawartość żołądka.

– Nie widzę tutaj żadnego pokarmu, co oznacza, że ostatni posiłek zjadła co najmniej kilka godzin przed śmiercią. – Podniosła wzrok. – Znaleźliście jakieś otwarte butelki wina w mieszkaniu?

– Nie – odparł Frost. – I nie było brudnych kieliszków na blacie ani w zlewozmywaku.

– Może napiła się gdzie indziej – zasugerowała Jane. – Myślisz, że spotkała się z zabójcą w barze?

– To musiało być tuż przed powrotem do domu. Płyny dość szybko przechodzą do jelita czczego, a mimo to wino nadal było w żołądku.

– Wyszła ze studia filmowego mniej więcej o szóstej – powiedział Frost. – Do domu miała dziesięć minut spacerkiem. Sprawdzę bary w okolicy.

Maura opróżniła zawartość żołądka do słoja i zajęła się głową ofiary. Przez chwilę stała, wpatrując się w puste oczodoły Cassandry Coyle. Już wcześniej zbadała usunięte gałki oczne, które moczyły się teraz w konserwancie niczym dwie zanurzone w ginie groteskowe oliwki.

– Zatem wstąpiła gdzieś, żeby wypić kieliszek wina. – Jane próbowała ustalić sekwencję wydarzeń. – A potem zaprosiła zabójcę do domu. Albo za nią przyszedł. Ale co zdarzyło się potem? Jak ją zamordował?

Zamiast odpowiedzieć, Maura ponownie wzięła do ręki

skalpel. Wbiła go w skórę za uchem Cassandry i przecięła równo skalp, prowadząc ostrze przez czubek głowy aż do drugiego ucha.

Jak łatwo można pozbawić człowieka jego najbardziej rozpoznawalnych cech, myślała Jane, patrząc, jak Maura ściąga do przodu skórę twarzy. Śliczna twarz Cassandry Coyle zmieniła się w mięsistą maskę; opadające do przodu farbowane włosy zasłoniły ją niczym kurtyna. Wizg piły oscylacyjnej nie pozwalał na żadne rozmowy i Jane odwróciła się, gdy w jej nozdrza wpadł zapach kostnego pyłu. Przynajmniej czaszka była bezosobowa. Mogła być kogokolwiek, podobnie jak kogokolwiek mógł być mózg, który odsłaniali.

Maura uniosła sklepienie czaszki i odsłoniła lśniącą powierzchnię substancji szarej. Tutaj było to, co czyniło Cassandrę niepowtarzalną istotą ludzką. W ważącym półtora kilograma organie zmagazynowana była cała pamięć, wszystkie doznania, wszystko to, co kiedykolwiek poznała, poczuła czy pokochała. Maura delikatnie podniosła płaty, przecięła nerwy i tętnice i w końcu wyjęła mózg z jego miejsca w czaszce.

– Nie ma widocznych krwotoków – stwierdziła. – Żadnych śladów stłuczeń. Żadnych obrzęków.

– Więc wydaje się normalny? – zapytał Frost.

– Owszem. Przynajmniej powierzchownie. – Maura ostrożnie zanurzyła narząd w pojemniku z formaliną. – Mamy tutaj młodą kobietę ze zdrowym sercem, zdrowymi płucami i mózgiem. Nie została uduszona. Nie padła ofiarą seksualnego maniaka. Nie ma żadnych sińców, żadnych śladów po igle, w ogóle żadnych widocznych urazów, z wyjątkiem uszkodzenia oczu. A te zostały wyłupione po śmierci.

– W takim razie, co jej się przytrafiło? Co ją zabiło? – zapytała Jane.

Maura przez chwilę się nie odzywała, wpatrując się w zanurzony w formalinie mózg. Mózg, który nie dawał żadnych odpowiedzi.

– Nie wiem – powiedziała w końcu.

W kieszeni Jane zabrzęczał telefon. Ściągnąwszy szybko rękawiczki, wydobyła komórkę spod ochronnego fartucha i zobaczyła na ekranie nieznany numer.

– Detektyw Rizzoli, słucham?

– Witam, przepraszam, że wcześniej nie oddzwoniłem – usłyszała głos mężczyzny – ale właśnie wróciłem do domu z Boca Raton i, kurczę, żałuję, że to zrobiłem. Pogoda tutaj jest do dupy.

– Kto mówi?

– Nazywam się Benny Lima. Biuro Podróży Lima, kojarzy pani? Zostawiła mi pani wczoraj w nocy wiadomość w sprawie kamery monitoringu. Tej, która jest skierowana w stronę Utica Street.

– Kamera jest w pełni sprawna?

– Oczywiście. W zeszłym roku sfilmowaliśmy chłopaka, który rozbił kamieniem szybę.

Słysząc słowo „kamera", Frost nadstawił uszu.

– Potrzebujemy wszystkiego, co się nagrało w poniedziałkowy wieczór – powiedziała Jane. – Nadal pan to ma?

– Oczywiście i czekam z tym na panią.

# Rozdział dziewiąty

Niebo pluło marznącą mżawką, która siekła Jane po twarzy, kiedy razem z Frostem wysiadła z samochodu i przebiegła przez ulicę do Biura Podróży Lima. Po chwili weszli do środka, dzwonek przy drzwiach obwieścił ich przybycie.

– Halo?! – zawołała. – Panie Lima?

Biuro wydawało się puste. Sądząc po zakurzonym plastikowym rododendronie i wyblakłych plakatach reklamujących rejs wycieczkowcem, od dziesięcioleci nikt nie zmieniał tu wystroju. Wygaszacz ekranu wyświetlał cykl kuszących fotografii tropikalnych plaż, na których w ten szary i smętny dzień z pewnością chciałby się znaleźć każdy bostończyk.

Gdzieś z tyłu rozległ się szum spuszczanej wody. Chwilę później z pokoiku na zapleczu wytoczył się facet, a właściwie coś, co przypominało bardziej górę mięsa z wyciągniętą w ich stronę wilgotną ręką.

– Jesteście z bostońskiej policji, tak? – zapytał, zamykając z entuzjazmem dłoń Jane w swoim miękkim łapsku. – Benny Lima. Oddzwoniłbym wcześniej, ale jak już wspominałem, wróciłem właśnie z…

– ...Boca Raton – wtrąciła Jane.

– Zgadza się. Pojechałem tam, bo zmarł mój wujek Carlo. Pogrzeb był wspaniały, naprawdę ekstra. Wujek był w tamtejszej emeryckiej społeczności kimś w rodzaju celebryty. Tak czy owak, odsłuchałem waszą wiadomość dopiero dziś rano, po przyjściu do biura. Bardzo się cieszę, że mogę w jakikolwiek sposób pomóc bostońskiej policji.

– Ma pan podobno zamontowaną kamerę, panie Lima? – zapytał Frost.

– Owszem. System zachowuje nagrania z ostatnich czterdziestu ośmiu godzin, więc jeśli potrzebujecie czegoś z tego przedziału czasowego, powinniśmy to znaleźć.

– Potrzebne nam jest nagranie z poniedziałkowego wieczoru.

– Na pewno się nie skasowało. Chodźcie na zaplecze, pokażę wam nasz sprzęt.

Benny zaprowadził ich irytująco wolnym krokiem do pakamery tak małej, że z trudem się tam we trójkę zmieścili. Frost przecisnął się obok potężnego korpusu Limy i usiadł przy komputerze.

– Zainstalowaliśmy ten system trzy lata temu, po tym, jak w ciągu jednego miesiąca mieliśmy trzy włamania. Nie trzymamy w biurze gotówki, ale te dupki podprowadzały nam komputery. Kamera sfilmowała w końcu na gorącym uczynku jednego z nich. Nie uwierzycie, dzieciak mieszkał tuż za rogiem. Co za gnojek!

Frost postukał w klawisze i na ekranie pojawił się obraz z kamery. Była skierowana w wąski wylot Utica Street, przy której mieszkała Cassandra Coyle. Obraz nie obejmował całej ulicy i nie miał najwyższej rozdzielczości, ale ze wszystkich kamer w sąsiedztwie tylko ta jedna mogła zarejestrować kogoś, kto wchodził od południa w Utica Street lub z niej wychodził. Film, który teraz oglądali, został zrobiony w świetle dnia i przedstawiał trzech przechodniów. Zgodnie z napisem na dole, nagranie pochodziło z poniedziałku, z godziny dziesiątej.

Kiedy Cassandra Coyle jeszcze żyła.

– To początek nagrania – wyjaśnił Benny. – Zaraz po otrzymaniu waszej wiadomości, wcisnąłem przycisk ZAPISZ, żeby nic nie nagrało się na tym, co jest wam potrzebne.

Frost wcisnął ikonę szybkiego przewijania do przodu.

– Przejdźmy do poniedziałkowego wieczoru – mruknął.

Benny spojrzał na Jane.

– Chodzi o tę dziewczynę, którą zamordowano na Utica Street? Mówili o tym w telewizji. Tego rodzaju rzeczy nie zdarzają się w naszej okolicy.

– Tego rodzaju rzeczy zdarzają się w każdej okolicy – odparła.

– Urzęduję tu od niepamiętnych czasów. To biuro podróży założył mój wujek jeszcze w latach siedemdziesiątych. Ludziom można było wtedy to i owo doradzić, kiedy planowali wakacje. Rezerwowaliśmy sporo wycieczek do Hongkongu i na Tajwan, gdzie Chinatown było tuż za rogiem. Ale teraz wszyscy włączają komputery i biorą każde gówno, które znajdą w internecie. To bezpieczna okolica i nie pamiętam, żeby dochodziło tutaj do jakichś morderstw... to znaczy oprócz tej strzelaniny przy Knapp Street. – Benny urwał. – I tego faceta, którego sprzątnęli w magazynie. – Kolejna pauza. – No i wtedy, jak...

– Zaczynamy – przerwał mu Frost.

71

Jane skupiła uwagę na ekranie. W dolnym prawym rogu widniała teraz siedemnasta pięć.

– Widzisz coś? – zapytała.

– Jeszcze nie – odparł Frost.

– Akurat o tej porze byłem w Boca Raton – odezwał się Benny. – Mam kwity z linii lotniczych i w ogóle, gdybyście chcieli zobaczyć.

Jane nie chciała ich zobaczyć. Dosunęła sobie krzesło i usiadła obok Frosta. Oglądanie nagrań monitoringu jest jednym z tych ogłupiających zadań, kiedy długie godziny nudy urozmaicają rzadkie zastrzyki adrenaliny. Zgodnie z tym, co mówili jej koledzy, Cassandra wyszła ze studia Crazy Ruby Films około szóstej, po całym dniu, który spędziła przy montażu *Mr. Simian*. Ze studia można było dojść do jej domu mniej więcej w dziesięć minut. Jeśli skręcała w Utica z Beach Street, musiała przejść obok tej kamery.

Więc gdzie się podziała?

Frost przyśpieszył film i minuty mijały teraz dwa razy szybciej. Ulicą przemykały samochody. Przechodnie wskakiwali i wyskakiwali z kadru. Żaden nie skręcał w Utica Street.

– Wpół do siódmej – oznajmił Frost.

– To znaczy, że nie wróciła do domu prosto z pracy.

– Albo jej nie zauważyliśmy – wtrącił Benny, jakby należał już do ich zespołu. Stał za Jane, zerkając na monitor zza jej ramienia. – Mogła wejść z drugiej strony, od Kneeland Street. W takim wypadku moja kamera by jej nie sfilmowała.

Jane nie chciała się z tym pogodzić, ale Benny miał rację: Cassandra mogła wrócić na Utica Street niezarejestrowana przez tę i jakąkolwiek inną kamerę.

Lima dyszał jej prosto w kark i pomyślała o wirusie grypy. Starała się ignorować faceta i koncentrować na filmie. Poniedziałkowy wieczór był mroźny, minus osiem stopni, i wszyscy pojawiający się w kadrze przechodnie mieli na sobie grube płaszcze, szaliki i czapki. Jeśli była wśród nich Cassandra, czy zdołają ją w ogóle rozpoznać? Kiedy przysunęła się do ekranu monitora, Benny zrobił to samo, z każdym swoim oddechem rozsiewając zarazki.

– Czy mógłby pan dla nas coś zrobić, panie Lima? – zapytała.

– Ja? Oczywiście!

– Zauważyłam, że macie tu obok kafejkę. Mój wspólnik i ja chętnie napilibyśmy się kawy.

– Co mam wam zamówić? Latte? Cappuccino? Mają tam wszystko.

Jane wyłowiła z torebki dwudziestodolarowy banknot.

– Czarną z cukrem. Dla nas obojga.

– Jasne. – Benny nasunął na ramiona płaszcz, tak ogromny i długi, że wyglądał w nim niczym sunący ku drzwiom cumulus. – Chętnie oddam przysługę bostońskiej policji.

Nie musisz się śpieszyć, Benny, pomyślała, kiedy zamknęły się za nim drzwi.

Na ekranie monitora widniała teraz dwudziesta dziesięć i przechodniów było coraz mniej. Cassandra powinna już do tej pory wrócić do domu. To oznaczało, że skręciła prawdopodobnie w Utica Street z drugiej strony. Niech to szlag, przegapiliśmy ją.

– Bingo! – odezwał się nagle Frost.

Jane skupiła z powrotem wzrok na ekranie. Frost zatrzymał obraz z kamery.

Dwie skręcające w Utica Street osoby zlały się w jedną

plamę. Chociaż Jane nie widziała ich twarzy, po wzroście i szerokości ramion widać było, że wyższą z nich jest mężczyzna. Niższa osoba jakby się do niego przykleiła, opierając głowę na jego ramieniu. Jane wpatrywała się w dwugłowy kontur, próbując znaleźć jakieś znaki szczególne, ale twarze obojga tonęły w mroku.

– Cassandra miała metr siedemdziesiąt wzrostu. Jeśli to ona, facet musi mieć co najmniej metr osiemdziesiąt pięć – powiedziała.

– Było piętnaście po ósmej – dodał Frost. – Jeśli wyszła ze studia o szóstej, gdzie podziewała się tak długo? Gdzie spotkała tego gościa?

Jane popatrzyła na to, co wisiało na ramieniu mężczyzny: plecak. Pomyślała o tym, co mógł w nim mieć. Lateksowe rękawiczki. Instrumenty chirurgiczne. Wszystko, czego dobrze przygotowany zabójca potrzebował, by wykonać swój dziwny pośmiertny rytuał.

Czując na ramieniu dłoń Benny'ego, o mało nie spadła z krzesła.

– Hej, to tylko ja! Przyniosłem wam kawę. – Grubas podał jej filiżankę.

Z walącym sercem odchyliła się i pociągnęła łyk. Kawa okazała się tak gorąca, że Jane sparzyła się w język.

Powoli. Nie śpiesz się tak.

– To on? – zapytał Benny.

Obejrzała się i zobaczyła, że Lima wpatruje się w ekran. Jego na pewno mogła wyeliminować z kręgu podejrzanych. Żadna zwykła kurtka nie okryłaby człowieka wielkiego jak dom.

– Powiedzmy, że to ktoś, kto nas interesuje.

– I zarejestrowała go moja kamera! Ekstra.

Ale moment był zbyt krótki – przez ekran przemknął tylko cień dwóch osób.

– Przewiń szybko do przodu – poleciła Frostowi. – Może uda nam się go zobaczyć, kiedy będzie wychodził.

Zegar na dole ekranu pokazał godzinę dwudziestą pierwszą. Potem dwudziestą drugą.

Frost zatrzymał obraz na dwudziestej trzeciej dziesięć.

– Mamy cię – szepnęła cicho Jane. Twarz mężczyzny skrywał kaptur kurtki, więc nie widzieli jego rysów. Na ramieniu miał zawieszony plecak.

– Skręcił z ofiarą w Utica Street piętnaście po ósmej – powiedział Frost. – Wyszedł dziesięć po jedenastej. Trzy godziny później.

To dawało mu więcej czasu, niż potrzebował, żeby zabić i okaleczyć.

*Co jeszcze robiłeś w jej mieszkaniu przez te trzy godziny? Podziwiałeś widok?*

Jane pomyślała o Cassandrze Coyle, która leżała na łóżku w spokojnej pozie i której przyczyny śmierci nadal nie znali. Przedawkowany lek, toksyna? Jak można namówić ofiarę do zażycia trucizny? Czy Cassandra wiedziała, że czeka ją śmierć?

– W ogóle nie widać jego twarzy – zauważył Frost. – Nie możemy określić jego wieku i rasy. Pewne wydaje się tylko to, że mamy do czynienia z mężczyzną. Albo bardzo dużą kobietą.

– Jest jeszcze coś, o czym wiemy.

– Co?

– To nie był nikt obcy – odparła Jane, podnosząc wzrok. – Przyprowadziła go ze sobą do domu.

# Rozdział dziesiąty

Kościół, w którym odbywało się nabożeństwo żałobne Cassandry Coyle, zmienił się w strefę działań wojennych. Siedząc w szóstym rzędzie kościoła Świętej Anny, Jane obserwowała spojrzenia, którymi obrzucali się niczym zatrutymi strzałami członkowie wrogich obozów byłej żony Matthew Coyle'a, Elaine, oraz jego obecnej małżonki Priscilli. Siedzące za Jane kobiety, plotkujące na temat drugiej żony, nie starały się nawet ściszać głosu.

– Popatrz na nią. Udaje, że naprawdę obchodzi ją los tej biednej dziewczyny.

– Co, u licha, Matthew w niej widział?

– Wyłącznie pieniądze, to jasne. Cóż innego? Jest cała z plastiku, począwszy od twarzy, a skończywszy na kartach kredytowych.

– Biedna Elaine. W taki straszny dzień musi siedzieć z nią w jednym kościele.

Oglądając się za siebie, Jane zobaczyła dwie nachylone ku sobie, zjednoczone w potępieniu pięćdziesięciolatki. Podobnie jak pierwsza żona Matthew Coyle'a, należały do stowarzyszenia żon obawiających się i zarazem gardzących kobietami pokroju Priscilli, które zarzucały sieci, by złowić mężów. Członkinie owego stowarzyszenia stawiły się tego dnia w pełnym składzie i niektóre otwarcie piorunowały wzrokiem Priscillę, która wstała, by przemówić do żałobników. Macocha Cassandry nie poskąpiła grosza na pogrzeb: trumna pasierbicy była zrobiona ze lśniącego drewna różanego i szczodrze obsypana białymi gladiolami. Priscilla przystanęła, by dotknąć dłonią zamkniętego wieka – nawet Jane skrzywiła się na widok tego teatralnego gestu – po czym podeszła do mikrofonu.

– Większość z was prawdopodobnie słyszała, że Matthew nie może być tu dziś z nami – powiedziała. – Wiem, że bardzo tego pragnie, ale leży w szpitalu, dochodząc do zdrowia po szoku, którego doznał po stracie swojej wspaniałej córki. Muszę więc mówić w imieniu nas dwojga. Straciliśmy… cały świat stracił… piękną i utalentowaną młodą kobietę.

Za plecami Jane rozległo się parsknięcie, dość głośne, by usłyszano je po drugiej stronie nawy, gdzie pośród członków drużyny Priscilli uwił sobie gniazdko Frost. Jane zobaczyła, jak kiwa z niedowierzaniem głową, i zastanawiała się, jakie słyszy z ich strony komentarze. Część spoglądała ponuro w kierunku kobiety, która parsknęła śmiechem.

– Poznałam Cassie, kiedy miała zaledwie sześć lat. Była nieśmiałą chudą dziewczynką z długimi włosami i nogami do samej szyi – kontynuowała Priscilla.

Jeśli słyszała przechodzący przez kościół szmer dezaprobaty, uparcie go ignorowała. Nie patrzyła również na ławkę w pierwszym rzędzie, gdzie siedziała jej rywalka Elaine.

– Mimo że prawie się wtedy nie znałyśmy, Cassie objęła

77

mnie swoimi rączkami za szyję i mocno uściskała. „Teraz mam drugą mamusię", powiedziała. W tym momencie uwierzyłam, że staniemy się prawdziwą rodziną.

– Gówno prawda – mruknęła jedna z siedzących za Jane kobiet.

Młoda dziewczyna leżała w trumnie, jej ojciec dogorywał w szpitalu i tak oto obchodziła żałobę rodzina Coyle'ów – z pretensjami i wściekłością. Jane widziała już podobne sceny na pogrzebach innych ofiar. Morderstwo uderza bez ostrzeżenia, nie daje szansy na zamknięcie dawnych sporów i na pożegnanie. Przerwanych rozmów nigdy nie da się dokończyć i taki jest rezultat: rodzina, która już na zawsze miała zostać podzielona.

Priscilla usiadła, a do mikrofonu podeszło znajome trio filmowców. Koledzy Cassandry zdołali doprowadzić się do jakiego takiego porządku. Obaj mężczyźni włożyli ciemne garnitury i krawaty, a Amber stosowną na tę okazję czarną sukienkę, lecz tkwiące w jej nosie złote kółko lśniło mocno w światłach ołtarza. Wyglądali niczym zaskoczeni odkrywcy, którzy trafili w nieznane miejsce i nie bardzo wiedzą, jak się zachować.

Amber była najwyraźniej zbyt przejęta, by wykrztusić choć jedno słowo, a Ben wpatrywał się po prostu w swoje reeboki. W imieniu całej trójki przemówił Travis Chang, mrugając nerwowo w świetle reflektora.

– Byliśmy czwórką muszkieterów, a Cassie była naszym D'Artagnanem – powiedział. – Była wojowniczką, leaderką. Miała dar opowiadania i potrafiła wysnuć złotą nić z doznanej w dzieciństwie traumy. Nasza czwórka poznała się na wydziale filmoznawstwa Uniwersytetu Nowojorskiego.

Przekonaliśmy się tam, że najbardziej przejmujące opowieści wywodzą się z najboleśniejszych epizodów naszego życia. Straciliśmy ją w trakcie przekładania na język filmu jednej z takich opowieści.

W tym momencie Travisowi załamał się głos. Kiedy starał się wziąć w garść, Amber chwyciła go za rękę, a Ben jeszcze bardziej pochylił głowę.

– Jeśli to, czego nauczyliśmy się na zajęciach z filmoznawstwa, jest prawdą – podjął Travis – jeśli najlepsze historie mają swoje źródło w cierpieniu, to historia, jaka z tego powstanie, będzie niesamowita. Nie wiemy, jak poradzić sobie z bólem, który budzi w nas jej strata, ale obiecujemy, że dokończymy to, co zaczęłaś, Cass. Ten film jest twoją opowieścią i twoim dzieckiem. Nie zawiedziemy cię.

Troje filmowców zeszło z podium i wróciło na swoją ławkę.

Przez chwilę nikt nie śpieszył się do zabrania głosu.

Nagłe skrzypnięcie ławki, z której wstała Elaine, wydało się w panującej ciszy bardzo głośne. Matka Cassandry wyglądała o wiele nobliwiej niż cztery dni wcześniej, gdy wstrząśnięta śmiercią córki, rozmawiając z Jane i Frostem, prawie przez cały czas mówiła szeptem. Teraz weszła z ponurą determinacją na podium i stała tam przez chwilę w milczeniu, przyglądając się zgromadzonym. W przeciwieństwie do Priscilli, której twarz zmieniła się po operacjach w plastikową gładką maskę wiecznej młodości, Elaine nie wstydziła się swojego wieku i tym większe robiła dzięki temu wrażenie. Jej zaczesane do góry włosy były poprzetykane siwizną, na twarzy widać było upływ pięćdziesięciu ośmiu lat, ale emanowała z niej siła.

I gorycz.

– Moja córka nie miała cierpliwości do głupców – powiedziała. – Wybierała na przyjaciół wyłącznie ludzi, w których wierzyła, i odwzajemniała po tysiąckroć ich lojalność. – W tym momencie spojrzała na trójkę młodych filmowców. – Dziękuję wam, Travisie, Benie i Amber, za to, że byliście przyjaciółmi mojej córki. Wiecie, z jakimi zmagała się przeciwnościami. Kiedy było jej ciężko, wspieraliście ją. W przeciwieństwie do pewnych ludzi, którzy nie wiedzą, czym jest lojalność. Którzy przy pierwszej pokusie uchylają się od odpowiedzialności.

Elaine spojrzała na Priscillę i jej oczy stwardniały. Z szeregów drużyny Elaine dał się słyszeć zachęcający pomruk.

– Gdyby Cassie tu była, powiedziałaby wam, na czym polega prawdziwa miłość. Powiedziałaby, że nie polega na porzuceniu własnego dziecka, kiedy ma tylko sześć lat. Nie można wynagrodzić tej zdrady, obsypując je potem pieniędzmi i prezentami. Dziecko zawsze będzie wiedzieć. Zawsze będzie pamiętać.

– Boże, czy ktoś nie może tego przerwać? – szepnął jakiś mężczyzna.

Priscilla wstała i wymaszerowała z kościoła.

W końcu to pastor postanowił przejąć kontrolę nad sytuacją i wspiął się na podium. Włączony mikrofon zarejestrował prowadzoną półgłosem rozmowę.

– Czy możemy oddać głos następnej osobie, moja droga?

– Nie, mam jeszcze coś do powiedzenia – upierała się Elaine.

– Ale być może nie jest to najlepszy moment. Pozwól, proszę, że odprowadzę cię na miejsce...

– Nie, chcę… – Elaine zachwiała się nagle, zbladła na twarzy i wyciągnęła rękę, żeby złapać się pulpitu.

– Na pomoc! Czy ktoś może mi pomóc?! – zawołał pastor, próbując ją podtrzymać. Wciąż ją obejmował, kiedy pod Elaine ugięły się nogi i osunęła się na podłogę.

◻ ◻ ◻

Elaine siedziała w zakrystii, popijając mocno osłodzoną herbatę. Odzyskała już kolory, a wraz z nimi całą swoją stanowczość; nie chciała słyszeć o wzywaniu karetki i zdecydowanie odrzuciła propozycję wizyty w szpitalu. Siedziała sztywno z ponurą miną, kiedy pastor krzątał się, żeby dolać gorącej wody do dzbanka. Za nią stała biblioteczka z książkami na temat współczucia, wiary i miłosierdzia, lecz w jej oczach nie było najmniejszego śladu tych cnót.

– Mija już tydzień – powiedziała, spoglądając na Jane i Frosta. – I nadal nie macie pojęcia, kto zabił moją córkę?

– Sprawdzamy każdy trop, proszę pani – odparła Jane.

– I co do tej pory odkryliście?

– Na przykład, że ma pani bardzo skomplikowaną rodzinę. – I warto było zobaczyć ją w całej brutalnej chwale, pomyślała. Jane przysunęła sobie krzesło i usiadła naprzeciwko Elaine. – Muszę powiedzieć, że była pani bardzo surowa w stosunku do Priscilli.

– Zasłużyła sobie na to. Cóż innego można powiedzieć o kobiecie, która kradnie ci męża?

– Na przykład, że mąż także ponosi za to część winy.

– Jasne, ponoszą ją oboje. Wie pani, jak do tego doszło?

*Nie jestem pewna, czy chcę wiedzieć.*

– Matthew był jej księgowym. Zajmował się deklaracjami podatkowymi i rachunkami w różnych bankach. Wiedział dokładnie, ile jest warta. Wiedział, że może mu zapewnić wygodne życie. Kiedy zaczął latać po kraju w sprawach służbowych, nie miałam pojęcia, że podróżują razem. Siedziałam w domu z biedną małą Cassie i to był najgorszy moment, żeby zostawiać nas same. W okolicy porwano właśnie małą dziewczynkę, wszystkie rodziny były wstrząśnięte, ale czy on się tym choć trochę przejął? Nie. Uganiał się w tym czasie za tą bogatą dupą.

Pastor, który trzymał w ręce czajnik z wrzącą wodą, zastygł w bezruchu i odwrócił się zaczerwieniony.

Elaine spojrzała na Jane.

– Rozmawiała pani z nią. Założę się, że przedstawiła zupełnie inną wersję tej historii – powiedziała.

– Jej zdaniem, wasze małżeństwo już wtedy przeżywało poważne problemy.

– Oczywiście. Tak mówi każda złodziejka mężów.

Jane westchnęła.

– Nie jesteśmy z poradni rodzinnej, proszę pani. Próbujemy po prostu dopaść zabójcę pani córki. Nie uważa pani, że śmierć Cassie może mieć coś wspólnego z różnymi konfliktami, do których dochodziło w waszej rodzinie?

– Wiem, że się nienawidziły.

– Pani córka nienawidziła Priscilli?

– Co by pani czuła, gdyby jakaś kobieta zakradła się i zabrała pani tatę? Nie znienawidziłaby jej pani?

Wcale nie tak trudno było to sobie wyobrazić. Jane pomyślała o własnym ojcu, który wdał się w krótki romans z kobietą określaną teraz przez nich mianem Dziuni. I o tym, jak złamało to serce Angeli. Czy teraz, kiedy romans się skończył i ojciec wrócił do domu, uda się kiedykolwiek poskładać razem to, co się rozsypało?

– Jeśli szuka pani osoby, która nienawidziła mojej córki – podjęła Elaine – niech pani dobrze przyjrzy się Priscilli.

– Czy jest ktoś jeszcze, na kim powinniśmy się skupić? – zapytał Frost. – W dzisiejszym nabożeństwie wzięło udział wiele osób. Rozpoznała pani większość?

– Dlaczego pan pyta?

– Bo czasami zabójca interesuje się śledztwem. Bierze udział w pogrzebie, żeby zobaczyć, jak morderstwo wpłynęło na rodzinę ofiary. Zadaje pytania, żeby zorientować się, czy policja jest na właściwym tropie.

Pastor wbił wzrok we Frosta.

– Pana zdaniem, mógł tu być zabójca? W moim kościele?

– Nie można tego wykluczyć, pastorze. Dlatego umieściliśmy przy wejściu kamerę, żeby zarejestrowała twarze wszystkich uczestników. Jeśli zabójca się tu pojawił, będziemy go mieli na nagraniu. – Frost spojrzał na Elaine. – Zauważyła pani kogoś, kto by tu nie pasował? Kto by się wyróżniał?

– Oprócz tych wrednych popleczników Priscilli? – Elaine pokręciła głową. – Znam większość tych ludzi. To koleżanki i koledzy Cassie ze studiów. Kilkoro starych znajomych z Brookline, gdzie dorastała. Tak wiele osób ją kochało i przyszło złożyć jej hołd. – Popatrzyła z niesmakiem na zimną herbatę. – Dzięki Bogu nie musiałam go oglądać – dodała.

– Kogo?

– Matthew. Słyszałam, że jest w śpiączce i rokowania nie

są zbyt dobre. – Elaine odstawiła głośno filiżankę na spodeczek. – Jeśli umrze, z pewnością nie wezmę udziału w jego pogrzebie.

□   □   □

– Nie ma nic piękniejszego od licznej szczęśliwej rodziny, prawda, Frost? – powiedziała Jane, siedząc za kierownicą samochodu, którym wracali do komendy. – Jej córka została zamordowana, były mąż jest podłączony do respiratora, a ona nie może się powstrzymać, żeby nie wbić szpili paskudnej drugiej żonie. Wydawało mi się, że z Priscilli jest niezły numer, ale ta pani ją przebiła.

– Zgadza się, jest niezrównana. Jak można tak długo wściekać się na eksmałżonka? Przecież od ich rozwodu minęło… Ile…? Dziewiętnaście lat.

Jane zatrzymała się na czerwonym świetle i spojrzała na Frosta, który również przeżył bolesny rozwód, a mimo to nigdy nie wściekał się na swoją byłą. A teraz oglądał z nią razem filmy i zajadał pizzę. Jeśli istnieją ludzie kompletnie pozbawieni genu chowania urazy, to Frost z pewnością do nich należał. Przy jego legendarnej spolegliwości ona sama mogła się wydać wredną zołzą. Ale problem z ludźmi spolegliwymi polega na tym, że inni chętnie wdeptują ich w ziemię. Dorastanie z dwoma braćmi nauczyło Jane, że szybki kopniak w kostkę okazywał się na ogół skuteczniejszy od uniżonej prośby.

– Nie jesteś nawet trochę zły na Alice? – zapytała.

– Dlaczego znowu zaczynamy o niej mówić?

– Bo zajmujemy się tematem rozgoryczonych eksmałżonków.

– No cóż, jestem zły – przyznał. – Troszeczkę.

– Troszeczkę?

– Co dobrego komu przyjdzie ze wściekania się przez całe życie? To niezdrowe. Trzeba wybaczyć i żyć dalej, tak jak to zrobiła twoja matka. Przecież się pozbierała?

– Owszem. Problem polega na tym, że mój tata też się pozbierał. I pojawił się znowu w jej życiu.

– Czy to źle, że znów są ze sobą?

– Wpadnij na Wigilię do rodziny Rizzolich. Zobaczysz na własne oczy, jak dobrze się między nimi układa.

– Czy to groźba, czy zaproszenie?

– Mama wciąż pyta, kiedy przyjdziesz znowu na kolację. Jesteś tym „miłym synkiem", którego nigdy nie miała. Po tym, jak zmieniłeś jej oponę, zawsze będzie miała do ciebie słabość. Możesz oczywiście przyjść, bo będzie dużo żarcia. Mówię o nieprzyzwoitej ilości żarcia.

– Jezu, chętnie bym przyszedł, ale mam już plany na Wigilię.

– Nie mów. – Jane uważnie mu się przyjrzała. – Spędzisz Wigilię z Alice?

– Owszem.

– No dobrze. Chyba możesz ją przyprowadzić – odparła, wzdychając.

– Widzisz? Dlatego właśnie jej nie przyprowadzę. Jest naprawdę uczulona na to, jak ją traktujesz.

– Traktuję ją tak z powodu tego, co ci zrobiła. Nie mogę patrzeć, jak ktoś cię krzywdzi. I jeśli ona zrobi to ponownie, pójdę do niej i skopię jej tyłek.

– Dlatego nie przyjdę z nią na Wigilię. Ale pozdrów ode mnie swoją mamę, dobrze? Jest bardzo miła.

Jane wjechała na parking przy komendzie i zgasiła silnik.

– Szkoda, że ja nie mogę się jakoś wymigać. Stosunki między mamą i tatą są takie, że to nie będzie przyjemny wieczór.

– Nie masz chyba wyboru. To twoja rodzina i jest wigilia Bożego Narodzenia.

– No właśnie. Ho, ho, ho – parsknęła Jane.

# Rozdział jedenasty

– Więc co to za historia z dziewczyną, której wyłupiono oczy?

Siedząca przy świątecznym stole Jane spiorunowała wzrokiem swojego brata Frankiego, który odkroił sobie właśnie gruby plaster pieczonego udźca jagnięcego. Ich matka spędziła cały dzień w kuchni, przygotowując danie, które wylądowało w całej glorii na stole Rizzolich. Udziec był naszpikowany ząbkami czosnku i idealnie upieczony. Otaczały go półmiski z pieczonymi ziemniakami, fasolką szparagową z migdałami, trzema różnymi sałatkami oraz domowymi bułeczkami. Angela siedziała u szczytu stołu ze lśniącą od potu twarzą, czekając, aż rodzina pochwali ucztę, którą dla nich przygotowała.

Ale nie, Frankie musiał od razu skierować rozmowę na morderstwo i zrobił to, krojąc mięso, z którego pociekł strumień krwistego soku.

– To nie jest odpowiedni czas ani miejsce – mruknęła Jane.

– Udziec jest wspaniały, Angelo – odezwał się Gabriel,

87

jak zawsze grający rolę uprzejmego zięcia. – W każde święta prześcigasz samą siebie!

– Minął już ponad tydzień – ciągnął niezrażony Frankie. – To znacznie przekracza limit czterdziestu ośmiu godzin. Jeśli o tym nie słyszałeś, tato – zwrócił się przemądrzałym tonem do ojca – to właśnie w ciągu pierwszych czterdziestu ośmiu godzin po morderstwie sprawa ma największe szanse na rozwiązanie. A wszystko wskazuje na to, że bostońska policja nie ma nawet podejrzanego.

Jane z ponurą miną kroiła fasolkę i ziemniaki dla swojej trzyletniej córki Reginy.

– Wiesz, że nie mogę ujawniać żadnych informacji na temat tej sprawy.

– Ależ oczywiście, że możesz. Jesteśmy w rodzinnym gronie. Poza tym wszystkie media trąbiły o tym, co sprawca zrobił tej dziewczynie.

– Po pierwsze, fakt wyłupienia oczu nie miał być upubliczniony. Doszło do przecieku i staram się ustalić, kto, do diabła, mógł to zrobić. Po drugie, to nie była dziewczyna. Miała dwadzieścia sześć lat, co oznacza, że była kobietą.

– Wiem, wiem. Stale się o to wykłócasz.

– A ty stale masz to w nosie. Ta pieczeń jest wprost idealna, mamo – pochwaliła Angelę. – Jak udało ci się sprawić, że jest taka soczysta?

– Cała tajemnica tkwi w marynacie, Janie. Dałam ci przepis w zeszłym roku, pamiętasz?

– Muszę go znaleźć. Chociaż moja i tak nigdy nie będzie tak dobra jak twoja.

– Wyłupienie dziewczynie oczu musi mieć jakieś głębokie psychologiczne znaczenie – kontynuował Frankie, jak zwykle głęboko przekonany, że zna się na wszystkim. – Zastanawiające jest, czego dotyczy ta symbolika. Ten facet musi mieć problem z tym, jak dziewczyny… przepraszam, kobiety… na niego patrzą.

– Więc teraz uważasz się za profilera? – odparła ze śmiechem Jane.

– Twój brat ma prawo wyrazić swoją opinię, Janie – odezwał się Frank senior.

– O sprawach, o których nie ma najmniejszego pojęcia?

– Wiem, co słyszałem – mruknął Frankie.

– Czyli dokładnie co?

– Oczy ofiary zostały wyłupione i sprawca położył je na jej dłoni.

Angela odłożyła energicznie na stół nóż i widelec.

– Jest wigilia Bożego Narodzenia. Naprawdę musimy rozmawiać o takich strasznych rzeczach?

– Na tym polega ich praca – powiedział ojciec Jane, podnosząc do ust widelec. – Musimy się z tym pogodzić.

– Od kiedy jest to praca Frankiego? – zapytała Jane.

– Odkąd zapisał się na pomaturalne kursy kryminologii w Bunker Hill. Jesteś jego siostrą; powinnaś go zachęcać. Powinnaś go wesprzeć, kiedy będzie się starał o przyjęcie.

– Ale ja nie staram się o przyjęcie do bostońskiej policji – oświadczył Frankie z nutką wyższości w głosie. – Zaliczyłem trzecią turę SASS. I wygląda to dobrze, naprawdę dobrze.

– SASS? Co to takiego? – spytała zaskoczona Jane.

– Twój mężulek będzie wiedział. – Frankie zerknął na Gabriela.

Mąż Jane zajmował się akurat krojeniem porcji Reginy na możliwie małe kawałki.

– Chodzi o specjalny system selekcji agentów – odparł zrezygnowanym tonem.

– Nieźle, prawda? – rzucił Frank senior, klepiąc syna po plecach. – Nasz Frankie zostanie agentem FBI.

– Nie tak szybko, tato. – Frankie podniósł ręce. – Trochę za wcześnie o tym mówić. Zdałem dopiero pierwszy test. Teraz muszę się spotkać z odpowiednimi ludźmi. W tym momencie może mi się przydać znajomość ze szwagrem. Prawda, Gabe?

– Na pewno ci nie zaszkodzi – brzmiała neutralna odpowiedź Gabriela. – Czy moglibyśmy dostać więcej fasolki? – zwrócił się do Angeli. – Regina całą już zjadła.

– Dlatego właśnie chcę trzymać rękę na pulsie – podjął Frankie. – Choćby w sprawie tej dziewczyny, której wyłupiono oczy. Chcę wiedzieć, jak to śledztwo jest prowadzone na szczeblu lokalnym.

– Nie wydaje mi się, Frankie, żebym mogła cię wiele nauczyć – odparła Jane. – Zważywszy, że pracuję tylko na szczeblu lokalnym.

– Dlaczego tak się do niego odnosisz? – warknął ojciec. – Frankie nie jest dość dobry, żeby trafić do twojego klubu?

– Nie chodzi o to, czy jest dość dobry, tato. Dochodzenie jest w toku. Nie mogę o nim mówić.

– Czy sekcję zwłok wykonała ta twoja upiorna przyjaciółka? – zapytał Frankie.

– Co takiego?

– Słyszałem, że gliniarze nazywają ją Królową Umarlaków.

– Kto ci to powiedział?

– Mam swoje źródła. – Frankie uśmiechnął się do ojca. – Chętnie spędziłbym z nią noc w kostnicy.

Angela odsunęła swoje krzesło i wstała.

– Po co ja w ogóle zawracam sobie głowę gotowaniem? Następnym razem zamówię po prostu pizzę – oświadczyła, po czym wyszła przez wahadłowe drzwi do kuchni.

– Nie przejmujcie się nią. Nic jej nie będzie – powiedział Frank senior. – Trzeba jej dać kilka minut. Niech ochłonie.

Jane odłożyła widelec na stół.

– Tak trzymajcie, obaj – prychnęła.

– O co ci chodzi? – zapytał ojciec.

– Ty i mama dopiero się pogodziliście. I tak ją teraz traktujesz?

– W czym problem? – zdziwił się jej brat. – Zawsze tak się do siebie odnosili.

– I dlatego uważasz, że to w porządku?

Jane odłożyła serwetkę i wstała.

– Ty też odchodzisz od stołu? – zapytał ojciec.

– Ktoś musi pomóc mamie zatruć wam deser.

W kuchni matka stała przy zlewie, nalewając sobie szczodrze wina.

– Mogę też się napić? – zapytała Jane.

– Nie. Chyba sama sobie na to zasłużyłam. – Angela upiła z desperacją łyk chianti. – Wszystko jest tak jak kiedyś. Nic się nie zmieniło.

Ty się zmieniłaś. Dawna Angela zignorowałaby bezmyślne komentarze męża i usługiwałaby mu dalej przy stole. Dla nowej Angeli każda taka uwaga była niczym draśnięcie, od którego bolała ją dusza. I próbowała się znieczulić kieliszkiem wina.

– Na pewno chcesz pić sama? – zapytała Jane.

– No dobrze. Proszę, dołącz do mnie – odparła Angela i nalała jej kieliszek. Obie wypiły i głośno westchnęły.

91

– Przyrządziłaś wspaniałą kolację, mamo.

– Wiem.

– Tato też o tym wie. Nie ma po prostu pojęcia, jak wyrazić ci swoje uznanie.

Obie ponownie podniosły kieliszki do ust.

– Widziałaś ostatnio Vince'a? – zapytała cicho Angela.

Jane kompletnie zaskoczyło to pytanie. Vince Korsak był emerytowanym gliniarzem, z którym Angela była przez krótki czas upojnie, szaleńczo szczęśliwa. Do momentu, kiedy Frank nie wrócił i nie upomniał się o żonę. Do momentu, kiedy katolickie poczucie winy nie kazało jej zerwać z Korsakiem.

– Owszem, widuję go od czasu do czasu – odparła Jane, wbijając wzrok w swoje wino. – Najczęściej kiedy je lunch u Doyle'a.

– Jak wygląda?

– Tak samo jak zawsze – skłamała. Tak naprawdę Vince Korsak wyglądał fatalnie. Jak człowiek, który ma zamiar objeść się i zapić na śmierć.

– Widuje się z kimś?

– Nie wiem, mamo. Nie mieliśmy okazji dłużej ze sobą pogadać.

– Nie winiłabym go, gdyby z kimś się spotykał. Ma prawo żyć dalej, ale... – Angela odstawiła kieliszek. – O Boże, popełniłam chyba straszny błąd. Nie powinnam była się z nim rozstawać. A teraz jest już za późno.

Drzwi kuchni się otworzyły i do środka wparował brat Jane.

– Słuchajcie, tato chce wiedzieć, co jest na deser.

– Na deser? – Angela otarła szybko oczy, wyjęła z lodówki pojemnik z lodami i podała go Frankiemu. – Masz.

– To wszystko?

– A co, spodziewałeś się norweskiego omletu?

– Nie, skądże. Tylko pytałem.

– Mam też syrop czekoladowy. Nałóż wszystkim.

Frankie miał już zamiar wrócić do jadalni, ale nagle odwrócił się do matki.

– Naprawdę się cieszę, mamo, że wszystko wróciło do normy. Mam na myśli ciebie i tatę. Jest tak, jak być powinno.

– Jasne, Frankie. – Angela westchnęła. – Jest tak, jak być powinno.

W tym momencie zadzwoniła komórka Jane. Wyjęła ją z kieszeni i zerknęła na wyświetlacz.

– Detektyw Rizzoli – rzuciła.

Z irytacją zorientowała się, że Frankie śledzi z wielkim zainteresowaniem jej rozmowę. Przyszły agent specjalny zamierzał najwyraźniej nadal wtykać nos w nie swoje sprawy.

– Zaraz tam będę – powiedziała i rozłączyła się. – Przykro mi, mamo – zwróciła się do matki. – Muszę jechać.

– Doszło do kolejnego morderstwa? – zapytał Frankie. – O co chodzi?

– Naprawdę chcesz wiedzieć?

– No jasne!

– To przeczytaj jutrzejsze gazety.

◻    ◻    ◻

– Czy mi się zdaje, czy zawsze trafiają się nam porąbane zabójstwa? – zapytał Frost.

Stali, trzęsąc się z zimna, na molo w Jeffries Point. Od basenu portowego wiał chłodny wiatr i Jane miała wrażenie, że jej twarz przebijają miniaturowe sopelki lodu. Nasunęła szalik na twarz, żeby zakryć zdrętwiały z zimna nos. Oficjalnie zima zaczęła się dopiero przed czterema dniami, ale na wodzie unosiła się już cienka kra. Z pobliskiego lotniska Logan wystartował samolot i ryk jego silników zagłuszył na chwilę rytmiczny chlupot uderzającej o pale wody.

– Wszystkie zabójstwa są na swój sposób porąbane – odparła.

– Nie tak chciałem spędzić wigilię Bożego Narodzenia. Musiałem zostawić Alice w momencie, kiedy robiło się naprawdę miło. – Frost popatrzył na przyczynę, dla której musieli wstać od świątecznych stołów i spotkać się na tym odludziu. – Tym razem nie będziemy mieli przynajmniej trudności z ustaleniem przyczyny śmierci.

W świetle ich latarek leżał młody biały mężczyzna z wystawioną na lodowaty wiatr obnażoną piersią. Miał na sobie eleganckie wełniane spodnie z paskiem ze strusiej skóry oraz półbuty z dziurkowanymi czubkami. Całkiem przystojny dwudziestoparoletni facet, pomyślała Jane. Gładko ogolony, zadbany, z opadającym na czoło modnym blond loczkiem. Nie miał brudu za paznokciami i otarć na rękach. Wyglądał na kogoś, kogo można spotkać w biurowcu w śródmieściu.

A teraz leżał bez koszuli na smaganym przez wiatr molo, z trzema wystającymi z piersi strzałami.

Z tyłu omiotły ich światła przednich reflektorów. Jane obejrzała się i zobaczyła lexusa, który zatrzymał się przy zaparkowanym radiowozie. Kiedy wysiadła z niego Maura Isles, jej długi płaszcz załopotał na wietrze niczym peleryna. Cała była w zimowej czerni: czarne wysokie buty, spodnie i golf. Stosowne szaty dla Królowej Umarlaków.

– Wesołych świąt! – zawołała Jane. – Mamy dla ciebie specjalny prezent.

Maura nie odpowiedziała; całą uwagę skupiła na leżącym u ich stóp młodym mężczyźnie. Ściągnęła z dłoni wełniane rękawiczki i schowała je do kieszeni. Czerwone lateksowe, które włożyła zamiast nich, nie chroniły przed wiatrem. Nie chcąc sobie odmrozić dłoni, ukucnęła szybko przy zabitym i przyjrzała się strzałom. Wszystkie trzy tkwiły pośrodku piersi, dwie z lewej, jedna z prawej strony mostka. Wszystkie wbiły się tak głęboko, że widać było tylko połowę drzewc.

– Wygląda na to, że ktoś dostał pod choinkę fabrycznie nowy łuk i wykorzystał tego biedaka w charakterze tarczy strzelniczej – mruknęła Jane.

– Co udało wam się ustalić? – zapytała Maura.

– Ofiarę znalazł ochroniarz, który patrolował teren. Przysięga, że ciała nie było tu przed trzema godzinami, gdy robił poprzedni obchód. To odludne miejsce, więc nie zamontowano w pobliżu żadnych kamer. Domyślam się, że trudno będzie znaleźć w Wigilię jakichkolwiek świadków.

– Wygląda mi to na standardowe aluminiowe strzały, wszystkie z takimi samymi pomarańczowymi lotkami. Można je prawdopodobnie kupić w każdym sportowym sklepie – powiedziała Maura. – Wbiły się w ciało pod nieco różnymi kątami. Nie widzę innych ran…

– I to właśnie wydaje się porąbane – rzucił Frost.

Jane roześmiała się.

– Tylko ta jedna rzecz?

– Faceta trafiają trzy strzały, wszystkie w środek piersi. Założenie strzały na cięciwę zajmuje sekundę albo dwie. Nie sądzicie, że powinien się wtedy odwrócić i zwiać? Wygląda, jakby stał w miejscu i pozwolił, żeby ktoś trzy razy strzelił mu w pierś.

– Nie sądzę, żeby zabiły go te strzały – powiedziała Maura.

– Przynajmniej jedna z nich mogła przebić płuco albo coś podobnego.

– Z pewnością, biorąc pod uwagę miejsca trafień. Ale zobaczcie, jak mało krwi wyciekło z każdej rany. Poświećcie tutaj. – Kiedy Jane i Frost skierowali latarki na tors mężczyzny, Maura sięgnęła pod prawą pachę denata i ucisnęła skórę palcami w rękawiczce. – Pod prawą pachą widzę niewielkie zasinienie, które wydaje się trwałe. – Obeszła dookoła ciało i zbadała drugą pachę. – Nie ma zasinienia po lewej stronie. Pomóżcie mi obrócić go na bok. Chcę się przyjrzeć jego plecom.

Jane i Frost przykucnęli przy zwłokach i uważając, żeby nie przesunąć żadnej ze strzał, przewrócili mężczyznę na prawy bok. Kiedy dotykali go lateksowymi rękawiczkami, ciało wydawało się zimne niczym wyjęte z zamrażarki mięso. Mrużąc oczy przed wiatrem, Jane zerknęła na nagie plecy, które Maura oświetliła latarką.

– Czy po odnalezieniu ciała zmieniono w jakikolwiek sposób jego położenie? – zapytała.

– Ochroniarz twierdzi, że nawet go nie tknął. Dlaczego?

– Widzicie, że zasinienia są tylko po prawej stronie torsu? Krew zebrała się tam pod wpływem grawitacji, ponieważ co najmniej przez parę godzin po śmierci leżał na prawym boku. A tutaj leży na wznak.

– To znaczy, że został zabity gdzie indziej. I być może przywieziono go tutaj w bagażniku samochodu.

– Sugerowałby to wygląd plam opadowych. – Maura zgięła jedną rękę mężczyzny. – Stężenie pośmiertne w kończynach dopiero się zaczyna. Moim zdaniem, zginął od dwóch do sześciu godzin temu.

– W takim razie przewieziono go tutaj i położono na plecach. – Jane popatrzyła na trzy strzały, których pomarańczowe lotki drżały na wietrze. – Jaki jest sens dziurawienia go strzałami, skoro był już martwy? To jakaś chora symbolika.

– Być może mamy do czynienia z zabójstwem w afekcie – mruknęła Maura. – Sprawca nie wyładował wszystkich emocji, zabijając tego mężczyznę. Dlatego zabijał go po wielokroć, przeszywając strzałami.

– A może te strzały coś oznaczają – wtrącił Frost. – Wiecie, z czym mi się kojarzą? Z Robin Hoodem. Który okradał bogaczy i rozdawał łupy biednym. Ten pasek jest ze strusiej skóry i musiał sporo kosztować. Facet na pewno był zamożny.

– Mimo to leży teraz pośrodku molo martwy i obnażony – podsumowała Jane. – Co go zabiło, skoro nie były to strzały? – zapytała Maurę.

W tym momencie z lotniska Logan wystartował kolejny odrzutowiec. Na twarzy Maury, która czekała w milczeniu, aż umilknie ryk jego silników, odbijały się migające na dachu radiowozu niebiesko-białe światła.

– Nie wiem – odpowiedziała.

# Rozdział dwunasty

Maura nie pamiętała tak zimnego poranku Bożego Narodzenia. Stała przy oknie w kuchni, trzymając oburącz kubek z kawą i patrząc na oblodzone kamienne płyty, którymi wyłożone było tylne podwórko. Na termometrze na zewnątrz było minus czternaście stopni, w dodatku wiał lodowaty wiatr i patio zmieniło się w ślizgawkę. Wychodząc rano po gazetę, poślizgnęła się i straciła równowagę; mięśnie pleców nadal bolały ją po wygibasach, które wykonała, żeby nie upaść. W taką pogodę lepiej było nie wychodzić z domu i cieszyła się, że nie musi tego robić. Dyżur telefoniczny pełnił dzisiaj jej kolega z zakładu medycyny sądowej, Abe Bristol, i mogła trochę poleniuchować, czytając zaległe lektury, a wieczorem zjeść sama kolację. W zlewozmywaku rozmrażała się już gicz jagnięca, na blacie czekała na odkorkowanie butelka amarone.

Dolała sobie kawy i usiadła przy kuchennym stole, żeby przejrzeć „Boston Globe". Świąteczne wydanie było tak cienkie, że prawie nie warto było do niego zaglądać, ale taki miała rytuał w każdy dzień wolny od pracy: dwie filiżanki kawy, muffinek i gazeta. Prawdziwa gazeta, a nie jarzące się na ekranie laptopa piksele. Zignorowała szarego kocura, który zamiauczał i otarł się o jej kostki, domagając się drugiego śniadania. Zaadoptowała to żarłoczne zwierzę przed miesiącem, kiedy włóczyło się na miejscu przestępstwa, i codziennie żałowała, że wzięła Bestię do domu. Teraz było już za późno: kot należał do niej. A może ona do kota. Czasami trudno było to określić.

Trąciła stopą Bestię i przewróciła kolejną stronę „Globe". Wczorajsze odkrycie zwłok na molo nie trafiło jeszcze na łamy, ale znalazła kolejną relację na temat zabójstwa Cassandry Coyle.

### Przyczyna śmierci młodej kobiety
### pozostaje nieznana

*Śmierć młodej kobiety, którą odnaleziono we wtorek, nastąpiła, według śledczych, „w podejrzanych okolicznościach". Zwłoki Cassandry Coyle, lat 26, odkrył jej ojciec, kiedy nie przyszła na umówiony lunch. W środę przeprowadzono sekcję, ale w zakładzie medycyny sądowej nie ustalono jeszcze przyczyny śmierci...*

Kot wskoczył na stół i usiadł na gazecie, dokładnie na artykule.

– Dzięki za komentarz – mruknęła Maura, po czym zepchnęła Bestię na podłogę. Kot posłał jej wzgardliwe spojrzenie i wymaszerował z kuchni. Więc już do tego doszło, pomyślała. Zaczynam gadać z kotem. Kiedy zmieni się w kolejną samotną kociarę terroryzowaną przez swojego kota? Nie musiała spędzać świąt sama. Mogła pojechać do Maine i odwiedzić w internacie swojego siedemnastoletniego podopiecznego Juliana. Mogła wydać świąteczne przyjęcie dla sąsiadów, wziąć dyżur w darmowej jadłodajni albo przyjąć jedno z wielu zaproszeń na kolację. *Mogłam zadzwonić do Daniela.*

Pomyślała o Wigilii, kiedy tak bardzo zależało jej na tym, by zobaczyć go nawet z daleka, że siadła w ławce z tyłu kościoła i słuchała, jak odprawia mszę. Ona, niewierząca, słuchała, jak Daniel mówi o Bogu, miłości i nadziei, choć akurat ich miłość skończyła się dla obojga dramatem. Czy w ten ranek Bożego Narodzenia, stojąc przed swymi wiernymi, Daniel zlustrował wzrokiem ławki w nadziei, że ją znów zobaczy? Czy oboje samotnie się zestarzeją i ich ścieżki nigdy się już nie przetną?

Zadzwonił dzwonek do drzwi.

Wyprostowała się zaskoczona. Myślała przez cały czas o Danielu i dlatego pewnie wyobraziła sobie, że to on chce się z nią zobaczyć. Któż inny mógł zadzwonić do jej drzwi w dzień Bożego Narodzenia? *Witaj, Pokuso. Czy ośmielę się ci ulec?*

Wyszła do przedpokoju, wzięła głęboki oddech i otworzyła frontowe drzwi.

To nie był Daniel, tylko jakaś kobieta w średnim wieku. Stała na ganku w pikowanej długiej kurtce, wełnianym szaliku i nasuniętej nisko na czoło czapce, trzymając w rękach duże tekturowe pudło. Widać było tylko fragment jej twarzy. Maura dostrzegła zmęczone piwne oczy i spierzchnięte od wiatru policzki. Jasne włosy wysunęły się spod jej czapki i zatrzepotały na wietrze.

- Pani doktor Maura Isles? – zapytała.
- Tak.
- Prosiła mnie, żebym to pani przywiozła. – Kobieta wręczyła jej pudło. Nie było ciężkie, coś w nim grzechotało.
- Co to jest? – zapytała Maura.
- Nie wiem. Poproszono mnie jedynie, żebym to pani przywiozła. Wesołych świąt, proszę pani.

Kobieta obróciła się i zeszła po schodkach na oblodzoną alejkę.

- Chwileczkę! Kto panią o to poprosił?! – zawołała Maura.

Kobieta nie odpowiedziała. Podeszła do białej furgonetki, która stała z pracującym silnikiem przy krawężniku, i na oczach oszołomionej Maury wsiadła do niej i odjechała.

Siarczysty mróz zagonił Maurę z powrotem do środka. Zamykając stopą drzwi, czuła, że coś wewnątrz pudła przesuwa się i brzęczy. Zaniosła je do salonu i postawiła na stoliku do kawy. Górę oklejono sfatygowanymi taśmami samoprzylepnymi. Nie było żadnych napisów, nic, co wskazywałoby, do kogo należy albo co może zawierać.

Poszła do kuchni po nożyczki. Kiedy wróciła, kot wskoczył na stolik i zaczął drapać pazurami tekturę, chcąc dostać się do środka.

Przecięła taśmę i uniosła klapy.

Wewnątrz była zbieranina najróżniejszych przedmiotów, które mogły pochodzić ze sklepu charytatywnego: stary damski zegarek ze wskazówkami, które zatrzymały się na godzinie czwartej piętnaście. Plastikowa torba z tanimi broszkami. Damska torebka z lakierowanej popękanej i łuszczącej się skóry. Pod spodem było kilkanaście zdjęć nieznanych jej ludzi, fotografowanych w różnych miejscach. Zobaczyła starą farmę, uliczkę w małym miasteczku, piknik pod drzewem. Sądząc po ubraniach i fryzurach, musiały być zrobione w latach czterdziestych lub pięćdziesiątych. Po co ktoś przysłał jej to do domu?

Sięgając głębiej, trafiła na kopertę, w której były kolejne zdjęcia. Przejrzała je i nagle zobaczyła przed sobą twarz, którą dobrze znała. Twarz, na widok której zjeżyły jej się włosy na karku. Fotografie wypadły jej z rąk na podłogę i leżały tam niczym jadowity wąż.

Pobiegła do kuchni i zadzwoniła do Jane.

□  □  □

– Widziałaś jej tablice rejestracyjne? – zapytała Rizzoli. – Możesz mi powiedzieć cokolwiek, co pomogłoby zidentyfikować ten pojazd?

– To była biała furgonetka – odparła Maura, chodząc w kółko po pokoju. – Nic więcej nie pamiętam.

– Stara, nowa? Ford, chevrolet?

– Przecież wiesz, że nie odróżniam marek! Wszystkie samochody są dla mnie takie same! – Maura wypuściła powietrze z płuc i usiadła na sofie. – Przepraszam, nie powinnam była cię wzywać w Boże Narodzenie, ale po prostu ześwirowałam. Moja reakcja była nieuzasadniona.

– Nieuzasadniona? – Jane parsknęła z niedowierzaniem. – Dostałaś właśnie wredny bożonarodzeniowy prezent, dostarczony prosto pod drzwi i wysłany przez seryjną morderczynię, która powinna się znajdować pod specjalnym nadzorem. To powinno cię diabelnie zaniepokoić. Mnie w każdym razie bardzo niepokoi. Pytanie brzmi, czego chce od ciebie Amalthea?

Maura popatrzyła ponownie na fotografię, która tak bardzo nią wstrząsnęła. Przedstawiała ciemnowłosą kobietę stojącą pod rozłożystym dębem i wpatrującą się intensywnie w obiektyw. Jej biała sukienka była cienka jak gaza i widać było pod nią wąską talię i smukłe ramiona. Gdyby zdjęcie przedstawiało kogoś obcego, Maura uznałaby je za miłą fotkę zrobioną na malowniczej wiejskiej drodze. Wiedziała jednak, kim jest ta młoda kobieta.

— Jest do mnie taka podobna... — powiedziała cicho, obejmując się ramionami.

Jane przeglądała powoli fotografie, a Maura siedziała w milczeniu, wpatrując się w choinkę, którą bez większego przekonania ubrała w zeszłym tygodniu. Nie otworzyła jeszcze leżących pod nią prezentów, w większości od kolegów z zakładu medycyny sądowej. W samym środku leżał prezent od Jane, zapakowany w lśniącą purpurowosrebrzystą folię. Miała zamiar rozpakować je wszystkie dziś rano, ale pojawienie się tekturowego pudła zepsuło świąteczny nastrój. Czy wysłanie jej tego pudła miało być czymś w rodzaju pojednawczego gestu? Być może, kierując się swoją pokrętną logiką, Amalthea uznała, że córce będzie zależało na pamiątkach po biologicznej rodzinie. Rodzinie, o której Maura wolałaby się nigdy nie dowiedzieć. Rodzinie bestii.

Ostatnia z tych bestii umierała właśnie powolną i bolesną śmiercią na raka. Czy kiedy Amalthea odejdzie z tego świata, nareszcie się od nich uwolnię? — zastanawiała się Maura. Czy zdołam zobaczyć w sobie znowu Maurę Isles, córkę poważanych państwa Islesów z San Francisco?

— Jezu. Cóż za sympatyczna rodzinka — mruknęła Jane, przyglądając się zdjęciu Amalthei z mężem i synem. — Mamusia, tatuś i maleńki Ted Bundy. Ten dzieciak jest do niej zdecydowanie podobny.

Dzieciak. Mój brat morderca, pomyślała Maura. Po raz pierwszy ujrzała go, kiedy przeprowadzała sekcję jego zwłok. Na tym zdjęciu widziała swój rodowód, rodzinę, która trudniła się zabijaniem dla zysku. Czy Amalthea przesłała jej te pamiątki, żeby nigdy nie zapomniała, kim naprawdę jest?

– Znowu zaczyna te swoje psychologiczne gierki. – Jane rzuciła fotografie na stół. – Musiała przechowywać gdzieś to pudło. Pewnie w jakimś wynajętym magazynie. I kazała tej kobiecie dostarczyć ci je akurat w święta. Szkoda, że nie możesz mi nic powiedzieć na temat tej furgonetki. Pomogłoby to nam ustalić, kim jest ta kobieta.

– Nawet gdybyś to wiedziała, co mogłabyś z tym zrobić? Dostarczanie pudła z fotografiami nie jest zakazane.

– To nachodzenie. Amalthea cię osacza.

– Leżąc na łożu śmierci w szpitalu?

– Musiało cię to wyprowadzić z równowagi, Mauro. W przeciwnym razie byś do mnie nie zadzwoniła.

– Nie miałam pojęcia, do kogo innego mogłabym się zwrócić.

– Tak jakbym była twoją ostatnią deską ratunku? Jezu, jestem pierwszą osobą, do której powinnaś dzwonić. Nie powinnaś zmagać się z tym w pojedynkę. I co to w ogóle ma być? Spędzasz Boże Narodzenie sama, tylko ty i ten twój cholerny kot. Przysięgam, że w przyszłym roku zaciągnę cię na Wigilię do mamy.

– Po twoim tonie zgaduję, że musiałaś się świetnie bawić.

Jane westchnęła.

– Powiedz po prostu, co mam zrobić w sprawie tej przesyłki.

Maura spojrzała na kota, który ocierał się o jej kostkę, przymilając się w nadziei na kolejny posiłek.

– Nie wiem – odparła.

– W takim razie sama powiem ci, co zrobię. Dopilnuję, żeby Amalthea nigdy już nie wycięła ci takiego numeru. Najwyraźniej ma za kratami ludzi, którzy wykonują dla niej różne zlecenia. Odgrodzę tę kobietę od świata tak szczelnie, że nigdy już nie uda jej się z tobą skontaktować.

Maurze przyszła do głowy nagła myśl, tak niepokojąca, że zastygła w bezruchu. Nawet kot wyczuł jej zdenerwowanie i bacznie ją obserwował.

– A może to nie Amalthea wysłała mi tę paczkę?

– A któż inny mógł to zrobić? Jej mąż nie żyje. Jej syn nie żyje. Poza nią w tej rodzinie nie ma nikogo, kto przeżył.

Maura popatrzyła Jane w oczy.

– Czy mamy co do tego stuprocentową pewność?

# Rozdział trzynasty

Tydzień po Bożym Narodzeniu nie jest oficjalnie wolny od pracy, ale jeśli ktoś pracuje w branży public relations, tak to mniej więcej wygląda. Dziś nikt nie odpowiada na moje telefony i e-maile. Żaden ze znajomych pismaków nie chce słyszeć o nowym skandalizującym pamiętniku telewizyjnej celebrytki – a przy okazji mojej upierdliwej klientki. Jeśli chodzi o sprzedaż i promocję książek, w ostatnim tygodniu grudnia panuje kompletny zastój, ale tak się złożyło, że właśnie teraz w księgarniach można kupić pamiętnik gwiazdy reality show, panny Victorii Avalon. Panna Avalon nie napisała oczywiście sama tej książki, bo jest w gruncie rzeczy wtórną analfabetką. Wynajęto do tego zaufaną ghostwriterkę, kobietę o imieniu Beth, która dostarcza zawsze na czas porządny, choć mało porywający tekst. Beth nienawidzi Victorii, takie przynajmniej krążą plotki. Pracując w dziale promocji, mam dostęp do wielu plotek i ta akurat musi być prawdziwa, ponieważ nie jest trudno nienawidzić Victorii. Ja też jej szczerze nienawidzę. Równocześnie jednak podziwiam za filozofię wyrażającą się w słowach „Mam w dupie, co o mnie myślą", ponieważ takie właśnie podejście jest potrzebne komuś, kto chce do czegoś dojść. Pod tym względem Victoria i ja jesteśmy do siebie podobne. Ja też mam to głęboko w dupie, tyle że lepiej się z tym kryję.

Mówiąc szczerze, kryję się z tym wprost genialnie.

Z tego właśnie powodu siedzę przy biurku z przyklejonym do twarzy uśmiechem i tłumaczę Victorii przez telefon, dlaczego nie dojdzie do skutku żaden z wywiadów, które staraliśmy się załatwić w radiu i telewizji. Od świąt minęło tylko kilka dni, mówię jej, i wszyscy są zbyt nażarci indykiem i zbyt nawaleni, by odpowiadać na moje telefony. Tak, Victorio, to oburzające. Tak, Victorio, wszyscy wiedzą, jaka z ciebie gwiazda. (Twoje cycki pojawiły się w „Esquire"! Przez całe osiem miesięcy byłaś żoną napastnika z drużyny New England Patriots!). Victoria uważa, że to z mojej winy reporterzy nie walą do niej drzwiami i oknami i z mojej winy w Barnes & Noble leżą stosy jej niesprzedanych książek.

Nadal się uśmiecham, gdy na mnie wrzeszczy. Jest ważne, by się uśmiechać, nawet kiedy rozmawia się przez telefon, bo ludzie słyszą uśmiech w twoim głosie. Jest ważne również dlatego, że mój szef Mark obserwuje mnie, siedząc za swoim biurkiem, i nie może się domyślić, że nasza klientka dostała szału i jest bardzo prawdopodobne, że zrezygnuje z usług Booksmart Media. Uśmiecham się, gdy mówi, że jestem głupią, małą Barbie. Uśmiecham się, kiedy rzuca słuchawką.

— Jest wściekła? – pyta Mark.

— Tak. Liczyła na miejsce na liście bestsellerów.

Mark parska cicho.

— Wszyscy na to liczą. Dobrze to załatwiłaś.

Nie wiem, czy mi pochlebia, czy mówi serio. Oboje wiemy, że Victoria Avalon nigdy nie znajdzie się na żadnej liście bestsellerów. I oboje wiemy, że to mnie będzie o to winić. Muszę jak najszybciej zamówić jakiś materiał prasowy na temat jej głupiej książki. Siadam do komputera, żeby sprawdzić, czy nazwisko Victorii pojawiło się ostatnio gdzieś w mediach – choćby nawet w kronice towarzyskiej. Na ekranie ukazuje się strona startowa „Boston Globe" i w tym momencie dostrzegam wiadomość z ostatniej chwili – ale nie na temat Victorii, która nagle kompletnie przestaje mnie obchodzić. Nie, to artykuł z pierwszej strony o martwym młodym mężczyźnie, którego kilka dni temu znaleziono wieczorem na molo przy Jeffries Point. Policja zna już jego nazwisko.

– Może powinniśmy przesłać jeszcze raz jej książkę Arthurowi – mówi Mark. – Moim zdaniem, trzeba go trochę zachęcić. Jej pamiętnik jest luźno związany z futbolem i uważam, że warto poświęcić mu kilka słów w dziale sportowym.

Patrzę na niego nieprzytomnym wzrokiem.

– Słucham?

– Victoria była żoną tego futbolisty. To jakieś zaczepienie dla felietonisty z działu sportowego, nie sądzisz?

– Przepraszam. – Łapię torebkę i zrywam się z krzesła. – Muszę coś szybko załatwić.

– W porządku. Dziś i tak nic się nie dzieje. Ale gdybyś miała możność przejrzeć te materiały prasowe do książki Alison Reeve…

Nie słyszę, co mówi dalej, bo zamykają się za mną drzwi.

# Rozdział czternasty

Znali już nazwisko martwego mężczyzny. Na sekcyjnym stole leżał Timothy McDougal, lat dwadzieścia pięć, nieżonaty księgowy, zamieszkały w North End w Bostonie. Groty trzech strzał wciąż tkwiły w klatce piersiowej, ale Yoshima uciął nożycami końcówki z lotkami i z ciała wystawały tylko metalowe kikuty. Mimo to niełatwo było wykonać nacięcie w kształcie litery Y. Kiedy Maura próbowała ominąć rany kłute, jej skalpel nakreślił na piersi krętą linię. Kąty, pod którymi strzały wbiły się w ciało, zostały już ustalone dzięki zdjęciom rentgenowskim i nie ulegało wątpliwości, że jedna z nich przebiła aortę zstępującą. Z całą pewnością można to było uznać za ranę śmiertelną.

Tyle że kiedy strzała trafiła go w pierś, mężczyzna był już martwy.

Drzwi kostnicy otworzyły się i do środka weszła Jane, nakładając na twarz maskę chirurgiczną.

– Frost nie przyjdzie – oznajmiła. – Odwiedza ponownie siostrę ofiary. Nie zniosła tego najlepiej. Najgorsze Boże Narodzenie w jej życiu.

Maura spojrzała na zwłoki Timothy'ego McDougala. Ostatni raz widziano go żywego po południu dwudziestego czwartego grudnia, kiedy pomachał wesoło sąsiadowi, wychodząc ze swojego apartamentowca. Nazajutrz miał odwiedzić w Brookline młodszą siostrę i zjeść z nią świąteczne śniadanie. W ogóle się nie pojawił. W wiadomościach wspomniano już wtedy o odnalezionych nieopodal Jeffries Point zwłokach młodego człowieka i siostra, obawiając się najgorszego, zadzwoniła na policję.

— Ich rodzice nie żyją. Timothy był jej jedynym bratem — dodała Jane. — Wyobraź sobie, że masz dwadzieścia dwa lata i żadnej rodziny.

Maura odłożyła skalpel i wzięła do ręki nożyce.

— Czego dowiedzieliście się od siostry? Podrzuciła wam jakieś tropy?

— Powtarza, że Tim nie miał żadnych wrogów i nigdy nie był w poważnych kłopotach. Najlepszy starszy brat pod słońcem. Wszyscy go uwielbiali.

— Z wyjątkiem osoby, która przeszyła go tymi strzałami — wtrącił Yoshima.

Maura skończyła przecinać żebra i uniosła mostek.

— Jakieś przypadki nadużywania narkotyków? — zapytała, zaglądając do odsłoniętej klatki piersiowej.

— Siostra stanowczo zaprzecza. Miał fioła na punkcie zdrowego żywienia.

— Znaleźliście coś w miejscu jego zamieszkania?

— Frost i ja sprawdziliśmy każdy centymetr jego mieszkania. To kawalerka, więc nie mieliśmy dużo pracy. Nie znaleźliśmy żadnych narkotyków i nic, co by wskazywało na to, że ich używał, nawet jednej paczuszki zioła. Tylko trochę wina w lodówce i tequilę w szafce. Facet był czysty, że aż miło.

– Tak w każdym razie wszystkim się wydaje.

– No tak. – Jane wzruszyła ramionami. – Nikt nie zna całej prawdy.

Każdy człowiek ma swoje sekrety i bardzo często to właśnie Maura je odkrywała: szanowany obywatel, którego znaleziono martwego z dziecięcą pornografią w ręce; dama z wyższych sfer ze strzykawką heroiny i igłą w ramieniu. Timothy McDougal prawie na pewno też miał swoje sekrety, a Maura miała teraz odkryć ten najbardziej bulwersujący.

Co go zabiło?

Choć na podstawie zdjęć rentgenowskich przyczyna śmierci wydawała się oczywista, nadal nie znała odpowiedzi na to pytanie. Po otwarciu klatki piersiowej zobaczyła przód strzały i mogła wymacać wystający ze ścianki aorty stalowy grot. Aorta zstępująca jest główną arterią zaopatrującą w krew dolną część ciała. Kiedy się ją dziurawi, wypychana przez każde uderzenie serca krew tryska niczym fontanna. Gdyby ten mężczyzna zmarł wskutek krwotoku wewnętrznego, zobaczyłaby jamę wypełnioną po brzegi krwią, lecz tu nie było jej zbyt dużo. Wynikało z tego, że kiedy strzała przebiła aortę, jego serce już nie biło.

– Widzę po twojej minie, że mamy jakiś problem – mruknęła Jane.

Zamiast odpowiedzieć, Maura sięgnęła po skalpel. Nie lubiła mieć wątpliwości i zaczęła ciąć z nową determinacją. Wydobyła na zewnątrz zdrowe płuca i serce młodego mężczyzny. Nie odkryła choroby niedokrwiennej serca, rozedmy, niczego, co wskazywałoby, że był nałogowym palaczem. Wątroba i śledziona były zdrowe, a z taką trzustką mógł przeżyć całe życie bez insuliny.

Położyła żołądek na tacce i rozcięła go. Na zewnątrz wyciekł płyn silnie cuchnący alkoholem. Na chwilę zastygła w bezruchu, trzymając w ręce skalpel i przypominając sobie inny otwarty żołądek. Inny zapach alkoholu.

– Whisky – mruknęła.

– A zatem pił przed śmiercią alkohol.

Maura spojrzała na Jane.

– Przypomina ci to jakąś inną ofiarę? – zapytała.

– Masz na myśli Cassandrę Coyle?

– Miała w żołądku wino. W jej przypadku też nie potrafiłam odkryć przyczyny śmierci. Czy wspólnym mianownikiem nie jest tu alkohol? Coś, co podaje się w drinku?

– Sprawdziliśmy wszystkie bary w jej okolicy.

– I nikt jej tam nie widział?

– Jedna z kelnerek mówiła, że widziała kobietę podobną do Cassandry. Siedziała z inną kobietą. Kelnerka nie pamiętała, by towarzyszył im jakiś mężczyzna.

– Czy ofiary tych dwóch morderstw się znały? Obracały się w tych samych kręgach?

Jane przez chwilę się nad tym zastanawiała.

– Nie mam pojęcia, co mogłoby je łączyć. Mieszkali w innych dzielnicach, pracowali w różnych zawodach. – Wyjęła z kieszeni komórkę. – Frost jest nadal u siostry Tima. Może ją zapytać, czy znała Cassandrę.

Kiedy Jane rozmawiała z Frostem, Maura sprawdziła zawartość żołądka. Nie było w nim nieprzetrawionego jedzenia. Timothy'ego po raz ostatni widziano żywego w świąteczne popołudnie, w porze, kiedy samotny młody mężczyzna mógł popijać z przyjaciółmi drinka przed kolacją. Żołądek Cassandry Coyle również był pusty, znalazła w nim tylko ślady wina.

Czy „drink z przyjaciółmi" mógł stanowić w tym przypadku wspólny mianownik?

Spojrzała na Yoshimę.

– Mamy już wyniki badań toksykologicznych Cassandry Coyle?

– Nie minęły jeszcze dwa tygodnie, ale oznaczyłem je jako pilne. Sprawdzę – odparł i podszedł do komputera.

Jane skończyła rozmawiać przez komórkę.

– Siostra Timothy'ego twierdzi, że nigdy nie słyszała nazwiska Cassandry Coyle. I prawdę mówiąc, nie bardzo widzę, co mogłoby łączyć te dwie ofiary. Oprócz tego, że oboje byli młodzi, zdrowi i przed śmiercią pili alkohol.

– Oboje zostali okaleczeni po śmierci.

Jane podniosła wzrok.

– No tak. To już coś.

– Mamy wyniki! – zawołał Yoshima. – We krwi Cassandry wykryto alkohol. I ketaminę.

– Ketaminę? – Maura podeszła do komputera i popatrzyła na wyniki. Zero cztery dziesiąte promila alkoholu. I dwa miligramy ketaminy na litr.

– Czy to nie jest tabletka gwałtu? – zapytała Jane.

– Właściwie to anestetyk, czasami stosowany jako tabletka gwałtu. Nie mamy jednak żadnych dowodów na to, że Cassandra została zgwałcona.

– A więc wiemy już, co ją zabiło – mruknęła Jane.

– Bynajmniej. – Maura podniosła wzrok znad komputera. – Nie zmarła wskutek przedawkowania. Ten wynik mieści się w zakresie terapeutycznego działania ketaminy. Taka ilość wystarczy do uśpienia, ale nie jest wystarczająca, by uśmiercić zdrową młodą kobietę.

– Może podano jej specyfik, na którego obecność nie zleciłaś badań?

– Poprosiłam o zbadanie wszystkiego, co mi przyszło do głowy.

– W takim razie co ją zabiło?

– Nie wiem. – Maura wróciła do stołu i spojrzała na Timothy'ego McDougala. – Nie wiem również, co zabiło jego. Mamy dwie młode ofiary, których przyczyny śmierci nie udało się ustalić. – Pokręciła głową. – Musiałam coś pominąć.

– Nigdy niczego nie pomijasz.

– Jeśli nasz zabójca używa alkoholu i ketaminy, by pozbawić ofiary przytomności, co robi potem? Są nieprzytomne i bezbronne. Jak je zabija, żeby nie pozostawić żadnych śladów…? – Maura popatrzyła nagle na Yoshimę. – Wyjmij CrimeScope. Zanim przystąpimy do dalszej sekcji, chcę obejrzeć jego twarz.

– Co spodziewasz się zobaczyć? – zapytała Jane.

– Załóż gogle, to się przekonasz.

Ukryte przed gołym okiem szczegóły stają się czasami widoczne w częstotliwościach emitowanych przez specjalny oświetlacz kryminalistyczny. Włókna i płyny ustrojowe wykazują wtedy właściwości fluoroscencyjne i niewidoczne normalnie osady i atramenty ukazują się na tle bladej skóry w postaci ciemniejszych plam. W tym przypadku poszukiwania nie były prowadzone na chybił trafił. Maura wiedziała mniej więcej, czego powinna wypatrywać.

I gdzie może to znaleźć.

– Zgaś światło – nakazała i Yoshima przekręcił włącznik.

W pomieszczeniu zapadła ciemność. W blasku Crime-

Scope'a, w miarę jak Maura zmieniała częstotliwość emitowanych fal, zobaczyli całą masę nowych szczegółów. Na podłodze zalśniły włosy gliniarzy i pracowników zakładu medycyny sądowej. Rękawiczki, fartuchy oraz osłony na buty nie zabezpieczały, jak widać, w pełni przed gubieniem włosów i włókien, i mieli teraz tego najlepszy dowód.

Maura skierowała snop światła na twarz Timothy'ego McDougala.

– Technicy sprawdzili już na molo, czy sprawca zostawił na jego ciele jakieś ślady – powiedziała Jane.

– Wiem, ale ja szukam czegoś innego. Nie jestem nawet pewna, że to znajdę.

Maura nie dostrzegła tego na twarzy ofiary, skierowała więc światło na szyję i ponownie zmieniła częstotliwość promieniowania, nie zwracając uwagi na ciemne kropelki krwi, która wypłynęła spod skalpela podczas nacięcia. Szukała czegoś mniej przypadkowego. Czegoś o wyraźnym geometrycznym kształcie.

I nagle tuż nad chrząstką tarczowatą to zobaczyła. Niewyraźną opaskę, która okrążała gardło i sięgała karku.

– Co to jest, do cholery? – zapytała Jane. – Ślad po sznurze?

– Nie. Zbadałam już wcześniej szyję i nie ma tam żadnych otarć, zasinień, śladów na skórze. A na zdjęciu rentgenowskim kość gnykowa jest nienaruszona.

– Więc co zostawiło ten ślad?

– Moim zdaniem, to resztki kleju. Producenci dodają do niego czasami dwutlenek tytanu lub dwutlenek żelaza. Miałam nadzieję, że zobaczymy go w świetle CrimeScope'a, i nie pomyliłam się.

– Producenci kleju? Masz na myśli taśmę samoprzylepną?

115

– Możliwe, ale tutaj taśmy nie użyto po to, by go skrępować. Widzisz, że ślad biegnie tylko wokół szyi? Taśma służyła do tego, żeby coś zamocować. Nie była przyklejona dość mocno, by zostawić otarcia. Jeśli badanie toksykologiczne wykaże obecność ketaminy również we krwi tego mężczyzny, będę wiedziała dość dokładnie, co go spotkało. I co spotkało Cassandrę Coyle. Włącz światło, Yoshima.

Jane zdjęła gogle i popatrzyła na Maurę.

– Uważasz, że zginęli z rąk tego samego sprawcy?

Maura pokiwała głową.

– I wiem, jak to zrobił.

# Rozdział piętnasty

Błękitnooki jest chyba zaskoczony, gdy staję w progu jego domu. Minęły prawie dwa tygodnie od czasu, kiedy ze sobą spaliśmy i wymknęłam się niczym złodziejaszek z jego sypialni. Nie próbowałam ani razu się z nim skontaktować, bo czasami dziewczyna nie potrzebuje w życiu kolejnych zobowiązań. Uszczęśliwianie mężczyzny wymaga zbyt wiele wysiłku, a ja muszę zadbać o swoje potrzeby.

Dlatego właśnie stoję przed jego drzwiami: bo go potrzebuję. To znaczy nie konkretnie jego, ale jakiegokolwiek faceta, który sprawiłby, że poczułabym się znów bezpieczna po niepokojących wiadomościach, jakie wyczytałam na stronie internetowej „Boston Globe". Nie jestem nawet pewna, dlaczego pobiegłam właśnie do niego. Być może instynkt podpowiada mi, że jest kimś skrajnie nieszkodliwym, kimś, na kim mogę polegać, do kogo mogę odwrócić się plecami bez obawy, że wbije mi nóż pod łopatkę. A także kimś relatywnie obcym, nieodróżniającym prawdy od fikcji, którą czasami go raczę. Wiem tylko, że po raz pierwszy, odkąd pamiętam, jestem spragniona kontaktu z człowiekiem. Wydaje mi się, że on też.

Najwyraźniej jednak nie ma ochoty zaprosić mnie do środka. Patrzy na mnie, jakbym była jakimś namolnym wędrownym kaznodzieją, którego chciałby się jak najszybciej pozbyć.

– Na dworze jest zimno – mówię. – Mogę wejść?

– Nie powiedziałaś mi nawet „Do widzenia".

– To było z mojej strony wredne. Przepraszam. Miałam w pracy ciężki okres i nie byłam sobą. Poza tym po spędzonej z tobą nocy byłam zupełnie zdezorientowana. Potrzebowałam trochę czasu, żeby przemyśleć to, co między nami zaszło. Co to wszystko znaczy.

Everett wzdycha z rezygnacją.

– Dobrze, Holly, wejdź. Na dworze jest minus dwanaście stopni. Nie chcę, żebyś złapała zapalenie płuc.

Nie wyprowadzając go z błędu – zapalenia płuc nie dostaje się wskutek mrozu – wchodzę za nim do środka. Jego apartament ponownie robi na mnie wielkie wrażenie. W porównaniu z moim obskurnym mieszkankiem wydaje się pałacem. Everett jest człowiekiem, którego moja nieżyjąca matka nazwałaby wartościowym znajomym, przyjacielem, na którego trzeba chuchać i dmuchać. Boję się, że zepsułam to, co się między nami rodziło, a on jest po prostu zbyt miły, żeby mnie wyrzucić. Ma na sobie niebieskie dżinsy i starą flanelową koszulę. Najwyraźniej ma wolny dzień, co daje mi szansę naprawienia naszych stosunków. Stoimy przez chwilę w niezręcznym milczeniu i patrzymy na siebie. Urzeka mnie błękit jego oczu. Jest nieuczesany i brakuje mu guzika u koszuli, ale wydaje mi się dzięki temu bardziej autentyczny. Nareszcie ktoś, kogo nie muszę się obawiać.

– Chciałabym wyjaśnić, dlaczego wyszłam bez pożegnania – mówię. – Tej nocy, kiedy się poznaliśmy, zabrakło mi... zabrakło mi po prostu tchu. Nie mogłam się powstrzymać. Za szybko wskoczyłam do twojego łóżka. A nazajutrz rano... było mi wstyd.

Everett spogląda na mnie łagodniejszym wzrokiem.

– Dlaczego?

– Bo nie jestem taką dziewczyną. – Właściwie jestem taką dziewczyną, ale on nie musi o tym wiedzieć. – Kiedy obudziłam się następnego dnia rano, wyobrażałam sobie, co o mnie pomyślałeś, i nie mogłam spojrzeć ci w oczy. Za bardzo się wstydziłam. Dlatego wstałam z łóżka, ubrałam się i... – W tym momencie urywam i siadam na sofie. To piękny mebel z czarnej skóry, bardzo wygodny i z pewnością bardzo drogi. Nie jest to sofa, na którą byłoby mnie kiedykolwiek stać.

To kolejny punkt, który przemawia na jego korzyść.

Everett siada obok mnie i bierze mnie za rękę.

– Świetnie cię rozumiem, Holly – mówi cicho. – Jestem facetem, ale czułem dokładnie to samo, idąc z tobą zbyt szybko do łóżka. Bałem się, że pomyślisz, że cię wykorzystuję. Nie chcę, żebyś wzięła mnie za jakiegoś palanta. Bo nim nie jestem.

– Nigdy nie przyszło mi to do głowy.

Everett bierze głęboki oddech i uśmiecha się.

– W porządku, w takim razie może zaczniemy od nowa. – Wyciąga do mnie rękę. – Witam, jestem Everett Prescott. Miło cię poznać.

Wymieniamy uścisk dłoni i szczerzymy do siebie zęby. Stosunki między nami zaczynają się natychmiast lepiej układać. Czuję, jak przenika mnie ciepło, tym razem nie seksualny pociąg, lecz coś głębszego. Coś, co mnie zaskakuje. Głębszy związek. Czy tak to wygląda, kiedy ktoś się zakochuje?

– Powiedz mi, dlaczego wróciłaś? – pyta. – Dlaczego akurat dzisiaj?

Patrzę na nasze złączone ręce i postanawiam powiedzieć mu prawdę.

– Wydarzyło się coś strasznego. Zobaczyłam to w wiadomościach dziś rano.

– Co się stało?

– W Wigilię został zamordowany pewien mężczyzna. Znaleźli jego ciało na molo przy Jeffries Point.

– Tak, słyszałem o tym.

– Chodzi o to, że go znałam.

Everett wbija we mnie wzrok.

– Boże, tak mi przykro. To był jakiś bliski znajomy?

– Nie, chodziliśmy po prostu razem do szkoły w Brookline. Ale ta wiadomość mną wstrząsnęła, rozumiesz? Uświadomiłam sobie, że każdemu z nas mogą się przytrafić różne rzeczy. W każdej chwili.

Everett obejmuje mnie i przyciąga do siebie. Przyciskam policzek do jego miękkiej flanelowej koszuli i czuję zapach proszku do prania i płynu po goleniu. Krzepiące zapachy, które sprawiają, że czuję się ponownie małą dziewczynką w ramionach swojego tatusia.

– Nic złego ci się nie stanie, Holly – mruczy.

Coś podobnego powtarzał mi zawsze ojciec i jemu też nie wierzyłam.

– Nikt nie może tego obiecać – wzdycham, wtulona w jego koszulę.

– Ale ja ci to obiecałem. – Everett wsuwa mi dłoń pod brodę, podnosi moją głowę i uważnie mi się przygląda, starając się dociec, co takiego mną wstrząsnęło. Powiedziałam mu o Timie, lecz to tylko część całej historii. Nie musi znać reszty.

Nie musi wiedzieć o innych, którzy zginęli.

– Co mogę zrobić, żebyś poczuła się bezpieczna? – pyta.

– Bądź po prostu moim przyjacielem. – Biorę głęboki oddech. – Tego w tej chwili potrzebuję. Kogoś, na kogo mogę liczyć.

– Chcesz, żebym poszedł z tobą na pogrzeb?

– Co takiego?

– Na pogrzeb twojego przyjaciela. Jeśli tak przejęłaś się jego śmiercią, powinnaś pójść. Musisz dać upust wypełniającemu cię smutkowi. W ten sposób zamkniesz tę sprawę, a ja będę przy tobie.

Pojawienie się na pogrzebie w towarzystwie Everetta może się nawet okazać korzystne. Będzie mógł razem ze mną wysłuchać plotek, zebrać informacje o tym, jak zginął Tim i co o tym sądzi policja. Ale są też pewne minusy. Z pogrzebu Sarah Byrnes mogłam się szybko wymknąć. Na pogrzebie Cassie Coyle mogłam udawać jej koleżankę ze studiów, niejaką Sashę, bo nikt mnie nie rozpoznał. Jednak Everett wie, że mam na imię Holly. Zna część prawdy, oczywiście nie całą, lecz to wystarczy, by skomplikować i utrudnić każde kłamstwo, które musiałabym potem wymyślić. Jest taki stary wiersz: *Och! Jak splątaną sieć pleciemy, gdy pierwszy raz oszukać chcemy*. Tylko że w rzeczywistości jest zupełnie odwrotnie. Prawdziwe problemy nie biorą się z oszustwa; mają źródło w prawdzie.

121

– Jeśli chcesz, mogę być twoją skałą, twoją opoką – mówi Everett.

Patrzę mu w oczy i widzę w nich niewątpliwe zauroczenie. Ten facet może okazać się pod wieloma względami użyteczny i dopiero teraz zaczynam sobie z tego zdawać sprawę.

– Co o tym myślisz? – pyta.

– Myślę, że to świetny pomysł – odpowiadam.

Ale kiedy nasze usta łączą się w pocałunku, przychodzi mi nagle do głowy, że skała nie jest wyłącznie czymś, co daje oparcie, czymś, co gwarantuje bezpieczeństwo. Po skale można się też zsunąć w dół, w głęboką toń.

# Rozdział szesnasty

– To jedyna metoda zadania śmierci, która wydaje mi się w tej sytuacji możliwa – oświadczyła Maura. – Problem polega na tym, że prawie nie sposób tego udowodnić.

Po twarzy siedzącego po drugiej stronie stołu psychologa sądowego, doktora Lawrence'a Zuckera, trudno było poznać, czy go przekonała. Oboje, Jane i Frost, milczeli, pozwalając jej zaprezentować swoją teorię. Teraz musiała ją obronić przed człowiekiem, który zawsze był dla niej wielką niewiadomą. Doktor Zucker, częsty gość wydziału zabójstw, był psychologiem, do którego bostońska policja zwracała się, gdy trzeba było zrozumieć zachowania sprawcy. Maura szanowała go za profesjonalizm, ale nigdy się z nim nie zaprzyjaźniła i trudno było jej się dziwić. Ze swoim chłodnym analitycznym wzrokiem, wydawał się bardziej androidem niż człowiekiem, maszyną zaprojektowaną, by beznamiętnie i dogłębnie prześwietlić umysł siedzącej naprzeciwko niego osoby.

W tym momencie skupił wzrok na Maurze.

– Ma pani jakiekolwiek dowody na poparcie swojej teorii? – zapytał, nie mrugnąwszy nawet okiem.

– Wymaz zdjęty z szyi wykazał ślady poliizoprenu, a także części składowych węglowodoru C pięć – odparła. – Obie te substancje używane są przy produkcji taśm samoprzylepnych. W ich skład wchodzą również materiały nieorganiczne i dlatego te ślady uwidoczniły się w świetle CrimeScope'a.

– Może pan zobaczyć ich zarys na fotografiach szyi ofiary – wtrąciła Jane, obracając w stronę doktora Zuckera ekran laptopa.

Psycholog zerknął na zdjęcia.

– Nie wydają się zbyt wyraźne.

– Ale stwierdzono obecność tych substancji. To dowód, że na szyi znajdowała się taśma samoprzylepna.

– Może użyto jej, żeby go skrępować.

– Na szyi nie ma otarć ani zasinień – powiedziała Maura. – Żadne ślady na rękach nie wskazują, by doszło do fizycznej walki. Moim zdaniem, był już nieprzytomny, kiedy go zabito. Badania laboratoryjne potwierdziły, że miał we krwi alkohol i ketaminę. Dokładnie tak samo jak Cassandra Coyle. Jednak ich zawartość była zbyt niska, by go zabić. Pozbawiły go tylko przytomności.

– Skoro taśmy nie użyto, żeby go skrępować, jaki był jej cel?

– Uważam, że użyto jej, by przymocować coś do skóry. Coś, co nie przepuszczało powietrza. Kiedy uświadomiłam sobie, że miał na szyi taśmę, natychmiast pomyślałam o Niebiańskich Wrotach. I nie myślę tutaj o filmie Michaela Cimino.

Maura urwała, mając nadzieję, że Zucker domyśli się, o co jej chodzi.

– Rozumiem, że nawiązuje pani do sekty z San Diego? – zapytał.

Pokiwała głową i spojrzała na Frosta.

– To zdarzyło się w tysiąc dziewięćset dziewięćdziesiątym siódmym roku. Niebiańskie Wrota były dziwaczną sektą spod znaku New Age założoną przez niejakiego Marshalla Applewhite'a, który wierzył, że jest potomkiem Jezusa Chrystusa. Oświadczył swoim wyznawcom, że świat zostanie zniszczony przez kosmitów i jedynym ratunkiem jest opuszczenie Ziemi. Tak się złożyło, że w tym czasie zbliżała się do nas kometa Hale'a-Boppa. Applewhite wierzył, że w jej ogonie kryje się obcy statek kosmiczny, który zabierze na pokład ich dusze. Żeby się tam dostać, musieli się jednak pozbyć swoich ziemskich ciał. Chyba wiecie, czym się to skończyło – dodała po chwili.

– Zbiorowym samobójstwem – odparł Frost.

– Trzydziestu dziewięciu członków sekty włożyło identyczne czarne koszule, spodnie od dresów i tenisówki Nike'a. Wypili dosyć wódki i połknęli dosyć fenobarbitalu, by się znieczulić i nie odczuwać lęku ani paniki. A potem założyli na głowy plastikowe torby. Zmarli wskutek uduszenia.

– W tamtym przypadku przyczyna śmierci była oczywista – stwierdził Zucker.

– Owszem. Kiedy znajdujemy ofiarę z plastikową torbą na głowie, nie ma wątpliwości, co doprowadziło do śmierci, a właśnie coś takiego odkryto w miejscu zbiorowego samobójstwa członków Niebiańskich Wrót. Ale co się dzieje, kiedy ktoś usuwa plastikową torbę po śmierci ofiary? Wtedy bardzo trudno udowodnić, że doszło do zabójstwa, bo ten rodzaj uduszenia nie pozostawia żadnych zmian patologicznych. Podczas sekcji zwłok Cassandry Coyle i Timothy'ego McDougala odkryłam jedynie nieznaczne ślady obrzęku płuc i rzadkie wybroczyny na ich powierzchni. Gdyby nie fakt, że oboje zostali okaleczeni po śmierci, trudno byłoby stwierdzić, że w obu przypadkach doszło do zabójstwa.

– Powiedzmy sobie jasno – oświadczył Zucker. – Ktoś dokonuje morderstw doskonałych, a potem, okaleczając ciała, daje nam do zrozumienia, że to były jednak morderstwa?

– Tak.

Doktor Zucker pochylił się. W jego gadzich oczach zabłysła ciekawość.

– To fascynujące – rzucił.

– Moim zdaniem, to chore – mruknęła Jane.

– Rozważmy, jaką wiadomość stara się przekazać zabójca – podjął Zucker. – Zobaczcie, jaki jestem sprytny, mówi światu. Gdybym chciał, mógłbym zabić i uszłoby mi to na sucho. Ale chcę, żebyście wiedzieli, co zrobiłem.

– Popisuje się – powiedziała Jane.

– Owszem, ale przed kim?

– Przed nami, oczywiście. Droczy się z policją, mówi nam, że jest zbyt sprytny, żebyśmy go złapali.

– Czy na pewno próbuje się skomunikować akurat z nami? W przypadku mafijnych porachunków na miejscu zbrodni też zostawiane są wizytówki, ale ich celem jest zastraszenie.

– Nic nie wskazuje na jakiekolwiek mafijne powiązania tych dwóch ofiar – oznajmiła Jane.

– W takim razie wiadomość jest przeznaczona dla kogoś zupełnie innego. Dla kogoś, kto zrozumie symbolikę wyłupienia oczu lub przebicia strzałami. Proszę powiedzieć mi

126

coś więcej o drugiej ofierze, o tym młodym mężczyźnie. Znaleziono go na molo, ale gdzie został zabity?

– Tego nie wiemy. Po raz ostatni widziano go, gdy około czwartej po południu, pięć godzin przed odnalezieniem jego zwłok, wychodził ze swojego apartamentowca w North End. Granatowe włókna, które zdjęliśmy z jego spodni, pochodzą z jakiegoś rodzaju dywanika samochodowego. Dlatego sądzimy, że po zabójstwie jego ciało zostało przewiezione autem na molo.

Zucker pochylił się ponownie, składając w piramidkę palce i mrużąc oczy.

– Naszemu zabójcy zależy na tym, żeby jego ofiarę znaleziono w miejscu publicznym. Mógłby wrzucić ciało do basenu portowego albo ukryć je w lesie. Ale nie, on chce, by je odkryto. Chce, by o nim mówiono. To z całą pewnością jest wyraźny komunikat.

– Dlatego poprosiłam doktor Isles, żeby przedstawiła panu swoją teorię – odezwała się Jane. – Moim zdaniem, zetknęliśmy się tutaj z jakimś mrocznym psychologicznym bajzlem. Chcemy wiedzieć, z jakiego rodzaju popaprańcem mamy do czynienia.

Dokładnie takimi sprawami pasjonował się doktor Zucker, i Maura zobaczyła w jego oczach ekscytację. Zastanawiała się, jakiego pokroju ludzie z takim entuzjazmem nurzają się w mroku. Czy chcąc zrozumieć zabójcę, trzeba mieć tak samo pokręcony jak on umysł? I co to mówiło o niej samej?

– Dlaczego sądzi pani, że obie ofiary zostały zabite przez tego samego sprawcę? – zapytał.

– Wydaje mi się to dość oczywiste. Oboje mieli we krwi alkohol i ketaminę – odparła Maura. – W obu przypadkach przyczyna zgonu jest niejasna. Oboje zostali okaleczeni po śmierci.

– Wyłupienie oczu symbolizuje zupełnie coś innego niż przebicie piersi strzałami.

– W każdym przypadku świadczy o chorym umyśle sprawcy – wtrąciła Jane.

– Sama obecność ketaminy we krwi nie jest czymś rzadkim – powiedział Zucker. – To dość popularny klubowy narkotyk. Z niedawnych badań wynika, że zażywają go nawet licealiści.

– Owszem, ketamina jest dość powszechnie używana – zgodziła się Maura – ale...

– Nie zapominajmy też, że pierwszą ofiarą była kobieta, a drugą mężczyzna – kontynuował Zucker. – Czy coś je łączy? – zapytał, spoglądając na Jane. – Czy się znali? Mieli wspólnych znajomych albo wykonywali podobną pracę?

– Na ile udało nam się ustalić, nie – przyznała. – Różne miejsca zamieszkania, inne kręgi znajomych, różne uczelnie, odmienne zajęcia.

– Jakieś kontakty w internecie? W mediach społecznościowych?

– Tim McDougal nie miał konta na Facebooku i na Twitterze, więc nie może być mowy o tego rodzaju kontaktach.

– Sprawdziłem również wyciągi z ich kart kredytowych – wtrącił Frost. – W ciągu ostatnich sześciu miesięcy nie byli w tych samych restauracjach, barach ani nawet sklepach spożywczych. Młodsza siostra Timothy'ego zupełnie nie kojarzy nazwiska Cassandry Coyle. A macocha Cassandry nigdy nie słyszała o Timothym McDougalu.

– Więc dlaczego zabójca wybrał akurat te dwie osoby?

Zapadła długa cisza. Nikt nie znał odpowiedzi na to pytanie.

Doktor Zucker przez chwilę notował coś w notesie, a potem podniósł wzrok.

– Dosypanie ketaminy do drinka wygląda na typowe preludium do gwałtu na randce – powiedział.

– Żadna z ofiar nie stała się obiektem napaści seksualnej – zaznaczyła Maura.

– Jest pani pewna?

Spojrzała Zuckerowi prosto w oczy.

– Pobrałam wymaz z każdego otworu. Na ubraniach nie wykryto śladów nasienia. Nie ma żadnych dowodów, żeby doszło do napaści na tle seksualnym.

– Ale to nie wyklucza motywu seksualnego.

– Nie mogę się wypowiadać na temat motywu, doktorze Zucker. Interesują mnie wyłącznie dowody.

Usta psychologa skrzywiły się w uśmiechu. W tym człowieku było coś denerwującego, jakby wiedział o Maurze coś, o czym sama nie miała pojęcia. Z pewnością wiedział o Amalthei. W bostońskiej policji wszyscy wiedzieli, że jej matka odsiaduje dożywocie za wielokrotne zabójstwa. Czy Zucker dostrzegał rysy Amalthei na jej twarzy, podobne osobowości? Czy o tym świadczył ten jego uśmieszek?

– Nie chciałem pani obrazić, doktor Isles. Mam świadomość, że pani domeną są dowody. Ale moim zadaniem jest wskazanie, dlaczego zabójca wybrał te dwie konkretne osoby, jeśli rzeczywiście mamy do czynienia z tym samym zabójcą. Ponieważ widzimy między ofiarami znaczące różnice. Dotyczą płci. Kręgu znajomych. Miejsca zamieszkania. Metody pośmiertnego okaleczenia. Kiedy detektywi Frost i Rizzoli poprosili mnie przed kilkoma tygodniami o opinię na temat Cassandry Coyle, mieliśmy zupełnie inną teorię, dlaczego wyłupiono jej oczy. – Zucker spojrzał na Jane. – Określiła to pani hasłowo „Nie widzieć zła".

– Wtedy pan się ze mną zgodził – przypomniała mu.

– Bo usunięcie oczu niesie ze sobą potężną symbolikę. Jest również bardzo specyficzne. Zabójca wybiera oczy, ponieważ coś dla niego znaczą. Wyłupienie ich podnieca go seksualnie. Próbuję zrozumieć, dlaczego zabił teraz mężczyznę i wybrał zupełnie inny rodzaj okaleczenia.

– Więc, pana zdaniem, te dwie sprawy nie są ze sobą związane – mruknęła Jane.

– Muszę dowiedzieć się czegoś więcej, zanim dam się przekonać. – Zucker zamknął notes i spojrzał na Maurę. – Proszę mnie zawiadomić, kiedy będzie pani coś miała.

Po wyjściu psychologa Maura nie ruszyła się z krzesła. Przez dłuższą chwilę patrzyła z rezygnacją na rozrzucone na stole papiery.

– Sprzedanie mu tej teorii okazało się trudniejsze, niż sądziłam – odezwała się Jane.

– On ma rację – rzuciła Maura. – Nie mamy dość dowodów, by uznać, że to ten sam zabójca.

– Ty w każdym razie widzisz, że coś łączy te dwie sprawy. I to mi wystarczy.

– Nie wiem dlaczego.

Jane się pochyliła.

– Bo normalnie nie wierzysz w przeczucia. Zawsze polegasz wyłącznie na tych upierdliwych dowodach. Kiedy miałaś ostatnim razem przeczucie, nie wierzyłam ci, ale okazało się, że cię nie myliło. Dostrzegłaś związek, którego nie

130

widział nikt poza tobą, łącznie ze mną. Dlatego tym razem, Mauro, mam zamiar cię posłuchać.

– Nie jestem pewna, czy powinnaś.

– Nie mów teraz, że sama sobie nie dowierzasz.

Maura zebrała porozrzucane kartki.

– Musimy znaleźć coś, co łączy te ofiary. Coś, co sprawiło, że zainteresował się nimi zabójca. – Wkładała do teczki fotografie martwego Timothy'ego McDougala i nagle wbiła wzrok w jedną z nich. W pamięci stanął jej obraz witrażu, przez który przeświecało słońce.

– Co jest? – zapytała Jane.

Maura nie odpowiedziała. Wyciągnęła zdjęcie zwłok Cassandry Coyle i położyła je obok fotografii Timothy'ego McDougala. Dwie różne ofiary, mężczyzna i kobieta. Mężczyzna przebity kilkoma strzałami, kobieta z wyłupionymi oczami.

– Nie mogę uwierzyć, że tego nie dostrzegłam – mruknęła.

– Chcesz uchylić rąbka tajemnicy? – spytała Jane.

– Jeszcze nie teraz. Muszę najpierw coś ustalić. – Maura wsunęła z powrotem zdjęcia do teczki i ruszyła w stronę wyjścia. – Muszę się z kimś skonsultować.

– Z kim?

Maura zatrzymała się przy drzwiach.

– Wolałabym ci tego nie mówić – odparła i wyszła.

# Rozdział siedemnasty

Najlepszy będzie neutralny grunt. Oboje się co do tego zgadzali: jakieś publiczne miejsce, gdzie będą musieli się zachowywać jak profesjonaliści. Z pewnością nie mogli się spotkać w jej domu, gdzie spotykali się wcześniej tyle razy i gdzie kusiłaby ich sypialnia. Ani w kościele Matki Bożej Światłości, gdzie mogliby ich znowu zobaczyć parafianie i snuć niepotrzebne domysły. Nie, ta kawiarnia przy Huntington Avenue była zdecydowanie najbezpieczniejszym miejscem, a o trzeciej po południu mogli się tam spotkać zupełnie niepostrzeżenie.

Przyszła pierwsza i wybrała boks z tyłu sali. Usiadła plecami do ściany niczym czekający na przeciwnika rewolwerowiec, choć tak naprawdę to nie Daniel był wrogiem; było nim jej własne serce. Zamówiła kawę. Zanim upiła pierwszy łyk, zaczęło jej szybciej bić serce. Próbowała zapanować nad emocjami, wyciągając z teczki akta i oglądając fotografie z miejsc przestępstw. Jakie to wszystko pokręcone... obrazy przemocy i śmierci miały być tym, co ją uspokaja? Zawsze dobrze się czuła w towarzystwie zmarłych. Nie wysuwali żądań, nie spodziewali się przysług.

Nie budzili pragnień.

Usłyszała, jak otwierają się drzwi, i podniosła wzrok w chwili, gdy wchodził do kawiarni. W zimowym płaszczu i szaliku mógł być pierwszym lepszym klientem, który w mroźne popołudnie chce się rozgrzać filiżanką kawy, ale Daniel Brophy nie był pierwszym lepszym mężczyzną. Rozkładająca sztućce kelnerka zastygła w bezruchu, gdy ją mijał, i trudno było się jej dziwić. W długim czarnym płaszczu i z ciemnymi włosami wyglądał jak wracający z wrzosowisk posępny Heathcliff. Nie zauważył przeciągłego spojrzenia kelnerki; zobaczył Maurę i wpatrzony w nią, podszedł do boksu.

– Minęło tyle czasu – powiedział cicho.

– To nie było aż tak dawno temu. Chyba w kwietniu. – W rzeczywistości pamiętała dokładną datę, godzinę i okoliczności, w jakich widzieli się po raz ostatni. On też je pamiętał.

– To było w Roxbury Crossing – uściślił. – Tamtej nocy, kiedy zamordowano emerytowanego gliniarza.

Przez pewien czas spotykali się wyłącznie w miejscach, w których popełniano przestępstwa. Ona zajmowała się zmarłymi, a ojciec Daniel Brophy, kapelan bostońskiej policji, poświęcał swój czas żywym, poharatanym fizycznie i psychicznie w wyniku zbrodni. Wykonując różne obowiązki, nie musieli ze sobą rozmawiać, lecz Maura zawsze zdawała sobie sprawę z jego obecności. Nawet kiedy ani razu na siebie nie spojrzeli, czuła, że jest gdzieś w pobliżu, czuła, jak destrukcyjnie wpływa to na jej uporządkowany świat.

Teraz ten świat niebezpiecznie się przechylał.

Daniel zdjął płaszcz i szalik, odsłaniając koloratkę. Ta sztywna biała opaska, wąska wstążka wykrochmalonego

133

materiału, nie pozwalała zbliżyć się do siebie dwóm osobom, które się kochały.

– Zrezygnowałeś z funkcji policyjnego kapelana? – zapytała, nie patrząc na koloratkę. – Nie widywałam cię ostatnio na miejscach zbrodni.

– Ostatnie sześć miesięcy spędziłem w Kanadzie. Wróciłem do miasta przed kilku tygodniami.

– Pojechałeś do Kanady? Po co?

– Żeby odbyć duchowe rekolekcje. Sam o to poprosiłem. Musiałem na jakiś czas wyrwać się z Bostonu.

Nie pytała, od czego potrzebował wytchnienia. Zauważyła coraz wyraźniejsze zmarszczki na jego twarzy i nowe srebrzyste nitki w ciemnych włosach. To nie przed Bostonem starał się uciec, tylko przed nią.

– Zaskoczył mnie dzisiaj twój telefon – przyznał. – Kiedy rozmawialiśmy ostatnio, prosiłaś, żebym się z tobą nigdy nie kontaktował. To nie było łatwe, ale chcę tylko twojego szczęścia, Mauro. Nigdy nie pragnąłem niczego więcej.

– Tu nie chodzi o nas, Danielu. Chciałam…

– Czy coś panu podać, proszę pana?

Oboje spojrzeli na stojącą przy ich stoliku kelnerkę. W ręce trzymała bloczek i długopis.

– Tylko kawę – odparł Daniel.

Siedzieli w milczeniu, kiedy kobieta napełniała jego filiżankę, a potem dolewała kawy Maurze. Czy zaciekawiła ją ta siedząca w ponurym milczeniu dziwna para? Czy uznała, że chodzi tylko o duchową poradę, że Maura szuka pocieszenia u swojego kapłana? Czy też zobaczyła coś więcej, zrozumiała, że to nie wszystko?

Maura podjęła przerwany wątek dopiero po jej odejściu.

– Zadzwoniłam do ciebie, bo wynikła pewna sprawa podczas dochodzenia. Potrzebuję twojej rady.

– Na jaki temat?

– Mógłbyś na to spojrzeć? Powiedz, co ci przychodzi do głowy.

Maura przesunęła w jego stronę fotografię z miejsca zbrodni. Daniel przyjrzał jej się, marszcząc czoło.

– Dlaczego mi to pokazujesz?

– Nazwisko ofiary brzmi Timothy McDougal. Znaleziono go na molo przy Jeffries Point w wigilię Bożego Narodzenia. Policja nie znalazła na razie żadnych tropów i żadnych podejrzanych.

– Nie bardzo wiem, jak mógłbym ci pomóc.

– Po prostu zapamiętaj tę fotografię. A teraz spójrz na tę.

Maura pokazała mu zdjęcie twarzy Cassandry Coyle z dwiema dziurami tam, gdzie były kiedyś oczy. Gdy je oglądał, nie odezwała się ani słowem. Chciała się przekonać, czy dojdzie do tego samego wniosku. Wreszcie podniósł zdumiony wzrok.

– Święta Łucja – wyszeptał.

– Dokładnie to samo przyszło mi do głowy – odparła, kiwając głową.

– Nigdy nie chodziłaś do kościoła, a mimo to rozpoznajesz tę symbolikę?

– Moi rodzice byli katolikami i... – Maura zawahała się, nie chcąc zdradzać swojego sekretu. – Nie wiesz o tym, ale przesiadywałam w twoim kościele, po prostu, żeby medytować. Czasami byłam tam sama jedna. Siadałam zawsze w ostatniej ławce po lewej stronie.

– Dlaczego, skoro w ogóle nie wierzysz?

135

– Chciałam poczuć, że jestem bliżej ciebie. Nawet kiedy ciebie tam nie było.

Daniel wyciągnął rękę i dotknął jej dłoni.

– Mauro...

– Przy ławce, na której siedziałam, na lewej ścianie są te przepiękne witraże z wizerunkami świętych. Patrzyłam na nie i rozmyślałam o tym, co ich spotkało. O cierpieniach, jakie musieli znosić. Co dziwne, dodawało mi to w jakiś sposób otuchy. Ich męczeństwo uświadamiało mi, jakie mam szczęście. Jeden z witraży szczególnie utkwił mi w pamięci. Przedstawia mężczyznę z rękami przywiązanymi do słupa i oczami wzniesionymi ku niebu. W jego ciele tkwią strzały.

Daniel pokiwał głową.

– To święty Sebastian, patron łuczników i policjantów. Jeden z najczęściej przedstawianych w średniowiecznej sztuce męczenników. Był rzymskim centurionem i nawrócił się na wiarę chrześcijańską. Kiedy nie chciał oddawać czci starym bogom, przywiązano go do słupa i stracono. Uważasz, że to odtworzenie męczeństwa świętego Sebastiana? – zapytał, dotykając palcem zdjęcia Timothy'ego McDougala.

Maura pokiwała głową.

– Cieszę się, że ty też to dostrzegłeś.

– Opowiedz mi o tej ofierze – poprosił, wskazując zdjęcie Cassandry Coyle.

– Wiek dwadzieścia sześć lat. Odnaleziona martwa w swojej sypialni. Po śmierci jej gałki oczne zostały chirurgicznie usunięte i umieszczone w otwartej dłoni.

– To klasyczne przedstawienie świętej Łucji, patronki ślepych. Była dziewicą, która poświęciła się Chrystusowi. Ponieważ nie chciała wyjść za mąż, mężczyzna, z którym była zaręczona, wtrącił ją do więzienia i oddał katu. Ten wyłupił jej oczy.

– Kiedy już ją rozpoznamy, symbolika zabójstw staje się oczywista. Jedna ofiara przeszyta strzałami jak święty Sebastian. Druga z wyłupionymi oczami jak święta Łucja.

– Co o tym sądzi bostońska policja?

– Nie mówiłam im jeszcze o symbolice. Najpierw chciałam usłyszeć twoje zdanie. Znasz historię świętych i możesz mi udzielić odpowiedzi.

– Znam kalendarz liturgiczny i żywoty większości świętych, ale nie jestem ekspertem.

– Czyżby? Pamiętam, że tłumaczyłeś mi bardzo szczegółowo ikonografię sztuki religijnej. Mówiłeś, że kiedy widzimy starca z kluczami, to prawie na pewno święty Piotr, który trzyma klucze do nieba. Że kobieta z miseczką oliwy to Maria Magdalena, a mężczyzna w łachmanach, z jagnięciem na ramieniu, to Jan Chrzciciel.

– Powie ci to każdy historyk sztuki.

– Tylko ilu historyków sztuki zna się tak dobrze na symbolice religijnej? Możesz pomóc nam zidentyfikować inne ofiary tego zabójcy.

– Są inne ofiary?

– Nie wiem. Być może jeszcze ich nie zidentyfikowaliśmy. Dlatego potrzebna nam jest twoja pomoc.

Daniel przez chwilę się nie odzywał. Wiedziała, dlaczego się waha. Nie tak dawno byli przecież kochankami. Przed rokiem ich drogi się rozeszły, ale rany, jakie sobie wtedy zadali, były wciąż świeże i bolesne, nie chciały się zagoić. Liczyła, że Daniel spełni jej prośbę, i jednocześnie się tego bała.

Spokojnie sięgnął po płaszcz i szalik. A więc taka jest jego odpowiedź, pomyślała. To oczywiście mądra decyzja. Będzie o wiele lepiej, jeśli teraz odejdzie. Mimo to zabolało ją serce, gdy się podniósł. Czy nadejdzie kiedyś dzień, gdy spojrzy na Daniela Brophy'ego i nic nie poczuje? Na pewno jeszcze nie nadszedł.

– Chodź, pójdziemy do kościoła – powiedział.

– Do kościoła? – powtórzyła, marszcząc czoło.

– Jeśli mam ci doradzać, musimy zacząć od podstaw. Tam pójdziemy.

□ . □ □

Ile razy siedziała skulona w kościele Matki Bożej Światłości, użalając się nad sobą? Nie była wierząca, a mimo to liczyła, że jakaś istota wyższa wskaże jej właściwą drogę, dodawały jej otuchy znajome symbole. Migoczące w półmroku wotywne świece. Nakryty ciemnoczerwonym suknem ołtarz. Kamienny posąg Madonny, która spoglądała łagodnie ze stojącego w niszy tronu. Ile razy przyglądała się świętym na witrażach i myślała, jak okrutnym poddano ich mękom? Przeświecające przez nie światło spowijało tego dnia chłodnym zimowym blaskiem twarz Daniela.

– Nie miałem dość czasu, żeby przestudiować dokładnie ikonografię tych witraży, ale są przepiękne, prawda? – szepnął, przystając z Maurą przy pierwszym z nich. W każdym z jego czterech rogów widniał inny święty. – Powiedziano mi, że nie są bardzo stare... mają może sto lat, nie więcej. Wykonano je we Francji, w tradycyjnym stylu, podobnym do tego, który można zobaczyć w średniowiecznych kościołach w całej Europie.

– Święty Sebastian – szepnęła, wskazując górny lewy róg.

– Zgadza się – odparł. – Łatwo go rozpoznać po rodzaju męczeństwa. Często przedstawia się go przywiązanego do słupa, z ciałem przeszytym strzałami.

– A ten mężczyzna w górnym prawym rogu? – zapytała. – Co to za święty?

– To święty Bartłomiej, patron Armenii. Widzisz nóż, który trzyma? To symbol jego męczeństwa.

– Zadźgano go na śmierć?

– Nie, zginął o wiele gorszą śmiercią. Bartłomiej został żywcem obdarty ze skóry za to, że nawrócił na chrześcijaństwo króla Armenii. Na niektórych obrazach jest przedstawiany z własną skórą zarzuconą niczym zakrwawiony płaszcz na ramię. – Daniel ze smutkiem się uśmiechnął. – Nic dziwnego, że jest patronem rzeźników i garbarzy.

– A ta kobieta w dolnym lewym rogu?

– To kolejna męczennica, święta Agata.

– Co trzyma na tym półmisku? Wygląda to jak bochenki chleba.

– Nie, to nie są... hm... bochenki chleba. – Jego skrępowanie było tak oczywiste, że uważnie mu się przyjrzała.

– Jak została zamęczona?

– Zadano jej wyjątkowo brutalną śmierć. Kiedy nie chciała oddawać czci starym rzymskim bogom, poddano ją torturom. Musiała chodzić po szkle, przypalano ją rozżarzonymi węglami, a na koniec wyrwano piersi obcęgami.

Maura wbiła wzrok w to, co jak się właśnie dowiedziała, nie było bochenkami chleba, lecz piersiami okaleczonej kobiety.

– Boże, cóż to za historie – mruknęła, kręcąc głową.

– Są przerażające, zgadzam się, ale jestem zdziwiony, że nigdy się z nimi nie zetknęłaś. Twoi adopcyjni rodzice byli przecież katolikami.

– Tylko formalnie. Sprowadzało się to do chodzenia na pasterkę. W wieku dwunastu lat przestałam w ogóle chodzić do kościoła. Nie postawiłam stopy w żadnym aż do momentu… – urwała – …aż do momentu, kiedy cię poznałam.

Stali przez chwilę w milczeniu, unikając nawzajem swojego wzroku i patrząc w witraż, jakby zawarte w nim były wszystkie odpowiedzi. Jakby w szkle wyryte było remedium na ich cierpienie.

– Nigdy nie przestałem cię kochać – powiedział cicho. – I nigdy nie przestanę.

– Mimo to nie jesteśmy ze sobą.

Daniel popatrzył na nią.

– To nie ja się z tobą rozstałem.

– A jaki miałam wybór, skoro tak bardzo wierzysz w to wszystko? – odparła, wskazując witraż ze świętymi, ołtarz i ławki. – W coś, w co ja nie mogę uwierzyć i nigdy nie uwierzę.

– Nauka nie daje odpowiedzi na wszystkie pytania, Mauro.

– Nie, z całą pewnością nie daje – odparła z nutką goryczy. Nauka nie potrafi wyjaśnić, dlaczego niektórzy ludzie wolą być nieszczęśliwi w miłości.

– W tym wszystkim nie chodzi tylko o nasze szczęście – powiedział. – W tej parafii są ludzie, którzy na mnie liczą, którzy głęboko cierpią i potrzebują mojej pomocy. I jest moja siostra. Nadal żyje i po tylu latach nadal jest zdrowa. Wiem, że nie wierzysz w cuda, ale ja w nie wierzę.

– To lekarze wyleczyli ją z białaczki. To nie był cud.

– A jeśli się mylisz? Jeśli nie dotrzymam danego słowa, odejdę z Kościoła i moja siostra znów zachoruje?

Nigdy by sobie tego nie wybaczył, pomyślała Maura. I nigdy nie wybaczyłby mnie.

– Nie przyszłam tu, żeby rozmawiać o nas. – Westchnęła.

– Nie, oczywiście. – Daniel spojrzał na witraż. – Przyszłaś porozmawiać o morderstwie.

Maura utkwiła wzrok w namalowanej na szkle czwartej postaci, kolejnej kobiecie, która wybrała męczeństwo. Daniel nie musiał przedstawiać Maurze tej świętej; znała jej imię.

– Święta Łucja – powiedziała.

Pokiwał głową.

– Trzyma na półmisku swoje oczy, które wyłupili jej oprawcy.

Na zewnątrz słońce przebiło się nagle przez chmury i kolory na szkle zabłysły niczym klejnoty. Maura przyjrzała się jeszcze raz czterem postaciom.

– Są oboje, na tym samym witrażu – stwierdziła. – Sebastian i Łucja. Czy to możliwe, że był w tym kościele i stał w tym samym miejscu co my?

– Zabójca?

– Mam wrażenie, jakbyśmy patrzyli na jego scenorys. Są tu dwie jego ofiary. Mężczyzna przebity strzałami. Kobieta z wyłupionymi oczami.

– Ten witraż nie jest wyjątkowy, Mauro. Tych czworo świętych występuje wszędzie. Ich wizerunki możesz znaleźć w kościołach katolickich na całym świecie. Popatrz, tam jest kilkudziesięciu innych świętych. – Daniel podszedł do następnego witraża. – Mamy świętego Antoniego z Padwy, który trzyma chleb i lilię. Świętego Łukasza z wołem. Świętego Franciszka z dzikim ptactwem. A to święta Agnieszka ze swoim jagnięciem.

– Jak wyglądała jej męczeńska śmierć?

– Agnieszka, podobnie jak święta Łucja, była piękną dziewczyną, która wybrała za swojego oblubieńca Chrystusa, odrzuciła względy bogatego zalotnika i została za to ukarana. Odrzucony mężczyzna był synem rzymskiego namiestnika i dotknięty do żywego, kazał ją ściąć. Na obrazach często przedstawia się ją z jagnięciem, a także z symboliczną gałązką palmową.

– Co oznacza ta gałązka?

– Pewnym roślinom, a zwłaszcza drzewom, przypisuje się w Kościele specjalne znaczenie. Drzewo cedrowe jest na przykład symbolem Chrystusa. Koniczyna symbolizuje Świętą Trójcę, bluszcz to nieśmiertelność. Gałązka palmowa jest symbolem męczeństwa.

Daniel podszedł do trzeciego witrażu. Zobaczyła na nim dwie stojące obok siebie kobiety, które trzymały w rękach gałązki palmowe.

– Te święte w górnym prawym rogu też są męczennicami? – zapytała.

– Owszem. Ponieważ zginęły razem, na ogół przedstawia się je obok siebie. Obie zostały stracone po przyjęciu wiary chrześcijańskiej. Widzisz miecz, który trzyma święta Fuska? To tym narzędziem zadano im śmierć. Obie zostały nim przebite, a potem ścięto im głowy.

– Były siostrami?

– Nie. Kobieta stojąca po prawej stronie Fuski była jej piastunką. – Daniel urwał i niechętnie odwrócił się w jej stronę. – To święta Maura.

# Rozdział osiemnasty

Jane cisnęła stos papierów na biurko Maury, na którym jak zwykle panował przyprawiający o gęsią skórkę porządek. Jej własne biurko w wydziale zabójstw, zawalone dokumentami i oblepione samoprzylepnymi karteczkami, wyglądało przy nim jak prawdziwy warsztat pracy. Wykonane z różanego drewna biurko Maury wydawało się zbyt piękne, by mogło być prawdziwe. Bez jednej drobinki kurzu, bez jednego spinacza do papierów. Rzucone na tę nieskazitelną powierzchnię papiery aż się prosiły, by je równo poukładać.

– Możesz mi wierzyć, Mauro, pracujemy nad twoją teorią – powiedziała. – Frost i ja poczytaliśmy trochę na temat świętych męczenników i mówię ci, to jest prawdziwy hardcore. Krwawa jatka. Człowieka przechodzi dreszcz, kiedy to czyta. Powinnam była bardziej uważać na lekcjach religii.

Maura wzięła do ręki pierwszą z brzegu kartkę.

– Święta Apolonia, zamęczona na śmierć dziewica – przeczytała. – Patronka dentystów i ludzi cierpiących na bóle zębów.

– Ta miała naprawdę paskudną śmierć. Wyrwali jej

wszystkie zęby. Na obrazach pokazują ją na ogół z obcęgami. – Jane wskazała inne kartki. – Znajdziesz tam ludzi, których zdekapitowano, zadźgano, ukamienowano, ukrzyżowano, utopiono, spalono i zatłuczono kijami. Och, i moja ulubiona tortura: wyrwano im wnętrzności, nawijając je na korbę. Jakikolwiek straszliwy rodzaj śmierci wymyślisz, z pewnością zginął nią jakiś święty. I na tym polega nasz problem.

– Problem? – Maura podniosła wzrok znad żywotu świętej Apolonii.

– Być może ten sprawca zabijał już wcześniej, ale nie mamy pojęcia, jaką wybrał metodę okaleczenia. Nie możemy zawęzić liczby ofiar ze względu na płeć, bo zabija zarówno mężczyzn, jak i kobiety. Możemy stracić mnóstwo czasu, badając każdy nierozwiązany przypadek śmiertelnego pobicia, zadźgania i dekapitacji.

– Wiemy coś o wiele bardziej konkretnego, Jane: sprawca używa ketaminy, żeby pozbawić ofiary przytomności, a potem je dusi. Wiemy, że okaleczenia są pośmiertne.

– Zgoda, i tych konkretów szukaliśmy w bazie ViCAP w pierwszej kolejności. To znaczy ofiar, które miały we krwi ketaminę i zostały okaleczone po śmierci.

– I nic?

– Nic.

Maura odchyliła się w skórzanym fotelu i postukała srebrnym piórem w blat biurka. Na ścianie za jej plecami wisiała groteskowa afrykańska maska, która zdawała się odzwierciedlać frustrację Maury. Jane pytała ją już dawniej, dlaczego zgromadziła w gabinecie tyle dziwacznych artefaktów, i usłyszała w odpowiedzi wykład na temat piękna i symboliki ceremonialnych masek z Mali. Spoglądając na tę akurat maskę, widziała jednak wyłącznie szykującego się do skoku potwora.

– W takim razie może nasz sprawca nikogo wcześniej nie zabił – zastanawiała się na głos Maura. – Albo podczas sekcji przegapiono fakty, których szukamy. Nie wszystkie ofiary poddaje się pełnemu badaniu toksykologicznemu. Poza tym czasami trudno jest ustalić ponad wszelką wątpliwość, że śmierć nastąpiła wskutek uduszenia. Nawet ja nie zauważyłam tego na początku u Cassandry Coyle. Mam to sobie za złe.

– Słysząc to, odczuwam właściwie pewną ulgę – przyznała się Jane.

– Ulgę?

– Miło wiedzieć, że nie jesteś doskonała.

– Nigdy się za taką nie uważałam. – Maura pochyliła się i zmierzyła wzrokiem kilkadziesiąt przyniesionych przez Jane kartek, na których opisano najbardziej ponure epizody z historii chrześcijaństwa. – Czy któraś z naszych ofiar miała jakieś związki z Kościołem? – zapytała.

– To też sprawdziliśmy. Oboje dorastali w katolickich rodzinach, ale nie byli praktykujący. Młodsza siostra Timothy'ego nie pamięta, kiedy brat uczestniczył ostatnio w nabożeństwie, a koledzy Cassandry z jej studia filmowego twierdzą, że pogardzała zorganizowaną religią, co idzie jakby w parze z jej upodobaniem do gotyckiego rocka. Raczej wątpię, żeby natknęli się na swojego zabójcę w kościele.

– Mimo to coś w tym jest, Jane. Coś, co wiąże się ze świętymi i z męczennikami.

– Może dostrzegasz symbolikę tam, gdzie jej wcale nie

ma. Może to nie ma nic wspólnego z Kościołem i mamy do czynienia z psycholem, który lubi w dziwny sposób okaleczać ciała.

– Nie, jestem o tym przekonana. I nie jestem w tym odosobniona.

Jane przyjrzała się zarumienionej twarzy Maury i zobaczyła w jej oczach błysk, którego wcześniej nie widziała.

– Rozumiem, że Daniel się z tobą zgadza? – zapytała.

– Natychmiast zwrócił na to uwagę. Zna bardzo dobrze symbolikę religijną i może nam pomóc wejść w umysł zabójcy.

– Naprawdę tylko dlatego się do niego zwróciłaś? Może wciągnęłaś go w to z jakiegoś innego powodu?

– Uważasz, że szukam pretekstu, by odnowić z nim znajomość? – odparła Maura.

– Mogłaś się skonsultować z każdym historykiem sztuki z Harvardu. Mogłaś spytać pierwszą lepszą zakonnicę albo zajrzeć do Wikipedii. Ale nie, ty zadzwoniłaś do Daniela Brophy'ego.

– Przez długie lata pracował w bostońskiej policji. Jest dyskretny i wiesz, że możemy mu zaufać.

– Z pewnością, w kwestii tego dochodzenia. Tylko czy można mu zaufać, jeśli chodzi o ciebie?

– Ten etap mamy już za sobą. Nie wykraczaliśmy poza sprawy czysto profesjonalne.

– Skoro tak mówisz. Ale jak się czułaś? – zapytała cicho Jane. – Znowu się z nim spotykając?

W odpowiedzi Maura odwróciła wzrok. To było dokładnie w jej stylu – jak zwykle unikała konfrontacji, jakiejkolwiek rozmowy, która mogłaby wzbudzić niechciane emocje.

Od lat się przyjaźniły, stawiały nawet wspólnie czoło śmierci, ale tak naprawdę Maura nigdy nie obnażyła przed Jane swoich słabości. Zawsze trzymała podniesioną wysoko gardę, nigdy nie pozwoliła sobie na spoufalanie się.

– To było bolesne – przyznała w końcu. – Przez wiele miesięcy walczyłam z pragnieniem, żeby do niego zadzwonić. I dzisiaj – dodała z ironicznym parsknięciem – dowiedziałam się, że od pół roku nie było go nawet w Bostonie. Wyjechał do Kanady na rekolekcje.

– Zgadza się, powinnam ci była chyba o tym powiedzieć.

Maura zmarszczyła brwi.

– Wiedziałaś, że wyjechał z miasta?

– Prosił, żeby ci nie mówić. Przebywał w odosobnieniu, więc i tak nie mogłabyś się z nim skontaktować. Moim zdaniem, wyjeżdżając, podjął mądrą decyzję. I szczerze mówiąc, miałam nadzieję, że o nim zapomnisz. Że znajdziesz sobie kogoś innego, kogoś, kto cię uszczęśliwi. – Jane na chwilę urwała. – Ale ta sprawa między wami jest już chyba zakończona, prawda?

Maura spojrzała na wydruki.

– Jest zakończona. Zakończona – powtórzyła, jakby chciała przekonać samą siebie.

Akurat, pomyślała Jane, patrząc na jej zbolałą twarz. Nie jest zakończona ani dla ciebie, ani dla niego.

Jej komórka zagrała znajomą melodyjkę *Frosty the Snowman*.

– Cześć – powiedziała, odbierając. – Jestem nadal u Maury. Co nowego?

▫    ▫    ▫

– Czasami do faceta uśmiecha się po prostu szczęście – oświadczył Frost.

Jane cicho parsknęła.

– No dobrze – odparła. – Jak ona ma na imię?

– Nie wiem, ale zaczynam podejrzewać, że nasz zabójca może nie być mężczyzną. W ogóle nie szukałem kobiety. Dlatego, oglądając po raz pierwszy taśmy z monitoringu, ją przeoczyłem. Nie miałem wtedy pojęcia, że te dwie sprawy mogą się ze sobą wiązać, więc nie oglądałem taśm równolegle. Jednak kiedy Maura przedstawiła swoją teorię, wróciłem do nich, żeby sprawdzić, czy ktoś wziął udział w obu nabożeństwach pogrzebowych: Cassandry i Timothy'ego. – Frost obrócił do niej laptop. – I patrz, co znalazłem.

Jane nachyliła się bardziej i przyjrzała zatrzymanemu na ekranie obrazowi. Widać było na nim sześć albo siedem osób idących w stronę kamery. Wszystkie miały posępne miny i wszystkie były w zimowych czarnych płaszczach.

– To film z nabożeństwa pogrzebowego Cassandry Coyle – wyjaśnił Frost. – Kamera była zainstalowana nad wejściem do kościoła i zarejestrowała wszystkich, którzy wchodzili. Pamiętasz te dwie kobiety, prawda? – zapytał, dotykając palcem ekranu.

– Jak mogłabym zapomnieć? Są z drużyny Elaine. Siedziały bezpośrednio za mną i przez cały czas wygłaszały niepochlebne opinie na temat Priscilli Coyle.

– I tę trójkę? – Frost wskazał idące za dwiema starszymi kobietami znajome trio. – To koledzy Cassandry ze studia filmowego.

– Nie pomyliłabym ich z nikim innym. Nikt inny w tym tłumie nie ma fioletowych włosów.

– A teraz spójrz na tę młodą kobietę po lewej stronie filmowców. Pamiętasz ją z nabożeństwa?

Jane przyjrzała się uważnie twarzy kobiety. Szczupła atrakcyjna brunetka z równo obciętą czarną grzywką, była mniej więcej w tym samym wieku co Cassandra: mogła mieć dwadzieścia kilka lat.

– Niezbyt dobrze. Mogłam zobaczyć ją w tłumie, ale w kościele było dwieście osób. Dlaczego się nią zainteresowałeś?

– Rzecz w tym, że wcale się nie zainteresowałem. Przynajmniej nie za pierwszym razem. Oglądając ten film i nagranie z pogrzebu Timothy'ego McDougala, koncentrowałem się na mężczyznach. A potem zatrzymałem obraz dokładnie w tym momencie. Kobieta spogląda zza ramienia Travisa Changa i to jedyna chwila, kiedy widać wyraźnie jej twarz. Później nie sposób jej zobaczyć, bo pochyliła głowę. Zapamiętaj tę twarz.

Frost zminimalizował okno i otworzył następne. To był kolejny zatrzymany obraz pokazujący kilkanaście osób, również ubranych na czarno i z posępnymi minami.

– Inny kościół – zauważyła Jane.

– Zgadza się. To wideo z nabożeństwa Timothy'ego McDougala. Ci ludzie wchodzą do kościoła. – Frost puścił nagranie i po chwili je zatrzymał. – I patrz, kogo tu znowu mamy.

Jane popatrzyła na ciemne włosy kobiety oraz na jej twarz w kształcie serca.

– Jesteś pewien, że to ta sama?

– Na sto procent. Ta sama fryzura, ta sama twarz. Przyjrzyj się uważnie jej szalikowi w szkocką kratę. Te same ko-

149

lory, ten sam wzór. To ona, bez dwóch zdań. Najwyraźniej jednak tym razem kogoś ze sobą przyprowadziła. – Frost pokazał stojącego przy kobiecie rudawego blondyna. Trzymali się za ręce.

– Widziałeś gdzieś tego faceta na nagraniu z nabożeństwa Cassandry Coyle?

– Nie. Widać go tylko na pogrzebie Timothy'ego.

– Mamy więc w końcu coś, co łączy te dwa zabójstwa – odezwała się cicho Jane i popatrzyła ze zdumieniem na Frosta. – I to jest kobieta.

# Rozdział dziewiętnasty

Everett zaczyna być problemem.

Wiedziałam, że do tego dojdzie. Należy do mężczyzn, którzy się angażują. Tacy jak on lubią budzić się w łóżku z kobietą, którą poprzedniej nocy przelecieli. Z mojego doświadczenia wynika, że dziewięćdziesiąt procent mężczyzn w moim wieku nie chce się budzić rano z kobietą. Wolą spiknąć się z dziewczyną, którą poznali na Tinderze, zaliczyć z nią szybki numerek, a potem pójść swoją drogą. Bez zapraszania na kolację, bez chodzenia na randki i forsowania swojego małego móżdżku, by znaleźć jakiś temat do konwersacji. W dzisiejszych czasach przypominamy wszyscy kule bilardowe, które czasami się ze sobą zderzają, a potem toczą każda w swoją stronę. Ja także preferuję na ogół taki układ. Bez komplikacji i bez zobowiązań. Chodź, maleńka, rozkołysz mój świat; a potem spadaj.

Everett nie tak to sobie wyobraża. Staje w progu mojego mieszkania z butelką wina w ręce i nieśmiałym uśmiechem na twarzy.

– Od kilku dni nie odbierasz moich telefonów – mówi. – Pomyślałem, że może do ciebie wpadnę. Moglibyśmy pogadać. Albo wyjść gdzieś na kolację. Albo po prostu napić się wina.

– Przykro mi, ale mam w tym momencie straszny młyn. I właśnie wychodzę.

Everett patrzy na płaszcz, który zapinam, i wzdycha.

– No jasne. Są miejsca, w których na ciebie czekają.

– Tak się składa, że muszę iść do pracy.

– O szóstej wieczorem?

– Przestań, Everett. Nie muszę ci się z niczego tłumaczyć.

– Przepraszam! Przepraszam! Chodzi o to, że naprawdę poczułem, że coś nas łączy. A ty znowu się odsuwasz. Czy zrobiłem coś złego? Powiedziałem coś nie tak?

Biorę od niego butelkę wina, stawiam ją na stoliku przy drzwiach i wychodzę.

– Chcę po prostu odetchnąć pełną piersią, nic więcej – mówię, zamykając za sobą drzwi.

– Rozumiem. Jesteś niezależna: już mi to mówiłaś. Ja też cenię sobie niezależność.

Jasne, że cenisz. Dlatego właśnie stoisz w progu mojego mieszkania, wpatrując się we mnie z uwielbieniem niczym śliniący się szczeniak. Nie żeby było to coś złego. Dziewczynie zawsze przyda się wierny piesek, taki, który ją uwielbia, nie zwraca uwagi na jej wady i jest dobry w łóżku. Facet, który pożyczy jej pieniądze i przyniesie rosołek, kiedy będzie chora. Facet, który zrobi dla niej wszystko.

Nawet rzeczy, których nie wolno robić.

– Patrz, która jest godzina – mówię. – Naprawdę muszę już iść. Za pół godziny mam być w Harvard Coop.

– Co takiego dzieje się w Coop?

– Jedna z moich klientek będzie podpisywała książki, a ja muszę zadbać, żeby wszystko poszło jak należy. Możesz się tam pojawić, ale nie w roli mojego chłopaka. Musisz się zachowywać jak jeden z jej fanów.

– To nic trudnego. Co to za pisarka?

– Victoria Avalon.

To nazwisko nic mu nie mówi, dzięki czemu zyskuje w moich oczach. Każdy, kto zna nazwisko Victorii Avalon, jest, moim zdaniem, idiotą.

– To gwiazda reality show – wyjaśniam. – Przez krótki czas była żoną Luke'a Jelco. – To nazwisko również nie jest mu znane. – No wiesz, tego napastnika z New England Patriots.

– A, mówisz o futbolu. Zgadza się. Więc twoja klientka napisała książkę.

– Na okładce widnieje w każdym razie jej nazwisko. W branży wydawniczej to jakby to samo.

– Wiesz co? Chętnie pójdę. Minęło sporo czasu, odkąd byłem ostatnio na spotkaniu autorskim w Coop. W zeszłym roku poznałem tam autorkę, która napisała świetną biografię Bulfincha, tego architekta. Wieczór nie był zbyt udany, bo pojawiły się tylko trzy osoby.

Jak na biografię Charlesa Bulfincha trzy osoby to i tak dużo.

– Mam wielką nadzieję, że dziś wieczorem pojawi się ich więcej – mówię, kiedy wychodzimy z budynku. – W przeciwnym razie wylecę z roboty.

□    □    □

Nawet zadzierający nosa studenci Harvardu nie mogą się oprzeć syreniemu śpiewowi obdarzonej obfitym biustem celebrytki. Przybyły ich całe zastępy i zajęły wszystkie miejsca w niewielkim audytorium na trzecim piętrze księgarni Harvard Coop. Tłoczą się między regałami z literaturą przyrodniczą i techniczną, stoją nawet na spiralnych schodach. Setki moli książkowych, przyszłych przywódców wolnego świata zjawiło się, by paść do stóp Victorii Avalon, która – przysięgam, że to prawda – spytała mnie kiedyś, jak się wymawia skrót IQ. Tłum fanów sprawia, że jest dzisiaj szczęśliwa. Zaledwie przed tygodniem darła się na mnie przez telefon, bo nie udało mi się odpowiednio wypromować jej książki w mediach. Dziś wieczorem jest przeurocza, cała w skowronkach, kręci tyłkiem, bierze za rękę każdego, kto przyszedł po jej autograf. Mężczyźni, kobiety, wszyscy są nią oczarowani. Kobiety chcą być takie jak ona, a mężczyźni... cóż, dokładnie wiadomo, czego chcą mężczyźni.

Stoję po jej lewej stronie, nad wszystkim czuwając, otwierając książki na stronie tytułowej i podsuwając je do podpisu. Victoria składa na nich swój autograf, wielkie VA z fantazyjnymi zawijasami, fioletowym atramentem.

Faceci pożerają ją wzrokiem (jest się czym nasycić, bo biust autorki wylewa się z nisko wyciętego stanika), a kobiety stają przy niej i gadają, gadają, gadają. Moim zadaniem jest skracanie tych pogaduszek i zapraszanie następnych w kolejce; w przeciwnym razie będziemy tu sterczeć do rana. Victoria nie miałaby prawdopodobnie nic przeciwko temu, bo karmi się adoracją niczym wampirzyca krwią, ale ja chcę mieć to z głowy. Chociaż nie widzę w tłumie Everetta, wiem, że czeka cierpliwie, aż wieczór dobiegnie końca, i czuję między nogami znajomy dreszcz podniecenia. Może to i dobrze, że wpadł dziś po południu. Po całym wieczorze obsługiwania tej kapryśnej suki seks jest dokładnie tym, czego potrzebuję.

Przywitanie się ze wszystkimi fanami zajmuje Victorii dwie i pół godziny. Złożyła autograf na stu osiemdziesięciu trzech egzemplarzach książki, poświęcając mniej więcej minutę na podpisanie każdego, ale kiedy kończymy, na stole wciąż leży sześćdziesiąt niesprzedanych egzemplarzy. To oczywiście wprawia ją w przygnębienie. Nie byłaby sobą, gdyby choć przez chwilę była ze wszystkiego zadowolona. Podpisując niesprzedane książki, narzeka na miejsce („przyszłoby więcej osób, gdyby nie musieli jechać aż do Cambridge!"), pogodę („co za cholerny mróz!") i datę („wszyscy wiedzą, że dziś jest ostatni odcinek *Tańca z gwiazdami!*"). Podsuwając jej kolejne egzemplarze, puszczam mimo uszu to kwękanie. Kątem oka dostrzegam Everetta, który obserwuje mnie ze współczującym uśmiechem. Owszem, tak właśnie zarabiam na życie. Teraz rozumiesz, dlaczego tak się cieszę na tę butelkę wina, którą przyniosłeś.

Kiedy Victoria podpisuje ostatnią książkę, widzę pracownika księgarni, który idzie w naszą stronę z bukietem kwiatów w rękach.

– Tak się cieszę, pani Avalon, że jeszcze pani nie wyszła. Właśnie dostarczono nam te kwiaty dla pani!

Na widok bukietu na twarzy Victorii natychmiast pojawia się tysiącwatowy uśmiech. Dlatego właśnie została celebrytką: potrafi na zawołanie go włączać i wyłączać. Potrzebuje tylko odpowiedniego ładunku adoracji, i właśnie go dostała w postaci zawiniętych w celofan róż.

– Och, jakie to miłe – grucha. – Kto je przysłał?

– Kurier nie powiedział. Ale jest dołączony bilecik.

Victoria rozrywa kopertę i wpatruje się w napisaną odręcznie wiadomość.

– To trochę dziwne – mówi.

– Co tam jest napisane? – pytam.

– „Pamiętasz mnie?". I nic więcej. Nie jest podpisane.

Podaje mi bilecik, ale ja prawie na niego nie patrzę. Moją uwagę przyciąga nagle sam bukiet. A właściwie jego przybranie, którym nie jest tak jak zwykle paprotka ani asparagus, wtykany między kwiaty przez wszystkich kwiaciarzy. Choć dla Victorii, która nie odróżnia hortensji od pretensji, ta konkretna gałązka nic nie znaczy, ja wiem dobrze, co symbolizuje palmowy liść.

To symbol męczeństwa.

Bilecik wysuwa mi się spomiędzy palców i łagodnie opada na podłogę.

– Musiał mi to przysłać któryś z dawnych wielbicieli – mówi Victoria. – Tylko dlaczego się nie podpisał? Zresztą nieważne – dodaje i parska śmiechem. – Życie dziewczyny jest pełne zagadek. Mógł po prostu przyjść i przywitać się. Ciekawe, czy jest tu gdzieś w tej chwili?

Rozglądam się podenerwowana po księgarni. Widzę kobiety, które przeglądają regały, trzech ślęczących nad podręcznikami kujonów oraz Everetta. Dostrzega, że jestem roztrzęsiona, i podchodzi do mnie zaniepokojony.

– Coś się stało, Holly? – pyta.

– Muszę wracać do domu – odpowiadam i łapię swój płaszcz. Trzęsą mi się ręce. – Zadzwonię do ciebie później.

# Rozdział dwudziesty

Zza zamkniętych drzwi Crazy Ruby Films dobiegały przeraźliwe kobiece krzyki.

– Jeśli te dzieciaki mają ochotę na prawdziwy koszmar – mruknęła Jane do Frosta – powinny spędzić z nami jedną z nocy.

Drzwi otworzyły się i zobaczyli za nimi Travisa Changa. Lekko oszołomiony, miał na sobie ten sam co za pierwszym razem podniszczony T-shirt z napisem SCREAMFEST FILM FESTIVAL. Kosmyki nieumytych włosów sterczały mu na głowie niczym diabelskie rogi.

– A, to znowu wy – wyjąkał, mrugając.

– Tak, to znowu my – odparła Jane. – Musimy wam coś pokazać.

– Jesteśmy akurat w samym środku montażu.

– To nie zajmie dużo czasu.

Travis zerknął z zakłopotaniem przez ramię.

– Chciałem was tylko ostrzec, że mamy tu niezły syf. Wiecie, jak to wygląda, kiedy człowiek jest w strefie zero.

Sądząc po wyglądzie studia, nie było to miejsce, w którym Jane chciałaby się kiedykolwiek znaleźć. Panował tu jeszcze większy bałagan, niż kiedy odwiedzili studio po raz pierwszy. Z koszy na śmieci wysypywały się pudełka po pizzy i puszki red bulla. Na każdej płaskiej powierzchni leżały zmięte serwetki, długopisy, notesy i sprzęt elektroniczny. W powietrzu unosił się zapach przypalonej kukurydzy i brudnych skarpetek.

Na sofie pół siedzieli, pół leżeli koledzy Travisa, Ben i Amber. Ich ziemista cera świadczyła o tym, że od wielu dni nie wychodzili na dwór. Nie zwracając uwagi na gości, wpatrywali się w wielki ekran telewizora, na którym bujnie obdarzona przez naturę blondynka w skąpym T-shircie desperacko barykadowała drzwi przed kimś, kto próbował wedrzeć się do środka. Ostrze siekiery rozłupało drewno. Blondynka krzyknęła.

Travis wcisnął przycisk pauzy i twarz blondynki zastygła na ekranie.

– Co robisz, człowieku? – zaprotestował Ben. – Goni nas czas.

– Próbujemy zdążyć z filmem na festiwal – wyjaśnił Travis, zwracając się do Jane i Frosta. – *Mr. Simian* musi zostać zgłoszony za trzy tygodnie.

– Kiedy będziemy mogli go zobaczyć?

– Jeszcze nie teraz. Wciąż go montujemy i jesteśmy w trakcie dodawania ścieżki dźwiękowej. Poza tym musimy jeszcze poprawić kilka efektów specjalnych.

– Podobno skończyły się wam pieniądze.

Filmowcy wymienili między sobą spojrzenia. Amber westchnęła.

– Owszem, skończyły się – przyznała. – Dlatego wzięliśmy wszyscy pożyczki. A Ben sprzedał swój samochód.

– Naprawdę macie zamiar postawić wszystko na jedną kartę?

– A na co mamy postawić, jak nie na to, co sami stworzyliśmy?

Prawdopodobnie stracą nawet te ohydne koszule, które mieli na grzbietach, ale Jane nie mogła nie podziwiać ich determinacji.

– Oglądałem wasz pierwszy film *Widzę cię* – powiedział Frost. – Całkiem niezły. Powinien przynieść dochód.

Travis się ożywił.

– Tak pan uważa?

– Lepszy od wielu horrorów, które wcześniej widziałem.

– No właśnie! Wiemy, że możemy nakręcić film wcale nie gorszy od tych, które powstają w dużych wytwórniach. Musimy po prostu się przyłożyć i skupić na opowiedzeniu ciekawej historii. Nawet jeśli to oznacza postawienie wszystkiego na jedną kartę.

– Widziałam już chyba tę aktorkę – powiedziała Jane, wskazując blondynkę na ekranie. – Gdzie jeszcze grała?

– Z tego, co wiem, to jej pierwsza duża rola – odparł Ben. – Ma po prostu jedną z tych wpadających w oko twarzy.

– Typowej seksownej blondynki z perfekcyjnymi zębami – zauważyła Jane.

– Tak, są idealne w roli ofiar... – Ben urwał. – Przepraszam, nie powinienem tak mówić...

– Powiedziała pani, że chce nam coś pokazać – wtrącił Travis.

– Owszem. Chcemy, żebyście obejrzeli pewną fotografię. – Jane rozejrzała się po studiu, szukając miejsca, gdzie mogłaby postawić laptop.

Travis uprzątnął resztki pizzy ze stolika do kawy.

– Proszę.

Jane ustawiła laptop, starając się unikać grudek roztopionego sera, i otworzyła plik z fotografiami.

– To są kadry z filmu, który nakręciliśmy w trakcie nabożeństwa żałobnego Cassandry – powiedziała. – Zamontowaliśmy kamerę nad wejściem, żeby zarejestrować twarze wszystkich, którzy brali w nim udział.

– Nagraliście całe nabożeństwo? – zdziwiła się Amber. – To straszne, że filmujecie ludzi bez ich zgody. Tak jakbyśmy byli obserwowani przez Wielkiego Brata.

– Tak jakbyśmy prowadzili śledztwo w sprawie morderstwa. – Jane obróciła ekran w ich stronę. – Rozpoznajecie tę kobietę?

Trójka filmowców pochyliła się nad laptopem. Ich nieświeże oddechy i śmierdzące ubrania przypomniały Jane prywatki jej braci, po których dywany w całym domu usłane były śpiącymi w śpiworach nastoletnimi chłopcami.

Amber wpatrywała się w fotografię przez swoje czarne okulary.

– Nie pamiętam, żebym ją widziała, ale była tam masa ludzi. Poza tym bałam się trochę wchodzić do kościoła.

– Dlaczego? – zapytał Frost.

Amber zamrugała.

– Zawsze boję się, że zrobię coś nie tak i Bóg porazi mnie błyskawicą – wyjaśniła.

– Słuchajcie, chyba pamiętam tę kobietę. – Ben pochylił

się i pogładził po tygodniowym zaroście. – Siedziała po drugiej stronie przejścia. Dokładnie się jej przyjrzałem.

Amber szturchnęła go w ramię.

– Wiadomo.

– Nie, chodzi mi o to, że miała interesującą twarz. Potrafię zgadnąć, kogo polubi kamera. Tylko na nią popatrzcie. Ładnie zarysowane kości policzkowe, wspaniała struktura twarzy, łatwa do oświetlenia. I duża głowa.

– Duża głowa to dobrze czy źle? – zapytała Jane.

– Oczywiście, że dobrze. Duża głowa wypełnia ekran, zwraca na siebie uwagę. Jezu, ciekawe, czy potrafi grać.

– Nie wiemy nawet, jak się nazywa – powiedziała Jane. – Mieliśmy nadzieję, że któreś z was ją rozpozna.

– Widziałem ją ten jeden raz – odparł Ben. – Na pogrzebie Cassie.

– Na pewno nie spotkałeś jej nigdzie indziej? Nie pojawiła się w tym studiu, nie przyjaźniła z Cassandrą?

– Nie. – Ben spojrzał na swoich kolegów, a oni pokręcili głowami.

– Dlaczego interesuje panią ta kobieta? – zapytał Travis.

– Próbujemy ustalić, co wiąże ją z Cassandrą i dlaczego przyszła na nabożeństwo. Macocha Cassandry jej nie zna. Podobnie sąsiedzi.

– No i co z tego? Udział w pogrzebie kogoś obcego nie jest chyba wielką zbrodnią – żachnęła się Amber.

– Nie. Ale to dziwne.

– W tym nabożeństwie wzięło udział mnóstwo osób. Dlaczego pyta pani akurat o nią?

– Bo pojawiła się również gdzie indziej. – Jane postukała w klawiaturę i na ekranie laptopa pojawiła się kolejna fotografia nieznanej kobiety. Tym razem zrobiona w bladym świetle zimowego poranka.

– To znowu ona – mruknęła Amber.

– Ale na innym tle i w innym świetle – zauważył Ben. – To było innego dnia.

– Zgadza się – potwierdziła Jane. – To kadr z kamery zainstalowanej podczas innego nabożeństwa. Zwróćcie uwagę na mężczyznę, który trzyma ją za rękę. Znacie go? – zapytała filmowców.

Wszyscy troje pokręcili głowami.

– O co chodzi z tą kobietą? Lubi chodzić na przypadkowe pogrzeby? – zapytał Ben.

– Nie sądzę, by wybierała je przypadkowo. Tutaj także chowano ofiarę zabójstwa.

– O kurczę. To fanka morderstw? – Ben spojrzał ponownie na kolegów. – Coś podobnego było w *Zabij ją jeszcze raz, Sam*.

– Słucham? – zainteresował się Frost.

– To film, przy którym pracowaliśmy kilka lat temu. Wyprodukował go nasz kumpel z L.A. Opowiadał o fance gotyckiego rocka, która chodzi na przypadkowe pogrzeby. W końcu wpada w oko zabójcy.

– Cassandra też pracowała przy tym filmie?

– Pracowaliśmy wszyscy, ale stanowiliśmy po prostu część ekipy. Scenariusz nie był specjalnie oryginalny. Rzeczywiście są ludzie, którzy chodzą na pogrzeby nieznajomych. Karmią się cudzą żałobą. Chcą stać się częścią społeczności. Albo mają obsesję śmierci. Może ta kobieta jest właśnie kimś takim. Dziwaczką, która nigdy nie znała Cassandry.

Jane spojrzała na zarejestrowaną przez kamerę młodą kobietę. Ciemnowłosą, piękną, bezimienną.

– Zastanawiam się, z jakiego powodu się tam zjawiła – mruknęła.

– Kto to może wiedzieć? Dlatego właśnie uwielbiamy kręcić horrory – powiedział Travis. – Możliwości są nieskończone.

# Rozdział dwudziesty pierwszy

Ciało przywiązanego do słupa świętego Polikarpa trawiły płomienie, lecz on wpatrywał się pogodnym wzrokiem w niebo. Płonący na stosie mężczyzna, którego oglądała na kolorowej ilustracji, nie błagał o litość ani nie wył z bólu; nie, najwyraźniej z radością przyjmował cierpienie, które miało go zaprowadzić prosto w ramiona Zbawiciela. Studiując obraz jego męczeńskiej śmierci, Jane przypomniała sobie moment, kiedy smażąc kurczaka, poparzyła się gorącym tłuszczem. Wyobraziła sobie tamten ból zwielokrotniony po tysiąckroć, płomienie, które liżą jej ubranie i włosy. W przeciwieństwie do świętego Polikarpa nie gapiłaby się jak urzeczona w niebo, ale wrzeszczałaby jak opętana.

Dosyć tego. Obróciła kartkę i jej oczom ukazał się kolejny męczennik, kolejny obraz cierpienia. Kolorowa ilustracja przedstawiała śmierć świętego Erazma z Formii w całej krwawej chwale. Erazm rozciągnięty na stole, z jego rozciętego brzucha oprawcy nawijają wnętrzności na korbę.

Z sypialni córki dobiegł ją radosny chichot Reginy, której Gabriel czytał bajkę na dobranoc, i to sprawiło, że obrazy z *Księgi męczenników* wydały jej się jeszcze bardziej groteskowe.

Zabrzęczał dzwonek do drzwi.

Zadowolona, że może odłożyć na chwilę makabryczne ilustracje, wyszła z kuchni, żeby przywitać gościa.

Ojciec Daniel Brophy robił wrażenie jeszcze bardziej wychudłego i znużonego niż przed siedmioma miesiącami, kiedy widziała go ostatni raz. Jego twarz nie różniła się od oglądanych przed chwilą męczenników: była twarzą człowieka, który pogodził się ze swoim nieszczęściem.

– Dziękuję, że przyjąłeś zaproszenie, Danielu – powiedziała.

– Nie wiem, czy ci się do czegoś przydam, ale chętnie spróbuję.

Kiedy wieszał płaszcz, z sypialni Reginy po raz kolejny dobiegł ją śmiech córki.

– Gabriel kładzie ją do łóżka. Porozmawiajmy w kuchni – zaproponowała.

– Czy dołączy do nas Maura?

– Nie, będziemy tylko we dwoje.

Czy zobaczyła w jego oczach błysk rozczarowania? Zaprowadziła go do kuchni, gdzie popatrzył na rozłożone na stole książki i dokumenty.

– Czytałam właśnie żywoty świętych – wyjaśniła. – Tak, wiem, że powinnam o tym wszystkim wiedzieć, ale jak by to ująć…? Opuściłam najwyraźniej kilka lekcji religii.

– Sądziłem, że hipoteza Maury niezbyt cię przekonała.

– Nadal nie wiem, czy do końca w nią wierzę, ale przekonałam się, że niezbyt mądrze jest lekceważyć jej teorie. Ponieważ na ogół okazują się trafne. – Jane wskazała na leżące na stole akta Cassandry Coyle i Timothy'ego McDougala. – Problem polega na tym, że poza tajemniczą kobietą, która pojawiła się na obu pogrzebach, nie udało mi się znaleźć niczego, co łączyłoby ofiary. Nie mieli wspólnych przyjaciół, mieszkali w innych miejscach, pracowali w innych branżach, studiowali na różnych uczelniach. Oboje zostali jednak odurzeni ketaminą i alkoholem i pośmiertnie okaleczeni. Biorąc pod uwagę rodzaj tych okaleczeń, Maura doszła do wniosku, że zabójca ma obsesję na punkcie historii katolicyzmu. W tym momencie zaczyna się twoja rola.

– Bo jestem waszym ekspertem od świętych męczenników?

– I znasz się na religijnej symbolice w sztuce. Wiem o tym od Maury.

– Większą część życia spędziłem w otoczeniu sztuki religijnej. Znam się trochę na ikonografii.

– Czy mógłbyś w takim razie zerknąć na te zdjęcia z miejsc zbrodni? – Jane przesunęła laptop w stronę Daniela. – Powiedz, czy nie nasuwają ci się jakieś skojarzenia. Cokolwiek, co pozwoliłoby nam zajrzeć do umysłu zabójcy.

– Maura i ja omówiliśmy szczegółowo te fotografie. Czy nie powinna brać udziału w tej rozmowie?

– Nie, wolałabym raczej sama to od ciebie usłyszeć. Nie sądzisz, że to będzie dla was dwojga łatwiejsze? – dodała ciszej Jane.

Ból, jaki dostrzegła w oczach Daniela, był tak wyraźny, jakby wbiła mu w pierś ostrze noża. Pochylił się na krześle i pokiwał głową.

– Kiedy do mnie zadzwoniła, sądziłem, że mogę się tego podjąć. Myślałem, że możemy zostać przyjaciółmi.

– Nie pomógł ci ten wyjazd do Kanady?

– Nie. Rekolekcje przypominały raczej rodzaj narkozy. Długą głęboką śpiączkę. Przez sześć miesięcy przestałem cokolwiek odczuwać. A potem, kiedy do mnie zadzwoniła, kiedy się z nią spotkałem, to było tak, jakbym obudził się ze śpiączki. I ból wrócił. Tak samo dotkliwy jak wcześniej.

– Przykro mi to słyszeć, Danielu. Przykro ze względu na was oboje.

– Dobranoc, tatusiu! – usłyszeli dobiegający z sypialni głos Reginy i przez twarz Daniela przeszedł dziwny skurcz.

Czy żałuje tego, że się nie ożenił i nie ma dzieci? – pomyślała Jane. Czy kiedykolwiek tęskni za życiem, które mógłby prowadzić, gdyby nie założył tej koloratki?

– Chcę, żeby Maura była szczęśliwa – powiedział. – Nic nie jest dla mnie ważniejsze.

– Nic z wyjątkiem złożonych przez ciebie ślubów.

Daniel posłał jej zbolałe spojrzenie.

– Złożyłem obietnicę Bogu, kiedy miałem czternaście lat. Przysiągłem, że…

– Tak, Maura opowiadała mi o twojej siostrze. Miała białaczkę dziecięcą, prawda?

Pokiwał głową.

– Lekarze powiedzieli nam, że jest w stanie terminalnym. Miała tylko sześć lat i mogłem się za nią jedynie modlić. Bóg odpowiedział na moje modlitwy i do dziś Sophie jest cała i zdrowa. Adoptowała dwójkę przepięknych dzieci.

– Naprawdę wierzysz, że twoja siostra żyje dzięki umowie, jaką zawarłeś z Bogiem?

– Nie możesz tego zrozumieć. Jesteś niewierząca.

– Wierzę, że każdy z nas jest odpowiedzialny za wybory,

jakich dokonuje w życiu. Ty dokonałeś wyboru z powodów, które wydawały ci się słuszne, kiedy miałeś czternaście lat. Ale teraz? – Jane pokręciła głową. – Czy Bóg rzeczywiście może być tak okrutny?

Te słowa musiały być celne, bo nie znalazł na nie odpowiedzi. Siedział w milczeniu, opierając dłonie na ilustrowanej książce o męczennikach. On sam też był męczennikiem, mężczyzną, który pogodził się z losem równie niezachwianie jak płonący na stosie święty Polikarp.

W tym właśnie momencie do kuchni wszedł Gabriel. Widząc siedzącego na krześle gościa z udręczoną miną, posłał żonie pytające spojrzenie. Będąc doświadczonym śledczym, zdał sobie natychmiast sprawę, że przy stole omawiano nie tylko kwestie służbowe.

– Wszystko w porządku? – zapytał.

Daniel podniósł wzrok. Wydawał się nieco zaskoczony faktem, że Gabriel się do nich przyłączył.

– Obawiam się, że nie mam zbyt wiele do powiedzenia – mruknął.

– Ale przyznasz chyba, że teoria jest intrygująca? Zabójca, który ma obsesję na punkcie ikonografii religijnej.

– Czy FBI włączyło się do śledztwa?

– Nie, w tym wypadku występuję jedynie w roli zainteresowanego małżonka. Jane nie zdradziła mi żadnych szczegółów.

Jane roześmiała się.

– Po co brać ślub, jeśli małżonkowie nie mogą się podzielić pikantnymi szczegółami zbrodni?

– I co o tym sądzisz, Danielu? – zapytał Gabriel, wskazując laptop. – Czy bostońska policja coś przegapiła?

– Symbolika wydaje się oczywista – odparł bez przekonania Daniel, przeglądając kolejne zdjęcia z miejsca przestępstwa. – Młoda kobieta została okaleczona tak, by jej obrażenia przypominały te, które zadano świętej Łucji. – Przez chwilę wpatrywał się w fotografię stojącego na blacie wazonu z kwiatami, zrobioną w kuchni Cassandry. – Jeśli szukacie symboli religijnych, mamy ich wiele w tym bukiecie. Białe lilie to czystość i dziewictwo. Czerwone róże męczeństwo. Skąd wzięły się tam te kwiaty? Czy to możliwe, że zostawił je zabójca…?

– Nie, bukiet przysłał jej ojciec, więc wszelka symbolika, jaką tu dostrzegasz, jest przypadkowa.

– Zginęła w dniu swoich urodzin?

– Trzy dni później. Szesnastego grudnia.

Przez dłuższą chwilę Daniel patrzył na urodzinowe kwiaty ofiarowane dziewczynie, która miała przed sobą tylko trzy dni życia.

– Kiedy zginęła druga ofiara? – zapytał. – Ten młody mężczyzna?

– Dwudziestego czwartego grudnia. Dlaczego pytasz?

– A kiedy miał urodziny?

Daniel spojrzał na Jane, która zobaczyła w jego oczach błysk podniecenia. Gabriel również wyczuł, że trafili na coś ważnego. Siadł przy stole, wpatrując się w Daniela.

– Muszę zajrzeć do raportu z sekcji zwłok. – Jane przerzucała przez chwilę papiery. – Mam. Timothy McDougal. Urodził się…

– Dwudziestego stycznia?

Jane popatrzyła zaskoczona na Daniela.

– Tak, dwudziestego stycznia – potwierdziła cicho.

– Skąd znałeś jego datę urodzenia? – zapytał Gabriel.

– Z kalendarza liturgicznego. Każdemu świętemu poświęcony jest jakiś dzień. Dwudziestego stycznia czcimy świętego Sebastiana, którego przedstawia się na obrazach z ciałem przebitym strzałami.

– A święta Łucja? Kiedy jest jej dzień? – zapytała Jane.

– Trzynastego grudnia.

– W urodziny Cassandry Coyle. – Jane popatrzyła ze zdumieniem na Gabriela. – To jest to! Zabójca wybiera rodzaj okaleczenia w zależności od daty urodzin ofiary! Tylko skąd wiedział, kiedy się urodzili?

– Widział ich prawa jazdy – odparł Gabriel. – Młodych ludzi w barze prawie zawsze się legitymuje. A obie ofiary miały w żołądku alkohol. Teraz możemy szukać podejrzanych wśród barmanów. I kelnerów…

– Tim McDougal został przebity strzałami – zauważyła Jane. – Czy sprawca miał pod ręką pęk strzał na wypadek, gdyby natknął się na kogoś urodzonego dwudziestego stycznia? Musiałby być bardzo dobrze zaopatrzonym zabójcą. Pomyślcie, na ile różnych sposobów zadano śmierć męczennikom. Robiono to przy użyciu kamieni, mieczy, tasaków i obcęgów. Jednego zatłukli drewnianymi chodakami.

– Świętego Wigiliusza z Trydentu. Czcimy jego pamięć dwudziestego szóstego czerwca – odezwał się Daniel. – Często przedstawia się go z drewniakiem, którym został zabity.

– Wątpię, żeby nasz zabójca trzymał w bagażniku drewniany but, licząc na to, że znajdzie kogoś, kto urodził się dwudziestego szóstego czerwca. Nie, nasz sprawca wybiera swoją ofiarę z wyprzedzeniem i dopiero wtedy gromadzi narzędzia. Co oznacza, że ma dostęp do ich dat urodzenia.

Gabriel pokręcił głową.

– Będziesz musiała zarzucić bardzo szeroką sieć, żeby go znaleźć. Łatwo jest ustalić czyjąś datę urodzenia. W aktach personalnych, w dokumentacji medycznej. Na Facebooku.

– Ale odkryliśmy przynajmniej jego modus operandi! Rodzaj okaleczeń wynika z daty urodzenia. Jeśli zabijał wcześniej, możemy go wyśledzić na ViCAP-ie. – Jane otworzyła nowe okno w laptopie i przesunęła go w stronę Daniela. – W porządku, mam dla ciebie nowe zadanie.

– Co to za baza danych? – zapytał.

– To są wszystkie nierozwiązane sprawy morderstw w Nowej Anglii z ubiegłego roku. Frost i ja sporządziliśmy listę wszystkich ofiar, które zostały okaleczone po śmierci. Po wyeliminowaniu tych, którzy zginęli od broni palnej, udało nam się ją ograniczyć do trzydziestu dwóch ofiar.

– Masz daty ich urodzin? – zapytał Daniel.

Jane pokiwała głową.

– Znajdziesz je w raportach z sekcji zwłok. Znasz kalendarz liturgiczny. Sprawdź, czy jakieś obrażenia są podobne do tych zadanych męczennikom, którzy mają swoje święto w dniu urodzin ofiary.

Daniel zabrał się do pracy, a Jane wstała od stołu, żeby zaparzyć świeżej kawy. Zapowiadała się długa noc, ale czuła się pobudzona nawet bez zastrzyku kofeiny. Odkryliśmy w końcu klucz, który pozwoli nam zidentyfikować wcześniejsze ofiary zabójcy, myślała. Każde nowe nazwisko, każde nowe dane zwiększały szanse znalezienia głównego powiązania między ofiarami i zabójcą. Dolała każdemu kawy, usiadła i patrzyła, jak Daniel przegląda pliki.

Godzinę później westchnął i pokręcił głową.

– Nic nie pasuje.

– Sprawdziłeś wszystkie sprawy?

– Wszystkie trzydzieści dwie. Żadne z obrażeń nie ma nic wspólnego z urodzinami ofiar. – Daniel spojrzał na Jane. – Może te dwa zabójstwa są pierwsze. Może nie ma na razie więcej ofiar.

– Albo nie zarzuciliśmy sieci dość szeroko – odparła. – Powinniśmy się cofnąć o dwa, a nawet trzy lata. Rozszerzyć teren poza Nową Anglię.

– Nie wiem, Jane – mruknął Gabriel. – A jeśli Maura się myli, szukając powiązań tam, gdzie ich nie ma? To wszystko może się okazać fałszywym tropem.

Jane zerknęła na żywoty świętych, które przeglądała przez cały wieczór, i nagle skupiła uwagę na okładce z płonącym na stosie świętym Polikarpem. Ogień. Ogień niszczy wszystko. Ciała. Dowody rzeczowe.

Sięgnęła po komórkę i na oczach zdumionych Gabriela i Daniela zadzwoniła do Frosta.

– Nadal masz tę listę ofiar, które zginęły w pożarach? – zapytała.

– Tak. Dlaczego?

– Prześlij mi ją na e-mail. Razem ze sprawami, w których ktoś poniósł śmierć w wyniku przypadkowego zaprószenia ognia.

– Przecież je wyłączyliśmy.

– Włączam je z powrotem. Wszystkie przypadki pojedynczej śmierci dorosłej ofiary.

– W porządku, zaraz ci prześlę. Zajrzyj do skrzynki.

– Przypadkowe zaprószenie ognia? – zapytał Gabriel, kiedy się rozłączyła.

– Pożar niszczy wszystkie dowody, więc jego ofiary nie zawsze poddaje się badaniom toksykologicznym. Zastanawiam się, czy niektóre z tych przypadkowych zgonów nie były wcale takie przypadkowe.

Laptop zadźwięczał, sygnalizując nadejście e-maila od Frosta.

Otworzyła załącznik i na ekranie pojawiła się nowa lista. Dwadzieścia kilka ofiar, które zginęły w poprzednim roku w przypadkowych pożarach na terenie Nowej Anglii.

– Rzuć na to okiem – powiedziała, obracając laptop w stronę Daniela.

– Uznanie, że zgon nastąpił w wyniku pożaru, oznacza na ogół, że podczas sekcji wykryto dym w płucach – zauważył Gabriel. – To nie pasuje do waszego sprawcy, skoro uśmierca swoje ofiary, zakładając im na głowy plastikowe torby.

– Jeśli ofiara jest nieprzytomna, pożar załatwia wszystko. Nie musisz jej dusić.

– Tak czy owak, to jest inny modus operandi, Jane.

– To nie znaczy, że nasza teoria jest niesłuszna. Może duszenie jest jego nową techniką. Może doskonali swoje…

– Sarah Basterash, lat dwadzieścia sześć – odezwał się nagle Daniel, podnosząc wzrok znad laptopa. – Zginęła w pożarze domu w Newport, Rhode Island.

– W Newport? – Jane zajrzała mu przez ramię, żeby przeczytać akta. – Dziesiątego listopada, doszczętnie spalony dom jednorodzinny. Ofiara była sama, znaleziono ją w sypialni. Żadnych śladów napaści.

– Ketamina? – zapytał Gabriel.

Jane westchnęła sfrustrowana.

– Nie przeprowadzono badań toksykologicznych.

– Ale zwróćcie uwagę na jej datę urodzenia – powiedział Daniel. – Trzydziestego maja. I zginęła w pożarze.

– Czyj dzień obchodzi się trzydziestego maja? – zapytała Jane.

– Joanny d'Arc.

# Rozdział dwudziesty drugi

Kiedy Jane odwiedziła poprzednim razem Newport, była pełnia lata i wąskie uliczki wypełniały tabuny turystów. Pamiętała, jak wlokła się ubrana w szorty i sandały w nieznośnej spiekocie, z rozpuszczającym się lodem truskawkowym, który spływał jej po ręce. Była w ósmym miesiącu ciąży, spuchły jej nogi w kostkach i marzyła tylko o tym, żeby się zdrzemnąć. Mimo to miasto urzekło ją zabytkowymi budynkami i gwarnym nabrzeżem i nic, co w życiu jadła, nie mogło się równać z homarem, którego spałaszowała tego wieczoru razem z Gabrielem.

W ten mroźny styczniowy dzień Newport wydawało się całkowicie innym miastem.

Siedząc obok prowadzącego samochód Frosta, zerkała przez szybę na pozamykane na głucho sklepy z pamiątkami, restauracje i puste uliczki, z których zima przegnała wszystkich turystów. Przed jednym z pubów stała, trzęsąc się z zimna i paląc papierosy, samotna para.

– Zwiedzałaś kiedyś tutejsze domy letniskowe? – zapytał Frost.

– Oczywiście. Nazywanie ich domami letniskowymi wydało mi się śmieszne. Mogłabym zamieszkać z całą rodziną w garderobie takiego domku.

– Po obejrzeniu rezydencji Vanderbiltów pokłóciłem się z Alice. Ich pałac nawet mi się spodobał, ale, jej zdaniem, fakt, że jedna rodzina posiadała taki majątek, woła o pomstę do nieba.

– No tak. Zapomniałam już, że Alice to komunistka.

– Nie jest wcale komunistką. Ma po prostu silne poczucie sprawiedliwości społecznej.

Jane posłała mu podejrzliwe spojrzenie.

– Ostatnio bardzo często o niej wspominasz. Czyżbyście znowu byli razem?

– Może. I nie chcę, żebyś mówiła o niej coś złego.

– Dlaczego miałabym się niepochlebnie wyrażać o twojej uroczej eksżonie?

– Bo nie możesz się powstrzymać.

– Najwyraźniej ty też nie możesz się powstrzymać.

– Zobacz – odezwał się nagle Frost, wskazując molo. – Jest tam miła restauracja rybna. Ciekawe, czy otwarta? Moglibyśmy zjeść w niej lunch.

– Niech zgadnę. Odwiedziłeś kiedyś tę knajpę razem z Alice.

– I co z tego?

– To, że nie jestem w nastroju, żeby wspominać z tobą szczęśliwe chwile, jakie spędziłeś z Alice. W drodze powrotnej zjemy po prostu hamburgera. – Jane zerknęła na ekran GPS-u. – Skręć w lewo.

Przejechali Bellevue Avenue, mijając luksusowe domy, które wzbudziły w Alice klasowy gniew. We wcześniejszej epoce tam właśnie przyjeżdżały na letni wypoczynek rodziny przemysłowych potentatów, zabierając ze sobą służbę, powozy i suknie balowe. I każdej jesieni wracały do swoich równie wystawnych domów w mieście, a ich pałace czekały puste i ciche na kolejną rundę letnich przyjęć. Jane nie miała złudzeń co do tego, jaką zajmowałaby pozycję w ówczesnej hierarchii społecznej. Szorowałaby gary w kuchni albo prałaby gorsety i bieliznę. Z całą pewnością nie byłaby jedną z tych szczęśliwych młodych dam kołyszących się w rytm muzyki w kapiących od złota salach balowych. Jane znała swoje miejsce we wszechświecie i nauczyła się czerpać z tego satysfakcję.

– To ta ulica – powiedziała. – Skręć w prawo.

Zostawili za sobą przestronne pałace i ruszyli uliczką, przy której domy nie były tak wielkie, lecz wciąż zbyt drogie dla przeciętnego gliniarza z Bostonu. Mąż Sarah Basterash pracował w dużej firmie eksportowej, więc jego żona musiała zapewne prowadzić wygodne życie w dzielnicy, gdzie na podjazdach stały zaparkowane lexusy i volva, a każdy ogródek był nieskazitelnie wypielęgnowany. Na tle tych wszystkich pięknych rezydencji widok poczerniałych kamiennych fundamentów mógł przyprawić o szok.

Jane i Frost wysiedli z samochodu i przez chwilę wpatrywali się w miejsce, gdzie stał kiedyś dom Basterashów. Choć zwęglone gruzy zostały wywiezione, o niedawnym pożarze świadczyła nadpalona kora drzew, a wdychając zimne powietrze, Jane miała wrażenie, że czuje smród spalenizny i popiołów. Pobliskie domy zbytnio nie ucierpiały i stały teraz ze swoimi perfekcyjnymi werandami i przystrzyżonymi żywopłotami po obu stronach posiadłości

Basterashów niczym dumni ocaleńcy. Szczątki siedziby sąsiadów przypominały jednak, że tragedia może dotknąć każdego. Ogień nie odróżnia bogaczy od biedaków; może pochłonąć wszystkich.

□ □ □

– Byłem w podróży służbowej w Pekinie, kiedy to się stało. Moja firma eksportuje produkty rolne; negocjowałem akurat umowę na dostawę do Chin mleka w proszku.

Kevin Basterash umilkł i wbił wzrok w beżową wykładzinę, położoną tak niedawno, że wciąż wydzielała charakterystyczny chemiczny zapach. Jego mieszkanie było przestronne i słoneczne, ale wszystko w nim, począwszy od gołych ścian po puste regały, wydawało się Jane tymczasowe. Przed dwoma miesiącami płomienie zabrały Kevinowi Basterashowi dom i żonę. Teraz mieszkał w tym banalnym apartamentowcu położonym osiem kilometrów od miejsca, w którym on i Sarah marzyli niegdyś o dzieciach. W pozbawionym duszy salonie nie było nawet jednej fotografii.

Ogień strawił wszystko.

– Wiadomość dotarła do mnie tuż przed lunchem czasu pekińskiego. Nasz sąsiad zadzwonił i powiedział, że pali się mój dom i przyjechała straż pożarna. Nie znaleźli jeszcze wtedy Sarah i miał nadzieję, że może nie było jej w domu. Ale ja spodziewałem się najgorszego. Spodziewałem się, bo nie zadzwoniła do mnie tego ranka. Dzwoniła codziennie o tej samej porze. – Kevin popatrzył na Jane i Frosta. – Mówią, że to był wypadek.

Jane pokiwała głową.

– Według inspektorów straży pożarnej, pańska żona zostawiła palące się na szafce nocnej świeczki i usnęła. Przy jej łóżku znaleźli butelkę szkockiej i doszli do wniosku…

– Doszli do wniosku, że była pijana i nie zachowała należytej ostrożności. – Kevin pokręcił z gniewem głową. – To zupełnie do niej niepodobne. Owszem, lubiła wypić kilka drinków przed snem, ale to nie oznacza, że mogła się upić do nieprzytomności i nie zbudził jej pożar. Powiedziałem to policjantom i inspektorom ze straży. Problem polegał na tym, że im bardziej upierałem się, że to nie mógł być wypadek, z tym większym powątpiewaniem na mnie patrzyli. Pytali, czy miałem jakieś romanse i czy się kłóciliśmy. Mąż zawsze jest pierwszym podejrzanym, prawda? I co z tego, że byłem wtedy w Chinach? Mogłem wynająć zabójcę, żeby to zrobił! Po pewnym czasie musiałem po prostu przyjąć do wiadomości, że to był wypadek. Bo kto chciałby ją skrzywdzić? Nikt. – Kevin popatrzył na Jane. – I nagle pani do mnie zadzwoniła. To wszystko zmienia.

– Niekoniecznie – odparła. – Prowadzimy po prostu szersze dochodzenie. Badamy sprawy dwóch morderstw w Bostonie i próbujemy ustalić, czy nie wiążą się w jakiś sposób ze śmiercią pańskiej żony. Mówi panu coś nazwisko Timothy McDougal?

Kevin pokręcił głową.

– Pierwszy raz słyszę.

– A Cassandra Coyle?

Tym razem mąż Sarah się zawahał.

– Cassandra – mruknął, jakby chciał odszukać w pamięci czyjąś twarz. – Sarah mówiła coś o przyjaciółce o imieniu Cassandra, ale nie pamiętam jej nazwiska.

– Kiedy to było?

– Na początku zeszłego roku. Powiedziała, że zadzwoniła do niej dziewczyna, którą znała w dzieciństwie. Zjadły razem lunch. Nie miałem szansy jej poznać. – Sfrustrowany Kevin pokręcił głową. – Pewnie znowu byłem w jakiejś cholernej podróży służbowej.

– Gdzie dorastała pańska żona, panie Basterash? – zapytał Frost.

– W Massachusetts. Przeniosła się do Newport, kiedy znalazła tutaj pracę w szkole Montessori.

– Często odwiedzała Boston? Miała tam jakichś przyjaciół albo rodzinę?

– Nie, jej rodzice już nie żyją. I tak naprawdę nie miała nikogo, kogo mogłaby odwiedzać w Brookline.

Jane podniosła wzrok znad notesu, w którym robiła notatki.

– Mieszkała w Brookline?

– Tak, do ukończenia szkoły średniej.

Jane i Frost spojrzeli na siebie. W Brookline dorastali również Cassandra Coyle i Timothy McDougal.

– Czy pana żona była katoliczką, panie Basterash? – zapytała Jane.

Kevin zmarszczył czoło, najwyraźniej zaskoczony pytaniem.

– Jej rodzice byli katolikami, ale Sarah odeszła z Kościoła przed wieloma laty. Mówiła, że dorastanie w wierze katolickiej pozostawiło w niej trwały uraz – dodał ze smutnym uśmiechem.

– Co przez to rozumiała?

– To był żart. Powtarzała, że należałoby zakazać dzieciom lektury Biblii, tyle tam przemocy.

Jane pochyliła się, czując, jak przyśpiesza jej tętno.

– Czy pana żona znała żywoty katolickich świętych?

– O wiele lepiej ode mnie. Dorastałem jako agnostyk, a jej wystarczało rzucić okiem na jakiś obraz, żeby powiedzieć: „To święty Szczepan. Został ukamienowany". – Kevin wzruszył ramionami. – Pewnie takich właśnie rzeczy uczą dzieci w szkółce niedzielnej.

– Wie pan, do jakiego chodziła w dzieciństwie kościoła?

– Nie mam pojęcia.

– Do jakiej szkoły średniej?

– Przykro mi. Nie pamiętam. Nie wiem, czy kiedykolwiek to wiedziałem.

– Zna pan jakichś jej znajomych z dzieciństwa w Brookline?

Kevin bardzo długo zastanawiał się nad tym pytaniem, ale nie zdołał na nie odpowiedzieć. Spojrzał na okno, w którym nie wisiały zasłony, bo nie był to jeszcze jego prawdziwy dom. I być może nigdy się nim nie stanie; będzie wyłącznie tymczasowym lokum, w którym Kevin Basterash odbędzie żałobę, zaleczy rany, a potem ruszy dalej.

– Nie znam – mruknął w końcu. – I nie mogę sobie tego wybaczyć.

– Dlaczego? – zapytał łagodnie Frost.

– Bo nigdy z nią tu nie przebywałem. Zawsze byłem w jakiejś podróży służbowej. Zawsze gdzie indziej, na walizkach. Dobijając targu gdzieś w Azji. A powinienem być w domu. – Spojrzał na nich i Jane zobaczyła w jego oczach poczucie winy. – Zadajecie mi pytania o dzieciństwo Sarah w Brookline, a ja nie potrafię odpowiedzieć na żadne z nich.

Może odpowie na nie ktoś inny, przemknęło przez głowę Jane.

Nie rozmawiała z Elaine Coyle od kilku tygodni i wybierając jej numer, bała się tego, co usłyszy. „Czy złapaliście już zabójcę mojej córki?". To jedyna wiadomość, która interesuje rodzinę każdej ofiary. Nie lubią, gdy zadaje się im kolejne pytania. Nie lubią wymówek. Chcą, żeby skończyło się ich życie w niepewności. Chcą, żeby sprawiedliwości stało się zadość.

– Przykro mi – musiała jej powiedzieć Jane. – Nie wytypowaliśmy jeszcze żadnego podejrzanego, pani Coyle.

– W takim razie po co pani dzwoni?

– Zna pani nazwisko Basterash? Sarah Basterash?

– Nie, nie sądzę – odparła po chwili Elaine. – Kto to jest?

– To młoda kobieta, która zginęła niedawno w pożarze w Rhode Island. Dorastała w Brookline i przyszło mi do głowy, że mogła znać Cassandrę. Była mniej więcej w wieku pani córki i mogła chodzić do tej samej szkoły albo do tego samego kościoła.

– Przykro mi, ale nie pamiętam żadnej dziewczynki o nazwisku Basterash.

– Jej panieńskie nazwisko brzmiało Sarah Byrne. Jej rodzina mieszkała niespełna dwa kilometry od...

– Sarah Byrne? Sarah nie żyje?

– A więc znała ją pani.

– Tak. Tak, Byrne'owie mieszkali przy tej samej ulicy co my. Frank Byrne zmarł przed kilku laty na atak serca. A potem jego żona...

– Jest jeszcze jedno nazwisko, o które chciałam zapytać – przerwała jej Jane. – Pamięta pani Timothy'ego McDougala?

– Detektyw Frost pytał mnie o niego w zeszłym tygodniu. To ten młody człowiek, który zginął w wigilię Bożego Narodzenia.

– Owszem, ale teraz pytam o chłopca, który nazywał się Tim McDougal. Był rówieśnikiem pani córki, mógł z nią chodzić do szkoły.

– Detektyw Frost nigdy nie mówił, że ten zabity dorastał w Brookline.

– Nie uważaliśmy tego wtedy za istotne. Pamięta go pani?

– Był chłopiec o imieniu Tim, lecz nie jestem pewna, jak się nazywał. To zdarzyło się tak dawno temu. Minęło już dwadzieścia lat…

– Co zdarzyło się przed dwudziestoma laty?

W słuchawce zapadła długa cisza. Gdy Elaine ponownie się odezwała, jej głos zniżył się do szeptu.

– Historia z Apple Tree – powiedziała.

# Rozdział dwudziesty trzeci

– Kiedy zaczął się proces w sprawie Apple Tree, chodziłam jeszcze do szkoły średniej, stąd wiem mniej więcej tyle samo co wy, ale wszystko, czego potrzebujecie, powinniście znaleźć w tych aktach – oświadczyła Dana Strout, asystentka prokuratora okręgowego hrabstwa Norfolk. Miała dopiero trzydzieści kilka lat, lecz siwe odrosty świadczyły o stresującej pracy i o tym, że brakuje jej czasu na wizytę u fryzjera. – Na początek przejrzyjcie te pudła – dodała, kładąc na stole konferencyjnym kolejne akta.

Frost spojrzał z przerażeniem na sześć wielkich pudeł, które leżały tam już wcześniej.

– To na początek?

– W sprawie ośrodka opieki dziennej Apple Tree toczył się jeden z najdłuższych procesów karnych w historii hrabstwa Norfolk. W tych pudłach są materiały ze śledztwa, które trwało ponad rok, więc macie do odrobienia dużą pracę domową. Powodzenia.

– Czy ktoś w biurze mógłby nam streścić tę sprawę? – zapytał z desperacją Frost. – Kto był oskarżycielem podczas procesu?

– Zespołem prokuratorów kierowała Erica Shay, ale w tym tygodniu nie ma jej w mieście.

– Czy jest ktoś jeszcze, kto pamięta tę sprawę?

Dana pokręciła głową.

– Proces toczył się przed dwudziestoma laty i wszyscy inni prokuratorzy, którzy brali w nim udział, odeszli już z biura. Wiecie, jak to jest w służbie publicznej. Zbyt dużo pracy za zbyt małe pieniądze. Ludzie szukają lepszych zajęć. Sama też o tym myślę – dodała cicho.

– Musimy odszukać wszystkie dzieci, które złożyły zeznania w procesie. Nie możemy znaleźć nigdzie ich nazwisk – powiedziała Jane.

– Bo tożsamość ofiar została prawdopodobnie utajniona przez sąd, żeby chronić ich dane osobowe. Dlatego nie znajdzie pani ich nazwisk w Google'u ani w relacjach prasowych. Ale ponieważ prowadzicie sprawę o zabójstwo, dałam wam dostęp do wszystkich danych, których możecie potrzebować. – Dana przyjrzała się dokładnie pudłom i przesunęła jedno z nich w stronę Jane. – Prawdopodobnie tu znajdziecie to, czego szukacie. To zapisy przesłuchań dzieci ze śledztwa. Tylko proszę pamiętać, że ich tożsamość jest chroniona.

– Oczywiście – odparła Jane.

– Nic nie ma prawa wyjść poza te cztery ściany, jasne? W razie potrzeby możecie robić notatki i poprosić sekretarkę o zrobienie fotokopii. Oryginały zostają tutaj. – Dana podeszła do drzwi i na chwilę się przy nich zatrzymała. – Musicie wiedzieć – dodała, odwracając się – że, naszym zdaniem, nie powinno się ponownie robić szumu wokół tej sprawy. Z tego, co słyszałam, była bolesna dla wszystkich, którzy się nią zajmowali. Nikt nie chce wracać do Apple Tree.

– Nie mamy wyboru.

– Jesteście przekonani, że to ma kluczowe znaczenie dla waszego śledztwa? To wszystko działo się dawno temu i możecie być pewni, że Erica Shay nie będzie zadowolona, kiedy ta historia trafi znowu na pierwsze strony gazet.

– Czy jest jakiś powód, dla którego nie chciała nam ujawnić tych informacji?

– Nie bardzo rozumiem. Ma pani przecież przed sobą te akta.

– Ale musieliśmy się zwrócić do biura gubernatora, żebyście je nam udostępnili. Prowadząc śledztwo w sprawie zabójstwa, nigdy wcześniej nie musieliśmy tego robić.

Dana przez chwilę się nie odzywała, a potem spojrzała na pudła z aktami.

– Naprawdę nie mogę tego komentować.

– Czy ktoś prosił panią, żeby pani tego nie robiła?

– Mogę wam tylko powiedzieć, że proces był bardzo trudny. Przez długie tygodnie znajdował się w centrum zainteresowania mediów i trudno się temu dziwić. Zaginęła dziewięcioletnia dziewczynka. Ośrodek opieki dziennej prowadziła rodzina pedofili. Padły oskarżenia o morderstwo i molestowanie seksualne w satanistycznym kontekście. Erice udało się uzyskać wyroki w sprawie molestowania, ale nie przekonała ławy przysięgłych, jeśli chodzi o zabójstwo, więc rozumiecie chyba, dlaczego nie jest zadowolona, że znów się to wyciąga.

186

– Musimy porozmawiać z panią Shay. Kiedy to będzie możliwe?

– Jak już mówiłam, nie ma jej w mieście, i nie wiem, kiedy będzie mogła się z wami spotkać. – Dana ponownie ruszyła w stronę drzwi. – Bierzcie się lepiej do roboty. Za dwie godziny zamykamy biuro.

– Potrwa to z pewnością dłużej niż dwie godziny. – Jane westchnęła, mierząc wzrokiem pudła.

– Prędzej miesiąc – burknął Frost, wyjmując akta z pudła.

Jane wzięła swoją część i usiadła naprzeciwko niego. Czytając etykiety na segregatorach, zorientowała się, że zawierają zapisy przesłuchań, wyniki badań medycznych i raporty psychologów.

Pierwszy segregator, który otworzyła, opatrzony był napisem „Devine, H".

Razem z Frostem przeczytali wcześniej zamieszczone w „Boston Globe" relacje z procesu i znali podstawowe fakty. Prowadzony przez Irenę i Konrada Stanków oraz ich dwudziestodwuletniego syna Martina ośrodek Apple Tree zapewniał opiekę po szkole dzieciom w wieku od pięciu do jedenastu lat. Oferował również transport autobusem prosto spod szkoły, co doceniali zapracowani rodzice. Ośrodek reklamował się jako „miejsce, gdzie zajmujemy się duszą i umysłem". Stankowie byli szanowanymi członkami miejscowej parafii katolickiej. Konrad i Irena uczyli tam religii. Na krótko przed procesem Martin podjął pracę jako kierowca autobusu Apple Tree i lubił pokazywać dzieciom magiczne sztuczki i nadmuchiwane zwierzątka. Przez pięć lat działania ośrodka nie złożono na personel poważniejszej skargi.

I nagle w październiku zaginęła dziewięcioletnia Lizzie DiPalma. W sobotnie popołudnie wyszła z domu w ozdobionej koralikami wełnianej czapce, wsiadła na rower i wszelki ślad po niej zaginął. Dwa dni później czapka została odnaleziona przez jedno z dzieci w autobusie Martina Stanka. Ponieważ wyłącznie on prowadził ten autobus, natychmiast stał się głównym podejrzanym w sprawie zaginięcia Lizzie. Dowody przeciwko niemu stały się mocniejsze, kiedy dziesięcioletnia Holly Devine ujawniła szokujący sekret.

Jane otworzyła akta Holly i przeczytała sporządzony po rozmowie z nią raport psychologa.

*Badana jest dziesięcioletnią dziewczynką, która mieszka ze swoimi rodzicami, Elizabeth i Earlem Devine'ami, w Brookline, w stanie Massachusetts. Nie ma rodzeństwa. Od dwóch lat uczęszczała po szkole do ośrodka opieki dziennej Apple Tree. 29 października oświadczyła matce, że „w Apple Tree dzieją się złe rzeczy" i nie chce tam dłużej chodzić. Proszona o podanie szczegółów, dodała: „Martin, jego mama i tato dotykali mnie tam, gdzie nie powinni".*

Jane czytała z rosnącym przerażeniem o tym, co rodzina Stanków wyprawiała z Holly Devine. O klapsach, obmacywaniu, biciu. O penetracji. W pewnym momencie musiała zamknąć akta i wziąć kilka głębszych oddechów, żeby się uspokoić. Nie mogła jednak uciec przed obrazami trójki oprawców, którzy krzywdzili swoją dziesięcioletnią ofiarę.

Pomyślała o własnej córce Reginie, która miała dopiero trzy lata. Wyobrażała sobie, jaką karę wymierzyłaby tym draniom, gdyby złapała ich na molestowaniu córki. Jeśli mogłaby kiedykolwiek złamać prawo, to tylko w sytuacji, gdyby zagrożone było jej dziecko.

– Timothy McDougal miał tylko pięć lat – powiedział Frost, podnosząc wzrok znad akt, które czytał z wyrazem obrzydzenia na twarzy. – Jego rodzice nie zdawali sobie sprawy, że był molestowany, do momentu, kiedy zadzwoniła policja i poinformowała ich, że mógł być ofiarą.

– Nie mieli pojęcia, że dzieje się coś złego?

– Najmniejszego. Tak samo wyglądała sprawa z Sarah Byrne. Miała tylko sześć lat. Dopiero po kilkunastu sesjach z terapeutami opowiedziała im, co się stało.

Jane wróciła niechętnie do lektury akt Holly Devine.

*...wsadził mi palce i to bolało. A potem to samo zrobiła Irena i jej stary. Billy i ja krzyczeliśmy, ale nikt nas nie słyszał, bo byliśmy w sekretnym pokoju. Sarah, Timmy i Cassie tak samo. Wszyscy byliśmy zamknięci w tym pokoju, a oni nie przestawali...*

Jane odłożyła akta, otworzyła laptop i poszukała w internecie Holly Devine. Na Facebooku znalazła dwie osoby o tym nazwisku. Jedna miała czterdzieści osiem lat i mieszkała w Denver. Druga była trzydziestosześcioletnią mieszkanką Seattle. Nie znalazła żadnej Holly Devine mieszkającej w Bostonie i żadnej, która byłaby w odpowiednim wieku. Być może wyszła za mąż i nosi teraz inne nazwisko. Albo po prostu nie trafiła do internetu.

189

Jej nazwisko nie pojawiło się, na szczęście, w dziale nekrologów.

W raporcie psychologa znalazła telefon do rodziny Holly. Czy dwadzieścia lat później rodzice dziewczyny nadal mieszkają pod tym samym adresem w Brookline i mają ten sam numer telefonu? Wyjęła komórkę i wybrała numer.

Mężczyzna, który odebrał po trzech dzwonkach, miał niski szorstki głos.

– Halo?

– Mówi detektyw Jane Rizzoli z bostońskiej policji. Próbuję zlokalizować Holly Devine. Może wie pan...

– Nie mieszka tutaj.

– Mógłby mi pan powiedzieć, gdzie mogę ją znaleźć?

– Nie.

– Czy mówię z panem Devine? Halo?

Nie doczekała się odpowiedzi. Mężczyzna się rozłączył. Dziwne...

– Jezu – jęknął nagle Frost, wpatrując się w ekran swojego laptopa.

– Co jest?

– Przeglądam akta Billa Sullivana, lat jedenaście. On także był molestowany przez Stanków.

Bill. Billy. Jane otworzyła ponownie akta Holly Devine i dostrzegła to imię.

*Billy i ja krzyczeliśmy, ale nikt nas nie słyszał, bo byliśmy w sekretnym pokoju...*

– Wrzuciłem do Google'a to nazwisko – podjął Frost. – W Brookline zaginął właśnie młody człowiek o nazwisku Bill Sullivan.

– Co? Kiedy?

– Przed dwoma dniami. Zaginiony jest w tym samym wieku, więc może być naszym Billem Sullivanem. – Frost obrócił laptop w stronę Jane.

Na ekranie była krótka relacja z „Boston Globe":

### Policja bada zaginięcie mieszkańca Brookline

*We wtorek rano w pobliżu pola golfowego Putterham Meadow znaleziono pojazd należący do zaginionego mieszkańca Brookline. Trzydziestojednoletni Bill Sullivan zaginął w poniedziałek wieczorem, co zgłosiła nazajutrz rano jego matka, Susan. Kamera monitoringu zarejestrowała go po raz ostatni, kiedy wychodził ze swojego biura w Cornwell Investments. Wewnątrz auta, najnowszego modelu bmw, znaleziono plamy krwi. Policja uznała jego zaginięcie za podejrzane.*

*Pan Sullivan pracuje jako doradca inwestycyjny, waży około osiemdziesięciu kilogramów, ma metr osiemdziesiąt pięć wzrostu, blond włosy i niebieskie oczy.*

– To samo nazwisko. Ten sam wiek – stwierdziła Jane.

– Z akt wynika, że jego matka też miała na imię Susan. To musi być ten sam facet.

– Ale nie mamy do czynienia z zabójstwem. Sullivan zaginął. To nie pasuje do naszego wzoru. – Jane spojrzała na Frosta. – Kiedy są jego urodziny?

Frost zajrzał do akt Billa Sullivana.

– Dwudziestego ósmego kwietnia.

Jane otworzyła w laptopie kalendarz liturgiczny.

– Dwudziestego ósmego kwietnia jest dzień świętego Witalisa z Mediolanu – powiedziała.

– Był męczennikiem?

Jane wbiła wzrok w ekran.

– Owszem. Święty Witalis został pogrzebany żywcem. Dlatego nie odnaleziono ciała Billa Sullivana.

Zerwała się na nogi. Frost podążył za nią, kiedy wybiegła z pokoju i ruszyła korytarzem prosto do gabinetu Dany Strout. Prokurator rozmawiała akurat przez telefon i odwróciła się zaskoczona w fotelu, gdy Jane i Frost naruszyli jej przestrzeń.

– Czy Stankowie nadal odsiadują wyrok? – zapytała Jane.

– Pozwoli pani, że najpierw skończę rozmowę.

– Chcemy to natychmiast wiedzieć.

– Są w tym momencie w moim gabinecie – powiedziała Dana do telefonu. – Oddzwonię do ciebie. – Rozłączyła się i spojrzała na Jane. – Co się stało?

– Gdzie są Stankowie?

– Naprawdę nie rozumiem, dlaczego to takie pilne.

– Stankowie trafili za kratki, bo dzieci z Apple Tree oskarżyły ich o molestowanie. Troje z tych dzieci nie żyje. Jedno właśnie zaginęło. Pytam panią po raz kolejny: Gdzie są Stankowie?

Dana Stout stukała przez chwilę długopisem w blat biurka.

– Konrad Stanek zmarł w więzieniu wkrótce po procesie – powiedziała. – Jego żona, Irena, zmarła cztery lata temu, również w więzieniu.

— A ich syn, Martin? Gdzie jest teraz?

— Właśnie rozmawiałam przez telefon z prokurator Ericą Shay. Powiedziała mi, że Martin Stanek odsiedział swój wyrok. Został zwolniony.

— Kiedy?

— Trzy miesiące temu. W październiku.

# Rozdział dwudziesty czwarty

Dzwoni do mnie tato.

– Telefonowała jakaś kobieta i pytała o ciebie – mówi cichym, przejętym głosem.

– Ta sama co przedtem? – pytam.

– Nie, inna. Twierdziła, że pracuje w bostońskiej policji. Musi się z tobą pilnie skontaktować, bo obawia się o twoje bezpieczeństwo.

– Wierzysz jej?

– Zasięgnąłem języka. Odkryłem, że w wydziale zabójstw bostońskiej policji rzeczywiście pracuje detektyw Rizzoli. Ale nigdy nie wiadomo. Musimy zachować ostrożność, kochanie. Nic jej nie powiedziałem.

– Dzięki, tato. Jeśli znów zadzwoni, nie rozmawiaj z nią.

Słyszę przez telefon, jak zanosi się kaszlem, tym samym uporczywym kaszlem, który dręczy go od kilku miesięcy. Powtarzałam mu, że te cholerne papierosy pewnego dnia go zabiją, i w końcu rzucił palenie, żebym nie wierciła mu dziury w brzuchu. Nie pozbył się jednak kaszlu, który zalągł się w jego płucach. Słyszę mokry charkot. Dawno go nie odwiedzałam. Uzgodniliśmy, że powinnam trzymać się z daleka, bo ktoś może obserwować jego dom, lecz ten kaszel mnie martwi. Jest jedyną osobą, której naprawdę ufam, i nie wiem, co bez niego pocznę.

– Tato?

– Nic mi nie jest, kotku – rzęzi. – Chcę po prostu, żeby moja dziecinka była bezpieczna. Coś trzeba z nim zrobić.

– Ja nie mogę.

– Ale ja tak – mówi cicho.

Przez chwilę milczę, słuchając głośnego oddechu ojca i zastanawiając się nad jego propozycją. Wiem, że nie rzuca słów na wiatr. Jeśli coś mówi, trzeba go traktować serio.

– Wiesz przecież, że zrobiłbym dla ciebie wszystko, Holly. Wszystko.

– Wiem, tato. Musimy po prostu zachować ostrożność. Wszystko będzie dobrze.

Ale rozłączając się, uświadamiam sobie, że wcale nie jest dobrze. Szuka mnie detektyw Rizzoli i jestem zdumiona tym, jak szybko skojarzyła mnie z innymi. Nie może jednak znać całej historii i nigdy jej nie pozna.

Bo nigdy jej nie zdradzę.

Podobnie jak on.

# Rozdział dwudziesty piąty

To był najnędzniejszy blok mieszkalny przy całej położonej w Revere ulicy; trzypiętrowy budynek bez windy praktycznie się sypał. Farba już dawno złuszczyła się ze ścian i wspinając się razem z Frostem po zewnętrznych schodach na najwyższe piętro, Jane czuła, jak chybocze się balustrada. Bała się, że cała rozchwierutana konstrukcja złoży się zaraz niczym domek z kart.

Frost zapukał do drzwi i przez dłuższą chwilę stali na zewnątrz, trzęsąc się z zimna i czekając, aż ktoś otworzy. Wiedzieli, że lokator jest w środku; Jane słyszała nastawiony głośno telewizor i widziała ruch za postrzępionymi zasłonami. W końcu drzwi się otworzyły i w progu stanął, łypiąc na nich spode łba, Martin Stanek.

Na fotografiach zrobionych dwadzieścia lat wcześniej, gdy go aresztowano, był młodym okularnikiem z włosami koloru pszenicy i twarzą, która choć skończył dwadzieścia dwa lata, była okrągła jak u cherubinka. Widząc młodego Martina na ulicy, Jane uznałaby go pewnie za kompletnie nieszkodliwego, zbyt nieśmiałego, by spojrzał jej w oczy.

Spodziewała się teraz ujrzeć starszą wersję tamtego mężczyzny, co najwyżej bardziej pulchną i łysawą. Dlatego facet, który stał w drzwiach, kompletnie ją zaskoczył. Spędzone za kratkami dwie dekady zmieniły Stanka w muskularną maszynę z ramionami gladiatora. Miał ogoloną głowę, spłaszczony nos boksera i ani śladu miękkości na twarzy. Nad lewą brwią biegła podobna do torów kolejowych brzydka szrama, a policzek miał dziwnie zdeformowany, jakby strzaskano mu kość i zostawiono, by się sama zrosła.

– Martin Stanek? – zapytała Jane.

– Kto pyta?

– Nazywam się Rizzoli, jestem z bostońskiej policji. To mój partner, detektyw Frost. Musimy panu zadać kilka pytań.

– Nie spóźniliście się o jakieś dwadzieścia lat?

– Możemy wejść?

– Odsiedziałem swój wyrok. Nie muszę odpowiadać na żadne pytania – odparł Stanek i zaczął zamykać im drzwi przed nosem.

Jane wyciągnęła rękę, by go powstrzymać.

– Lepiej będzie, jeśli pan tego nie zrobi.

– Znam swoje prawa.

– Możemy porozmawiać tutaj albo na komendzie bostońskiej policji. Co pan woli?

Stanek przez chwilę rozważał te dwie opcje. W gruncie rzeczy nie miał dużego wyboru. Zostawił bez słowa otwarte drzwi i ruszył w głąb mieszkania.

Jane i Frost weszli do środka i zamknęli je za sobą przed zimnem.

Rozglądając się po mieszkaniu, Jane zauważyła, że w centralnym miejscu wisi oprawiony w pozłacane ramy obraz

Madonny z Dzieciątkiem. Na stole pod obrazem stało kilka rodzinnych fotografii. Uśmiechnięci kobieta, mężczyzna i mały chłopiec, ta sama para w średnim wieku, obejmująca się ramionami oraz cała trójka siedząca przy obozowym ognisku. Wszystkie zdjęcia przedstawiały Stanków, zanim trafili za kratki.

Martin wyłączył telewizor i w nagłej ciszy usłyszeli odgłosy ulicznego ruchu i brzęczenie lodówki w kuchni. Chociaż kuchenka i blaty były wytarte do czysta, a naczynia pozmywane i odstawione na suszarkę, w mieszkaniu zalatywało pleśnią i zjełczałym tłuszczem, odorem, który unosił się zapewne w całym budynku i stanowił pamiątkę po dawnych lokatorach.

– To jedyne mieszkanie, jakie udało mi się wynająć – oświadczył Martin, widząc niesmak na twarzy Jane. – Chociaż nadal należy do mnie dom w Brookline, nie mogę tam wrócić, bo skazano mnie za przestępstwa seksualne, a obok domu jest plac zabaw. Nie mogę mieszkać w pobliżu żadnego miejsca, gdzie gromadzą się dzieci. Musiałem wystawić dom na sprzedaż, żeby spłacić długi. Dlatego to jest teraz moje ciepłe gniazdko – powiedział, wskazując ręką poplamiony dywan i wytartą kanapę. – Po co przyszliście?

– Chcemy zapytać, co pan obecnie robi, panie Stanek. I gdzie pan był w pewne określone dni.

– Dlaczego miałbym z wami współpracować? Po tym, co mi zrobili?

– Po tym, co panu zrobili? – żachnęła się Jane. – Uważa się pan za ofiarę?

– Macie jakiekolwiek pojęcie, co się dzieje w więzieniu ze skazanymi za pedofilię? Myślicie, że strażnicy zapewnia-

198

ją im bezpieczeństwo? Wszyscy mają gdzieś, czy przeżyją, czy zdechną. Zszywają ich i rzucają z powrotem na pożarcie wilkom. – Martinowi załamał się głos. Odwrócił się i usiadł przy kuchennym stole.

Po dłuższej chwili Frost wysunął sobie krzesło i także usiadł.

– Co się z panem działo w więzieniu, panie Stanek? – zapytał cicho.

– Co się działo? – Martin podniósł głowę i wskazał swoją pokancerowaną twarz. – Widzicie, co się działo. Pierwszej nocy wybili mi trzy zęby. Następnego dnia złamali kość policzkową. Potem zmiażdżyli palce prawej ręki. Później zrobili to samo z lewym jądrem.

– Przykro mi to słyszeć, proszę pana – odparł Frost. I chyba naprawdę było mu przykro. W grze w dobrego i złego gliniarza Frost zawsze występował w roli tego pierwszego, bo wydawała się dla niego wprost stworzona. Był harcerzykiem wydziału zabójstw, przyjacielem wszystkich psów, kotów, dzieciaków i starszych pań. Człowiekiem, którego nie da się skorumpować, w związku z czym nikt nie próbował tego robić.

Nawet Martin zdał sobie chyba sprawę, że współczucie Frosta nie jest udawane. Odwrócił nagle głowę i zaszkliły mu się oczy.

– Czego ode mnie chcecie? – mruknął.

– Gdzie pan był dziesiątego listopada? – zapytała Jane, zły gliniarz. Nie musiała udawać; odkąd została matką, każda zbrodnia popełniana przeciwko dziecku rozpalała ją do czerwoności. Po urodzeniu Reginy stała się osobistym wrogiem wszystkich Martinów Stanków tego świata.

Zmierzył ją ponurym wzrokiem.

– Nie wiem, gdzie byłem dziesiątego listopada. Pani pamięta, gdzie była dwa miesiące temu?

– A szesnastego grudnia?

– Tak samo. Prawdopodobnie siedziałem w domu.

– Dwudziestego czwartego grudnia?

– W Wigilię? To akurat wiem. Byłem w kościele Świętej Klary, jadłem tam kolację. Co roku urządzają specjalny świąteczny poczęstunek dla takich jak ja. Ludzi bez rodziny i przyjaciół. Był pieczony indyk z nadzieniem z kukurydzy i tłuczonymi ziemniakami. I ciasto dyniowe na deser. Zapytajcie ich. Pewnie pamiętają, że tam byłem. Jestem wystarczająco szpetny, żeby mnie zapamiętano.

Jane i Frost popatrzyli na siebie. Gdyby to się potwierdziło, Stanek miałby alibi na czas, kiedy zginął Tim McDougal. To z pewnością stanowiłoby problem.

– Dlaczego zadajecie mi te pytania? – zapytał.

– Pamięta pan te dzieci, które molestował pan przed dwudziestoma laty?

– Nic takiego się nie wydarzyło.

– Został pan osądzony i skazany, panie Stanek.

– Przez ławę przysięgłych, która uwierzyła w ten stek kłamstw. Przez prokurator biorącą udział w polowaniu na czarownice.

– Przez dzieci, które ośmieliły się wyznać prawdę.

– Były zbyt młode, żeby rozumieć, co się dzieje. Powtarzały wszystko, co kazano im mówić. Niesamowite, szalone historie. Przeczytajcie zapisy z przesłuchań; sami zobaczycie. Martin zabił kota i kazał nam pić jego krew. Martin zabrał nas do lasu na spotkanie z diabłem. Martin kazał tygrysowi fruwać. Uważacie, że cokolwiek z tego się zdarzyło?

- Przysięgli uznali, że tak.
- Łykali każdą bzdurę. Oskarżyciele twierdzili, że oddawaliśmy cześć szatanowi... nawet moja mama, która trzy razy w tygodniu uczestniczyła w mszy. Twierdzili, że zabierałem dzieciaki do swojego autobusu, wywoziłem je do lasu i tam molestowałem. Oskarżyli mnie nawet o zabicie tej małej dziewczynki.
- Lizzie DiPalmy.
- Tylko dlatego, że jej czapkę znaleziono w moim autobusie. Ta wredna pani Devine poszła na policję i nagle stałem się potworem. Zabijałem i zjadałem dzieci na śniadanie.
- Pani Devine? Matka Holly?
- Ta kobieta wszędzie widziała zło. Spojrzała na mnie tylko raz i uznała, że jestem wcielonym diabłem. Nic dziwnego, że jej córka miała tyle bajek do opowiedzenia. O tym, jak przywiązywałem dzieci do drzew, wysysałem z nich krew i wsadzałem im patyki. Prokuratorzy kazali później innym dzieciom powtarzać te historyjki i taki był skutek. – Martin ponownie wskazał swoją twarz. – Dwadzieścia lat za kratkami, złamany nos, zmiażdżona szczęka, wybita połowa zębów. Przeżyłem tylko dlatego, że w przeciwieństwie do taty nauczyłem się walczyć. Mówią, że zmarł na udar. Że pękła mu żyła i nastąpił krwotok do mózgu. Prawda jest taka, że zabiło go więzienie. Mnie nie zabiło, bo na to nie pozwoliłem. Mam zamiar żyć wystarczająco długo, żeby doczekać sprawiedliwości.
- Chodzi panu o sprawiedliwość czy o zemstę? – zapytała Jane.
- Czasami nie ma większej różnicy.
- Dwadzieścia lat w więzieniu daje dużo czasu na rozpa-

miętywanie i podsycanie w sobie nienawiści. Dużo czasu, żeby zaplanować, jak dopaść ludzi, przez których pan tam trafił.

– Może pani być pewna, że chcę ich dopaść.

– Mimo że byli wtedy małymi dziećmi?

– O czym pani mówi?

– O dzieciach, które pan molestował, panie Stanek. Mści się pan na nich za to, że powiedziały policji, co im pan robił.

– Nie chodziło mi o dzieci. Mówiłem o tej suce prokurator. Erica Shay wiedziała, że jesteśmy niewinni, a mimo to spaliła nas na stosie. Kiedy ta dziennikarka, z którą rozmawiam, wyda książkę, prawda wyjdzie wreszcie na jaw.

– Użył pan ciekawego określenia: „spaliła nas na stosie". – Jane spojrzała na wiszący na ścianie obraz Madonny z Dzieciątkiem. – Widzę, że jest pan religijny.

– Już nie.

– Więc dlaczego powiesił pan obraz z Marią i Jezusem?

– Bo należał do mojej matki. To wszystko, co mi po niej zostało. To i kilka fotografii.

– Był pan wychowany w religii katolickiej. Założę się, że zna pan wszystkich świętych męczenników.

– O co pani chodzi?

Czy to, co zobaczyła w jego oczach, było autentycznym zdumieniem, konsternacją kogoś niewinnego? Czy był po prostu niezłym aktorem?

– Niech pan mi powie, jak zginęła święta Łucja – zażądała.

– Po co?

– Wie pan czy nie?

Martin wzruszył ramionami.

– Torturowano ją i wyłupiono jej oczy.

– A święty Sebastian?

– Rzymianie strzelali do niego z łuków. Co to ma ze mną wspólnego?

– Cassandra Coyle. Tim McDougal. Sarah Byrne. Mówią panu coś te nazwiska?

Martin nie odpowiedział, ale pobladł na twarzy.

– Na pewno pamięta pan dzieciaki, które odbierał pan codziennie po szkole? Które powiedziały śledczym, co pan im robił, kiedy nikt nie patrzył?

– Nic im nie robiłem.

– Oni nie żyją, panie Stanek, wszyscy troje. Wszyscy zginęli po pańskim wyjściu z więzienia. Czy to nie ciekawe, że odsiedział pan dwadzieścia lat za kratkami, w końcu pana wypuścili i nagle bam, bam, bam ludzie zaczynają umierać?

Martin odchylił się na krześle, jakby ktoś fizycznie go zaatakował.

– Myślicie, że to ja ich zabiłem?

– Dziwi się pan, że doszliśmy do takiego wniosku?

Martin roześmiał się z niedowierzaniem.

– No tak, na kogo innego mogliście to zwalić? Wina zawsze musi być po mojej stronie.

– Zabił ich pan?

– Nie, nie zabiłem. Ale na pewno uda wam się to jakoś udowodnić.

– Powiem teraz, co mamy zamiar zrobić, panie Stanek – oznajmiła Jane. – Przeszukamy pańskie mieszkanie i pańskie auto. Może pan z nami współpracować i udzielić zgody. Albo odmówi pan i zrobimy to tak czy owak, z nakazem.

– Nie mam auta – odparł smutnym tonem.

– W takim razie jak się pan przemieszcza?

– Korzystam z pomocy życzliwych ludzi. – Martin spojrzał na Jane. – Zostało ich jeszcze trochę na tym świecie.

– Czy mamy pańskie pozwolenie na przeszukanie? – zapytał Frost.

Stanek wzruszył zrezygnowany ramionami.

– To, co powiem, nie ma znaczenia. I tak postawicie na swoim.

Dla Jane oznaczało to odpowiedź twierdzącą. Dała znak Frostowi, który wysłał SMS-a do czekającej w gotowości ekipy techników.

– Obserwuj go – powiedziała. – Zacznę od sypialni.

Która była tak samo ciemna i klaustrofobiczna jak salon. Światło wpadało tu przez małe okno wychodzące na wąską alejkę między budynkami. Na dywanie widniały brązowe plamy i czuć było nieświeżą pościel i stęchliznę, ale łóżko było posłane i na podłodze nie zobaczyła ani jednej skarpetki. Najpierw jednak zajrzała do łazienki i otworzyła apteczkę, szukając czegokolwiek, co mogłoby zawierać ketaminę. Znalazła wyłącznie aspirynę i pudełko z plastrami. W szafce pod umywalką znajdował się papier toaletowy, ale ani śladu taśmy samoprzylepnej, sznurów i jakichkolwiek innych narzędzi zbrodni.

Wróciwszy do sypialni, zajrzała pod łóżko i wsadziła rękę między materac i sprężyny. Potem zajrzała do szuflady szafki nocnej. Wewnątrz była latarka, kilka guzików oraz koperta z fotografiami, które szybko przerzuciła. Większość zrobiono przed kilkudziesięcioma laty, kiedy Stankowie mieszkali jeszcze razem. Zanim ich rozdzielono i nigdy już nie mieli się zobaczyć. Zatrzymała wzrok na ostatnim zdjęciu. Przedstawiało dwie mniej więcej sześćdziesięcioletnie kobiety, obie w pomarańczowych więziennych drelichach. Jedną z nich była matka Martina, Irena: z siwymi rzadkimi włosami i twarzą będącą upiorną karykaturą tego, jak wyglądała w młodości. O wiele bardziej zaskoczył ją jednak widok drugiej kobiety, bo był to ktoś, kogo dobrze znała.

Obróciła fotografię i przeczytała widniejące tam słowa: „Twoja matka wszystko mi powiedziała".

Wróciła z ponurą miną do salonu i pokazała zdjęcie Stankowi.

– Wie pan, co to za kobieta? – zapytała.

– To moja matka. Kilka miesięcy przed tym, jak zmarła we Framingham.

– Nie, chodzi mi o tę drugą.

– To ktoś, kogo tam poznała – odparł po krótkim wahaniu. – Przyjaciółka.

– Co pan o niej wie?

– Opiekowała się moją matką w więzieniu. Chroniła ją przed innymi osadzonymi.

Jane obróciła zdjęcie i pokazała napis na odwrocie.

– „Twoja matka wszystko mi powiedziała". Co to znaczy? Co takiego powiedziała jej pańska matka, panie Stanek?

Martin nie odpowiedział.

– Może o tym, co wydarzyło się w Apple Tree? Gdzie jest pogrzebana Lizzie DiPalma? A może, co planował pan zrobić tym dzieciom, kiedy już pan wyjdzie z więzienia?

– Nie mam nic więcej do powiedzenia. – Stanek zerwał się z krzesła tak gwałtownie, że Jane cofnęła się zaskoczona.

– Może będzie miał coś do powiedzenia ktoś inny – mruknęła, wyciągając komórkę, żeby zadzwonić do Maury.

# Rozdział dwudziesty szósty

Kobieta spoglądała ze zdjęcia, jakby chciała powiedzieć: „Widzę cię". Jej włosy, na wpół siwe, na wpół czarne, sterczały niczym sierść jeżozwierza, ale największe wrażenie wywarły na Maurze oczy. Miała wrażenie, że przegląda się w pokazującym przyszłość lustrze.

– To ona. Amalthea – powiedziała, spoglądając ze zdziwieniem na Jane. – Znała Irenę Stanek?

Rizzoli pokiwała głową.

– Fotografię zrobiono przed czterema laty, na krótko przed śmiercią Ireny w żeńskim więzieniu Framingham. Rozmawiałam z dyrektorem więzienia. Potwierdził, że Irena i Amalthea się przyjaźniły. Spędzały razem prawie cały czas, podczas posiłków i wspólnych zajęć. Amalthea wiedziała o wszystkim, co się wydarzyło w Apple Tree i co Stankowie zrobili tym dzieciom. Nic dziwnego, że zaprzyjaźniła się z Ireną. Bestie dobrze się rozumieją.

Maura przyglądała się twarzy Ireny Stanek. Niektórzy utrzymują, że widzą zło emanujące z czyichś oczu, ale stojąca obok Amalthei kobieta nie wydawała się ani zła, ani niebezpieczna;

była po prostu chora i wyczerpana. W oczach Ireny nie było niczego, co mogłoby ostrzec ofiary: Trzymajcie się ode mnie z daleka. Grozi wam niebezpieczeństwo.

– Wyglądają jak dwie poczciwe babunie, prawda? – powiedziała Jane. – Patrząc na nie, trudno się domyślić, kim naprawdę są i co zrobiły. Po śmierci Ireny Amalthea przesłała e-mailem tę fotografię Martinowi Stankowi i korespondowała z nim po jego wyjściu z więzienia. Para zabójców, jedno zza krat, drugie na wolności, kontaktowała się ze sobą.

Maura przypomniała sobie nagle, co powiedziała jej nie tak dawno Amalthea. „Wkrótce odkryjesz kolejną". Znaczenie tych słów stało się nagle piekielnie ważne.

– Ona wie, co robił Stanek – powiedziała.

Jane pokiwała głową.

– Nadszedł czas, żeby z nią pogadać.

◻　◻　◻

Minęło zaledwie kilka tygodni od dnia, gdy Maura na zawsze pożegnała się z Amaltheą. Teraz ponownie siedziała w pokoju przesłuchań więzienia Framingham, czekając na kobietę, z którą miała się już nigdy nie spotkać. Tym razem nie musiała stawiać czoła Amalthei w pojedynkę. Jane miała obserwować je po drugiej stronie weneckiego lustra i wkroczyć, gdyby rozmowa przybrała niebezpieczny obrót.

– Na pewno jesteś na to gotowa? – zapytała przez interkom.

– Musimy to zrobić. Musimy odkryć, co ona wie.

– Bardzo niechętnie stawiam cię w tej sytuacji, Mauro. Wolałabym to załatwić w jakiś inny sposób.

– Jestem jedyną osobą, przy której się otworzy. Łączą nas więzy krwi.

– Nie opowiadaj takich rzeczy.

– Ale to prawda. – Maura wzięła głęboki oddech. – Przekonamy się teraz, czy potrafię to wykorzystać.

– W porządku, zaraz ją wprowadzą. Jesteś gotowa?

Maura kiwnęła sztywno głową. Drzwi otworzyły się na oścież i szczęk stalowych kajdan zapowiedział pojawienie się Amalthei Lank. Kiedy strażnik przykuwał ją za kostkę do stołu, jej oczy spoczęły na Maurze, przeszywając ją niczym dwa lasery. Po pierwszej sesji chemioterapii Amalthea przybrała nieco na wadze i zaczęły jej odrastać włosy. O powrocie do zdrowia świadczyły jednak przede wszystkim oczy. Znowu pojawiło się w nich mroczne i niebezpieczne wyrachowanie.

Strażnik wyszedł i dwie kobiety przez chwilę przyglądały się sobie w milczeniu. Maura miała ochotę odwrócić wzrok i poszukać otuchy w weneckim lustrze.

– Mówiłaś, że już się ze mną nie spotkasz – powiedziała Amalthea. – Po co tu przyszłaś?

– Dlaczego przysłałaś mi to pudło z fotografiami?

– Skąd wiesz, że to ja je przysłałam?

– Bo rozpoznałam twarze ludzi, które przedstawiają. To twoja rodzina.

– Również twoja. Twój ojciec. Twój brat.

– Dostarczyła je jakaś kobieta. Co to za jedna?

– To nikt ważny. Po prostu kobieta, która była mi winna przysługę za to, że otoczyłam ją tutaj opieką. – Amalthea odchyliła się i uśmiechnęła znacząco do Maury. – Kiedy mi to pasuje, opiekuję się ludźmi. Pilnuję, żeby nic im się nie stało, zarówno tutaj, jak i na zewnątrz.

Mania wielkości, pomyślała Maura. Jest żałosną starą kobietą umierającą w więzieniu, a mimo to wciąż wydaje jej się, że potrafi manipulować ludźmi. Dlaczego liczyłam na to, że w ogóle nam coś powie?

Amalthea zerknęła w weneckie lustro.

– Za tą szybą jest detektyw Rizzoli, prawda? Słucha nas i obserwuje. Stale widzę was obie w wiadomościach. Nazywają was „Pierwszymi Damami Bostońskich Zbrodni". Jeśli chce się pani czegoś dowiedzieć o Irenie Stanek, detektyw Rizzoli, powinna pani tu wejść i zapytać mnie osobiście – powiedziała, patrząc w lustro.

– Skąd wiesz, że chodzi nam o Irenę? – zapytała Maura.

Amalthea parsknęła cichym śmiechem.

– Daj spokój, Mauro. Naprawdę tak nisko mnie cenisz? Wiem, co się dzieje za tymi murami. Wiem, z czym się zmagacie.

– Zaprzyjaźniłaś się z Ireną Stanek.

– Była kolejną zagubioną duszyczką, którą tutaj spotkałam. Zaopiekowałam się nią, zapewniłam bezpieczeństwo. Szkoda, że zmarła, nim zdołała mi się odwdzięczyć.

– Dlatego korespondujesz z Martinem Stankiem? Bo jest ci coś winien?

– Pomogłam jego matce. Dlaczego nie miałby mi oddać kilku przysług?

– Na przykład jakich?

– Kupować mi czasopisma, gazety. Moje ulubione batoniki czekoladowe.

– Mówił ci też o różnych rzeczach. O tym, co planuje.

– Naprawdę?

– Kiedy odwiedziłam cię w szpitalu, powiedziałaś: „Wkrótce odkryjesz kolejną". Miałaś na myśli kolejną ofiarę Martina Stanka?

– Powiedziałam coś takiego? – Amalthea wzruszyła ramionami i wskazała swoją głowę. – Wiesz, jak działa chemioterapia. Zamula umysł i pamięć.

– Czy Stanek powiedział ci, co planował zrobić dzieciom, które go wydały?

– Dlaczego uważasz, że w ogóle coś planował?

To było jak gra w szachy. Amalthea robiła uniki, nie chciała sprzedać tanio żadnej informacji.

– Odpowiedz mi, Amaltheo – ponagliła ją Maura. – Stawką jest ludzkie życie.

– To ma zrobić na mnie wrażenie?

– Powinno, jeśli został w tobie ślad człowieczeństwa.

– O czyim życiu mówimy?

– Dwadzieścia lat temu pięcioro dzieci pomogło posłać Stanków za kratki. Teraz troje z nich nie żyje, a jedno zaginęło. Ale ty oczywiście już o tym wiesz, prawda?

– Może te ofiary wcale nie były takie niewinne? Może trzeba na to popatrzeć z drugiej strony? Uznać, że to Stankowie byli prawdziwymi ofiarami.

– Odwrócić wszystko do góry nogami i uznać, że czarne jest białe.

– W przeciwieństwie do mnie, nie znałaś Ireny. Wystarczyło na nią spojrzeć, żeby wiedzieć, że tu nie pasuje. Ludzie lubią rozprawiać o tym, jak walczą ze złem, ale większość w ogóle go nie rozpoznaje.

– Rozumiem, że ty to potrafisz?

Amalthea uśmiechnęła się.

– Poznaję tych, którzy są do mnie podobni. A ty?

– Osądzam ludzi po ich czynach i wiem, co Martin Stanek zrobił tym dzieciom.

– W takim razie nic nie wiesz.

– A co powinnam wiedzieć?

– Że czasami czarne naprawdę jest białe.

– Uprzedziłaś mnie, że wkrótce znajdziemy kolejną ofiarę. Skąd o tym wiedziałaś?

– Wtedy raczej się tym nie przejęłaś.

– Czy powiedział ci o tym Martin Stanek? Podzielił się z tobą planami zemsty?

Amalthea westchnęła.

– Zadajesz niewłaściwe pytania.

– A jakie są te właściwe?

Amalthea odwróciła się do weneckiego lustra i uśmiechnęła do stojącej po drugiej stronie szyby Jane.

– Której ofiary nie udało wam się odnaleźć?

□   □   □

– To wszystko bzdury. Ona mówi zagadkami, żeby wyprowadzić cię w pole. Żebyś znowu ją odwiedziła. – Jane uderzyła ze złości w kierownicę. – Do diabła, to ja powinnam rozmówić się z tą dziwką. Nie powinnam cię w to wciągać. Przepraszam.

– Zgodziłyśmy się obie, że to muszę być ja – odparła Maura. – Jestem kimś, komu ufa.

– Jesteś kimś, kim może manipulować. – Jane zmierzyła wściekłym wzrokiem stojące przed nimi samochody. Popołudniowy korek opóźniał ich powrót do Bostonu. – Nie wyciągnęliśmy z niej nic, co mogłoby się nam przydać.

– Wspomniała o ofierze, której jeszcze nie znalazłaś.

– Miała prawdopodobnie na myśli Billa Sullivana, tego młodego mężczyznę, który zaginął w Brookline. Jeśli podobnie jak święty Witalis został pochowany żywcem, możemy go nigdy nie znaleźć. Mam tylko nadzieję, że biedak był nieprzytomny, kiedy Stanek go zakopywał.

– A może Amalthea mówiła o innej ofierze? Nadal nie trafiłaś na ślad Holly Devine. Jesteś pewna, że ona żyje?

– Wciąż wydzwaniam do jej ojca, ale nie chce ze mną rozmawiać. Może to i dobrze. Skoro nie jesteśmy w stanie jej znaleźć, zabójcy też się to nie uda.

Maura spojrzała na Jane.

– Jesteś taka pewna, że to Martin Stanek jest zabójcą. Dlaczego go nie aresztujesz?

Cisza, jaka zapadła po jej pytaniu, była znacząca. Jane wpatrywała się przez chwilę w sznur samochodów, który ciągnął się przed nimi, jak okiem sięgnąć.

– Nie jestem w stanie tego udowodnić – przyznała w końcu.

– Przeszukaliście jego mieszkanie. Nie znaleźliście nic podejrzanego?

– Nie było tam ketaminy, taśmy samoprzylepnej, skalpela, nic. Stanek nie ma samochodu, więc jak przetransportowałby zwłoki Tima McDougala na molo? Poza tym ma żelazne alibi na Wigilię. Rzeczywiście jadł kolację w kościelnej garkuchni. Zakonnice go zapamiętały.

– Może wcale nie jest twoim sprawcą.

– Albo ma wspólnika. Kogoś, kto wykonuje za niego mokrą robotę. Stanek spędził dwadzieścia lat w więzieniu. Kto wie, kogo tam poznał? Ktoś musi mu pomagać.

– Założyłaś mu podsłuch na telefon. Z kim rozmawia?

– Bez niespodzianek. Ze swoim adwokatem, z miejscową

pizzerią. Z jakąś dziennikarką, która pisze książkę. Z agentem nieruchomości, który sprzedaje dom jego rodziców.

– Z nikim, kto ma kryminalną przeszłość?

– Nie. Wszyscy są czyści jak łza. – Jane spojrzała ze złością na drogę. – Musi współpracować z kimś, kogo poznał w więzieniu.

– A może jest niewinny? – zapytała po dłuższej chwili Maura.

– Tylko on ma jakiś motyw. Kto inny mógłby to zrobić?

– Nie podoba mi się po prostu, że tak szybko go wytypowałyśmy.

Jane zerknęła na Maurę.

– Dobrze, powiedz, co ci leży na wątrobie.

– Chodzi o coś, co powiedziała Amalthea. Oświadczyła, że jestem zbyt pewna siebie i to mnie zaślepia. Nie pozwala zobaczyć prawdy.

– Namieszała ci znowu w głowie.

– A może wszyscy jesteśmy ślepi, Jane? Może Martin Stanek nie jest niczemu winny?

Jane jęknęła sfrustrowana i zjechała na pas prowadzący do następnego zjazdu.

– Co robisz?

– Jedziemy do Brookline. Pokażę ci dawny ośrodek Apple Tree.

– Nadal tam stoi?

– Stankowie prowadzili go w swoim domu. Frost i ja obeszliśmy wczoraj całą posiadłość. Od wielu lat jest wystawiona na sprzedaż, ale nie ma chętnych. Pewnie nikt nie chce mieszkać w domu, w którym odprawiano satanistyczne rytuały.

213

– Po co mnie tam zabierasz?

– Bo Amalthea zasiała w tobie ziarno niepewności i teraz wątpisz we wszystko, co ci mówię. Chcę ci pokazać, dlaczego, moim zdaniem, Martin Stanek jest winien jak wszyscy diabli.

Kiedy podjechały pod dom Stanków, słońce już zachodziło i drzewa rzucały długie cienie na zaśnieżone podwórko. Przy bramie stał słup, ale zamocowaną na nim tabliczkę usunięto dawno temu. O tym, że był tu kiedyś plac zabaw dla dzieci, świadczyły jedynie zdewastowane huśtawki. Maura nie miała ochoty wysiadać z samochodu i brnąć w śniegu na sfatygowany ganek. Dom zbudowano w tradycyjnym stylu Cape Cod, z drewnianymi okiennicami i podwójnymi opuszczanymi oknami. Z futryn złaziła farba. Zniszczone dachówki upstrzyły śnieg plamkami smoły.

– Co dokładnie powinnam tu zobaczyć? – zapytała.

– Chodź. – Jane pchnęła mocno drzwi samochodu. – Pokażę ci.

Drogę na ganek znaczyły głębokie do kostek, oblodzone ślady butów, które zostawili dzień wcześniej Jane i Frost. Dotarły tam teraz, stąpając po nich.

– Schody się rozpadają, więc uważaj – ostrzegła Jane.

– Reszta domu też jest w takim fatalnym stanie?

– Nadaje się praktycznie do rozbiórki. – Jane podniosła kamień przy progu i wzięła leżący pod nim klucz. – Nie wiem, dlaczego agent nieruchomości go zamyka. Powinien zaprosić wandali do środka, żeby podłożyli ogień i rozwiązali problem. – Pchnęła frontowe drzwi, które zaskrzypiały niczym w nawiedzanym przez duchy domu. – Witamy w ośrodku opieki dziennej szatana.

Wewnątrz było jeszcze zimniej niż na dworze, jakby chłód na zawsze zagościł w tych ścianach. Maura stanęła w mrocznym przedsionku i popatrzyła na odpadającą ze ścian tapetę w małe różyczki. Ten wzór zdobił, jak się zdaje, niezliczone babcine domy. W holu wisiało popękane lustro. Szerokie sosnowe deski usłane były zeschniętymi liśćmi i innymi śmieciami, które naniesiono do środka albo które wiatr przywiewał za każdym razem, gdy ktoś otwierał frontowe drzwi.

– Schody prowadzą do trzech pokoi zajmowanych przez Stanków – wyjaśniła Jane. – Nie ma tam nic ciekawego, tylko puste ściany. Meble dawno temu sprzedano na wyprzedaży, żeby spłacić długi rodziny.

– Martin Stanek nadal ma tytuł własności?

– Owszem, ale nie może tu zamieszkać, bo jest zarejestrowanym przestępcą seksualnym. I nie stać go na podatek od nieruchomości, dlatego musiał wystawić dom na sprzedaż. – Jane wskazała dłonią korytarz. – Prowadzili ośrodek opieki w tej części domu. Chcę ci ją pokazać.

Maura ruszyła za Jane. Minęła łazienkę z brakującymi płytkami na podłodze, upstrzoną rdzawymi plamami ubikację i weszła do pomieszczenia, gdzie był kiedyś pokój zabaw. Szerokie okna wychodziły na ogród, w którym wyrosły samosiejki z pobliskiego lasu. Przez dach sączyła się woda i wykładzina dywanowa była pokryta pleśnią.

– Spójrz na ściany – powiedziała Jane.

Maura odwróciła się i zobaczyła galerię obrazów, które od niedawna były jej dobrze znane.

– Poznajesz ją, prawda? – zapytała Jane, wskazując kobietę o uduchowionym obliczu, która trzymała w dłoni dwoje oczu. – To nasza stara znajoma, święta Łucja. A tu, popatrz, przebity strzałami święty Sebastian. Dalej święty Witalis. Płonąca na stosie święta Joanna. Irena Stanek była katechetką w miejscowym kościele i dbała o to, by dzieci nauczyły się kalendarza liturgicznego. Kazała im nawet wpisać swoje imiona pod obrazami świętych, których dzień obchodzony był w dniu ich urodzin. Zobacz, kto się podpisał pod portretem świętej Łucji.

Maura przyjrzała się wypisanym dziecinną ręką drukowanym literom. CASSANDRA COYLE.

– A tu, pod świętym Sebastianem, mamy nazwisko Timmy'ego McDougala. Pod świętym Witalisem Billy'ego Sullivana. Tak jakby te dzieci przed dwudziestoma laty podpisały na siebie wyroki śmierci.

– Takie wizerunki świętych można znaleźć w każdej sali katechetycznej – powiedziała Maura. – To o niczym nie świadczy.

– W tym miejscu dorastał Martin Stanek. Codziennie oglądał tę ścianę ze świętymi. Wiedział, kiedy jest obchodzony dzień świętej Łucji, a kiedy dzień świętej Joanny. Irena oznaczała męczenników złotymi gwiazdkami, widzisz? Hurra, twój święty zmarł makabryczną śmiercią. Mamy tu największe kościelne hity. Martin Stanek wzrastał pośród nich. Może go zainspirowały.

Maura skupiła wzrok na obrazie dwóch męczennic, z których jedna trzymała w ręce miecz. Tę samą parę świętych widziała na witrażu w kościele Matki Bożej Światłości. Święta Fuska i święta Maura.

– A tu jest nazwisko piątego świadka. Tego, którego nie możemy zlokalizować. – Jane wskazała nazwisko Holly Devine, napisane schludnie pod wizerunkiem mężczyzny; z jego otwartych ust spływała krew.

216

– Święty Liwin – wyszeptała Maura.

– Tak właśnie skończy Holly, jeśli jej szybko nie znajdziemy. Jak biedny stary Liwin, któremu wyrwano język, żeby przestał nauczać.

Maura odwróciła z drżeniem wzrok od tej galerii horrorów. W zapadających ciemnościach w domu zrobiło się jeszcze zimniej. Czuła, jak chłód przeszywa ją do szpiku kości. Podeszła do okien i popatrzyła na zarośnięty ogród, który pogrążał się w mroku.

– Nie mogę przestać myśleć o Reginie – powiedziała Jane. – A gdybym to ja była jednym z rodziców, którzy posyłali tutaj dzieci? Człowiek robi wszystko, żeby zapewnić bezpieczeństwo dziecku i ochronić je przed bestiami, ale w którymś momencie musi iść do pracy, bo ma do zapłacenia rachunki. Musi powierzyć komuś swoje dziecko.

– Masz szczęście, że twoja mama może się nią zaopiekować.

– Jasne, tylko co by było, gdyby nie mogła tego robić? Gdyby moja mama nie żyła? Jestem pewna, że niektórzy z tych rodziców nie mieli wyboru. Czy nie wyczuwali, że coś złego dzieje się w tym miejscu?

– Mówisz tak, bo wiesz, co się tu wydarzyło.

– Nie czujesz złej aury?

– Nie wierzę w takie rzeczy jak aura.

– Tylko dlatego, że nie możesz jej zmierzyć swoimi wymyślnymi naukowymi instrumentami.

– Mogę za to zmierzyć temperaturę. Jest mi zimno. Jeśli nie ma tu do zobaczenia nic więcej, chciałabym... – Maura urwała nagle, wpatrując się w las. – Ktoś tam jest.

Jane wyjrzała przez okno.

– Nikogo nie widzę.

– Stoi na skraju lasu. I patrzy w naszą stronę.

– Sprawdzę to.

– Zaczekaj chwilę. Nie sądzisz, że powinniśmy poprosić o wsparcie?

Ale Jane już wybiegała przez frontowe drzwi.

Maura wyszła na zewnątrz i zobaczyła, że jej przyjaciółka przedziera się przez gęsto rosnące iglaki. Po chwili zniknęła jej z oczu. Słyszała, jak brnie w gąszczu. Gałązki łamały się pod jej stopami z dźwiękiem przypominającym eksplozje.

A potem zapadła cisza.

– Jane?

Czując, jak szybko bije jej serce, Maura ruszyła w ślad za nią przez ogród i po chwili znalazła się w pogrążonym w półmroku lesie. Śnieg zasypał korzenie i leżące na ziemi gałęzie. Potykając się o nie i obijając o drzewa, hałasowała niczym bizon. Oczami wyobraźni widziała leżącą na śniegu Jane i stojącego nad nią, szykującego się do zadania śmiertelnego ciosu zabójcę.

Wezwij wsparcie.

Wyciągnęła z kieszeni komórkę i wstukała zgrabiałymi palcami kod odbezpieczający. Nagle usłyszała głośny krzyk.

– Stać! Policja!

Podążając za głosem Jane, wyszła na polanę. Detektyw Rizzoli stała z wyciągniętą bronią. Kilka metrów dalej zobaczyła osobę z podniesionymi rękami i twarzą skrytą w kapturze kurtki.

– Mam poprosić o wsparcie? – zapytała Maura.

– Zobaczmy najpierw, kogo tu mamy. Jak się nazywasz? – warknęła Jane do postaci.

– Czy mogę najpierw opuścić ręce? – padła spokojna odpowiedź. To była kobieta.

– W porządku. Tylko powoli – ostrzegła Jane.

Kobieta opuściła ręce i ściągnęła z głowy kaptur. Choć mierzono do niej z broni palnej, spoglądając na Jane i Maurę, była dziwnie spokojna.

– To pani – rzuciła zaskoczona Jane.

– Przepraszam. Czy my się znamy?

– Była pani na nabożeństwie żałobnym Cassandry Coyle i Timothy'ego McDougala. Co pani tu robi?

– Szukam psa mojego taty.

– Mieszka pani gdzieś w pobliżu?

– Ja nie, ale mieszka tu mój tato. – Młoda kobieta wskazała prześwitujące między drzewami światła domu. – Jego pies wybiegł na dwór i go szukałam. Zobaczyłam wasz samochód i pomyślałam, że ktoś próbował się włamać do dawnego ośrodka opieki dziennej.

– Nazywa się pani Holly Devine, prawda? – zapytała Jane.

Kobieta przez chwilę milczała, a kiedy w końcu się odezwała, jej głos zniżył się do szeptu.

– Od lat nikt się tak do mnie nie zwracał – przyznała.

– Próbowaliśmy panią znaleźć, Holly. Wydzwaniałam ciągle do pani ojca, ale nie chciał mi powiedzieć, gdzie pani mieszka.

– Bo nikomu już nie ufa.

– Za to pani będzie mi musiała zaufać. Zależy od tego pani życie.

– O czym pani mówi?

– Znajdźmy jakieś miejsce, gdzie można się ogrzać, to pani wyjaśnię.

# Rozdział dwudziesty siódmy

Kiedy wchodziły na werandę skromnego domu Earla Devine'a, usłyszały szczekanie psa. Sądząc po dźwiękach, musiał być duży i Maura trzymała się kilka kroków z tyłu w obawie, że kiedy Holly otworzy drzwi, rzuci się na nich z wyszczerzonymi kłami. Czarny labrador o wiele bardziej niż gośćmi zainteresował się jednak Holly, która uklękła i wzięła w dłonie jego łeb.

– A więc sam wróciłeś do domu, hultaju – skarciła go. – Ostatni raz poszłam cię szukać.

– Co to za ludzie, Holly? – odezwał się szorstki głos w głębi korytarza. Earl Devine patrzył na nie gniewnym wzrokiem, stojąc w żółtawej poświacie lampy. Musiał ostatnio stracić sporo kilogramów, bo ubranie na nim wisiało, ale stał naprzeciwko Maury i Jane z zaciśniętymi pięściami, jakby chciał rzucić się na nie w obronie córki.

– Wyszłam poszukać Joego i natknęłam się na te panie przy dawnym ośrodku opieki dziennej – wyjaśniła Holly. – Joe, jak widzę, zdecydował się sam wrócić do domu.

– Tak, wrócił – odparł Earl, wpatrując się nieufnie w Jane i Maurę. – Kim jesteście?

– Rozmawiałam z panem przez telefon, panie Devine – powiedziała Jane. – Jestem Jane Rizzoli z bostońskiej policji.

Spojrzał na rękę, którą do niego wyciągnęła, i dopiero po dłuższej chwili postanowił ją uścisnąć.

– A więc znaleźliście jednak moją córcię – mruknął.

– Zaoszczędziłby pan nam sporo kłopotu, mówiąc po prostu, gdzie jest.

– Wyjaśniłam im, że nie ufasz ludziom, tato – powiedziała Holly.

– Nawet policji? – zdziwiła się Jane.

– Policji? – parsknął Earl. – Dlaczego miałbym ufać policji? Wystarczy obejrzeć wiadomości. W dzisiejszych czasach policjant prędzej cię zastrzeli, niż ci pomoże.

– Staramy się tylko zapewnić bezpieczeństwo pańskiej córce.

– Jasne, powiedziała to pani przez telefon, ale skąd miałem wiedzieć, czy to prawda? Skąd miałem wiedzieć, czy rzeczywiście jest pani gliną?

– Tato ma powody do ostrożności – dodała Holly. – Miałam do czynienia z pewnym facetem, który przez jakiś czas mnie nękał. Musiałam zmienić nazwisko z Devine na Donovan, żeby nie mógł mnie znaleźć.

– I wciąż tu dzwoni i o nią wypytuje – wyjaśnił Earl. – Wynalazł nawet jakąś kobietę, która dzwoniła tutaj i chciała rozmawiać z Holly. Mówiła, że jest dziennikarką. Nie zaufam pani tylko dlatego, że podaje się pani za policjantkę.

– Co to za facet? – zapytała Jane.

– To młody mężczyzna, którego Holly kiedyś bliżej znała. Nigdy mi się nie podobał. Przyłaził tu stale i o nią pytał, ale w końcu udało mi się go chyba przepłoszyć. Jeśli nie chce oberwać guza, będzie się trzymał z daleka od mojej córci.

– One nie przyszły w sprawie tamtego faceta, tato – powiedziała Holly.

– Chodzi nam o ośrodek Apple Tree, proszę pana – wyjaśniła Jane.

Earl zmierzył ją wzrokiem.

– Dlaczego? To się wydarzyło dawno temu. Ta sprawa jest zamknięta. Sprawcy wylądowali za kratkami.

– Martin Stanek wyszedł ostatnio na wolność. Uważamy, że chce się mścić na wszystkich, przez których trafił do więzienia. Obawiamy się, że może dobrać się do Holly.

– Czy ten człowiek jej groził?

– Nie, ale trzy osoby, które w dzieciństwie zeznawały przeciwko Stankowi, zostały niedawno zamordowane. Czwarta zaginęła. Dlatego rozumie pan chyba, że boimy się o bezpieczeństwo pańskiej córki.

Przez chwilę wpatrywał się w Jane, a potem pokiwał ponuro głową.

– Posłuchajmy, co planujecie z nim zrobić – powiedział.

Usiedli w zagraconym saloniku. Wytarta sofa i fotele ze sztucznej skóry, będące od dawna częścią domu, sprawiały wrażenie przyrośniętych do podłogi. Na siedzisku jednego z foteli odcisnęła się tylna część ciała Earla i tam właśnie teraz spoczął. Holly przyniosła dla gości dwa kubki kawy, ale widząc przybrudzoną krawędź swojego, Maura odstawiła go dyskretnie na bok. Wszędzie dostrzegała brudne plamy – kręgi w miejscach, gdzie pies załatwił się na dywanie, wypalone papierosem poręcze sofy, niewyraźny nalot pleśni na suficie, gdzie przeciekał dach. Nie widziała nigdzie żadnych książek ani czasopism, wyłącznie broszurki reklamowe i kupony z gazet. Telewizor był włączony przez cały czas ich rozmowy, zaznaczając swoją obecność świecącym w pokoju ekranem.

– Nazwiska tych dzieciaków zostały utajnione przez sąd. Obiecał nam to prokurator – oznajmił Earl Devine, przypatrując się uważnie Jane. – Więc jak to się stało, że w ogóle dowiedzieliście o Holly?

– Pańska córka, panie Devine, sama zwróciła na siebie uwagę. – Jane popatrzyła na Holly. – Przyszła pani najpierw na pogrzeb Cassandry, a potem Tima. Musiała pani wiedzieć, że oboje zostali zamordowani.

Earl posłał córce pytające spojrzenie.

– Nic mi o tym nie mówiłaś.

– Musiałam się dowiedzieć, czy ich zabójstwa są ze sobą powiązane – odparła Holly. – Nikt nie puszczał pary z ust.

– Bo w tamtym czasie nikt nie miał pojęcia, że coś je łączy – powiedziała Jane. – Ale pani wiedziała, Holly. Bardzo ułatwiłaby nam pani pracę, dzwoniąc po prostu na policję. Dlaczego pani tego nie zrobiła?

– Miałam nadzieję, że to był zbieg okoliczności. Nie byłam pewna.

– Dlaczego pani nie zadzwoniła, Holly? – powtórzyła Jane.

Holly przez chwilę patrzyła jej prosto w oczy, zmieszana ostrym tonem, jakim zostało zadane pytanie. W końcu opuściła wzrok.

– Powinnam była to zrobić – przyznała. – Przepraszam.

– Gdyby pani zadzwoniła, Bill Sullivan być może dalej by żył.

– Co się stało Billy'emu? – zapytał Earl.

– Zaginął – odparła Jane. – Biorąc pod uwagę okoliczności, w jakich do tego doszło, oraz krew w jego samochodzie, zakładamy, że nie żyje.

Maura, która przez cały czas obserwowała Holly, zauważyła, że słysząc tę wiadomość, dziewczyna poderwała głowę. Wydawała się autentycznie zszokowana.

– Billy nie żyje?

– Nie wiedziała pani o tym? – zapytała Jane.

– Nie. Nigdy nie sądziłam, że mógłby…

– Powiedziała pani, że zginęły cztery osoby – odezwał się Earl. – Na razie wymieniła pani trzy.

– W pożarze w listopadzie zginęła Sarah Byrne. Uznano to za śmierć w wypadku, ale obecnie wznowiono śledztwo, więc rozumie pan, dlaczego próbowałam skontaktować się z pańską córką. – Jane spojrzała na Holly. – Czy jest jakiś powód, dla którego unika pani policji?

– Zaraz, zaraz… – wtrącił się Earl.

Jane podniosła rękę, żeby go uciszyć.

– Chcę usłyszeć odpowiedź od pańskiej córki.

Czując na sobie wzrok wszystkich, Holly zbierała się na odwagę, żeby odpowiedzieć. W końcu wyprostowała się i spojrzała Jane w oczy.

– Sprawa była zakończona i pogrzebana i pragnęłam, żeby tak zostało. Nie chciałam, żeby ktoś się dowiedział.

– O czym?

– O Apple Tree. O tym, co ci ludzie mi zrobili. Nie rozumie pani najwyraźniej, jak coś takiego wpływa na człowieka. Ani jak to jest, kiedy wszyscy wiedzą, że była pani molestowana. Patrzą na panią i przez cały czas wyobrażają sobie... – Holly objęła się ramionami i wbiła wzrok w dywan. – I pomyśleć, że to mama mnie tam wysłała. Twierdziła, że siedząc sama w domu po szkole, nie będę bezpieczna. Za każdym krzakiem widziała facetów, którzy chcieli mnie zgwałcić.

– Holly – przerwał jej Earl.

– To prawda, tato. Taka właśnie była mama, wszędzie widziała potencjalnych gwałcicieli. Więc codziennie wsiadałam do tego autobusu i on nas tam zawoził. Byliśmy jak owce idące na rzeź. – Holly popatrzyła na Jane. – Czytała pani akta. Wie pani, co nam się przytrafiło.

– Tak, wiem.

– A wszystko dlatego, że moja matka chciała, żebym była bezpieczna.

– Nie popadaj w rozgoryczenie, Holly. To nic nie da. – Earl spojrzał na Jane. – Moja żona miała trudne dzieciństwo. Kiedy była małą dziewczynką, przydarzyło jej się coś, czego zawsze się wstydziła. Miała wujka, który... – Urwał. – Tak czy inaczej, bała się, że coś podobnego może się przytrafić Holly. Zmarła kilka miesięcy po procesie, prawdopodobnie w wyniku stresu. Holly i ja musieliśmy dawać sobie radę sami, tylko we dwoje, ale chyba nam się udało. Tylko na nią spójrzcie! Poszła na studia, znalazła sobie dobrą pracę. Ostatnią rzeczą, jakiej potrzebuje, jest ponowne nagłośnienie tej historii z Apple Tree.

– Robimy to ze względu na Holly, panie Devine. Zależy nam na jej bezpieczeństwie.

– To aresztujcie sukinsyna!

– W tym momencie jeszcze nie możemy. Potrzebujemy więcej dowodów. – Jane popatrzyła na Holly. – Wiem, jakie to dla pani trudne. Wiem, co znaczą złe wspomnienia, ale może nam pani pomóc wsadzić Martina Stanka z powrotem za kratki. Tym razem na dobre.

Holly popatrzyła na ojca, jakby szukała u niego wsparcia. Wydawali się ze sobą niezwykle blisko związani, wdowiec i jego jedyne dziecko, przez długie lata zdani tylko na siebie.

– Śmiało, kochanie – odezwał się Earl. – Daj im to, czego potrzebują. Niech ten sukinsyn zgnije w więzieniu.

– Właśnie o to chodzi… trudno mi opowiadać o Martinie… o tym, co mi zrobił, kiedy obok siedzi mój tato. To krępujące.

– Mógłby pan nas zostawić na chwilę same, panie Devine? – poprosiła Jane.

Earl wstał z fotela.

– Nie będę wam przeszkadzał. Jeśli będziesz czegoś potrzebowała, kochanie, po prostu zawołaj.

Wyszedł do kuchni, po czym usłyszały szum wody z kranu, a następnie szczęk stawianego na kuchence garnka.

– Lubi gotować dla mnie obiady, kiedy do niego przychodzę. Prawdę mówiąc, jest fatalnym kucharzem. – Na twarzy Holly pojawił się cierpki uśmiech. – Ale okazuje w ten sposób, jak bardzo mu na mnie zależy.

– Widzimy, jak bardzo mu zależy – powiedziała Maura.

Holly po raz pierwszy zwróciła na nią uwagę. Do tej pory Maura milczała, pozwalając, by to Jane zadawała pytania, ale wyczuwała w tym domu dziwną emocjonalną aurę i zastanawiała się, czy Jane też ją odbiera. Czy dostrzega, jak często ojciec i córka spoglądają na siebie, dodając sobie wzajemnie otuchy.

– Przez kilka ostatnich miesięcy tu nie przychodziłam. Baliśmy się, że dom jest obserwowany przez tego faceta, który się na mnie uwziął. Dla taty to był naprawdę trudny okres. Jest moim najlepszym przyjacielem.

– Mimo to nie może pani mówić o Martinie Stanku w obecności ojca – zauważyła Jane.

Holly zmierzyła ją ostrym spojrzeniem.

– A pani mogłaby opowiadać przy swoim ojcu o tym, jak molestował panią jakiś mężczyzna? Jak wsadzał pani penisa do gardła?

– Nie, nie mogłabym – przyznała Jane.

– W takim razie rozumie pani, dlaczego nigdy z nim o tym nie rozmawiałam.

– Ale my musimy o tym porozmawiać, Holly. Musi nam pani pomóc, żebyśmy mogli zapewnić pani bezpieczeństwo.

– Podobne słowa padły wtedy z ust prokurator: Powiedz nam o wszystkim, co się wydarzyło, to będziesz bezpieczna. Ale ja się bałam. Nie chciałam zniknąć jak Lizzie.

– Znałaś Lizzie DiPalmę?

Holly pokiwała głową.

– Codziennie jeździliśmy razem autobusem Martina do Apple Tree. Lizzie była o wiele bystrzejsza ode mnie i taka nieugięta. Na pewno łatwo by się nie poddała. Może musiała zginąć, bo wołała głośno o pomoc albo groziła, że powie wszystkim, co jej zrobił. Porwano ją w sobotę, więc żadne z nas tego nie widziało. Nie mieliśmy pojęcia, co się z nią stało. – Holly wzięła głęboki oddech i spojrzała na Jane. – Do momentu, kiedy znalazłam jej czapkę.

– W autobusie Martina – dodała Jane.

Holly znów pokiwała głową.

– Wtedy domyśliłam się, że to jego sprawka. Wiedziałam, że muszę w końcu przerwać milczenie. Na szczęście matka mi uwierzyła. Po tym, co przytrafiło jej się w dzieciństwie, nigdy nie podważała tego, co mówiłam. Część rodziców nie wierzyła jednak w to, co słyszeli od własnych dzieci.

– Bo w opowieści niektórych dzieci trudno było uwierzyć – zauważyła Jane. – Timothy mówił o latającym w lesie tygrysie. Sarah opowiadała o sekretnej piwnicy, do której Stankowie wrzucali martwe dzieci. Ale policja przeszukała cały dom i nie znalazła piwnicy.

– Timmy i Sarah to były jeszcze dzieciuchy. Łatwo było im namieszać w głowach.

– Rozumie pani jednak, dlaczego niektóre z tych zeznań zostały odrzucone.

– Nie było tam pani. Nie musiała pani oglądać codziennie ściany męczenników i recytować, jaką śmiercią każdy z nich zginął. Świętemu Piotrowi z Werony rozłupano głowę tasakiem. Świętego Wawrzyńca przypalano na kracie. Świętego Klemensa utopiono z kotwicą zawieszoną u szyi. Jeśli obchodziła pani urodziny w dniu któregoś świętego, zakładano pani koronę męczennika, dawano do ręki plastikowy palmowy liść i cała reszta dzieci tańczyła wokół pani. Nasi rodzice uważali, że to zupełnie normalne! Dlatego tak trudno było się zorientować. Zło kryło się za maską pobożności. – Holly zadrżała. – Ale po zaginięciu Lizzy odważyłam się w końcu powiedzieć, co się dzieje. Wiedziałam, że to, co się jej przytrafiło, może spotkać i mnie. Powiedziałam prawdę. Dlatego Martin chce się zemścić.

– Zapewnimy pani bezpieczeństwo, Holly – powtórzyła Jane. – Ale musi nam pani pomóc.

– Co mam zrobić?

– Dopóki nie zgromadzimy dość dowodów, żeby aresztować Martina Stanka, byłoby lepiej, gdyby wyjechała pani z miasta. Czy ma pani kogoś, u kogo mogłaby się pani zatrzymać?

– Nie. Mam tylko ojca.

– To nie jest dobre miejsce. Stanek łatwo tu panią znajdzie.

– Nie mogę odejść z pracy. Muszę się z czegoś utrzymywać. – Holly popatrzyła na Jane i Maurę. – Na razie mnie nie znalazł. Czy nie będę bezpieczna we własnym mieszkaniu? Może kupię broń?

– Ma pani pozwolenie? – zapytała Jane.

– A jakie to ma znaczenie?

– Wie pani, że nie mogę pani zachęcać do łamania prawa.

– Czasami prawo jest bez sensu. Co mi da przestrzeganie głupiego prawa, jeśli będę martwa?

– Pomyślałaś o ochronie policyjnej, Jane? – odezwała się Maura. – Może trzeba wyznaczyć funkcjonariusza do pilnowania Holly.

– Zobaczę, co się da zrobić, ale mamy ograniczone możliwości. – Jane spojrzała na Holly. – Tymczasem najlepszym sposobem zadbania o własne bezpieczeństwo będzie zachowanie czujności. Powinna pani wiedzieć, czego się wystrzegać. Naszym zdaniem, Stanek ma wspólnika, mężczyznę albo kobietę. Nie wolno pani nigdy przestać mieć się na baczności. Wiemy, że dwóm z ofiar dosypano ketaminy do alkoholu i że mogło do tego dojść w barze. Nie wolno pani przyjmować drinków od nieznajomych. Właściwie najlepiej będzie trzymać się z daleka od miejsc, gdzie pije się alkohol.

Holly otworzyła szerzej oczy.

– Więc tak to robi? Dosypuje im coś do drinków?

– Skoro pani już o tym wie, ta metoda jest spalona – odparła Jane.

W tym momencie zadzwoniła jej komórka.

– Rizzoli – rzuciła, odbierając telefon. Ku zdumieniu Maury, po kilku sekundach zerwała się na nogi i wyszła na zewnątrz, by kontynuować rozmowę bez świadków. – Jak do tego doszło? – usłyszała przez zamknięte drzwi. – Kto go, do diabła, pilnował?

– Co się dzieje? – zapytała Holly.

– Nie mam pojęcia. Zaraz się dowiem. – Maura wyszła za Jane na zewnątrz, zamknęła za sobą drzwi i trzęsąc się z zimna, czekała, aż przyjaciółka zakończy rozmowę.

– Jezu Chryste. – Jane schowała telefon i popatrzyła na Maurę. – Martin Stanek dał nogę.

– Co takiego? Kiedy?

– Podstawiliśmy ekipę, która obserwowała jego miejsce zamieszkania. Wyślizgnął się tylnymi drzwiami i tyle go widzieli. Nie mamy pojęcia, dokąd zwiał.

Maura spojrzała w stronę okna i zobaczyła przyciśniętą do szyby twarz Holly Devine.

– Musisz go odnaleźć – powiedziała cicho.

Jane pokiwała głową.

– Zanim on odnajdzie Holly.

# Rozdział dwudziesty ósmy

Przez okno salonu patrzę, jak odjeżdżają detektyw Rizzoli i doktor Isles.

– Boję się, tato – mówię do ojca.

– Nie musisz.

– Ale oni nie mają pojęcia, gdzie jest Stanek.

Tato przyciąga mnie do siebie i bierze w ramiona. Kiedy go dawniej obejmowałam, miałam wrażenie, że ściskam gruby pień drzewa. Teraz tak bardzo stracił na wadze, że wydaje mi się, że trzymam worek kości. Czuję, jak jego serce bije tuż przy moim.

– Jeśli zbliży się do mojej córci, będzie trupem. – Ojciec unosi moją twarz i patrzy mi w oczy. – Nie przejmuj się. Tato wszystkim się zajmie.

– Obiecujesz?

– Obiecuję – odpowiada i bierze mnie za rękę. – A teraz chodźmy do kuchni. Chciałbym ci coś pokazać.

# Rozdział dwudziesty dziewiąty

– Jak mamy jej zapewnić bezpieczeństwo, skoro nie wiemy, gdzie jest Martin Stanek? – zapytał detektyw Tam.

To pytanie nie dawało spokoju wszystkim, którzy siedzieli przy stole konferencyjnym w komendzie bostońskiej policji. Do zespołu dochodzeniowego dokooptowano detektywów Crowe'a i Tama, a tego ranka ponownie dołączył do nich doktor Zucker. Byli przekonani, że następnym celem Martina Stanka będzie Holly, nie wiedzieli tylko, gdzie i kiedy uderzy.

– Jak na kogoś, komu grozi śmiertelne niebezpieczeństwo, nie wydaje się szczególnie zaniepokojona – stwierdził Crowe. – Wczoraj rano, kiedy odwiedziliśmy ją z Tamem, żeby sprawdzić funkcjonujące w budynku zabezpieczenia, nie miała nawet czasu z nami pogadać. Powiedziała, że spóźni się przez nas do pracy, i wyszła.

– Dobra wiadomość jest taka – wtrącił Tam – że pan Devine ma pozwolenie na broń. Poza tym jest weteranem marynarki wojennej. Może zdołamy ją namówić, żeby ojciec u niej zamieszkał. Nikt nie upilnuje dziewczyny lepiej od uzbrojonego tatusia.

– Wolałabym się zabić, niż pozwolić, by mój tato się do mnie wprowadził – parsknęła Jane. – Nie, Holly nie jest kimś, komu moglibyśmy rozkazywać. Ma swój rozum i jest... jakaś inna. Wciąż próbuję ją rozgryźć.

– W jakim sensie inna? – zapytał doktor Zucker. Było to dokładnie takie pytanie, jakiego można się spodziewać po psychologu sądowym, i Jane zastanawiała się przez chwilę nad odpowiedzią. Chciała wyjaśnić doktorowi, co takiego w Holly Devine wprawiało ją w zakłopotanie.

– Wydaje się dziwnie spokojna i zachowuje zimną krew – powiedziała. – Nie ma zamiaru korzystać z żadnej z naszych rad. Nie wyjedzie z miasta, nie rzuci pracy. Ta dziewczyna całkowicie panuje nad sytuacją i nie pozwala nam o tym zapomnieć.

– Mówi pani o tym z nutką podziwu w głosie, detektyw Rizzoli.

Jane popatrzyła w nieprzeniknione gadzie oczy psychologa. Czuła, że jak zwykle ją analizuje: naukowiec wywlekający na światło dzienne jej najskrytsze sekrety.

– Owszem – odparła. – Podziwiam ją za to. Uważam, że wszyscy powinniśmy panować nad własnym życiem.

– Niestety, w rezultacie trudniej nam ją chronić – powiedział Tam.

– Poinformowałam ją już, jak udało mu się prawdopodobnie obezwładnić poprzednie ofiary. Że dosypywał im do drinków ketaminę. Wie, czego się wystrzegać, i to zapewnia jej najlepszą ochronę. I w gruncie rzeczy może nam ułatwić pracę – dodała po chwili Jane. – Jeśli nadal nie będzie chciała się ukrywać.

– To znaczy, że użyjemy jej jako przynęty? – zapytał Crowe.

– Niekoniecznie użyjemy. Po prostu wykorzystamy fakt, że jest tak cholernie uparta. Choć ma świadomość, że Stanek na nią poluje, nie pozwala, żeby to zdemolowało jej życie, i trzyma się codziennej rutyny. Na jej miejscu zrobiłabym to samo. W gruncie rzeczy tak właśnie postąpiłam, kiedy kilka lat temu byłam w jej sytuacji.

– O jakiej sytuacji mówisz? – zapytał Tam, który dołączył do wydziału zabójstw całkiem niedawno i nie uczestniczył w dochodzeniu sprzed czterech lat, kiedy poszukiwany przez Jane zabójca o ksywie Chirurg wziął ją nagle na celownik.

– Mówi o Warrenie Hoycie – wyjaśnił cicho Frost.

– Kiedy sprawca zmusza was, żebyście zmienili swoje życie, to właściwie już was pokonał – powiedziała Jane. – Holly nie chce się poddać. A skoro jest tak cholernie uparta, proponuję, żebyśmy się do tego dostosowali. Będziemy ją obserwować, zainstalujemy kamery w jej budynku i w miejscu pracy. Zaczekamy, aż Stanek zaatakuje.

– Nie uważacie, że można by jej założyć bransoletkę z nadajnikiem? – zapytał Tam. – To pomogłoby nam ją monitorować.

– Spróbuj jej założyć bransoletkę.

– Dlaczego ta młoda kobieta jest tak oporna? – zapytał Zucker. – Ma pani na ten temat jakieś teorie, detektyw Rizzoli?

– Myślę, że to po prostu leży w jej naturze. Nigdy nie godziła się z tym, co jej narzucano. Była pierwszym dzieckiem, które oskarżyło Stanków o molestowanie, a to wymaga wiele odwagi od dziesięcioletniej dziewczynki. Bez niej nie byłoby aresztowań i procesu. Molestowanie mogłoby trwać latami.

– Owszem, czytałem zapis jej rozmowy z psychologiem – powiedział Zucker. – Holly była z pewnością najbardziej precyzyjna i przekonująca. Zeznania innych dzieci wydają się w oczywisty sposób skażone.

– Co pan przez to rozumie, doktorze? – zapytał Tam. – Mówiąc, że były skażone?

– Historie, które opowiadały młodsze dzieci, są absurdalne – odpowiedział. – Pięcioletni chłopiec opowiadał, że w lesie latały tygrysy. Jedna dziewczynka twierdziła, że koty i niemowlaki były składane w ofierze diabłu i wrzucane do piwnicy.

Jane wzruszyła ramionami.

– Dzieci lubią koloryzować.

– A może ktoś je podszkolił? Podpowiedział, co mają mówić oskarżycielom? Pamiętajcie, że proces Stanków toczył się w dziwnym okresie. Opinia publiczna była wtedy przekonana, że w całym kraju pełno jest sekt, w których oddaje się cześć szatanowi. Na początku lat dziewięćdziesiątych brałem udział w konferencji naukowej. Jedna z tak zwanych ekspertek opisywała rozległą siatkę sekt, w których molestowano dzieci, a nawet składano ofiary z niemowląt. Twierdziła, że jedna czwarta jej pacjentów padła ofiarą rytualnego molestowania. W całym kraju trwały procesy podobne do tego, który wytoczono personelowi Apple Tree. Niestety, bardzo często nie były oparte na faktach, lecz na obsesjach i przesądach.

– Po co dzieci miałyby opowiadać takie dziwne historie, jeśli przynajmniej w części nie byłyby prawdziwe? – zapytał Tam.

– Przyjrzyjmy się bliżej jednemu z procesów o rytualne molestowanie. Oskarżono o to personel przedszkola McMartin w Kalifornii. Śledztwo wszczęto, gdy pewna matka, schizofreniczka, oświadczyła, że jej dziecko zostało zgwałcone analnie przez jednego z pracowników placówki. Policja wysłała listy do wszystkich rodziców, informując, że ich dzieci też mogły zostać pokrzywdzone. Kiedy sprawa trafiła do sądu, oskarżeń było mnóstwo, niektóre całkowicie groteskowe. Mówiło się o dzikich seksualnych orgiach, o dzieciach, które spływały rurami kanalizacyjnymi do tajnych pomieszczeń, o napastnikach, którzy magicznym sposobem fruwali w powietrzu. W rezultacie niewinny człowiek został skazany i spędził pięć lat w więzieniu.

– Nie twierdzi pan chyba, że Martin Stanek jest niewinny? – żachnęła się Jane.

– Kwestionuję tylko sposób, w jaki uzyskano zeznania od dzieci z Apple Tree. Ile w nich jest fantazji? Ile zostało podpowiedzianych?

– Holly Devine miała fizyczne obrażenia – przypomniała Jane. – Wykonująca obdukcję lekarka pisała o siniakach na głowie i licznych zadrapaniach na twarzy i rękach.

– Inne dzieci nie miały takich obrażeń.

– Powołana przez prokuraturę psycholog mówiła, że dzieci, z którymi rozmawiała, zdradzały emocjonalne symptomy molestowania. Bały się ciemności, moczyły się. Śniły im się koszmary. Mogę panu odczytać, co dokładnie powiedział na ten temat sędzia. Jego zdaniem, urazy, jakie odniosły te dzieci, były głębokie i naprawdę przerażające.

– Nic dziwnego, że tak powiedział. Cały kraj ogarnięty był paniką.

– Dzieci nie zapadają się pod ziemię wskutek paniki – zauważyła Jane. – Niech pan pamięta, że doszło do zaginięcia dziewięcioletniej dziewczynki, Lizzie DiPalmy. Jej ciała nigdy nie odnaleziono.

– Martina Stanka nie skazano za morderstwo.

– Tylko dlatego, że ława przysięgłych nie uznała tego zarzutu. Ale wszyscy wiedzieli, że to zrobił.

– Czy normalnie przyjmuje pani za dobrą monetę mądrość tłumu? – zapytał doktor Zucker, unosząc brwi. – Jako psycholog sądowy muszę pani przedstawić cały problem z innej perspektywy, wskazać to, czego mogła pani nie uwzględnić. Ludzkie zachowania nie są tak czarno-białe, jak chciałaby pani wierzyć. Ludzie mają skomplikowane motywy, a sprawiedliwość wymierzają niedoskonałe ludzkie istoty. Chyba muszą budzić pani wątpliwość niektóre z zeznań tych dzieci.

– Prokurator im uwierzył.

– Pani córka ma mniej więcej trzy lata, prawda? Niech pani sobie wyobrazi, że dalibyśmy jej prawo wtrącenia do więzienia całej rodziny.

– Dzieci z Apple Tree były starsze od mojej córki.

– Ale niekoniecznie bardziej dokładne i wiarygodne.

Jane westchnęła.

– Teraz mówi pan jak doktor Isles.

– A tak. Nasza sceptyczka.

– Może pan być tak sceptyczny, jak pan chce, doktorze. Jednak niezaprzeczalnym faktem jest, że dwadzieścia lat temu zaginęła Lizzie DiPalma. Jej czapkę znaleziono w autobusie Apple Tree, przez co Martin Stanek stał się głównym podejrzanym. A teraz giną osoby, które oskarżyły go w dzieciństwie o molestowanie. Stanek ma wszelkie powody, żeby być naszym zabójcą.

– Niech mnie pani przekona. Niech pani znajdzie dowody, które go wiążą z tymi morderstwami. Jakiekolwiek dowody.

– Każdy sprawca popełnia błędy – odparła Jane. – Znajdziemy go.

◻ ◻ ◻

Matka Billy'ego Sullivana mieszkała teraz w eleganckiej rezydencji w stylu Tudorów oddalonej zaledwie o półtora kilometra od skromniejszej dzielnicy Brookline, w której dorastał jej syn. Padający tego ranka marznący deszcz oszronił zarośla, więc prowadząca na ganek ceglana alejka wyglądała jak ślizgawka. Jane i Frost nie wysiadali przez chwilę z samochodu; patrzyli na dom, ociągając się z wyjściem na mróz i mobilizując się przed czekającą ich trudną rozmową.

– Musi chyba zdawać sobie sprawę, że jej syn nie żyje – mruknął Frost.

– Ale nie wie jeszcze najgorszego. I z całą pewnością nie powiem jej, jaką zginął śmiercią.

Pogrzebany żywcem, jak święty Witalis. A może zabójca okazał litość i upewnił się, że jego ofiara wydała ostatnie tchnienie, nim ją zasypał? Jane nie chciała nawet myśleć, że mogło być inaczej: że Billy żył i był w pełni świadomy, gdy zmarznięte grudy łomotały o skrzynię, w której go zamknięto, albo że leżał związany i bezradny w otwartym grobie, krztusząc się spadającą na niego ziemią. Stąd właśnie brały się koszmary; do tego doprowadzi ją praca w policji, jeśli na to pozwoli.

– Chodź. Wcześniej czy później będziemy musieli odbyć tę rozmowę – powiedział Frost.

Zadzwonił do frontowych drzwi i przez kilka długich chwil, trzęsąc się z zimna, czekali na marznącym deszczu. Matka Billy'ego Sullivana z pewnością spodziewała się złych wieści, a jednocześnie desperacko podtrzymywała w sobie płomyk nadziei. Jane zawsze widziała ten płomyk w oczach bliskich ofiar; i zbyt często musiała go gasić.

Kobieta, która otworzyła im drzwi, nie zaprosiła ich do środka. Przez chwilę stała, blokując wejście, jakby tragedia nie miała wstępu do jej domu. Blada, z suchymi oczami i woskowo nieruchomą twarzą, Susan Sullivan starała się nad sobą za wszelką cenę panować. Jasne włosy miała zaczesane do tyłu i spryskane lakierem, spodnie z kremowej dzianiny i różowy sweterek pasowałyby bardziej na klubowe przyjęcie. W dniu, który mógł się okazać najgorszym dniem w jej życiu, postanowiła założyć perły.

– Jestem detektyw Rizzoli z bostońskiej policji, a to detektyw Frost – przedstawiła ich oboje Jane. – Możemy wejść?

Susan pokiwała w końcu głową i odsunęła się na bok, wpuszczając ich do środka. W bolesnej ciszy zdjęli przemoczone płaszcze. Choć w każdej chwili mogła usłyszeć straszną wiadomość, gospodyni nie zapomniała o swoich obowiązkach: powiesiła sprawnie ich okrycia w garderobie i poprowadziła gości do salonu. Uwagę Jane przykuł wiszący tam nad kominkiem olejny obraz przedstawiający złotowłosego młodzieńca ze zwróconą ku światłu przystojną twarzą i ustami rozchylonymi w figlarnym uśmiechu.

Billy.

Nie był to jego jedyny portret. Fotografie Billy'ego Jane widziała wszędzie, gdzie spojrzała. Ta na kominku przed-

stawiała go na uroczystości wręczenia dyplomów, w prze-
krzywionym zawadiacko birecie na głowie. Na fortepianie
stały oprawione w srebro zdjęcia Billy'ego jako berbecia,
dorastającego chłopca i opalonego nastolatka uśmiechające-
go się z żaglówki. Nie było nigdzie fotografii ojca chłopca;
był tylko Billy, którego matka najwyraźniej uwielbiała.

– Wiem, że te wszystkie zdjęcia go krępują – wyjaśniła
Susan. – Ale jestem z niego taka dumna. To najlepszy syn,
jakiego mogłaby sobie życzyć każda matka.

Mówiła o nim w czasie teraźniejszym – płomyk nadziei
wciąż palił się jasnym ogniem.

– Czy jest jakiś pan Sullivan? – zapytał Frost.

– Owszem – odparła cierpko Susan. – Podobnie jak druga
pani Sullivan. Ojciec Billy'ego opuścił nas, kiedy syn miał
dwanaście lat. Nie mamy od niego prawie żadnych wiadomości i raczej ich nie oczekujemy. Radzimy sobie świetnie
sami. Billy troskliwie się mną opiekuje.

– Gdzie jest teraz pani były mąż?

– Mieszka gdzieś w Niemczech ze swoją drugą rodziną.
Nie musimy o nim mówić… – Urwała i z jej twarzy spadła
na chwilę maska, odsłaniając prawdziwe uczucia. – Czy znaleźliście… czy wiecie coś więcej? – wyszeptała.

– Śledztwo nadal prowadzi policja z Brookline – odpowiedziała Jane. – Sprawa w dalszym ciągu traktowana jest
jako zaginięcie.

– Ale wy jesteście z bostońskiej policji.

– Tak, proszę pani.

– Przez telefon powiedziała pani, że jesteście z wydziału
zabójstw. – Susan zadrżał głos. – Czy to oznacza, że… waszym zdaniem…

– To oznacza jedynie, że przyglądamy się sprawie pod każdym możliwym kątem, badamy wszystkie ewentualności – odezwał się Frost, chcąc uciszyć jej niepokój. – Wiem, że złożyła pani obszerne zeznania na posterunku policji w Brookline i że trudno pani do tego wszystkiego wracać, ale może przypomni pani sobie coś nowego? Coś, co pomogłoby nam odnaleźć pani syna. Widziała pani Billy'ego po raz ostatni w poniedziałek wieczorem?

Susan pokiwała głową, splatając palce na kolanach.

– Zjedliśmy kolację w domu. Pieczonego kurczaka – powiedziała, uśmiechając się słabo na wspomnienie wspólnego posiłku. – Potem musiał jeszcze nad czymś popracować w biurze. Dlatego około ósmej wyszedł.

– Rozumiem, że pani syn jest finansistą?

– Jest kierownikiem do spraw portfela inwestycyjnego w Cornwell Investments. Ma kilku wysoko postawionych klientów, którzy wymagają sporej uwagi, dlatego ciężko haruje, żeby byli zadowoleni. Ale nie pytajcie mnie, co tam konkretnie robi. – Susan pokręciła z zakłopotaniem głową. – Mało się znam na finansach, dlatego to Billy zajmuje się moimi inwestycjami i robi to znakomicie. Dzięki temu mogliśmy kupić razem ten dom. Bez jego pomocy nie byłoby mnie nigdy na niego stać.

– Syn mieszka razem z panią?

– Owszem. To zdecydowanie za duży dom dla mnie samej. Pięć sypialni, cztery kominki. – Susan zerknęła na sufit na wysokości czterech metrów. – Mieszkając tutaj w pojedynkę, czułabym się strasznie samotna. Odkąd opuścił nas jego ojciec, Billy i ja tworzymy zgraną drużynę. Ja opiekuję się nim, on opiekuje się mną. Idealny układ.

Nic dziwnego, że jej syn nigdy się nie ożenił, pomyślała Jane. Jaka kobieta mogłaby z nią współzawodniczyć?

– Niech nam pani opowie o poniedziałkowym wieczorze, pani Sullivan – poprosił łagodnym tonem Frost. – Co się wydarzyło po tym, jak pani syn wyszedł z domu?

– Powiedział, że będzie pracował do późna, więc około dziesiątej poszłam spać. Nazajutrz rano odkryłam, że nie wrócił do domu. Nie odbierał telefonu, więc zorientowałam się, że coś jest nie tak. Zadzwoniłam na policję i po paru godzinach... – Susan urwała i odkaszlnęła. – Oddzwonili z informacją, że znaleźli jego samochód porzucony w pobliżu pola golfowego. Kluczyk był w stacyjce, teczka leżała na siedzeniu obok. I była tam krew.

Pani Sullivan znów zaczęła splatać i rozplatać palce. Była to jedyna oznaka jej zdenerwowania. Jeżeli ta kobieta przestanie w końcu nad sobą panować i da upust rozpaczy, będzie to nie do zniesienia, pomyślała Jane.

– Policjanci powiedzieli, że na parkingu przed biurem była zainstalowana kamera – podjęła Susan. – Zarejestrowała, że Billy wyszedł stamtąd wpół do jedenastej. Później nikt, ani jego koledzy z biura, ani sekretarka, już go nie widzieli i nie mieli z nim kontaktu. – Zmierzyła udręczonym wzrokiem Frosta. – Jeśli wiecie, co się z nim stało, musicie być ze mną szczerzy. Nie mogę znieść tego milczenia.

– Dopóki go nie znajdą, nie można tracić nadziei, pani Sullivan.

– No tak. Nadzieja. – Wzięła głęboki oddech i wyprostowała się. Odzyskała nad sobą panowanie. – Powiedzieliście, że śledztwo prowadzi policja z Brookline. Nie rozumiem, co ma do tego Boston.

– Zaginięcie pani syna może się wiązać z innymi sprawami, które prowadzimy w Bostonie – odparła Jane.

– Jakimi sprawami?

– Mówi coś pani nazwisko Cassandra Coyle? Albo Timothy McDougal?

Susan siedziała przez chwilę nieruchomo, szukając w pamięci. Kiedy dotarła do niej prawda, otworzyła szerzej oczy.

– Apple Tree – wyszeptała.

Jane pokiwała głową.

– Cassandra i Timothy padli niedawno ofiarami morderstwa – powiedziała – a teraz zaginął pani syn. Uważamy, że te sprawy mogą być ze sobą...

– Przepraszam. Niedobrze mi.

Susan zerwała się z fotela i wybiegła z pokoju. Usłyszeli trzaśnięcie drzwi łazienki.

– Jezu – jęknął Frost. – Mam tego dość.

Na kominku głośno tykał zegar. Obok stała fotografia Billy'ego i jego matki. Oboje uśmiechali się do obiektywu, stojąc na pokładzie motorówki. Na rufie widniał napis: „El Tesoro, Acapulco".

– Byli ze sobą tak blisko związani – powiedziała Jane. – Matka musi sobie przecież zdawać sprawę, co się stało. W głębi serca wie, że go już nie ma.

Spojrzała na stolik, na którym rozłożone były elegancko, jakby ręką stylisty, egzemplarze „Architectural Digest". To był idealny salon idealnego domu, w którym zorganizowała sobie idealne życie Susan Sullivan. Teraz klęczała w łazience, obejmując dłońmi sedes, a wszystko wskazywało na to, że ciało jej syna gnije w ziemi.

Usłyszeli odgłos spuszczanej wody, a potem kroki na korytarzu. Chwilę później zobaczyli ponownie Susan, z wyprostowanymi ramionami i ponurym grymasem na twarzy.

– Chcę wiedzieć, jak zginęli – oznajmiła. – Co się przytrafiło Cassandrze? I Timothy'emu?

– Przykro mi, pani Sullivan, ale śledztwa w tych sprawach wciąż trwają – odparła Jane.

– Mówiła pani, że ich zamordowano.

– Tak.

– Mam prawo to wiedzieć. Słucham.

Jane pokiwała po chwili głową.

– Niech pani usiądzie – powiedziała.

Susan opadła na fotel z szerokim oparciem. Choć wyraźnie pobladła, w jej oczach widać było stalowy błysk.

– Kiedy ich zamordowano? – zapytała.

To akurat Jane mogła jej powiedzieć. Daty nie były utajnione, można było o nich przeczytać w gazetach.

– Cassandra Coyle została zabita szesnastego, a Timothy McDougal dwudziestego czwartego grudnia.

– W Wigilię – mruknęła Susan i wbiła wzrok w fotel po drugiej stronie pokoju, jakby widziała w nim ducha swojego syna. – Billy i ja upiekliśmy gęś na kolację. Cały dzień spędziliśmy w kuchni, śmiejąc się i rozmawiając. Piliśmy wino. Potem otworzyliśmy prezenty i do pierwszej w nocy oglądaliśmy stare filmy. – Urwała i ponownie spojrzała na Jane. – Ten człowiek nie siedzi już w więzieniu? – Nie musiała wymieniać nazwiska; wiedzieli, o kim mówi.

– Martin Stanek wyszedł na wolność w październiku – odparła Jane.

– Gdzie był, kiedy zaginął mój syn?

– Jeszcze tego nie ustaliliśmy.

– Aresztujcie go. Zmuście do mówienia!

– Próbujemy go zlokalizować. Nie możemy go aresztować, nie mając żadnych dowodów winy.

– To nie jest jego pierwsze zabójstwo – powiedziała Susan. – Pamiętacie tę dziewczynkę, Lizzie? Porwał ją i zabił. Wszyscy o tym wiedzieli, oprócz tych głupich przysięgłych. Gdyby posłuchali prokurator, ten człowiek siedziałby dalej w więzieniu. A mój syn... mój Billy... – Odwróciła się, nie mogąc na nich dłużej patrzeć. – Nie chcę już z wami rozmawiać. Wyjdźcie, proszę.

– Pani Sullivan...

– Proszę.

Jane i Frost niechętnie wstali. Nie dowiedzieli się niczego ważnego; jedyny efekt wizyty był taki, że ta kobieta straciła wszelką nadzieję. Nie przybliżyło ich to ani trochę do odnalezienia Martina Stanka.

Siedząc w samochodzie, Jane i Frost po raz ostatni spojrzeli na dom, w którym matka Billy'ego mieszkała teraz sama, w którym jej życie legło w gruzach. Jane zobaczyła przez okno, jak Susan przemierza tam i z powrotem salon, i cieszyła się, że już jej tam nie ma, że nie wdycha zapachu rozpaczy.

– Jak on to zrobił? – zapytała. – Jak Stankowi udało się obezwładnić zdrowego, mierzącego metr osiemdziesiąt mężczyznę takiego jak Bill Sullivan?

– Ketamina i alkohol. Użył tego wcześniej.

– Ale tym razem ofiara stawiała opór. W laboratorium potwierdzono, że krew w samochodzie należała do Billa Sullivana, więc musiał się bronić. – Jane uruchomiła silnik. –

Podjedźmy do tego pola golfowego. Chcę zobaczyć miejsce, gdzie odnaleziono jego bmw.

Policja z Brookline sprawdziła już to miejsce i nic nie znalazła. W to pochmurne popołudnie też mało można było zobaczyć. Jane zaparkowała auto na skraju pola golfowego i zerknęła na oszronioną murawę. Śnieg z deszczem padał na szybę i spływał z niej, topniejąc. Nie zobaczyła w pobliżu żadnych kamer monitoringu; tego, co się wydarzyło na tym odcinku drogi, nie zarejestrowała żadna kamera i nie widział żaden świadek, ale świadczyła o tym krew w bmw Billy'ego – mimo że na tablicę rozdzielczą kapnęło tylko kilka kropel.

– Zabójca porzucił samochód w tym miejscu, ale skąd zabrał ofiarę? – zapytała Jane.

– Jeśli postępuje zgodnie z tym samym wzorcem co poprzednio, mogło to być gdzieś, gdzie spożywa się alkohol. W barze albo restauracji. Był późny wieczór.

Jane uruchomiła ponownie silnik.

– Sprawdźmy jego miejsce pracy.

Kiedy podjechała na parking przed Cornwell Investments, minęła szósta. Inne biurowce przy tej ulicy były już zamknięte, ale w budynku, w którym pracował Bill Sullivan, paliły się jeszcze światła.

– Na parkingu stoją cztery samochody – zauważyła. – Ktoś pracuje do późnego wieczoru.

Frost wskazał zainstalowaną na parkingu kamerę.

– Ta kamera musiała go nagrać, kiedy wychodził z budynku.

Właśnie dzięki monitoringowi wiedzieli, że Bill Sullivan wszedł w ten piątkowy wieczór do biura piętnaście po ósmej.

O wpół do jedenastej wyszedł stamtąd, wsiadł do swojego bmw i wszelki ślad po nim zaginął. Co się wtedy zdarzyło? Jak to się stało, że jego samochód z plamami krwi znalazł się kilka kilometrów dalej, na skraju pola golfowego?

Jane otworzyła drzwi auta.

– Pogadajmy z jego kolegami – mruknęła.

Frontowe wejście było zamknięte, opuszczone żaluzje zasłaniały widok na biuro na parterze. Jane zapukała do drzwi i czekała. Po chwili zapukała ponownie.

– Ktoś jest w środku – rzucił Frost. – Widziałem faceta, który przechodził obok okna na piętrze.

Jane wyciągnęła komórkę.

– Zadzwonię do nich, zobaczymy, czy wciąż odbierają telefony.

Zanim zdążyła wybrać numer, drzwi otworzyły się na oścież. Stojący w nich mężczyzna zmierzył ich bez słowa bacznym spojrzeniem, jakby chciał ocenić, czy warto im poświęcić uwagę. Miał na sobie typowy strój biznesmena – białą oksfordzką koszulę, wełniane spodnie i nijaki niebieski krawat – ale to, jak był ostrzyżony oraz władcza mina zdradzały, kim jest naprawdę. Jane widziała taką fryzurę u innych przedstawicieli jego profesji.

– Biuro jest już zamknięte – oświadczył.

Spojrzała ponad jego ramieniem do środka. Przed jednym z komputerów siedział mężczyzna z podwiniętymi rękawami koszuli, co świadczyło, że spędził tam wiele godzin. Obok niego przeszła kobieta w kostiumie, niosąc pudło wypełnione po brzegi aktami.

– Detektyw Rizzoli z bostońskiej policji – powiedziała Jane. – W jakiej agencji pan pracuje? Co się tutaj dzieje?

– To nie jest pani jurysdykcja.

Mężczyzna zaczął zamykać drzwi. Jane podniosła rękę, by go powstrzymać.

– Prowadzimy śledztwo w sprawie porwania i możliwego zabójstwa.

– Kto został porwany?

– Bill Sullivan.

– Bill Sullivan już tu nie pracuje.

Drzwi zamknęły się przed ich nosami i szczęknęła zasuwa. Jane i Frost zobaczyli przed sobą mosiężną tabliczkę z napisem CORNWELL INVESTMENTS.

– To robi się coraz bardziej interesujące – powiedziała.

# Rozdział trzydziesty

Jestem obserwowana. Phil i Audrey szepczą między sobą i zerkają ukradkiem w moją stronę, tak jak patrzy się na kogoś, kto zapadł na śmiertelną chorobę. W zeszłym tygodniu Victoria Avalon zerwała kontrakt z Booksmart Media i związała się z jakąś modną agencją z Nowego Jorku. Chociaż Mark, mój szef, nie zarzucił mi wprost, że stracili przeze mnie klientkę, wszyscy są o tym oczywiście przekonani. Mimo że wypruwałam z siebie żyły, by wypromować te głupie memuary, których Victoria nawet sama nie napisała. Teraz zostało mi tylko jedenastu klientów. Martwię się, że wyleją mnie na zbity pysk, a policja nigdy nie przestanie mnie śledzić.

A gdzieś tam czai się Martin Stanek, gotów zadać mi śmiertelny cios.

Widzę, że Mark zbliża się do mojego biurka, więc szybko obracam się w stronę komputera, by popracować nad materiałem promującym „zapierającą dech nową powieść Saula Greshama". Na razie udało mi się sklecić tylko kilka zdań z tymi samymi co zawsze zużytymi pochlebstwami. Z palcami zawieszonymi nad klawiaturą staram się znaleźć jakieś świeże sformułowania zachęcające do lektury tej okropnej książki. Tak naprawdę mam jednak ochotę napisać: Nie znoszę tej pracy, nie znoszę tej pracy.

– Wszystko w porządku, Holly?

Patrzę na Marka, który wpatruje się we mnie ze szczerą troską. Podczas gdy ta suka Audrey udaje tylko, że mi współczuje, a Philowi zależy wyłącznie na tym, żeby wskoczyć do mojego łóżka, Mark chyba naprawdę się o mnie martwi. Co jest pocieszające, bo może jednak nie wyleją mnie z roboty.

– Kiedy byłaś na lunchu, zadzwoniła detektyw Rizzoli. Chciała z tobą rozmawiać – oznajmia.

– Wiem. – Wystukuję słowa, które ma w swoim słowniku każdy specjalista od reklamy. „Nietuzinkowe, przejmujące dreszczem, przykuwające uwagę". – Spotkała się ze mną w zeszłym tygodniu podczas moich odwiedzin u taty.

– O co w tym wszystkim chodzi?

– Toczy się śledztwo w sprawie zabójstwa, a ja znałam ofiary.

– Było więcej ofiar?

Przestaję pisać i podnoszę wzrok.

– Proszę cię. Policja zakazała mi o tym mówić.

– No tak, oczywiście. Boże, tak mi przykro, że musisz przez to przechodzić. To musi być dla ciebie straszne. Policja wie, kto to zrobił?

– Tak, ale nie mogą go znaleźć. Być może grozi mi niebezpieczeństwo. Dlatego trudno mi się ostatnio skupić.

– Cóż, to wszystko wyjaśnia. Biorąc pod uwagę całą historię, nic dziwnego, że nie poszło nam najlepiej z Victorią.

– Przykro mi, Mark. Robiłam wszystko, żeby ją udobruchać, ale w tym momencie moje życie jest w rozsypce. I naprawdę się boję – dodaję drżącym głosem.

– Mógłbym ci jakoś pomóc? Może chcesz wziąć urlop?

– Nie stać mnie na to. Naprawdę potrzebuję tej pracy.

– Oczywiście. – Mark prostuje się i mówi wystarczająco głośno, żeby wszyscy go usłyszeli: – Możesz u nas pracować tak długo, jak długo będziesz tego potrzebowała, Holly. Masz na to moje słowo. – Dla podkreślenia, że mówi serio, stuka palcami w moje biurko.

Widzę grymas niezadowolenia na twarzy Audrey. Nie, Audrey, bez względu na to, ile świństw wygadujesz za moimi plecami, nie wywalą mnie z roboty. Jednak moją uwagę przykuwa nie Audrey, lecz Phil, który maszeruje w stronę mojego biurka, trzymając opakowany w celofan bukiet kwiatów.

– Co to? – pytam zaskoczona, kiedy mi go wręcza.

– To naprawdę świetny pomysł, Phil – mówi Mark, klepiąc go po plecach. – Miło, że pomyślałeś o czymś, co poprawi humor naszej Holly.

– Kwiaty nie są ode mnie – przyznaje Phil, lekko poirytowany, że sam na to nie wpadł. – Właśnie dostarczył je posłaniec.

Wszyscy gapią się, gdy zdejmuję celofan i wpatruję się w kilkanaście przybranych gipsówką i zielonymi dodatkami długich żółtych róż. Rozgarniam drżącymi palcami liście, ale nie ma wśród nich palmowej gałązki.

– Jest wizytówka – zauważa Audrey, jak zwykle denerwująco wścibska. Pewnie wypatruje czegoś, czego mogłaby użyć przeciwko mnie. – Od kogo?

Wszyscy troje stoją przy moim biurku i nie mam wyboru – muszę otworzyć kopertę w ich obecności. Liścik w środku jest krótki i nader czytelny.

„Tęsknię za Tobą. Everett".

Phil mruży oczy.

– Kto to jest Everett?

– To facet, z którym się spotykam. Byliśmy na kilku randkach.

Mark szczerzy zęby w uśmiechu.

– Oho, czuję zapach miłości. A teraz, kochani, wracajcie wszyscy do roboty. Niech Holly nacieszy się swoimi kwiatami.

Moi koledzy siadają za biurkami, a ja czuję, jak schodzi ze mnie napięcie. To tylko niewinny bukiet od Everetta, nic, czym powinnam się przejmować. Nie widziałam się z nim od tamtego wieczoru, kiedy Victoria Avalon podpisywała swoje książki. Byłam wtedy tak roztrzęsiona, że rozstałam się z nim wcześniej. Butelka wina, którą przyniósł, wciąż stoi nieotwarta na kuchennym blacie, czekając na jego następną wizytę. W zeszłym tygodniu codziennie do mnie esemesował, chcąc się spotkać. Ten człowiek łatwo się nie poddaje.

I właśnie teraz przychodzi kolejny SMS. Oczywiście od Everetta.

*Dostałaś kwiaty?*

*Tak, są urocze. Dziękuję!* – odpowiadam.

*Spotkasz się dziś ze mną po pracy?*

*Nie wiem. Mam urwanie głowy.*

*Mogę ją z powrotem przyszyć.*

Patrząc na leżące na moim biurku żółte róże, przypominam sobie nagle naszą pierwszą wspaniałą noc. Jak gwałtownie, niczym zwierzęta w rui, rzuciliśmy się na siebie. Pamiętam, jakim był niezmordowanym kochankiem i jak dokładnie wiedział, co chciałabym, żeby zrobił. Właśnie coś takiego podniosłoby mnie dziś na duchu. Dawka gorącego wyuzdanego seksu.

Everett wysyła kolejną wiadomość.

*W pubie Róża i Cierń o 17.30?*

*OK. 17.30* – odpowiadam po chwili.

*Do zobaczenia.*

Odkładam komórkę i koncentruję się ponownie na materiale dla prasy, który powinnam napisać. „Nie znoszę tej pracy!!!", piszę zniesmaczona, po czym wciskam klawisz Delete i wszystko kasuję. Naprawdę nie ma sensu próbować coś dziś stworzyć. Zresztą i tak jest już piąta.

Wyłączam komputer i zbieram swoje notatki na temat głupiej powieści Saula Greshama. Popracuję nad nią w domu, gdzie nie będę musiała znosić złośliwych uwag Audrey i maślanych spojrzeń Phila. Otwieram torebkę i upewniam się, czy nadal mam w niej broń. „To damski pistolecik", stwierdził ojciec, wręczając mi go tamtego wieczoru w kuchni. „Wystarczająco mały, żebyś się nie przedźwigała, ale i wystarczająco mocny, żeby bez większych ceregieli spełnić swoją funkcję". Chłodny w dotyku, sprawia wrażenie przedmiotu z innej planety, ale dodaje mi otuchy. Mój mały pomocnik.

Wieszam torebkę na ramieniu i wychodzę z biura, gotowa stawić czoło każdemu, kto stanie mi na drodze.

□   □   □

W Róży i Cierniu nigdzie nie widać Everetta. Wybieram stolik w rogu i sącząc cabernet sauvignon, lustruję wzrokiem salę. To przytulny klubowy lokal, cały w ciemnej boazerii i mosiądzu. Nigdy nie byłam w Irlandii, ale tak chyba muszą wyglądać puby w starym kraju, z polanami trzaskającymi w kominku i wiszącą nad nim złotą harfą Guinnessa. Tyle że w tym pubie goście są młodzi i wymuskani, wszyscy w oksfordzkich koszulach i jedwabnych krawatach. Nawet kobiety są w kostiumach w prążki. Po całym dniu targowania się z kontrahentami przyszli się odprężyć i w pubie robi się tłoczno i hałaśliwie.

Zerkam na zegarek. Jest szósta. Nigdzie nie widać Everetta. Z początku czuję na twarzy lekkie mrowienie, jakby musnął mnie podmuch wiatru. Wiem, że najnowsze badania wykazały, że ludzie nie potrafią wyczuć, kiedy ktoś się na nich patrzy, ale gdy obracam się, żeby sprawdzić, co wywołało to wrażenie, natychmiast zauważam wpatrującą się we mnie stojącą przy barze kobietę. Dobiegająca pięćdziesiątki, z eleganckimi nitkami siwizny w kasztanowych włosach, wygląda tak, jak mogłabym wyglądać ja za dwadzieścia lat. Dwa dodatkowe krzyżyki na karku przydają jej pewności siebie. Nasze spojrzenia się spotykają i widzę, jak kącik jej ust podnosi się w uśmiechu. Obraca się i mówi coś do barmana.

Jeśli Everett się nie pojawi, w tym pubie na pewno nie będę się nudzić.

Wyciągam komórkę, żeby sprawdzić wiadomości. Everett się nie odezwał. Kiedy piszę do niego SMS-a, na moim stoliku pojawia się kieliszek czerwonego wina.

– Jeszcze raz to samo – mówi kelnerka. – Z pozdrowieniami od tej pani przy barze.

Zerkam w tamtą stronę, kobieta z kasztanowymi włosami uśmiecha się do mnie. Mam wrażenie, że już ją kiedyś widziałam, ale nie mogę sobie przypomnieć, gdzie i kiedy. Czy się skądś znamy, czy ma po prostu jedną z tych twarzy i jeden z tych uśmiechów, które zachęcają do poufałości?

W spowijającym pub półmroku cabernet w kieliszku wydaje się ciemny jak atrament. Myślę o tym, ile osób trudziło się, by to wino trafiło na mój stolik, od farmera poprzez zbieracza, winiarza i pracownika rozlewni. Był jeszcze barman, który je otworzył, kelnerka, która je przyniosła i całe rzesze innych. Kiedy się nad tym zastanowić, kieliszek wina jest dziełem wielu ludzi i nigdy nie wiadomo, czy któraś z nich nie chciała zrobić ci krzywdy.

Moja komórka sygnalizuje nadejście SMS-a od Everetta.

*Strasznie Cię przepraszam! W ostatniej chwili wypadło mi spotkanie z klientem. Dziś już nie dotrę. Zadzwonię jutro.*

Nie zawracam sobie głowy odpisywaniem. Zamiast tego podnoszę kieliszek i kołyszę cabernetem. Próbowałam go już wcześniej i wiem, że jest całkiem przeciętny; nie warto go kosztować po raz drugi. To nie nad winem się zastanawiam, lecz nad tym, jaki będzie mój następny ruch. Czy powinnam ją zaprosić do stolika i rozpocząć grę?

# Rozdział trzydziesty pierwszy

– Co ona, do diabła, wyprawia? – mruknęła Jane.

Głos Tama w słuchawce zagłuszał panujący w pubie hałas.

– Nie pije tego wina. Siedzi po prostu przy stoliku i kołysze nim w kieliszku.

– Przecież ją ostrzegaliśmy. Powiedzieliśmy jej, że ofiary były częstowane alkoholem z ketaminą. – Jane spojrzała na siedzącego obok niej Frosta. – Czy ta dziewczyna chce zginąć?

– Chwilę, zaczekajcie – odezwał się Tam. – W stronę jej stolika zmierza jakaś kobieta. Mówi coś do Holly.

Jane spojrzała przez okno samochodu na pub po drugiej stronie ulicy. Pół godziny wcześniej Tam zawiadomił ich, że Holly siedzi sama w Róży i Cierniu, i Jane z Frostem popędzili tam na złamanie karku. Holly nie tylko nie zmieniła swojego trybu życia, ale teraz sama prosiła się o nieszczęście. Wcześniej nie zrobiła na Jane wrażenia lekkomyślnej idiotki, lecz teraz siedziała tam i godziła się, by nieznajomi stawiali jej drinki.

– Usiadła przy stoliku Holly – informował dalej Tam. – Jest wysoka, biała, szczupła, w średnim wieku.

– Czy Holly spróbowała już wina?

– Nie. Tylko rozmawiają. Może się znają. Trudno powiedzieć.

– Tam powinien interweniować – powiedział Frost. – Zabrać ją stamtąd.

– Nie. Zaczekajmy na rozwój wypadków.

– Co będzie, jeśli wypije wino?

– Jesteśmy tutaj, żeby mieć ją na oku. – Jane wpatrywała się dalej w pub. – Może po to właśnie to robi. Próbuje zwabić zabójcę. Albo jest naprawdę głupia, albo bardzo, bardzo sprytna.

– Mamy problem – usłyszała głos Tama w słuchawce.

– Co jest?

– Upiła łyk.

– A ta kobieta? Co robi?

– Nadal tam siedzi. Na razie nie dzieje się nic podejrzanego. Po prostu rozmawiają.

Jane sprawdziła godzinę na komórce. Jak szybko działa ketamina? Czy uda im się rozpoznać u Holly objawy zażycia tej substancji? Minęło pięć minut. Potem dziesięć.

– O w mordę. Obie wstają od stolika. I wychodzą – poinformował Tam.

– Siedzimy w samochodzie przed frontowymi drzwiami. Dorwiemy je, kiedy wyjdą.

– Nie wychodzą od frontu. Kierują się w stronę tylnego wyjścia. Ruszam za nimi.

– Nie wolno nam dłużej zwlekać – rzucił Frost. – Wkraczamy.

Niemal równocześnie Jane i Frost wyskoczyli z samochodu i przebiegli przez ulicę. Jane wpadła pierwsza do zatłoczonego pubu i rozpychając się łokciami, ruszyła w stronę tylnego wyjścia. Słyszała brzęk spadających na podłogę kieliszków, okrzyki: „Co jest, kurwa?!", ale razem z Frostem parli dalej do przodu, omijając trzy czekające przed toaletą kobiety i wybiegając na zewnątrz.

Pogrążona w mroku alejka. Gdzie jest Holly?

Nieopodal rozległ się kobiecy krzyk.

Omijając skrzynki i sterty śmieci, pognali w tamtą stronę i wybiegli na ulicę. Detektyw Tam zdążył już przygwoździć kobietę do muru. Obok stała Holly, patrząc z konsternacją, jak Tam skuwa kobietę kajdankami.

– Co pan, do diabła, robi? – protestowała kobieta.

– Policja! Proszę nie stawiać oporu!

– Nie może mnie pan aresztować! Nie zrobiłam nic złego!

Tam obejrzał się przez ramię.

– Próbowała uciekać – poinformował Jane i Frosta.

– To jasne, że uciekałam! Nie wiedziałam, do cholery, dlaczego pan mnie goni.

Tam przytrzymał kobietę przy ścianie, a Jane szybko ją zrewidowała. Nie znalazła żadnej broni.

– To się nazywa brutalność policji! – zawołał ktoś z chodnika.

– Uśmiechnijcie się, gliniarze! Jesteście w *Ukrytej kamerze*!

Jane zorientowała się, że gromadzi się wokół nich coraz większy tłum. Każdy miał w ręce komórkę i filmował aresztowanie. Zachowaj spokój, powiedziała sobie. Rób, co do ciebie należy, i nie pozwól wyprowadzić się z równowagi.

– Nazwisko – zwróciła się do kobiety.

– Pani się nie przedstawi?

– Detektyw Rizzoli z bostońskiej policji.

Frost podniósł z ziemi torebkę kobiety i wyjął z niej portfel.

– Z prawa jazdy wynika, że nazywa się Bonnie B. Sandridge, lat czterdzieści dziewięć. Mieszka pod numerem dwudziestym trzecim przy Bogandale Road. To w West Roxbury – dodał, podnosząc wzrok.

– Sandridge? – Jane zmarszczyła czoło. – Jest pani tą dziennikarką?

– Znasz tę kobietę? – zdziwił się Tam.

– Owszem. Rozmawiałam z nią kilka dni temu. Jej nazwisko pojawiło się w spisie połączeń Martina Stanka. Twierdzi, że jest dziennikarką i pisze o procesie Apple Tree.

Tam obrócił kobietę twarzą do nich. Po szarpaninie miała otarcie na podbródku i rozmazany na policzku tusz do rzęs.

– Zgadza się, jestem dziennikarką. I możecie być pewni, że napiszę o tym aresztowaniu!

– Co panią wiąże z Martinem Stankiem? – zapytała Jane.

Kobieta spiorunowała ją wzrokiem.

– O to wam chodzi?! Zamiast zakuwać mnie w kajdanki, mogliście grzecznie zapytać.

– Niech pani odpowiada.

– Już pani mówiłam. Rozmawiałam z nim, zbierając materiały do książki.

– Którą podobno pani pisze.

– Niech pani porozmawia z moją agentką literacką. Potwierdzi to. Wykonuję po prostu swoją robotę.

– A ja swoją. – Jane spojrzała na Tama. – Zawieź ją na komendę. Chcę mieć zarejestrowane na filmie każde jej słowo.

– Dlaczego ją aresztujecie?! Co takiego zrobiła?! – wrzasnął ktoś z tłumu.

– Jestem pisarką! Nie zrobiłam nic złego! – odkrzyknęła Bonnie. – Chciałam tylko napisać kilka słów prawdy o naszym skorumpowanym wymiarze sprawiedliwości!

– Zapis tego, co tu się stało, zamieścimy na YouTubie, proszę pani. Na wypadek, gdyby pani chciała pozwać policję!

Tam zabrał opierającą się dziennikarkę do radiowozu. W tłumie dziennikarzy amatorów stała Holly, która również wyciągnęła komórkę i filmowała całe zajście.

Jane złapała ją za ramię i odciągnęła na bok.

– Co pani sobie, do cholery, wyobraża? – zapytała.

– Zrobiłam coś złego? – zdziwiła się Holly.

– Poszła pani do baru po tym, jak ostrzegłam panią, co może się tam wydarzyć.

– Miałam się tam z kimś spotkać.

– Z tą kobietą?

– Nie, z facetem, z którym chodzę. Ale w ostatniej chwili odwołał spotkanie.

– Dlatego siadła pani przy stoliku i przyjęła drinka od kogoś, kogo pani nie zna?

– Wydawała się nieszkodliwa.

– To samo mówili o Tedzie Bundym.

– To kobieta. Co mogłaby mi zrobić?

– Mówiłam pani, że Martin Stanek nie działa sam. Ma wspólnika i może nim być ta kobieta.

– No więc teraz już ją macie, tak? Możecie mi podziękować, że pomogłam wam ją złapać.

– Wraca pani do domu, Holly. – Jane wyciągnęła komórkę. – Właściwie mam zamiar dopilnować, żeby pani to zrobiła.

– Co pani robi?

– Wzywam funkcjonariusza, żeby panią odwiózł.

– To takie krępujące. Nie wsiądę do radiowozu.

– A jeśli ta kobieta dosypała pani czegoś do drinka? Trzeba panią odwieźć do domu.

– Nie – odparła Holly, odsuwając się od Jane. – Czuję się doskonale. Tuż obok jest stacja metra. Macie swoją podejrzaną, więc mogę sama wrócić do domu – dodała, po czym odwróciła się i odeszła.

– Hej! – zawołała za nią Jane.

Holly nie zareagowała. Nie oglądając się za siebie, zbiegła po schodkach i zniknęła w podziemiach metra.

◻    ◻    ◻

W jaskrawym świetle lampy w pokoju przesłuchań Bonnie Barton Sandridge wydawała się jeszcze bardziej pokiereszowana niż na ulicy. Po zadrapaniu na podbródku został strup, rozmazany na policzku tusz do rzęs przypominał siniak. Jane i Frost siedzieli naprzeciwko niej, na stole leżało wszystko, co przy niej znaleziono: portfel z sześćdziesięcioma dolarami, trzema kartami kredytowymi i prawem jazdy. Smartfon. Kółko z trzema kluczami. Zmięte papierowe chusteczki. I najbardziej interesujący z tego wszystkiego, zapisany do połowy drobnym pismem kołonotatnik. Jane przerzucała powoli jego kartki i w końcu zatrzymała się na ostatnim wpisie.

– Dlaczego śledziła pani Holly Devine? – zapytała.

– Wcale jej nie śledziłam.

Jane uniosła kołonotatnik.

– Ma pani tu zapisany adres jej pracy.

– Booksmart Media to znana firma. Ich adres jest ogólnie dostępny.

– Nieprzypadkowo znalazła się pani w pubie, w którym siedziała Holly. Śledziła ją pani po wyjściu z biura, prawda?

– Może i śledziłam. Od tygodni staram się z nią porozmawiać, ale tę dziewczynę trudno wytropić. Dziś wieczorem po raz pierwszy udało mi się ją zagadnąć.

– I zafundowała jej pani kieliszek wina. A potem próbowała się pani z nią wymknąć tylnym wyjściem.

– To Holly chciała się wymknąć od tyłu. Powiedziała, że śledzą ją jacyś ludzie, i chciała pozbyć się ogona. A ten kieliszek wina, który jej posłałam, miał przełamać pierwsze lody. Skłonić Holly, żeby ze mną porozmawiała.

– O Apple Tree?

– Książka, którą piszę, dotyczy procesów o rytualne molestowanie. Mam zamiar poświęcić Apple Tree cały rozdział.

– Ta historia wydarzyła się przed dwudziestoma laty. Jest już od dawna zamknięta.

– Dla niektórych osób wcale się nie skończyła.

– Na przykład dla Martina Stanka?

– Trudno się chyba dziwić, że ma na jej punkcie obsesję. Ten proces zniszczył jego rodzinę. Położył się cieniem na całym jego życiu.

– To zabawne, że nie wspomina pani o dzieciach, których życie legło w gruzach.

– Zakłada pani po prostu, że on jest winien. Nie przyszło pani do głowy, że Stankowie nie zrobili nic złego?

– Przysięgli byli innego zdania.

– Rozmawiałam z Martinem przez wiele godzin. Ślęczałam nad stenogramami z procesu i przeczytałam postawione mu zarzuty. Były absurdalne. Tak się składa, że jedna z osób, które przed dwudziestoma laty go oskarżały, chciała wycofać swoje zeznania. Chciała złożyć pod przysięgą oświadczenie, że nic z tego, co mówiła, nie było prawdą.

– Chwileczkę. Rozmawiała pani z którymś z pokrzywdzonych?

– Tak. Z Cassandrą Coyle.

– Jak ją pani odnalazła? Też ją pani śledziła?

– Nie, to ona mnie odnalazła. Nazwiska dzieci zostały utajnione przez sąd, dlatego ich nie znałam. We wrześniu zeszłego roku Cassandra skontaktowała się ze mną po przeczytaniu moich artykułów na temat procesów o rytualne molestowanie. Wiedziała, że pisałam o procesie przeciwko McMartinom w Los Angeles, a także o Faith Chapel w San Diego. Nakłaniała mnie, żebym zajęła się sprawą Apple Tree.

– Dlaczego?

– Bo zaczęła sobie coś przypominać. Rzeczy, które świadczyły o tym, że Martin Stanek był niewinny. Przyjrzałam się bliżej sprawie i bardzo szybko doszłam do wniosku, że proces był farsą, dokładnie tak, jak to się wydawało Cassandrze. Nie wierzę, żeby Stankowie popełnili jakiekolwiek przestępstwa.

– Kto w takim razie uprowadził Lizzie DiPalmę?

– To kluczowe pytanie, prawda? Kto tak naprawdę porwał tę dziewczynkę? Jej zaginięcie uruchomiło cały ciąg wydarzeń. Histerię, oskarżenia o satanizm i molestowanie.

Całą tę parodię procesu. Zaginięcie Lizzie DiPalmy przeraziło miejscową społeczność, ludzie gotowi byli uwierzyć we wszystko, nawet we fruwające po lesie tygrysy. O tym właśnie jest moja książka, pani detektyw. O tym, jak racjonalni ludzie zmieniają się w oszalały, niebezpieczny tłum.

Bonnie Barton Sandridge zaróżowiły się mocno policzki. Wypuściła z płuc powietrze i odchyliła się na krześle.

– Bardzo się pani tym wszystkim przejmuje, pani Sandridge – zauważył Frost.

– Owszem. Wy też powinniście się przejąć. Wszyscy powinniśmy się przejmować tym, że niewinny człowiek spędził pół życia w więzieniu.

– W wystarczającym stopniu, żeby pomóc mu zaplanować zemstę? – zapytała Jane.

Bonnie znieruchomiała.

– Co takiego?

– Zeznania obciążające Stanków złożyło wiele dzieci. Teraz troje z nich nie żyje, a jedno zaginęło. Pomogła pani Stankowi ich wytropić?

– Nie wiedziałam nawet, jak się nazywają.

– Ale znała pani nazwisko Holly Devine.

– Podała mi je Cassandra Coyle. Powiedziała, że Holly była pierwszym dzieckiem, które oskarżyło Stanków. Wszystko zaczęło się od Holly i chciałam się dowiedzieć dlaczego.

– Wie pani, że wino, które jej pani posłała, oddaliśmy do analizy? Jeśli okaże się, że jest w nim ketamina, będzie pani miała poważne kłopoty.

– Co takiego? Nie, kompletnie się pani myli! Próbuję tylko ujawnić prawdę o amerykańskim wymiarze sprawiedliwości. O czasach, kiedy na fali histerii ludzie trafiali do więzienia za zbrodnie, do których w ogóle nie doszło.

– Z całą pewnością doszło do porwania Lizzie DiPalmy.

– Ale Martin tego nie zrobił. Co oznacza, że prawdziwy zabójca wciąż jest na wolności. To powinno was niepokoić. – Bonnie spojrzała na wiszący na ścianie zegar. – Wystarczająco długo mnie pani maglowała. Jeśli nie jestem aresztowana, chciałabym wrócić do domu.

– Najpierw odpowie pani na jedno pytanie. – Jane pochyliła się i spojrzała jej prosto w oczy. – Gdzie jest Martin Stanek?

Dziennikarka nie odpowiedziała.

– Naprawdę chce pani chronić tego mężczyznę? Po tym, co zrobił?

– Nie zrobił nic złego.

– Nie?

Jane otworzyła akta, które przyniosła do pokoju przesłuchań, wyciągnęła zdjęcie z sekcji zwłok i położyła je na stole przed Bonnie. Ta wzdrygnęła się, widząc ciało Cassandry Coyle.

– Wiedziałam, że została zamordowana, ale nie miałam pojęcia... – Zadrżała, widząc puste oczodoły Cassandry. – Martin tego nie zrobił – stwierdziła kategorycznym tonem.

– Tak właśnie pani powiedział?

– Po co miałby zabijać kobietę, której tak bardzo zależało, żeby oczyścić go z zarzutów? Miała zamiar złożyć pod przysięgą oświadczenie, że do molestowania nigdy nie doszło. Że to prokurator namówiła ją, żeby opowiadała niestworzone historie. Nie, Martinowi zależało, żeby Cassandra Coyle żyła.

– Tak tylko pani mówił. Może okazała się pani pierwszą naiwną. Może posłużył się panią, żeby trafić na trop tych, na których chciał się zemścić. Pani ich odnajdywała, on zabijał.

– To niedorzeczne – odparła Bonnie, ale nie była już taka pewna siebie. Najwyraźniej nie wzięła tego wcześniej pod uwagę: że Martin Stanek, człowiek, którego uważała za tragiczną ofiarę niesprawiedliwości, uczynił z niej nieświadomą wspólniczkę.

– Martin nigdy nie winił dzieci – powiedziała. – Wiedział, że były tylko pionkami w grze.

– W takim razie kogo winił? – zapytała Jane.

Bonnie zmierzyła ją twardym wzrokiem.

– A kogóż innego jak nie dorosłych? Tych, którzy na to pozwolili, tych, którzy do tego doprowadzili. Dla tej prokurator, Eriki Shay, proces miał być trampoliną do wielkiej kariery i rzeczywiście wkrótce zajęła się ważniejszymi i większymi sprawami. To z nią powinna pani porozmawiać. Przekona się pani, że nigdy nie zależało jej na odkryciu prawdy, wyłącznie na tym, żeby odnieść sukces.

– Wolałabym raczej porozmawiać z Martinem Stankiem, więc zapytam panią jeszcze raz. Gdzie on się ukrywa?

– Nie ufa policji. Uważa, że wszyscy życzycie mu śmierci.

– Gdzie on się ukrywa?

– On się boi! Nie miał nikogo innego, do kogo mógłby się zwrócić.

– Jest w pani domu, prawda?

Na twarzy Bonnie odmalowała się panika.

– Proszę, nie róbcie mu nic złego. Obiecajcie, że go nie skrzywdzicie!

Jane spojrzała na Frosta.

– Jedziemy.

□    □    □

– Ta kobieta jest ostatnim elementem układanki – powiedziała, prowadząc samochód. – Bonnie odnajdywała ofiary i wchodziła za nimi do barów. Dosypywała im ketaminę do drinków, a on zajmował się resztą. – Spojrzała na Frosta. – Pamiętasz tę kelnerkę, która rozpoznała Cassandrę Coyle na fotografii?

– Myśleliśmy, że się myli, bo widziała Cassandrę razem z jakąś kobietą.

– Kelnerka wcale się nie myliła. Cassandra siedziała z Bonnie. – Jane poklepała triumfalnie kierownicę. – Mamy go. Mamy ich oboje.

– Chyba że w winie nie wykryją ketaminy.

– Wykryją. Muszą wykryć. – Jane zerknęła w lusterko wsteczne i zobaczyła, że Crowe i Tam jadą tuż za nimi.

– A wszystko dzięki tej porąbanej Holly Devine – rzucił Frost.

– Tak, to prawdziwa lisica. Wiedziała, że ją obserwujemy. Zarzuciła przynętę i zobacz, kto dał się złapać. Kobieta.

Bestie występują w różnych formach i rozmiarach. Najbardziej niebezpieczne są te, których o nic się nie podejrzewa, które wzbudzają zaufanie. Na kobiety w średnim wieku, takie jak Bonnie Sandridge, w ogóle nie zwraca się uwagi. Nie rzucają się w oczy i nie pojawiają na niczyim radarze. Wszyscy koncentrują się na ładnych młodych dziewczętach i przystojnych facetach. Ale starsze kobiety są wszędzie, na widoku, choć niewidzialne. Czy za kilkadziesiąt lat ona,

Jane, też będzie należeć do tego legionu niewidzialnych? Czy ktoś przyjrzy jej się uważniej i zobaczy kobietę, jaką naprawdę była, skoncentrowaną i groźną, zdolną w każdym momencie pociągnąć za spust?

Zaparkowali przed domem Bonnie Sandhurst i wysiedli z samochodu. Jane rozpięła kaburę przy pasie. Nie wiedzieli, czy osaczony Stanek nie będzie stawiał oporu, spodziewali się najgorszego. Po drugiej stronie ulicy zaszczekał pies zaalarmowany pojawieniem się kogoś obcego.

Światła w środku były zapalone. W oknie na dole zobaczyli przemieszczającą się sylwetkę.

– Ktoś jest w domu – powiedział Crowe.

– Wy dwaj zabezpieczcie tylne wyjście – zarządziła Jane. – Ja i Frost wchodzimy od frontu.

– Jaki masz plan?

– Spróbujemy to załatwić kulturalnie. Zadzwonię po prostu do drzwi i zobaczę, czy Stanek... – Nagle urwała, słysząc dźwięk, który ponad wszelką wątpliwość był wystrzałem z pistoletu.

– Strzał padł w środku domu! – zawołał Tam.

Nie było czasu na dopracowanie planu; cała czwórka pognała w stronę frontowych drzwi. Pierwszy wpadł do domu detektyw Tam. Jane deptała mu po piętach. W ułamku sekundy zobaczyła krew w salonie. Była nią zachlapana cała ściana. Kolejne plamy ujrzała na sofie. Na podłodze kałuża krwi rozszerzała się powoli wokół roztrzaskanej czaszki Martina Stanka.

– Rzuć to! – wrzasnął Tam. – Rzuć broń!

Stojący nad trupem Stanka mężczyzna nie puścił trzymanej w ręce broni. Spokojnie spojrzał na czwórkę policjantów, którzy celowali do niego z pistoletów, gotowi niczym pluton egzekucyjny zasypać go gradem pocisków.

– Niech pan rzuci broń, panie Devine – powiedziała Jane.

– Musiałem go zabić – oświadczył. – Wie pani, że musiałem. Jest pani matką, więc pani rozumie, prawda? Tylko w ten sposób mogłem zapewnić mojej Holly bezpieczeństwo. Tylko tak mogłem zyskać pewność, że ten gnój nigdy jej nie skrzywdzi. – Spojrzał z obrzydzeniem na zwłoki Stanka. – Teraz jest już po wszystkim. Problem został rozwiązany i moja córka nie ma się czego obawiać.

– Możemy o tym porozmawiać – odezwała się cicho Jane, apelując do jego rozsądku. – Ale najpierw niech pan odłoży broń.

– Tak naprawdę nie ma już o czym mówić.

– Jest wiele spraw do omówienia, panie Devine.

– Nie dla mnie.

Jego pistolet uniósł się o kilka centymetrów. Jane podniosła natychmiast swój i zacisnęła palec na spuście, lecz nie strzeliła. Celowała w pierś Devine'a. Serce biło jej tak mocno, że czuła pulsującą w palcu krew.

– Pomyśl o Holly – powiedziała. – O tym, jak ona to odbierze.

– Myślę o niej. I to ostatni prezent, jaki mogę jej dać. – Usta Earla wykrzywiły się w smutnym uśmiechu. – To rozwiąże wszystkie problemy.

Nawet kiedy podniósł rękę i wycelował w Jane, nawet kiedy Crowe posłał trzy kule w jego pierś, ten uśmiech nie spełzł z twarzy Earla Devine'a.

# Rozdział trzydziesty drugi

A więc tak się to wszystko kończy, pomyślała Maura, patrząc, jak sanitariusze wynoszą nosze z domu Bonnie Sandridge. Dwa zabójstwa, dwa trupy. Wpadające przez otwarte drzwi mroźne powietrze nie wywiało unoszącego się w domu odoru śmierci. Morderstwo ma swój własny zapach. Krew, strach i agresja pozostawiają w powietrzu chemiczne ślady i Maura czuła je teraz w pomieszczeniu, w którym zginęli Martin Stanek i Earl Devine. Stała w milczeniu, wdychając ten zapach i lustrując wzrokiem pokój. Gdzieś obok trzeszczały policyjne krótkofalówki, słyszała też głosy obecnych w domu techników kryminalistycznych, ale do niej przemawiała głównie krew. Zbadała jej rozbryzgi i zacieki na ścianach i przyjrzała się kałużom na drewnianej podłodze, tam gdzie upadli zabici. Zdaniem policji, ten krwawy finał mógł oznaczać, że sprawiedliwości stało się zadość, jednak wpatrując się w dwie bliźniacze plamy, czuła, jak ogarnia ją niepokój. Większą zostawił Martin Stanek, którego serce przez krótką chwilę jeszcze biło, pompując krew tryskającą ze śmiertelnej rany na głowie. Earl Devine nie krwawił tak długo. Wszystkie trzy kule z pistoletu detektywa Crowe'a trafiły w miejsce, które na strzelnicy znajdowałoby się w samym środku tarczy. Gdyby tam właśnie strzelał, dostałby złoty medal za mistrzowską celność. Po każdym śmiertelnym policyjnym postrzale stawianych jest jednak wiele pytań i miała na nie odpowiedzieć sekcja zwłok.

– Możesz mi wierzyć, to był dobry strzał, Mauro. Wszyscy to potwierdzimy – powiedziała Jane.

Maura przyjrzała się jej.

– Dobry strzał to najlepszy, jaki słyszałam, przykład oksymoronu.

– Wiesz, o co mi chodzi. Wiesz także, że gdybym mogła, chętnie wepchnęłabym Darrena Crowe'a pod pędzący autobus, lecz tym razem jego działanie było pod każdym względem usprawiedliwione. Earl Devine zabił Stanka. Przyznał się do tego. A potem wycelował broń we mnie.

– Ale ty do niego nie strzeliłaś. Zawahałaś się.

– Owszem i być może Crowe uratował mi życie.

– Może intuicja podpowiedziała ci, że Earl Devine wcale nie chce cię zastrzelić. Może trafniej odczytałaś jego prawdziwe zamiary.

– A gdybym się pomyliła? Mogłabym już nie żyć. – Jane pokręciła głową i głośno parsknęła. – Boże, i teraz mam dług wdzięczności wobec tego kutasa Crowe'a. Wolałabym chyba, żeby Devine mnie postrzelił.

Maura ponownie spojrzała na zmieszaną krew, która już krzepła.

– Dlaczego Earl Devine to zrobił?

– Mówił, że chciał zapewnić bezpieczeństwo córce. Że to ostatni prezent, jaki może jej dać.

– Tylko dlaczego potem wycelował w ciebie? Wiedział, jaki będzie skutek. Dla mnie to oczywisty przypadek samobójstwa z rąk policjanta.

– Dzięki temu oszczędzone nam zostały męki procesu. Pomyśl o tym, Mauro. Gdyby Devine przeżył i wytoczono by mu proces, jego linia obrony zasadzałaby się na tym, że bronił córki. W rezultacie wypłynęłaby stara sprawa Apple Tree i cały świat dowiedziałby się, że Holly była w dzieciństwie molestowana. Może na tym polegał jego ostatni prezent. Że chronił jej prywatność.

– Kiedy dochodzi do zabójstwa, nie ma mowy o prywatności. Opinia publiczna i tak prawdopodobnie pozna wszystkie szczegóły. – Maura ściągnęła z dłoni lateksowe rękawiczki. – W czyim posiadaniu jest teraz broń Crowe'a?

– Zdał ją.

– Niech jutro trzyma się z daleka od prosektorium. Nie chcę, żeby w jakikolwiek sposób podważano wyniki mojej sekcji zwłok Earla Devine'a. Kiedy w „Boston Globe" napiszą, że sześćdziesięciosiedmioletni weteran marynarki wojennej zginął zastrzelony przez gliniarza, ludzie nie przyjmą tego najlepiej.

– Ale ten weteran celował do mnie z pistoletu.

– O tym napiszą dopiero w drugim akapicie. Połowa czytelników nie dociera do końca pierwszego. – Maura ruszyła w stronę wyjścia. – Do zobaczenia jutro w prosektorium.

– Naprawdę muszę ci asystować? Wiem, jak zginęli ci dwaj mężczyźni. Nie będzie żadnych niespodzianek.

Maura zatrzymała się i ponownie omiotła wzrokiem pokój. Zbryzgane krwią ściany.

– Nigdy nie wiadomo, co wyjdzie na jaw podczas sekcji zwłok. Mam wrażenie, że zbyt szybko zamknęliśmy tę sprawę. Jest wciąż wiele pytań, na które nie uzyskaliśmy odpowiedzi.

– Może ich udzielić Bonnie Sandridge. Trzeba ją tylko odpowiednio przycisnąć.

– Nie masz dowodów, że pomogła Stankowi kogoś zabić.

– Dowody muszą się znajdować w jej domu albo w samochodzie. Włosy, włókna pochodzące z ubrań ofiar. Schowana gdzieś ketamina. Na pewno coś znajdziemy.

Jane nie miała najwyraźniej żadnych wątpliwości, ale Maura nie podzielała jej pewności siebie. Przez chwilę siedziała w samochodzie, wpatrując się w jasno oświetlony dom. W oknach widziała sylwetki techników szukających dowodów mających potwierdzić to, o czym byli przekonani: że Bonnie Sandridge była wspólniczką zabójcy. Przekonanie o słuszności własnej tezy zgubiło wielu naukowców i bez wątpienia tylu samo gliniarzy. Odnajdywali tylko to, czego szukali, nie zwracali uwagi na nic innego.

Jej komórka zasygnalizowała nadejście SMS-a. Spojrzała na ekran, żeby sprawdzić, kto go przysłał, i natychmiast wrzuciła telefon z powrotem do torebki. To jedno zerknięcie wystarczyło jednak, że żołądek podszedł jej do gardła. Nie teraz, przemknęło jej przez głowę. W tym momencie nie jestem w stanie o tobie myśleć.

Kiedy jechała do domu, wiadomość, na którą nie odpowiedziała, była niczym bomba tykająca w jej torebce. Zmuszała się, by trzymać obiema dłońmi kierownicę i patrzeć na jezdnię. Nie powinna była uchylać przed nim drzwi, zostawiać najmniejszej szparki. Teraz, gdy odnowili ze sobą kontakt, niczego nie pragnęła bardziej jak ponownego pojawienia się Daniela w jej łóżku, w jej życiu. To zły krok, Mauro. Bądź silna. Musisz być samodzielna.

W domu nalała sobie upragnionego zinfandela i podała Bestii spóźniony obiad. Kot zabrał się do jedzenia, ani razu nie zerkając w jej stronę, a po wylizaniu miski wymaszerował z kuchni. Tyle miała z niego korzyści, jeśli idzie o towarzystwo. Bardziej przyjazna była butelka wina.

Sącząc je, starała się nie patrzeć na leżącą na kuchennym blacie komórkę. Telefon mamił ją tak, jak opium mami ćpuna, kusił, by rzucić się znów w wir miłosnej udręki. Wiadomość od Daniela była krótka: *Zadzwoń, jeśli będziesz mnie potrzebowała.* Miała tylko pięć słów, ale wprawiła ją w kompletny paraliż. Siedząc w fotelu, Maura zastanawiała się nad jego prawdziwymi intencjami. Co tak naprawdę oznaczały słowa: „jeśli będziesz mnie potrzebowała"? Czy miał na myśli śledztwo w sprawie morderstwa i gotowość do podzielenia się swoją wiedzą eksperta?

Czy też chodziło mu o nich?

Wychyliła kieliszek i nalała sobie następny. Wyciągnęła notatki, które zrobiła tego wieczoru na miejscu zbrodni, i otworzyła laptop. Powinna przeanalizować wszystko teraz, kiedy miała to świeżo w pamięci.

Zadzwoniła jej komórka. Daniel!

Zawahała się tylko sekundę, czy odebrać, ale na wyświetlaczu pojawił się obcy numer. W słuchawce nie usłyszała głosu Daniela. Jakaś kobieta przekazała jej informację, której od pewnego czasu jednocześnie obawiała się i spodzie-

274

wała. Zostawiła włączony laptop na kuchennym blacie, pobiegła do przedpokoju i wyjęła płaszcz z szafy.

◻   ◻   ◻

– Panią Lank znaleziono nieprzytomną na podłodze celi – oznajmił doktor Wang. – Więzienna pielęgniarka natychmiast przystąpiła do resuscytacji krążeniowo-oddechowej i udało jej się przywrócić tętno. Ale, jak pani widzi na kardiomonitorze, u chorej utrzymuje się częstoskurcz komorowy.

Maura popatrzyła przez szybę oddziału intensywnej opieki kardiologicznej na Amaltheę, która znajdowała się w głębokiej śpiączce.

– Dlaczego? – zapytała cicho.

– Arytmia może być objawem ubocznym chemioterapii – wyjaśnił doktor Wang. – Podawane jej leki mogą być kardiotoksyczne.

– Nie. Pytałam, dlaczego ją reanimowali? Wiedzą, że umiera na raka trzustki.

– Nadal ma wskazania do reanimacji przy użyciu wszelkich dostępnych środków. – Wang spojrzał na Maurę. – Może pani o tym nie wie, ale w zeszłym tygodniu pani Lank ustanowiła panią swoim przedstawicielem w kwestiach terapii.

– Nie miałam o tym pojęcia.

– Jest pani jej jedyną krewną. Ma pani prawo podjąć decyzję o zaprzestaniu resuscytacji.

Maura patrzyła, jak klatka piersiowa Amalthei unosi się i opada przy kolejnych fazach pracy respiratora.

– Czy reaguje na bodźce? – zapytała.

Wang pokręcił głową.

– I nie oddycha samodzielnie. Nikt nie wie, jak długo była nieprzytomna, więc jest całkiem prawdopodobne, że doznała anoksycznego uszkodzenia mózgu. Mogło też dojść do innych zmian neurologicznych. Nie zleciłem jeszcze obrazowania mózgu, ale wydaje się to następnym krokiem diagnostycznym, chyba że uzna pani… – Wang urwał, uważnie jej się przyglądając. Czekał na jej decyzję.

– Nie reanimujemy – powiedziała cicho.

Pokiwał głową.

– Myślę, że to słuszna decyzja – przyznał i po krótkim wahaniu dotknął jej ramienia, jakby dotykanie człowieka nie było dla niego naturalnym gestem, podobnie jak nie było nim dla niej. O wiele łatwiej jest zrozumieć mechanikę ludzkiego ciała, niż wiedzieć, co należy zrobić albo powiedzieć w trudnej chwili.

Maura weszła do Amalthei, stanęła przy jej łóżku i omiotła wzrokiem całą pikającą i szumiącą aparaturę. Lekarskim okiem dostrzegła niewielką ilość moczu w specjalnym worku, przedwczesne skurcze komorowe na ekranie monitora, brak samodzielnego oddechu. To wszystko oznaczało, że ciało się wyłącza, mózg przestaje funkcjonować. Kimkolwiek była kiedyś Amalthea Lank, wszystkie jej myśli, uczucia i wspomnienia zaczynały zamierać. Pozostał tylko pojemnik na kości i mięśnie.

Rozległ się dźwięk alarmu. Maura spojrzała na ekran monitora i zobaczyła serię gwałtownych wychyleń. Częstoskurcz komorowy. Ciśnienie krwi szybko spadało. Przez szybę zobaczyła, że biegną do nich dwie pielęgniarki. Doktor Wang zatrzymał je w progu.

– Nie kwalifikuje się do reanimacji – powiedział. – Właśnie wypisałem zalecenie.

Maura wyciągnęła rękę i wyłączyła alarm.

Na monitorze widziała rytm charakterystyczny dla migotania komór, ostatnie elektryczne skurcze konającego serca Amalthei. Ciśnienie krwi zbliżyło się do zera, pozbawiając tlenu nieliczne ocalałe komórki mózgu. Dałaś mi życie, pomyślała Maura. Noszę twoje DNA we wszystkich komórkach swojego ciała, ale pod każdym innym względem jesteśmy sobie obce. Pomyślała o matce i ojcu, którzy ją zaadoptowali i o nią dbali, a teraz oboje już nie żyli. To oni byli jej rzeczywistymi rodzicami, ponieważ prawdziwą rodzinę tworzy miłość, a nie kod genetyczny. Z tej perspektywy ta kobieta nie była z nią związana, i śledząc ostatnie chwile życia Amalthei, Maura nawet w najmniejszym stopniu jej nie opłakiwała.

Serce przestało w końcu pracować. Na ekranie pojawiła się prosta linia.

Pielęgniarka weszła do środka i wyłączyła respirator.

– Przykro mi – wymamrotała.

Maura głęboko odetchnęła.

– Dziękuję – powiedziała.

Wyszła na zewnątrz i nie zatrzymując się, szła dalej. Opuszczała oddział intensywnej opieki i szpital. Wiejący na zewnątrz lodowaty wiatr zmroził ją do szpiku kości. Kiedy dotarła do swojego auta, straciła czucie w twarzy i dłoniach. Fizyczne odrętwienie odzwierciedlało to, co działo się z nią w środku. Amalthea nie żyje, moi rodzice nie żyją, a ja pewnie nigdy nie będę miała dzieci, pomyślała. Od dawna czuła się na tym świecie samotna i to zaakceptowała, ale tego wieczoru, stojąc przy swoim samochodzie na owiewanym wiatrem parkingu, zdała sobie sprawę, że nie chce tego akceptować. Nie musi tego akceptować. Była samotna z wyboru. Mogę to zmienić. Dziś wieczór.

Wślizgnęła się do samochodu, wyciągnęła komórkę i po raz kolejny przeczytała wiadomość od Daniela. *Zadzwoń, jeśli będziesz mnie potrzebowała.*

Zadzwoniła.

◻   ◻   ◻

Daniel pierwszy dojechał do jej domu.

Kiedy tam dotarła, zobaczyła, że siedzi w zaparkowanym samochodzie na podjeździe, w miejscu, gdzie mógł go zobaczyć cały świat. W zeszłym roku krył się ze swoimi wizytami, ale tym razem nie zachował ostrożności. Jeszcze zanim zgasiła silnik, wyskoczył ze swojego auta i otworzył przed nią drzwi.

Wysiadając, padła mu w ramiona.

Nie trzeba było wyjaśniać, dlaczego zadzwoniła, nie trzeba było nic mówić. Dotyk jego warg sprawił, że pozbyła się wszelkich oporów. *Wpadam znów w pułapkę*, pomyślała, kiedy całowali się, wchodząc do domu i idąc korytarzem.

Do sypialni.

Tam przestała w ogóle myśleć, bo przestała dbać o konsekwencje. Ważne było tylko to, że znów żyła pełną piersią, że odzyskała utraconą część duszy. Miłość do Daniela była pewnie skrajną głupotą i w ostatecznym rozrachunku przywiedzie ją do zguby, ale nie mogła go po prostu nie kochać. Nagrodą za te wszystkie miesiące, kiedy próbowała bez niego żyć i łykała gorzkie pigułki samokontroli, były wyłącznie samotne noce i zbyt wiele kieliszków wina. Przekonywała samą siebie, że odejście od niego było przejawem rozsądku, ponieważ nigdy nie mogła go mieć tylko dla siebie, skoro jej rywalem był Bóg we własnej świętej osobie. Ale rozsądek nie zagrzał jej łóżka, nie dał jej szczęścia i nie stłumił pożądania, które zawsze czuła do tego mężczyzny.

W sypialni nie zapalili światła; nie musieli tego robić. Ich ciała nie były dla nich obcym terytorium; Maura znała każdy centymetr jego skóry. Zorientowała się, że podobnie jak ona stracił na wadze, zupełnie jakby trawiący ją i jego głód autentycznie ich wycieńczył. Jedna noc nie mogła zaspokoić tego głodu, więc brała, co się dało, spragniona rozkoszy, której odmawiał im Kościół. Oto, czego zostałeś pozbawiony, Danielu, myślała. Jak złośliwy musi być twój Bóg, jak okrutny, skoro odmawia nam tej radości.

Ale później, kiedy leżeli obok siebie i pot stygł na ich skórze, poczuła zakradający się stary smutek. Oto nasza kara, przeszło jej przez głowę. Nie piekielny ogień i siarka, tylko nieunikniony ból pożegnania. Zawsze tym się to kończy.

— Powiedz dlaczego? — szepnął. Nie musiał nic dodawać; wiedziała, o co pyta. Dlaczego wiele miesięcy po tym, jak ostatecznie z nim zerwała, zaprosiła go z powrotem do swojego łóżka?

— Ona nie żyje — powiedziała. — Amalthea Lank.

— Kiedy to się stało?

— Dziś wieczorem. Byłam tam, w szpitalu. Obserwowałam jej ostatnie uderzenia serca na monitorze. Miała raka, więc wiedziałam, że umiera, wiedziałam o tym od miesięcy. Jednak, kiedy do tego doszło…

— Powinienem tam być razem z tobą — wymruczał i poczuła na włosach jego ciepły oddech. — Wystarczyło tylko do mnie zadzwonić i zaraz bym się zjawił. Wiesz o tym.

– To dziwne. Przed kilkoma laty nie wiedziałam nawet o jej istnieniu. A teraz, kiedy odeszła, kiedy straciłam ostatniego żyjącego członka rodziny, zdałam sobie sprawę, jak bardzo jestem samotna.

– Tylko jeżeli się na to zdecydujesz.

Tak jakby samotność była kwestią decyzji, pomyślała. Nie wybrała przecież tej drogi, która była jednocześnie drogą ku radości i cierpieniu. Nie podjęła decyzji, że pokocha człowieka, który zawsze będzie rozdarty między nią i obietnicą, jaką złożył Bogu. Wyboru dokonał za nich ktoś inny: zabójca, który wziął ją na celownik i kilka lat temu zetknął ich ze sobą. Daniel ryzykował życie, żeby ją uratować. Czyż może być większy dowód miłości?

– Nie jesteś sama, Mauro – powiedział. – Masz mnie. – Obrócił się do niej twarzą, a ona zobaczyła w półmroku jego błyszczące oczy. Ani na chwilę ich od niej nie odrywał. – Zawsze masz mnie.

Tej nocy mu uwierzyła.

□    □    □

Rano Daniel zniknął.

Ubrała się, zjadła śniadanie i przeczytała gazetę. Sama. To znaczy, niezupełnie sama, bo niedaleko siedział kot, liżąc łapy po śniadaniu składającym się z wybornego tuńczyka z puszki.

– Jak rozumiem, bez komentarza? – mruknęła.

Bestia nie zaszczyciła jej nawet jednym spojrzeniem.

Zmywając naczynia i pakując laptop, myślała o Danielu, który w tym momencie kolejny raz udzielał duchowego wsparcia duszyczkom w swojej owczarni. Tak właśnie kończyły się ich upojne noce: prozaicznymi codziennymi obowiązkami, które spełniali niezależnie od siebie. Pod tym względem nie różnili się zbytnio od zwykłych małżeńskich par. Kochali się, razem spali, a rano każde udawało się do swojej pracy.

W dzisiejszych czasach, można to uznać za szczęście, pomyślała.

□   □   □

Po nocy miłości nadszedł dzień śmierci.

Tego poranka w prosektorium czekało na nią ciało Earla Devine'a. Yoshima wykonał już zdjęcia rentgenowskie, które można było obejrzeć na ekranie komputera. Zawiązując fartuch, Maura przyjrzała się zdjęciom klatki piersiowej i dostrzegła miejsce, w którym kula utkwiła w kręgosłupie. Już wcześniej, po odkryciu na miejscu zbrodni ran wylotowych, ustaliła, że dwie kule przeszły na wylot. W ciele pozostał tylko jeden pocisk, który utkwił w jednym z kręgów.

Do prosektorium weszła Jane i stanęła obok niej przy ekranie komputera.

– Pozwól, że zgadnę. Przyczyną śmierci są rany postrzałowe. Czy ja też mogę zostać lekarzem sądowym?

– Kula utkwiła w szóstym kręgu piersiowym – oznajmiła Maura.

– A my znaleźliśmy dwie kule na miejscu przestępstwa. Cofam to, co powiedziałam wczoraj. Crowe oddał trzy strzały.

– To była odpowiednia reakcja na bezpośrednie zagrożenie. Moim zdaniem, nie ma czego się obawiać.

– Mimo to jest roztrzęsiony. Musieliśmy go wczoraj zabrać do baru, żeby się ogarnął.

Maura posłała jej kpiące spojrzenie.

– Nie wierzę własnym uszom! Zdobywasz się na współczucie wobec swojego dawnego wroga?

– No właśnie, trudno w to uwierzyć! Świat stanął na głowie. – Jane przez chwilę przyglądała się Maurze. – Co ty z sobą zrobiłaś?

– Że co?

– Jesteś dziś rano cała w skowronkach. Jakbyś odwiedziła jakieś spa albo coś w tym rodzaju.

– Nie wiem, o czym mówisz – odparła Maura, choć oczywiście wiedziała; świat wydawał jej się tego dnia piękny i jasny. Szczęście pozostawia widoczne ślady, a Jane była zbyt spostrzegawcza, by ich nie zauważyć. Jeśli opowiem, co się zdarzyło wczoraj w nocy, Jane na pewno się to nie spodoba, ale mam to w nosie. Nie obchodzi mnie, co myśli Jane i w ogóle ktokolwiek. Chcę być dzisiaj szczęśliwa.

Klikając energicznie myszką, otworzyła kolejne zdjęcie rentgenowskie. Na ekranie ukazał się przekrój poprzeczny klatki piersiowej. Tuż nad miejscem, w którym utkwił pocisk, zobaczyła w kręgu charakterystyczne rozjaśnienie w kształcie monety. Zmarszczyła brwi. Nie powinno tam być tej zmiany.

– Nowy makijaż? Witaminy? – nie dawała za wygraną Jane.

– O co ci chodzi?

– Coś się w tobie zmieniło.

Maura zignorowała ją. Otworzyła ponownie zdjęcie klatki z przodu i przybliżyła obraz, żeby widzieć tylko piąty i szósty krąg. Powietrze i krew, które dostały się do klatki piersiowej z przebitego kulą płuca, zmieniły typowe położenie organów. W tym zniekształconym pejzażu nie mogła odnaleźć tego, czego szukała.

– Widzisz coś ciekawego? – zainteresowała się Jane.

Maura otworzyła ponownie przekrój poprzeczny i wskazała zmianę w trzonie kręgu.

– Nie bardzo wiem, co to jest – powiedziała.

– Nie jestem lekarzem sądowym, ale nie wygląda mi to na pocisk.

– Nie, to coś innego. Coś w kości. Muszę sprawdzić, czy rzeczywiście jest tak, jak myślę. – Maura wróciła do stołu sekcyjnego, na którym leżał, czekając na jej skalpel, Earl Devine. – Otwórzmy go – mruknęła.

– Mam nadzieję, że nie budzi twoich wątpliwości to, jak został postrzelony – odezwała się Jane, kiedy Maura wykonała nacięcie w kształcie litery Y.

– Nie.

– Więc czego szukasz?

– Wyjaśnienia, Jane. Powodu, dla którego ten człowiek zdecydował się na samobójstwo z ręki policjanta.

– Czy to nie jest zadanie dla psychiatry?

– W tym wypadku odpowiedzi może nam udzielić sekcja zwłok.

Maura cięła szybko i skutecznie, pracując z determinacją, której nie czuła przed obejrzeniem zdjęć. Zarówno przyczyna śmierci, jak i sposób, w jaki została zadana, były oczywiste. Zakładała, że sekcja potwierdzi to, co wiedziała już wcześniej na temat okoliczności, w jakich padły strzały. Ale przekrój poprzeczny klatki piersiowej ujawnił coś zaskakującego, co mogło rzucić światło na motywy działania Earla Devine'a i stan jego umysłu. Zwłoki mogą zdradzić nie tylko czyjeś fizyczne sekrety; czasami dostarczają informacji na temat psychiki osoby, która kiedyś zamieszkiwała ciało.

Wskazówkami mogą być dawne cięcia na nadgarstkach, ślady po igłach albo blizny po operacjach kosmetycznych. Każde ciało opowiada historię swojego właściciela.

Przecinając żebra, spodziewała się otworzyć książkę zawierającą tajemnice Earla Devina, ale kiedy uniosła mostek i odsłoniła jamę klatki piersiowej, okazało się, że wszystkie sekrety skrywa zakrzepła krew. Trzy kule wystrzelone przez detektywa Crowe'a rozorały cel, dziurawiąc płuco i przecinając aortę. Eksplozja powietrza i krwi doprowadziła do zapadnięcia się prawego płuca, zmieniając układ narządów. Maura wsadziła dłonie w rękawiczkach w zimny krwawy pudding i po omacku przesunęła palcami po powierzchni lewego płuca.

Wkrótce odnalazła to, czego szukała.

– Jak potrafisz tam coś zobaczyć? – zdziwiła się Jane.

– Nie potrafię. Ale już teraz mogę ci powiedzieć, że to płuco nie jest normalne.

– Może dlatego, że przeszyła je kula?

– Kula nie ma z tym nic wspólnego. – Maura ponownie sięgnęła po skalpel. Kusiło ją, żeby pójść na skróty i skupić się od razu na płucu, tylko że tak właśnie popełnia się pomyłki i pomija ważne szczegóły. Postępowała więc rutynowo, wycinając najpierw język i oddzielając gardło i przełyk od kręgów szyjnych. Nie zauważyła żadnych ciał obcych, niczego, co odróżniałoby szyję Earla Devine'a od każdej innej szyi sześćdziesięciosiedmioletniego mężczyzny. Zwolnij. Nie popełnij błędu. Czuła, że Jane obserwuje ją z coraz większą konsternacją. Yoshima położył kleszcze na tacce; ich szczęk zabrzmiał jak strzał z pistoletu. Maura nadal koncentrowała się na tym, co robi; skalpel przecinał tkanki miękkie i naczynia. Zanurzając głęboko ręce w chłodnej krwi, wyodrębniła opłucną ścienną, żeby oddzielić płuca od ściany klatki piersiowej.

– Miska – zaordynowała.

Yoshima wyciągnął w jej stronę pojemnik ze stali nierdzewnej i czekał na to, co Maura do niego włoży.

Wyjęła w jednym bloku serce i płuca i z głośnym plaśnięciem umieściła w misce.

Z ociekających wnętrzności uniósł się zapach mięsa i zimnej krwi. Zaniosła miskę do zlewu i obmyła z organów krwawy śluz, odsłaniając to, co wcześniej wymacała na powierzchni lewego płuca – zmianę chorobową, którą na zdjęciu zniekształcił uraz.

Odkroiła kawałek płuca. Przyglądając się szarobiałej tkance, wiedziała, co zobaczy pod mikroskopem: gęste zwoje keratyny i dziwnie zniekształcone komórki. Pomyślała o domu Earla Devine'a, o przesiąkniętych zapachem nikotyny zasłonach i meblach.

– Chcę mieć listę jego lekarstw – powiedziała do Jane. – Dowiedz się, kto go leczył.

– Dlaczego?

– Bo to wyjaśnia, dlaczego popełnił samobójstwo – odparła Maura, podnosząc kawałek tkanki.

# Rozdział trzydziesty trzeci

– Nie miałam o niczym pojęcia – oznajmiła Holly Devine, siedząc na sofie w swoim salonie i trzymając spokojnie dłonie na kolanach. – Wiedziałam, że tato traci na wadze, ale mówił, że to z powodu przebytego zapalenia płuc. Nigdy nie powiedział, że jest umierający. – Spojrzała na siedzących po drugiej stronie stolika Jane i Frosta. – Może sam o tym nie wiedział.

– Pani ojciec z całą pewnością o tym wiedział – powiedziała Jane. – Przeszukując jego apteczkę, znaleźliśmy leki na receptę przepisane przez onkologa, doktor Christine Cuddy. Przed czterema miesiącami rozpoznano u niego raka płuc. Przerzuty pojawiły się w kościach. Oglądając zdjęcia rentgenowskie, doktor Isles rozpoznała zmianę metastatyczną w kręgosłupie. Pani ojciec musiał ostatnio bardzo cierpieć. W łazience znajdował się przepisany niedawno vicodin.

– Mówił, że naderwał mięsień. I że ostatnio czuje się lepiej.

– Wcale nie czuł się lepiej, Holly. Przerzuty pojawiły się w wątrobie i ból się spotęgował. Zaproponowano mu chemioterapię, ale odmówił. Powiedział doktor Cuddy, że dopóki może, chce żyć normalnie, nie narażając się na efekty uboczne chemioterapii, bo jego córka go potrzebuje.

Od śmierci ojca minęły zaledwie dwa dni, lecz Holly ze spokojem i bez większych emocji przyswajała nowe informacje. W pobliżu przejechała z łoskotem duża ciężarówka. Wszystko w mieszkaniu Holly sprawiało wrażenie wyprodukowanego najmniejszym kosztem: tego rodzaju umeblowanie dostarcza się na ogół w paczkach z instrukcją do samodzielnego montażu. To miejsce należało do dziewczyny będącej u progu kariery, ale Holly potrafiła się szybko wspinać po jej szczeblach. Odznaczała się dziwną przebiegłością, sprytem, który Jane dopiero teraz zaczynała dostrzegać.

– Na pewno nie chciał mnie martwić. Dlatego nigdy nie powiedział mi o raku – wyjaśniła Holly i pokręciła ze smutkiem głową. – Zrobiłby wszystko, żebym była szczęśliwa.

– Popełnił nawet dla pani zabójstwo – powiedziała Jane.

– Zrobił to, co, jego zdaniem, trzeba było zrobić. Czy nie tak właśnie postępują ojcowie? Chronią dzieci przed bestiami?

– To należało do naszych, nie do jego obowiązków.

– Ale wy nie potrafiliście mnie ochronić.

– Bo nam pani na to nie pozwoliła. Zamiast tego praktycznie sprowokowała pani zabójców do zadania ciosu. Zignorowała pani nasze rady i poszła sama do baru. Przyjęła pani drinka od tej kobiety. Czy chciała pani ze sobą skończyć, czy to było częścią jakiegoś szerszego planu?

– Wam nie udało się go znaleźć.

– Więc postanowiła pani zrobić to sama?

– O czym pani mówi?

- Jaki miała pani plan, Holly?
- Nie miałam żadnego planu. Poszłam po prostu na drinka po pracy. Mówiłam wam już, że miałam tam się spotkać z przyjacielem.
- Który w ogóle się nie pojawił.
- Uważa pani, że kłamię?
- Uważam, że nie mówi nam pani całej prawdy.
- To znaczy?
- Uważam, że poszła pani do baru, mając nadzieję, że zwabi tam Stanka i jego wspólniczkę. Zamiast pozwolić nam go złapać, zabawiła się pani w członka straży obywatelskiej.
- Uznałam, że powinnam się bronić.
- Biorąc sprawiedliwość we własne ręce?
- Skoro coś już się wydarzyło, czy naprawdę ma znaczenie, jak do tego doszło?

Jane wpatrywała się w nią przez chwilę, zdając sobie nagle sprawę, że na jakimś poziomie właściwie zgadza się z Holly. Pomyślała o sprawcach winnych przestępstw, którzy wychodzili na wolność, bo jakiś gliniarz albo prawnik popełnili błąd proceduralny. O tym, jak często żałowała, że nie ma jakiejś drogi na skróty, pozwalającej wymierzyć sprawiedliwość zabójcy, wsadzić drania za kratki. I o detektywie Johnnym Tamie, który poszedł kiedyś na skróty i sam wymierzył sprawiedliwość. Tylko ona znała sekret Tama i nie zamierzała go nigdy wyjawiać.

Ale sekrety Holly wyjdą na jaw, bo bostońska policja wiedziała dobrze, jaki plan uknuli ona i jej ojciec. Musiała jej to uświadomić.

- Sprowokowała ich pani - powiedziała. - Zmusiła do odkrycia kart.

- Prawo tego nie zabrania.

- Prawo nie pozwala zabijać ludzi. A pani jest winna współudziału w zabójstwie.

Holly zamrugała.

- Słucham?

- Ostatnią rzeczą, jaką zrobił pani ojciec, było zadbanie o bezpieczeństwo swojej córki. Umierał na raka, więc zabijając Martina Stanka, nie miał nic do stracenia. Pani zaś wiedziała, że to zrobi.

- Nie wiedziałam.

- Oczywiście, że pani wiedziała.

- Niby skąd?

- Bo to pani mu powiedziała, gdzie może znaleźć Stanka. Zaraz po aresztowaniu przez nas Bonnie Sandridge, zadzwoniła pani na komórkę ojca. Dwie minuty rozmowy wystarczyły, żeby poznał nazwisko i adres Bonnie. Pojechał do jej domu z bronią, gotów zabić człowieka, który zagrażał jego córce.

Holly przyjęła to oskarżenie z zaskakującym spokojem. Jane przedstawiła jej dowody na to, że była współwinna zabójstwa Martina Stanka, ale nie wytrąciło to wcale Holly z równowagi.

- Owszem - odparła, prostując się na krześle. - Zadzwoniłam do ojca. To chyba oczywiste. Właśnie spotkałam się z kobietą, która miała zamiar mnie porwać, i chciałam mu zakomunikować, że jestem bezpieczna. Każda córka wykonałaby taki telefon. Być może wymieniłam przez telefon nazwisko Bonnie, ale nie kazałam mu jej zabijać. Powiedziałam po prostu tacie, żeby się nie martwił, bo ją aresztowaliście. Nie wiedziałam, że pójdzie do jej domu. Nie miałam pojęcia, że zabierze ze sobą broń. – Holly wzięła głęboki oddech i opuściła głowę. Kiedy ponownie podniosła wzrok, po policzkach płynęły jej łzy. – Oddał za mnie życie. Jak może pani mówić, że był bezwzględnym zabójcą?

Boże, ta dziewczyna jest dobra, pomyślała Jane, patrząc na te lśniące oczy i drżące wargi. Na nią oczywiście nie działały takie numery, ale inni mogli dać się nabrać. Rozmowa Holly z Earlem nie została nagrana, nie było żadnego dowodu na to, że córka wiedziała, co chce zrobić ojciec. W sądzie ta niesamowicie opanowana młoda kobieta da sobie radę nawet w krzyżowym ogniu pytań.

– Chcę teraz zostać sama – oświadczyła Holly. – To, że straciłam tatę, jest dla mnie strasznym ciosem. Proszę, czy moglibyście już wyjść?

– Oczywiście – odparł Frost, wstając z krzesła. Czy naprawdę połknął haczyk? Zawsze chętnie pomagał paniom, które wpadały w tarapaty, zwłaszcza jeśli były młode i atrakcyjne. Ale chyba zorientował się, co jest grane.

Jane nie odzywała się, dopóki nie wyszła razem z nim z budynku.

– Co za brednie! – wybuchła, kiedy tylko wsiedli do samochodu. – Co za komediantka!

– Uważasz, że udawała? Sprawiała wrażenie naprawdę poruszonej.

– Masz na myśli te łzy, które wylewała na zamówienie?

– No dobrze. – Frost westchnął. – Powiedz, co cię gryzie?

– Coś mi się w niej nie podoba.

– Możesz być bardziej precyzyjna?

Jane przez chwilę zastanawiała się, co tak bardzo razi ją u Holly.

– Pamiętasz, jak zareagowała, kiedy dwa dni temu poinformowaliśmy ją o śmierci Earla?

– Wybuchła płaczem. Jak każda kochająca córka.

– Ależ oczywiście, że płakała. Szlochała głośno i pociągała nosem, jednak mnie wydawało się to wyreżyserowane, jakby robiła coś, czego oczekiwaliśmy. I przysięgam, że teraz też płakała na zamówienie.

– Jaki masz z nią problem?

– Nie wiem. – Jane uruchomiła silnik. – Ale mam wrażenie, że przeoczyłam coś ważnego. Coś, co jej dotyczy.

Po powrocie do wydziału zabójstw przyjrzała się wszystkim aktom leżącym na jej biurku. Rozmyślała, czy jest w nich coś, co pominęła, co wyjaśniałoby, dlaczego czuła się tak nieusatysfakcjonowana. Piętrzyła się tu cała dokumentacja spraw, które przewertowała już wcześniej: bostońskich zabójstw Cassandry Coyle i Timothy'ego McDougala, zgonu Sarah Basterash w Newport i zaginięcia Billy'ego Sullivana w Brookline. Cztery różne ofiary w trzech różnych jurysdykcjach. Ich zgony tak bardzo różniły się od siebie, że można było łatwo przeoczyć to, co ich przed kilkudziesięciu laty łączyło. Cassandra Coyle z wyłupionymi i spoczywającymi w dłoni oczami, niczym święta Łucja. Tim McDougal z przeszytą strzałami piersią, niczym święty Sebastian. Sarah Basterash spalona na popiół jak święta Joanna. Billy Sullivan prawie na pewno pogrzebany żywcem i gnijący w grobie jak święty Witalis.

Zostało jeszcze jedno dziecko, które żyło, to, które przed dwudziestoma laty pierwsze oskarżyło Stanków o molestowanie. Holly Devine, urodzona dwunastego listopada. Tego dnia Kościół czcił pamięć świętego Liwina z Flandrii, który zmarł męczeńską śmiercią torturowany przez pogan. Wyrwano mu język, by przestał głosić słowo Boże, ale, według legendy, amputowany język Liwina nauczał nawet po jego śmierci. Czy w bezsenne noce Holly wyobrażała sobie kiedykolwiek krwawy los, na jaki była skazana z powodu daty urodzenia? Czy drżała na myśl, że otworzą jej siłą usta i oderżną język? Jane przypomniała sobie lęk, jaki odczuwała, kiedy wziął ją na celownik zabójca o ksywie Chirurg. Pamiętała, jak budziła się zlana potem w środku nocy, jak wyobrażała sobie wbijający się w jej ciało skalpel.

Jeśli Holly prześladowały kiedykolwiek takie koszmary, dobrze to ukrywała. Zbyt dobrze.

Jane westchnęła i pomasowała skronie, zastanawiając się, czy nie powinna przeczytać jeszcze raz akt czterech ofiar.

Nie, nie czterech. Wyprostowała się. Przecież było pięć ofiar.

Odnalazła akta Lizzie DiPalmy, dziewięcioletniej dziewczynki, która zaginęła przed dwudziestoma laty. Sprawa zaginięcia Lizzie nadal uznawana była za nierozwiązaną, choć śledczy nie mieli raczej wątpliwości, że porwał ją i zabił Martin Stanek. Po dwóch dekadach dziewczyny wciąż nie odnaleziono.

Frost, który wrócił z lunchu, zobaczył porozrzucane na biurku Jane akta i pokręcił głową.

– Nadal nad tym ślęczysz?

– To nie układa się w spójną całość. Kończy się w zbyt oczywisty sposób. Tak jakby ktoś chciał zawiązać kokardkę. Główny podejrzany nie żyje.

– Dla mnie to żaden problem.

– I nie udało nam się ustalić, co przytrafiło się tej dziewczynce. – Jane postukała palcem akta. – Lizzie DiPalmie.

– To było dwadzieścia lat temu. Nie zajmujemy się tą sprawą.

– Ale od niej wszystko się zaczęło. Jej zaginięcie było jak upadająca kostka domina, która pociągnęła za sobą całą resztę. Lizzie znika. Jej czapkę odnajdują w autobusie Martina Stanka. Nagle pojawiają się oskarżenia. Stankowie okazują się potworami! Od wielu miesięcy molestowali dzieci! Dlaczego nic z tego nie wypłynęło wcześniej? Żadne sygnały?

– Ktoś musiał zebrać się na odwagę.

– I pierwszym dzieckiem, które złożyło zeznania, była Holly Devine.

– Dziewczyna, która, według ciebie, jest dziwna.

– Ilekroć z nią rozmawiam, mam wrażenie, że liczy się z każdym słowem. Jakbyśmy rozgrywały partię szachów, a ona była pięć ruchów przede mną.

Zadzwonił telefon Frosta. Kiedy odebrał, Jane zaczęła przerzucać akta Lizzie DiPalmy. Zastanawiała się, czy po tak długim czasie mogą w jakikolwiek sposób posunąć do przodu tę sprawę. Cały teren ośrodka Apple Tree został gruntownie przekopany. W autobusie odkryto mikroskopijne ślady jej krwi, ale wyjaśniono to urazem, do którego doszło miesiąc wcześniej: Lizzie przecięła sobie wargę. Najmocniejszym dowodem przeciwko Martinowi Stankowi była ozdobiona koralikami czapka odnaleziona w szkolnym autobusie. Czapka, którą miała na głowie w dniu zaginięcia.

Zabójcą musiał być Martin Stanek.

Który już nie żył. Sprawa zakończona. Jane westchnęła zrezygnowana.

– To ci się nie spodoba – powiedział Frost, rozłączając się.

– Co znowu? – zapytała.

– Pamiętasz kieliszek wina, który Bonnie Sandridge postawiła Holly? W laboratorium nie wykryli ketaminy. – Frost pokręcił głową. – Będziemy musieli ją wypuścić.

# Rozdział trzydziesty czwarty

Zaledwie dwa dni wcześniej skuta kajdankami Bonnie Sandridge uchodziła za wspólniczkę mordercy. Teraz wmaszerowała do pokoju przesłuchań bostońskiej policji, jakby to ona prowadziła śledztwo. Choć jej kasztanowe włosy przetykane były nitkami siwizny, a twarz po wielu latach przebywania na słońcu pokrywały piegi i zmarszczki, emanowała z niej pewność siebie kobiety, która dobrze wie, że zawsze była atrakcyjna. Siadając przy stole, spojrzała z wyrzutem na Jane i Frosta.

– Niech zgadnę – powiedziała. – Ten kieliszek wina okazał się zwykłym kieliszkiem wina.

– Musi nam pani poświęcić chwilę – odparła Jane.

– Po tym, jak zostałam potraktowana? Dlaczego miałabym z wami współpracować?

– Bo wszystkim nam zależy na dotarciu do prawdy. Proszę nam pomóc ją odkryć, Bonnie.

– Wolę raczej obnażyć waszą niekompetencję.

– Pani Sandridge – odezwał się cicho Frost, apelując do jej rozsądku. – W momencie pani aresztowania mieliśmy wszelkie powody sądzić, że stanowi pani zagrożenie dla Holly Devine. Zabójca postępuje zgodnie z pewnym schematem i fakt, że zafundowała pani kieliszek wina Holly, pasował do niego jak ulał.

– Co to za schemat?

– Wieczorem w dniu zamordowania Cassandry Coyle kelnerka w pobliskim barze widziała, jak Cassandra pije drinka z jakąś kobietą.

– I uznaliście, że to ja nią byłam? Tyle że nie możecie tego udowodnić, bo kelnerka nie zdołała mnie zidentyfikować. Mam rację?

– Mimo to rozumie pani chyba, dlaczego panią aresztowaliśmy. Kiedy zobaczyliśmy panią z Holly, musieliśmy działać szybko. Naszym zdaniem, groziło jej bezpośrednie niebezpieczeństwo.

– Holly Devine w bezpośrednim niebezpieczeństwie? – Bonnie parsknęła śmiechem. – Ta dziewczyna potrafi sobie z wszystkimi poradzić.

– Dlaczego pani tak uważa?

– Może zapytamy faceta? – Bonnie popatrzyła na Frosta. – Co pan sądzi o Holly, detektywie? Niech pan nam powie, co panu w tym momencie przychodzi do głowy.

– Jest inteligentna... – Frost zawahał się. – Atrakcyjna...

– No tak! Atrakcyjna. Dla mężczyzn wszystko się do tego sprowadza.

– Pomysłowa – uzupełnił szybko.

– Zapomniał pan dodać, że jest uwodzicielska. Manipuluje ludźmi. Jest oportunistką.

– Do czego pani zmierza, Bonnie? – zapytała Jane.

– Holly Devine jest podręcznikową socjopatką. Nie mówięc tego w sensie oceniającym. Ponieważ mamy na świecie tyle podobnych do niej osób, socjopatia mieści się, jak widać, w wachlarzu normalnych ludzkich zachowań. – Bonnie spojrzała z wyższością na Jane, jakby chciała powiedzieć: „Musisz się jeszcze sporo nauczyć". Jeśli jest ktoś, kto dorównuje zawziętością gliniarzowi z wydziału zabójstw, to kimś takim jest dziennikarz śledczy. Jane poczuła, że w jakiś sposób szanuje tę kobietę. Bonnie nosiła swoje kurze łapki niczym bitewne blizny, z dumą i przekonaniem. – Nie powie mi pani chyba, że nie rozpoznała pani tego u Holly? Miała pani z nią przecież okazję kilka razy rozmawiać.

– Jest jakaś… inna – przyznała Jane.

Dziennikarka parsknęła śmiechem.

– Ujęła to pani bardzo delikatnie.

– Dlaczego uważa ją pani za socjopatkę? Spotkała się z nią pani tylko raz, tamtego wieczoru w pubie.

– Rozmawiała pani z jej kolegami z Booksmart Media? Pytała, co o niej myślą? Większość facetów w jej biurze marzy, żeby wskoczyć do jej łóżka, ale kobiety są ostrożne. Kobiety jej nie ufają.

– Może są zazdrosne – wtrącił Frost.

– Nie, one naprawdę jej nie ufają. Cassandra Coyle z pewnością nie darzyła jej zaufaniem.

Jane zasępiła się.

– Co sądziła o Holly?

– Sama poruszyła temat Holly. Oznajmiła mi prosto z mostu, żebym jej nie ufała. Dzieciaki w Apple Tree uważały Holly za dziwną dziewczynkę i jej unikały. Wyczuwały, że coś jest z nią nie tak. Jedynym dzieckiem, które się z nią bawiło, był Billy Sullivan.

– Dlaczego onieśmielała inne dzieci?

– Też się nad tym zastanawiałam. Chciałam się sama przekonać, dlaczego uważali ją za dziwną, ale nikt nie wiedział, gdzie jest. Dopiero po kilku miesiącach trafiłam na jej trop w Booksmart Media. Chciałam z nią porozmawiać na temat tekstu, który piszę o Apple Tree. Była pierwszym dzieckiem, które oskarżyło Stanków, i zastanawiałam się, czy mówiła prawdę.

– Były fizyczne dowody – powiedział Frost. – Miała sińce i zadrapania.

– Mogła je odnieść w jakikolwiek inny sposób.

– Dlaczego miałaby kłamać, że była molestowana?

Bonnie wzruszyła ramionami.

– Może zrobiła to, żeby zwrócić na siebie uwagę. Może podsunęła jej ten pomysł jej szalona matka. Obojętnie, jaki był powód, Holly wybrała idealny moment, żeby wysunąć swoje oskarżenia. Zaginęła Lizzie DiPalma. Wszyscy rodzice w okolicy byli przerażeni i szukali wyjaśnień. Holly podała je im na tacy: zrobili to źli Stankowie. A potem Billy Sullivan przyznał, że jego też molestowano, i w tym momencie... – Bonnie strzeliła palcami – Stankowie byli zgubieni. Rozhisteryzowani rodzice wypytywali swoje dzieci i podsuwali im różne pomysły. Nic dziwnego, że inne dzieciaki powtarzały te historie. Jeśli wypytuje się panią w kółko o jakiś incydent, zaczyna pani w końcu wierzyć, że rzeczywiście się wydarzył. Zaczyna go sobie pani przypominać. Najmłodsze dzieci miały tylko pięć, sześć lat i przy każdym kolejnym przesłuchaniu ich opowieści stawały się coraz bardziej fantastyczne. Latające tygrysy! Martwe niemowlaki! Stankowie fruwający na miotłach. – Bonnie pokręciła gło-

298

wą. – Ława przysięgłych posłała tę biedną rodzinę za kratki w oparciu o bajki opowiadane przez dzieci, którym wyprano mózgi. Cassandra Coyle zaczęła wątpić w prawdziwość swoich wspomnień dotyczących molestowania. Powiedziała, że skontaktuje się z innymi i dowie się, czy będą chcieli ze mną rozmawiać. Ujawniła mi tylko jedno nazwisko. Holly Devine. Która obecnie jest jedynym żywym świadkiem i moim jedynym źródłem informacji.

– Jaki jest cel tej książki, którą pani pisze? Chce pani oczyścić z winy Martina Stanka?

– Im więcej dowiaduję się o tej sprawie, tym bardziej burzy się we mnie krew. Tak, sądzę, że udowodnienie jego niewinności jest ważne. Nadal jest ważne. – Bonnie zamrugała i uciekła spojrzeniem w bok. – Mimo że już nie żyje.

Jane zobaczyła w jej oczach łzy.

– Była w nim pani zakochana? – zapytała cicho.

Dziennikarka podniosła głowę i spojrzała na nią zaskoczona.

– Co takiego?

– Widzę, że jest pani emocjonalnie zaangażowana.

– Bo to dla mnie ważne. Ta historia powinna być ważna dla wszystkich.

– Ale dlaczego jest ważna akurat dla pani?

Bonnie wzięła głęboki oddech i wyprostowała się.

– Odpowiem na pani pytanie: nie, nie byłam zakochana w Martinie Stanku, jednak bardzo mu współczułam. To, co mu zrobili, to, co zrobili jego rodzinie, doprowadza mnie do takiej cholernej… – Przerwała nagle, zbyt zdenerwowana, by mówić dalej. Zaciskała dłonie tak mocno, że pobielały jej knykcie.

299

– Co panią tak rozwścieczyło? – zapytała Jane.

Bonnie zacisnęła jeszcze mocniej pięści, ale nie odpowiedziała.

– Musi być jakiś powód, dla którego to dla pani takie ważne. Powód, którego nie chce nam pani zdradzić.

Dziennikarka przez dłuższą chwilę nie odpowiadała. Kiedy się w końcu odezwała, jej głos zniżył się do szeptu.

– Owszem, to dla mnie ważne. Bo mnie też przydarzyło się coś podobnego.

Jane i Frost wymienili zaskoczone spojrzenia.

– Co się pani przydarzyło, pani Sandridge? – zapytał łagodnym tonem Frost.

– Miałam… to znaczy, mam córkę… Ma prawie dwadzieścia sześć lat. Jej urodziny przypadają za trzy tygodnie i dałabym wszystko, by móc je razem z nią obchodzić, ale nie wolno mi się spotykać z Amy. Nie wolno mi do niej dzwonić ani nawet napisać. – Bonnie wyprostowała ramiona, jakby szykowała się do walki, i spojrzała na Jane i Frosta. – Na pierwszym roku studiów u Amy zaczęły się napady paniki. Budziła się w środku nocy w swoim pokoju w akademiku i miała wrażenie, że ktoś tam jest i chce ją zabić. Napady były bardzo silne, musiała spać przy zapalonym świetle. W studenckiej przychodni skierowano ją do psychoterapeutki, kobiety, która uchodziła za specjalistkę od regresji hipnotycznej. Za pomocą hipnozy wgłębiała się w dziecięce wspomnienia Amy, próbując znaleźć przyczynę owych napadów paniki. Przez osiem miesięcy Amy chodziła regularnie do tej… terapeutki.

Bonnie wypluła ostatnie słowo jak najgorszy epitet i przesunęła dłonią po wargach, jakby chciała je z nich zetrzeć.

– Na sesjach zaczęła sobie przypominać różne rzeczy. Rzeczy, które podobno wyparła z pamięci. Przypomniała sobie, jak, będąc dzieckiem, leżała kiedyś w łóżku i otworzyły się drzwi. Ktoś zakradł się do niej po ciemku. Podciągnął jej nocną koszulę i... – urwała, wzięła głęboki oddech, po czym ciągnęła: – To nie były luźne wspomnienia. Pamiętała wszystko z przerażającą jasnością, łącznie z narzędziami, jakich używała molestująca ją osoba. Raz była to drewniana łyżka, innym razem szczotka do włosów. Terapeutka doszła do wniosku, że napady paniki Amy są wynikiem trwającego długie lata molestowania w dzieciństwie, więc kiedy już to sobie przypomniała, powinna stawić czoło prześladowcy.

Bonnie podniosła wzrok. Na jej rzęsach lśniły łzy.

– Czy naprawdę...? – zaczęła Jane.

– Ależ skąd! Nic z tego nie było prawdą, ani jeden cholerny szczegół! Byłam samotną matką, w naszym domu nie mieszkał nikt inny, więc oczywiście to ja musiałam być tą prześladowczynią. To ja byłam potworem, który noc w noc zakradał się do pokoju córki i ją molestował. Potworem, przez którego stała się emocjonalnym wrakiem. Im więcej sesji Amy odbywała z terapeutką, tym większy odczuwała niepokój. Nie zdawałam sobie sprawy, na co się zanosi, aż w końcu pewnego wieczoru mleko się wylało. Terapeutka poprosiła mnie przez telefon o spotkanie. Przyszłam do jej gabinetu, sądząc, że zapozna mnie z postępami leczenia Amy. Zamiast tego znalazłam się w jednym pomieszczeniu z moją córką. Terapeutka siedziała obok niej. Zachęcana przez nią Amy zaczęła opowiadać o wszystkich strasznych rzeczach, których dopuściłam się wobec niej, kiedy była mała. Nagle przypomniała sobie o gwałtach, napastowaniu, tajemniczych osobach, które sprowadzałam. Powtarzałam jej, że wszystko to sobie wymyśliła, że nigdy nie zrobiłam czegoś takiego, ale ona była przekonana, że to wszystko prawda. A potem... – Bonnie otarła z oczu łzy. – Potem oświadczyła, że już nigdy w życiu się ze mną nie spotka, że nigdy nie zamieni ze mną słowa. Kiedy próbowałam jej przemówić do rozsądku, przekonać, że te wspomnienia są fałszywe, terapeutka stwierdziła, że i tak mam szczęście, bo przecież mogły wezwać policję i kazać mnie aresztować. Jej zdaniem, Amy okazała się wielkoduszna, nie rozgrzebując przeszłości. Płakałam i błagałam córkę, żeby mnie wysłuchała, ale ona po prostu wstała i wyszła z pokoju. Widziałam ją wtedy po raz ostatni. – Przesunęła dłonią po oczach, zostawiając mokre smugi na twarzy. – Dlatego właśnie sprawa Apple Tree jest dla mnie taka ważna.

– Bo, pani zdaniem, coś podobnego przytrafiło się Stankom.

– Cassandra Coyle też tak uważała. Ta sprawa bulwersowała ją do tego stopnia, że postanowiła nakręcić o tym film.

– Mówi pani o tym horrorze? O *Mr. Simian*? – zapytał Frost.

Bonnie ironicznie się zaśmiała.

– Czasami najlepiej powiedzieć prawdę poprzez fikcję.

– Ale jej koledzy mówili, że *Mr. Simian* jest o dziewczynie, która zaginęła. Nie ma tam nic o molestowaniu dzieci.

– Film opowiada również, jak z biegiem czasu deformują się wspomnienia. Jak prawda wynika po prostu z czyjegoś punktu widzenia. – Bonnie wyprostowała się na krześle i odzyskała nad sobą panowanie. – Słyszeliście o doktor Elizabeth Loftus?

– O tej psycholog? – spytał Frost.

Jane zerknęła na swojego partnera.

– Skąd o niej wiesz?

– Powiedziała mi o niej Alice. Temat wypłynął na jej zajęciach na wydziale prawa. Chodziło o to, czy zeznania świadków są zawsze wiarygodne. Alice jest moją żoną – dodał Frost, zwracając się do Bonnie.

„Była twoją żoną", chciała go skorygować Jane, ale ugryzła się w język.

– W połowie lat dziewięćdziesiątych – podjęła Bonnie – doktor Loftus opublikowała w „Psychiatric Annals" przełomowy artykuł. Jego tematem był eksperyment, jaki przeprowadziła na dwudziestu czterech osobach. Uczestnikom przypomniano cztery różne sytuacje z ich dzieciństwa, tak jak je zapamiętali ich bliscy. Rzecz w tym, że tylko trzy wydarzyły się naprawdę. Czwarte było fikcją. Uczestników poproszono, żeby przypomnieli sobie szczegóły każdego z nich. Z biegiem tygodni przypominali sobie coraz więcej i wzbogacali opis szczegółami. Nawet w przypadku wydarzenia, do którego nigdy nie doszło. Po zakończeniu eksperymentu pięć osób z tej grupy nie potrafiło sobie przypomnieć, które z czterech wydarzeń było fikcyjne. Nadal wierzyli, że wszystko to przytrafiło się im naprawdę. Doktor Loftus zdołała im wszczepić fałszywe wspomnienia. Aby to zrobić, wystarczy tylko powtarzać komuś, że jakaś sytuacja rzeczywiście się wydarzyła. Mówić o niej, jakby była prawdziwa, i ciągle do niej nawiązywać. Poddane takim zabiegom osoby po krótkim czasie zaczynają dodawać własne szczegóły i barwy i w końcu takie wspomnienie staje się dla nich tak samo wyraziste jak realne życie. Tak wyraziste, że mogą przysiąc, że to prawda. – Bonnie odchyliła się na krześle. –

303

Uczestnikami eksperymentu doktor Loftus byli dorośli. Małym dzieciom można wmówić o wiele więcej.

– Na przykład latające tygrysy i tajne lochy w piwnicy – wtrącił Frost.

– Czytaliście zeznania dzieci. Wiecie, o jakich dziwacznych rzeczach opowiadały. O składanych w ofierze zwierzętach. O kulcie diabła. Pamiętajcie, że niektóre z tych dzieciaków miały po pięć albo sześć lat. W takim wieku trudno uważać kogoś za w pełni wiarygodnego, a mimo to w wyniku tych zeznań Stankowie trafili za kratki. To współczesna wersja procesów z Salem. – Bonnie popatrzyła na Jane i Frosta. – Poznaliście już tę prokurator, Ericę Shay?

– Jeszcze nie – odparła Jane.

– Dzięki Apple Tree zrobiła wielką karierę. Nie uzyskała wyroku skazującego w sprawie porwania Lizzie DiPalmy, ale udało jej się posłać Stanków do więzienia. Dla niej ważna była tylko wygrana. Prawda się nie liczyła. I z całą pewnością nie liczyła się sprawiedliwość.

– To bardzo poważne oskarżenie – stwierdził Frost. – Uważa pani, że prokurator świadomie posłała niewinnych ludzi za kratki?

– Tak właśnie uważam – odparła Bonnie, kiwając głową.

◻ ◻ ◻

– Wierzcie mi, Martin Stanek był winny jak sto diabłów – oświadczyła Erica Shay.

W wieku pięćdziesięciu ośmiu lat prokurator wydawała się jeszcze bardziej nieprzejednana niż na prasowym zdjęciu sprzed dwudziestu lat, w szytym na miarę kostiumie i z uczesanymi w kok jasnymi włosami. Dwie dekady starły z jej twarzy jakikolwiek ślad łagodności, podkreślając wystające kości policzkowe i orli nos. Patrzyła rozmówcom prosto w oczy, zawsze gotowa do walki.

– Stanek oczywiście nie przyznawał się do winy. Jak wszyscy, którzy są winni.

– I jak wszyscy, którzy są niewinni – odparowała Jane.

Erica odchyliła się na krześle i zmierzyła chłodnym spojrzeniem dwoje detektywów siedzących w jej elegancko urządzonym gabinecie. Na jednej ze ścian wisiała kolekcja dyplomów, nagród i fotografii: Erica z kolejnymi gubernatorami Massachusetts, Erica z dwoma senatorami, Erica z prezydentem. Znam ważnych ludzi. Lepiej ze mną nie zadzierać, komunikowały te zdjęcia każdemu, kto tu wchodził.

– Wykonałam po prostu swoje zadanie – oznajmiła. – Przedstawiłam w sądzie dowody świadczące przeciwko Martinowi Stankowi, a ława przysięgłych uznała, że jest winny.

– Molestowania – uściśliła Jane. – Ale nie porwania Lizzie DiPalmy.

W oczach prokurator pojawił się błysk zniecierpliwienia.

– I tutaj przysięgli się pomylili. Ani przez chwilę nie miałam wątpliwości, że Stanek ją zabił. Wszyscy wiedzieliśmy, że to zrobił.

– Naprawdę?

– Wystarczy przyjrzeć się dowodom. W sobotnie popołudnie dochodzi do zaginięcia dziewięcioletniej Lizzie DiPalmy. Dziewczynka wychodzi z domu w swojej ulubionej czapce ze srebrnymi koralikami. Wsiada na rower, odjeżdża i zapada się pod ziemię. Rower zostaje odnaleziony dwa kilometry dalej na poboczu drogi. Dwa dni później jedno z dzieci odnajduje w szkolnym autobusie Apple Tree czapkę

Lizzie, bardzo charakterystyczną, kupioną podczas rodzinnego wyjazdu do Paryża. Proszę mi powiedzieć, jak ta czapka trafiła do autobusu, który prowadził wyłącznie Martin Stanek? Autobusu, który przez cały weekend stał zamknięty na podjeździe Stanków? Na podłodze tego samego autobusu odkryto ślady krwi Lizzie.

– Miesiąc wcześniej przecięła sobie wargę w tym autobusie. Jej matka powiedziała o tym podczas procesu.

Erica parsknęła lekceważąco.

– Matka Lizzie była idiotką. Nigdy nie powinna była ujawniać tej informacji.

– Ale to przecież była prawda.

– Zasiała tylko ziarno niepewności w umysłach przysięgłych. Sprawiła, że zaczęli kwestionować inne przedstawione przez nas dowody. A potem obrońcy uknuli absurdalną teorię, że ktoś inny porwał Lizzie i że dziewczynka być może jeszcze żyje. – Erica pokręciła z niesmakiem głową. – Zdołaliśmy za to uzyskać wyrok skazujący w odniesieniu do zarzutów o molestowanie. Liczyłam, że dostanie więcej niż dwadzieścia lat, ale przez te dwadzieścia lat nie mógł przynajmniej nikogo skrzywdzić. Po wyjściu na wolność znów zaczął zabijać. Pałał żądzą zemsty. Te dzieciaki mówiły prawdę i przez nie trafił do więzienia.

– Prawdę? Niektóre z zarzutów były mocno naciągane – zauważył Frost.

– Dzieci są skłonne do przesady. Mogą też pomylić kilka szczegółów. Ale nie kłamią, zwłaszcza jeśli chodzi o molestowanie.

– Mogły zostać poinstruowane. Ukierunkowane.

– Chyba go pan nie broni?

Wybuch prokurator sprawił, że Frost skulił się na krześle. Na sali sądowej ta kobieta walczyła prawdopodobnie jak gladiator, nigdy się nie cofając, nigdy nie opuszczając gardy. Jane pomyślała o Martinie Stanku, dwudziestodwuletnim, wystraszonym i skazanym na zgubę. Temu właśnie musiał stawić czoło na ławie oskarżonych: miał przed sobą bezwzględnego przeciwnika czekającego tylko, by zadać śmiertelny cios.

– Przesłuchałam każde z tych dzieci – podjęła Erica. – Rozmawiałam z ich rodzicami. Zbadałam siniaki i zadrapania na rękach Holly. To ona znalazła czapkę Lizzie w autobusie i odważyła się powiedzieć matce o tym, co dzieje się w ośrodku. Potem potwierdził to Billy Sullivan i wiedzieliśmy już, że to musi być prawda. Ośrodek Stanków był gniazdem żmij. Ofiary bały się poskarżyć, dopóki nie zrobili tego Holly i Billy. Przez długie tygodnie z nimi rozmawiano i ciągle stawiano te same pytania, ale stopniowo tajemnice wyszły na jaw. O tym, co te dzieci widziały i jak krzywdzono prawie każde z nich.

– O ilu dzieciach mówimy? – zapytała Jane.

– O wielu. Woleliśmy jednak nie korzystać ze wszystkich zeznań.

– Bo niektóre opowieści były jeszcze bardziej niedorzeczne?

– Minęło dwadzieścia lat. Dlaczego kwestionujecie moją pracę przy tej sprawie?

– Jest pewna dziennikarka, która twierdzi, że zaszczepiła pani tym dzieciom fałszywe wspomnienia.

– Bonnie Sandridge? – Erica prychnęła z pogardą. – Tylko nazywa siebie dziennikarką. To zwykła wariatka.

– Więc pani ją zna.

– Staram się jej unikać. Przez ostatnie lata pisała książkę o procesach dotyczących rytualnego molestowania. Próbowała ze mną raz porozmawiać. Czułam, że to z jej strony zasadzka. Jest uprzedzona, uważa, że wszystkie te procesy to polowanie na czarownice. – Erica machnęła lekceważąco ręką. – Dlaczego miałoby mnie obchodzić, co mówi?

– Cassandrę Coyle obchodziło. Chciała, żeby Bonnie napisała, jak było naprawdę. Wierzyła, że Stankowie od początku byli niewinni, i dzwoniła do swoich koleżanek i kolegów. Pytała, co zapamiętali.

– Dowiedziała się pani tego od Bonnie Sandridge?

– Rejestr połączeń telefonicznych to potwierdza. Cassandra Coyle rzeczywiście zadzwoniła do Sarah Basterash, Timothy'ego McDougala i Billy'ego Sullivana. Musieliśmy się cofnąć prawie o rok, żeby znaleźć te połączenia. To tłumaczy, dlaczego nie trafiliśmy na nie za pierwszym razem. Jedyną osobą, do której Cassandra nie zadzwoniła, jest Holly Devine. Nie wiedziała, jak ją znaleźć.

– Minęło dwadzieścia lat i Cassandra nagle chce oczyścić z zarzutów Stanków? – Erica pokręciła głową. – Dlaczego?

– Panią nie dręczyłaby świadomość, że posłała pani niewinnego człowieka do więzienia?

– Cóż, ja nie miałam wątpliwości. Był winien zarzucanych mu czynów i przysięgli się ze mną zgodzili. – Erica wstała, dając sygnał, że spotkanie dobiegło końca. – Sprawiedliwości stało się zadość. Nie mam nic więcej do powiedzenia.

# Rozdział trzydziesty piąty

– Za kolejne zwycięstwo toczącej bój z przestępczością rodziny Rizzolich! – ogłosił ojciec Jane, otwierając prosecco, które wylało się z butelki, plamiąc ulubiony żółty toskański obrus Angeli.

– Pohamuj entuzjazm, tato – powiedziała Jane. – To nie było nic wielkiego.

– Owszem, było! Zawsze warto uczcić pojawienie się naszego nazwiska w „Boston Globe".

Jane spojrzała na brata.

– Słuchaj, Frankie, powinieneś chyba obrabować bank. Wtedy moglibyśmy spełnić toast prawdziwym szampanem.

– Poczekaj tylko. Niedługo o naszym Frankiem też zaczną mówić w wiadomościach. Już widzę te nagłówki: „Agent specjalny Frank Rizzoli junior samodzielnie rozpracował międzynarodowy syndykat zbrodni". – Frank senior nalał prosecco do kieliszka i podał go synowi. – Zawsze wiedziałem, że mogę być dumny z moich dzieci.

– Z naszych dzieci – poprawiła go Angela, stawiając na stole półmisek z pieczenią. – Mnie też przypada tutaj część zasługi.

– Frankie wstąpi do FBI, a o Jane już teraz piszą w gazetach. Co do Mikeya, wciąż musi zdecydować, co chce zrobić ze swoim życiem, ale wiem, że też będę mógł być z niego kiedyś dumny. Szkoda, że nie może tu dziś świętować razem z nami, ale dobrze, że jest ze mną przynajmniej dwójka moich dzieci.

– Naszych dzieci – powtórzyła Angela. – Nie wychowałeś ich sam.

– Jasne, jasne. Naszych dzieci. – Ojciec podniósł kieliszek prosecco. – Za detektyw Jane Rizzoli. Która dorwała kolejną kanalię!

Ojciec i brat wychylili toast do dna. Jane zerknęła na Gabriela, który kiwając z rozbawieniem głową, upił posłusznie łyk prosecco. Nie miała pojęcia, że w trakcie dzisiejszej rodzinnej kolacji będą świętować jej sukces w rozwiązaniu sprawy Wykrawacza Oczu, jak lubił go nazywać Frankie. Prawdę mówiąc, nie miała poczucia sukcesu. Jak mogła świętować w sytuacji, gdy podejrzany zginął i tyle pytań pozostało bez odpowiedzi? Nie mogła się wyzbyć przekonania, że jej praca nie została zakończona i coś przegapiła. Prosecco miało gorzki smak – z całą pewnością nie kojarzyło się z trumfem – więc po jednym łyku odstawiła kieliszek. Zauważyła, że matka też nie pije. Ojciec zawsze kupował wino tak tanie, że nikt z funkcjonującymi w miarę prawidłowo kubkami smakowymi nie miał ochoty go pić.

Nie powstrzymało to jednak Franka seniora i Franka juniora przed wychylaniem dalszych toastów za triumf Rizzolich. Jeśli tak miała wyglądać sprawiedliwość, to została wymierzona straszliwym kosztem. Jane pomyślała o leżących na stole sekcyjnym, przeżartych rakiem zwłokach Earla Devine'a, którego sekret został w końcu ujawniony, i o Martinie Stanku, który zginął, utrzymując z uporem, że jest niewinny.

A jeżeli mówił prawdę?

– Co znaczy ta ponura mina, Janie? Powinnaś świętować razem z nami! – zaapelował ojciec, krojąc pieczeń na swoim talerzu. – Dzisiaj tylko to się liczy!

– Nie zdobyłam chyba Nagrody Nobla czy czegoś w tym stylu.

– Nie uważasz, że dobrze wykonana robota zasługuje na kieliszek szampana?

– To tylko prosecco – mruknęła Angela, ale nikt jej chyba nie usłyszał. Siedziała przy końcu stołu, z opuszczonymi ramionami, przy nietkniętym talerzu. Mąż i syn zajadali się przyrządzoną przez nią potrawą, ale ona nie wzięła nawet do ręki widelca.

– Nie daje mi po prostu spokoju to, jak zakończyła się ta sprawa – wyjaśniła Jane.

– Sprawca zabity, sprawa rozwiązana. – Jej brat roześmiał się głośno i trzepnął ją po ramieniu.

– On uderzył mamę! – oburzyła się Regina.

– Nie uderzyłem jej, mała – sprostował Frankie. – To tylko triumfalny kuksaniec.

– Uderzyłeś! Widziałam!

Jane pocałowała córkę w czubek głowy.

– Wszystko w porządku, kochanie. Wujek Frankie tylko tak się wygłupia.

– Tak właśnie postępują dorośli – dodał Frankie.

– Bijesz ludzi? – zwróciła się do niego z pretensją Regina.

*Z ust dziateczek dowiecie się prawdy.*

311

– Musisz nauczyć się bronić, dzieciaku. – Frankie zacisnął dłonie w pięści i zaczął się żartobliwie boksować z siostrzenicą. – No dalej. Pokaż wujkowi Frankiemu, że potrafisz się bronić.

– Przestań – odezwała się Angela.

– To tylko zabawa, mamo.

– To mała dziewczynka. Nie musi się uczyć walczyć.

– Jasne, że musi. Nazywa się Rizzoli.

– Formalnie rzecz biorąc, nazywa się Dean – przypomniała Jane, patrząc na swojego bezgranicznie cierpliwego męża.

– Ale w jej żyłach płynie krew Rizzolich. A Rizzoli wiedzą, jak o siebie walczyć.

– Nie, wcale nie wiemy – odezwała się Angela. Na jej twarz wystąpiły rumieńce, w oczach zalśnił wulkaniczny blask. – Niektórzy z nas nie potrafią się bronić. Niektórzy z Rizzolich to tchórze. Na przykład ja.

Frankie zastygł z pełnymi ustami, wbijając wzrok w matkę.

– O czym ty mówisz, mamo?

– Chyba słyszałeś. Jestem tchórzem.

Frank senior odłożył na bok widelec.

– O co ci znowu chodzi?

– O ciebie, Frank. I o mnie. To wszystko to jeden wielki syf.

Regina popatrzyła na Gabriela.

– Tato, babcia powiedziała brzydkie słowo.

Zaczerwieniona Angela spojrzała na wnuczkę.

– Rzeczywiście, kochanie, powiedziałam. Przepraszam. Bardzo cię przepraszam. – Odsunęła krzesło i wstała. – Babcia potrzebuje trochę czasu dla siebie.

– Żebyście wiedzieli, że potrzebuje! – zawołał jej mąż,

kiedy Angela zniknęła w kuchni. – Nie wiem, co w nią wstąpiło – dodał, rozglądając się. – Ostatnio jest taka humorzasta.

Jane wstała od stołu.

– Pójdę z nią porozmawiać.

– Nie, zostaw ją w spokoju. Musi wziąć się w garść.

– Potrzebuje raczej kogoś, kto by jej wysłuchał.

– Jak chcesz – mruknął Frank, po raz kolejny sięgając po butelkę prosecco.

Mama zdecydowanie potrzebuje trochę czasu dla siebie, pomyślała Jane. Choćby po to, żeby nie musiała odpowiadać za zabójstwo.

Angela stała w kuchni przy blacie, wpatrując się uporczywie w blok z nożami.

– Trucizna jest o wiele łatwiejsza w zastosowaniu – zauważyła Jane.

– Jaka jest śmiertelna dawka strychniny?

– Jeśli ci powiem, będę musiała cię aresztować.

– Nie dla niego, tylko dla mnie.

– Mamo?

Angela odwróciła się do córki z wyrazem bezdennej rozpaczy na twarzy.

– Nie dam rady, Jane.

– Bardzo się z tego cieszę.

– Nie, mam na myśli to. – Angela wskazała leżące w zlewie brudne garnki i patelnie, poplamiony tłuszczem piekarnik i czekający na blacie placek. – Wpadłam w tę samą pułapkę, w jakiej tkwiłam wcześniej. On chce, żeby tak to właśnie wyglądało, a ja nie mogę tego znieść. Próbowałam się dostosować, naprawdę. I zobacz, do czego mnie to doprowadziło.

– Do tego, że masz ochotę wziąć strychninę.

– Właśnie.

Przez zamknięte drzwi kuchni dobiegł je śmiech Franka i Frankiego, rechoczących nad przygotowanymi przez Angelę daniami. Czy wiedzieli, ile z siebie dała, by mogli delektować się pieczenią wołową i ziemniakami? Czy zdawali sobie sprawę, że dokładnie w tym samym momencie za kuchennymi drzwiami zapadają decyzje, które zmienią smak wszystkich ich przyszłych posiłków?

– Mam zamiar to zrobić – powiedziała Angela. – Odchodzę od niego.

– Och, mamo…

– Nie próbuj mi odradzać. Jeśli tego nie zrobię, zginę. Przysięgam, uschnę i zginę.

– Nie będę ci odradzać. Powiem ci, co zamierzam zrobić. – Jane położyła dłonie na ramionach matki i spojrzała jej w oczy. – Pomogę ci się spakować, a potem zabiorę cię do nas.

– Teraz?

– Jeśli tego chcesz.

Oczy Angeli zaszkliły się od łez.

– Tego właśnie chcę. Ale nie mogę się u was zatrzymać. Wasz dom nie jest zbyt duży.

– Na razie możesz spać w pokoju Reginy. Będzie zachwycona, że śpi razem z babcią.

– To tylko na parę dni, przysięgam. Boże, twój ojciec zaraz zrobi mi scenę.

– Nie musisz mu nic mówić. Chodźmy na górę się spakować.

Razem wyszły z kuchni. Frank i Frankie byli pogrążeni

314

w męskiej rozmowie i nie zauważyli nawet, że kobiety przechodzą przez jadalnię, ale Gabriel posłał Jane pytające spojrzenie. Oczywiście zauważył, że coś się dzieje. Nic nigdy nie umykało jego uwadze. W odpowiedzi pokręciła głową i ruszyła za matką po schodach.

W swojej sypialni Angela otworzyła szuflady i zaczęła wyjmować swetry i bieliznę. Brała tylko to, czego mogła potrzebować na kilka dni; po więcej ubrań mogła wrócić, kiedy męża nie będzie w domu, żeby nie wchodzić mu w drogę. Dwa lata wcześniej Frank przeszedł mały kryzys wieku średniego i zaślepiony pewną tlenioną blondyną, odszedł od Angeli, teraz jednak z całą pewnością nie zamierzał pozwolić, by ona odeszła od niego. Jeśli się pośpieszą, może nie zauważy nawet, że żona wychodzi z domu.

Jane zniosła walizkę po schodach i zastała czekającego już przy frontowych drzwiach Gabriela.

– Mogę wam pomóc? – zapytał cicho.

– Zanieś walizkę do samochodu. Mama jedzie z nami do domu.

Gabriel nie komentował tego, nie zadawał żadnych pytań. Zrozumiał już wcześniej sytuację, zorientował się, co trzeba zrobić, i bez słowa wyniósł walizkę na dwór.

– Muszę wyjechać swoim samochodem – powiedziała Angela. – Nie mogę go tutaj zostawić. Może spotkamy się po prostu na miejscu?

– Nie – zaprotestowała Jane. – Ktoś musi ci towarzyszyć, mamo. Ja poprowadzę.

– Gdzie wy się wybieracie? – zapytał ojciec, stojąc w holu i mierząc ich chmurnym wzrokiem. – Co to za spiskowanie? Co tu się dzieje?

– Mama zamieszka u nas – odparła Jane.

– Dlaczego?

– Wiesz dlaczego – odpowiedziała Angela. – A jeśli nie, to się domyśl. Deser jest w kuchni, Frank – dodała, wyjmując płaszcz z szafy. – Placek z jagodami. W zamrażalniku są też lody waniliowe. Ben and Jerry's, dokładnie takie, jakie chciałeś.

– Chwilę. Chyba ode mnie nie odchodzisz?

– To ty ode mnie odszedłeś.

– Ale wróciłem! Dla dobra rodziny!

– Wróciłeś, bo Dziunia cię pogoniła. Mam tylko jedno życie, Frank, i nie zamierzam go marnować. – Angela chwyciła swoją torebkę ze stolika w holu i wyszła.

– Jeszcze tu wróci – prychnął Frank, zwracając się do Jane. – Zobaczysz.

*Za bardzo bym na to nie liczyła.*

Jane wyszła na dwór i zobaczyła, że matka siedzi już w swoim aucie z pracującym silnikiem.

– Daj mi poprowadzić, mamo. Jesteś zdenerwowana.

– Nic mi nie jest. Wskakuj do środka.

Jane usiadła obok niej i zatrzasnęła drzwi.

– Jesteś pewna, że dobrze robisz?

– Nigdy w życiu nie byłam czegoś tak pewna. – Angela zacisnęła obie ręce na kierownicy. – Zmywajmy się stąd.

Kiedy wyjechały na ulicę, Jane obejrzała się i zerknęła na dom rodziców, w którym matka wychowała trójkę dzieci. Musiała być bardzo nieszczęśliwa, skoro go teraz porzucała. Przez ostatnich kilka miesięcy Jane widziała rozpacz na zastygłej twarzy matki, mogła się jej domyślać po nieuczesanych włosach i stale opuszczonych ramionach. Ojciec z pewnością też zauważył te oznaki, ale nie wierzył, by te emocje skłoniły żonę do jakichkolwiek działań. Nawet teraz zakładał, że za parę dni wróci. Nie uznał za stosowne zostać na dworze i obserwować, jak odjeżdża, tylko wszedł do domu i zamknął za sobą drzwi.

– Obiecuję, że nie zostanę u was dłużej, niż będę musiała – przyrzekła Angela. – Spędzę tylko tyle czasu, ile potrzeba na znalezienie własnego miejsca.

– Tym akurat nie musimy się przejmować, mamo.

– Ale ja się przejmuję. Wszystkim się przejmuję. Kobieta dożywa mojego wieku i nagle okazuje się dla wszystkich ciężarem. Albo godzi się, by traktowano ją jak zwierzę pociągowe. Sama nie wiem, co jest gorsze. Tak czy owak... – Angela zerknęła nagle na drogowskaz i cicho jęknęła.

– Co jest?

– To zjazd do jego domu... – Nie musiała mówić, o kogo chodzi; Jane wiedziała, że ma na myśli Vince'a Korsaka, mężczyznę, który po odejściu Franka na krótko pojawił się w życiu matki. – Na pewno widuje się już z kimś innym – dodała cicho Angela.

– Mówiłam już, mamo, że nie wiem.

– Na pewno. Taki wspaniały facet jak Vince...

Korsak? Jane o mało nie parsknęła śmiechem. Emerytowany detektyw Vince Korsak był tykającą bombą zawałową: otyły, cierpiący na nadciśnienie, słynący z wielkiego apetytu i kompletnego braku talentów towarzyskich. Był jednak autentycznie zakochany w Angeli, więc kiedy zakończyła ich romans i wróciła do męża, kompletnie się załamał.

Angela szarpnęła nagle kierownicą i zawróciła z piskiem opon na środku drogi.

– Co ty wyprawiasz, mamo?! – zawołała Jane. – To nie-
dozwolone!

– Muszę wiedzieć.

– Co takiego?

– Czy nadal mam u niego jakąś szansę.

– U Korsaka?

– Odchodząc od niego, złamałam mu serce, Jane. Możliwe, że nigdy mi nie wybaczy.

– Wiedział, z czym przyjdzie ci się zmierzyć. Z tatą.
Z całą rodziną.

– Nie wiem nawet, czy będzie chciał ze mną rozmawiać.

Angela zdjęła stopę z gazu, jakby zwątpiła w swój sza-
lony odruch, a potem tak samo gwałtownie wcisnęła pedał
i samochód pomknął do przodu.

Jane mogła się tylko mocno trzymać uchwytu.

Zatrzymały się z piskiem opon przed blokiem Korsaka.

Angela odetchnęła głęboko, zbierając się na odwagę.

– Może do niego po prostu zatelefonujesz? – zasugerowała Jane.

– Nie. Muszę widzieć jego twarz. Muszę odczytać jego
uczucia, kiedy na mnie spojrzy. – Angela otworzyła drzwi. –
Zaczekaj na mnie, Janie. To może być bardzo krótka wizyta.

Jane patrzyła, jak matka wysiada z samochodu, przystaje
na chodniku, żeby wygładzić płaszcz, i przeczesuje palcami
włosy. Wyglądała jak dziewczyna przed pierwszą randką.
Zmiana, jaka w niej zaszła, była uderzająca: z wyprostowanymi ramionami i podniesionym podbródkiem ruszyła na
spotkanie tego, co miało się wydarzyć. Otworzyła drzwi budynku i zniknęła w środku.

Jane czekała. I czekała.

Po dwudziestu minutach Angela nadal nie wracała na dół. Jane wyobrażała sobie wszelkie ewentualności, jedną gorszą od drugiej. A jeśli matka zastała Korsaka z jakąś zazdrosną kobietą? Mogła tam teraz leżeć dźgnięta nożem i wykrwawiać się na śmierć. Albo leży tam dźgnięty nożem Korsak i też się wykrwawia. To był minus bycia policjantką: zawsze przychodziły jej do głowy najgorsze scenariusze, bo wiele razy widziała, jak się sprawdzają.

Wyciągnęła komórkę, żeby zadzwonić, i nagle zdała sobie sprawę, że matka zostawiła torebkę i telefon w samochodzie. Wybrała numer Korsaka, ale po czterech dzwonkach odezwała się poczta głosowa.

*Oboje leżą zadźgani i zakrwawieni. A ty siedzisz tu, jakby nigdy nic.*

Z westchnieniem wysiadła z samochodu.

Minęło kilka miesięcy, odkąd złożyła wizytę Korsakowi, lecz w jego budynku nic się nie zmieniło. Na klatce schodowej stała ta sama sztuczna palma, płytki podłogowe nadal były popękane, winda zepsuta. Weszła po schodach na drugie piętro i zapukała do drzwi mieszkania numer dwieście siedemnaście. Nie doczekała się odpowiedzi, ale przez drzwi słyszała włączony na pełen regulator telewizor: krzyki i wrzaski, którym towarzyszyło złowrogie bębnienie na perkusji.

Drzwi nie były zamknięte na klucz; weszła do środka.

Mieszkanie wyglądało dokładnie tak samo, jak je zapamiętała: czarna skórzana sofa, stolik z blatem z przydymionego szkła, duży płaski telewizor. Typowa nora samotnego faceta. W telewizji szedł stary czarno-biały horror, pokój rozjaśniał wyłącznie ekran, na którym widniały wpatrujące się w niebo przerażone twarze. UFO. Film o inwazji obcych.

Czyjeś głosy – prawdziwe głosy – sprawiły, że zerknęła w stronę kuchni.

Jedno spojrzenie powiedziało jej więcej, niż chciała wiedzieć. Angela i Korsak stali objęci ramionami, ich usta były złączone w pocałunku, dłonie wędrowały po plecach. Jane musiała oglądać w życiu wiele rzeczy, których nie chciałaby więcej zobaczyć. Jedną z nich był widok matki całującej się namiętnie z Vince'em Korsakiem. Cofnęła się do pogrążonego w półmroku salonu i usiadła na sofie.

Co teraz?

Siedząc w blasku telewizora, zastanawiała się, jak długo będą trwały te czułości. Czy nie powinna zadzwonić do Gabriela i poprosić, żeby zabrał ją do domu i przy okazji przywiózł tu walizkę matki? Nie chciała przeszkadzać, ale naprawdę, jak długo można się obściskiwać?

Na ekranie telewizora jakaś kobieta uciekała przez las przed facetem przebranym za gigantyczną mrówkę. Przypomniała sobie, że Korsak ma całą kolekcję starych horrorów, bo, jak powtarzał, nie ma nic lepszego od strasznego filmu, żeby dziewczyna padła ci w ramiona. Tak jakby tylko strach mógł skłonić kobietę do pieszczot.

Gigantyczna mrówka wyłoniła się zza krzaków w całej swojej lateksowej krasie. Kobieta potknęła się o korzeń i upadła. To było oczywiste. Każda biegnąca przez las kobieta musi się potknąć i upaść. Podstawowa zasada horroru. Niezdarna kobieta podniosła się z trudem, szlochając i panikując. Kiedy podobna do mrówki istota szykowała się do zadania śmiertelnego ciosu, Jane nagle coś sobie przypomniała. Inny horror. Inną młodą kobietę biegnącą przez las i ściganą przez zabójcę.

Wpatrzona w ekran, wyprostowała się na sofie, myśląc o filmie *Mr. Simian*, nakręconym według scenariusza Cassandry Coyle i przez nią wyprodukowanym. Zdaniem jej kolegów, zainspirowało ją prawdziwe wydarzenie z dzieciństwa. Historia zaginionej dziewczynki.

Tą dziewczynką była z całą pewnością Lizzie DiPalma.

– Och, Janie. Jesteś tutaj – odezwała się Angela.

Jane nawet nie spojrzała na matkę; nadal wpatrywała się w telewizor, myśląc o Cassandrze i o Lizzie. O wątpliwościach, jakie budziło w niej rozwiązanie całej sprawy, i o pytaniach, na które nie znalazła odpowiedzi.

– Nie jadę z tobą do domu – powiedziała Angela. – Zostaję z Vince'em. Mam nadzieję, że nie masz nic przeciwko.

– Oczywiście, że nie ma nic przeciwko – skomentował Korsak. – Dlaczego miałaby mieć? Jesteśmy chyba wszyscy dorośli.

– Ta historia nie jest jeszcze skończona – mruknęła Jane, zrywając się na nogi.

– Nie, zdecydowanie nie jest – potwierdziła jej matka, uśmiechając się promiennie do Korsaka. – Prawdę mówiąc, zapowiada się lepiej niż kiedykolwiek.

– Muszę lecieć, mamo.

– Zaczekaj. Co z moją walizką?

– Poproszę Gabriela, żeby ci ją przywiózł.

– Więc nie przeszkadza ci, że ja i Vince będziemy żyli... no wiesz... w grzechu?

Jane spojrzała na Korsaka, który trzymał dłoń na biodrze Angeli, i zadrżała na myśl o tym, co będzie się działo tej nocy w jego sypialni.

– Życie jest krótkie, mamo – rzuciła. – A ja mam sprawy do załatwienia.

– Dokąd tak się śpieszysz? – zapytał Korsak.

– Obejrzeć film.

# Rozdział trzydziesty szósty

– Nadal mamy do zrobienia korekcję koloru i ścieżkę dźwiękową, więc zabraknie emocji, które daje dramatyczna muzyka – powiedział Travis Chang. – Ale warstwa wizualna jest zamknięta. Film w zasadzie jest już gotowy; możemy go chyba pani pokazać.

Od ostatniej wizyty Jane w Crazy Ruby Films trójka filmowców uporządkowała nieco studio. Znikły pudełka po pizzy i puszki po napojach, kosze na śmieci zostały opróżnione, w pomieszczeniu nie śmierdziało też brudnymi skarpetkami. Czuło się natomiast zapach prażonej w mikrofalówce kukurydzy, którą Amber wsypała do miski, żeby wszyscy mogli się częstować. Nikt jednak nie odkurzył pomieszczenia i zanim Jane usadowiła się na sofie, musiała z niej strzepnąć stary popcorn.

Ben i Travis usiedli po jej obu stronach i wbili w nią wzrok, jakby była kosmitką, która znalazła się nagle między nimi.

– Wszyscy się zastanawiamy, pani detektyw… – odezwał się Ben.

– Nad czym?

– Dlaczego zmieniła pani zdanie. Mówiła pani, że nie jest fanką horrorów. I nagle przyjeżdża pani w sobotnią noc i chce obejrzeć *Mr. Simian*. Dlaczego?

– Może cierpię na bezsenność?

– Nie, serio – zaprotestował Travis. – Jaki jest prawdziwy powód?

Wszyscy troje wpatrywali się w nią, czekając na odpowiedź. Na to, żeby powiedziała im prawdę.

– Tamtego wieczoru, kiedy was po raz pierwszy przesłuchiwałam, zaraz po zamordowaniu Cassandry – zaczęła – jedno z was powiedziało, że *Mr. Simian* jest oparty na faktach. Na czymś, co wydarzyło się, kiedy Cassandra była dzieckiem.

– Zgadza się – odparła Amber. – Opowiadała nam o zaginięciu jakiejś dziewczyny.

– Wymieniła kiedykolwiek jej nazwisko?

– Nie. To był ktoś z jej szkoły.

– Moim zdaniem, to dziecko nazywało się Lizzie DiPalma. Zaginęła w wieku dziewięciu lat.

Amber zmarszczyła czoło.

– W scenariuszu Cassie osoby, które zaginęły, mają siedemnaście lat – powiedziała.

– Uważam, że ta postać uosabia Lizzie, w rzeczywistości dziewięcioletnią dziewczynkę. Wydaje mi się również, że filmowy zabójca uosabia mężczyznę, który ją porwał.

– Chwileczkę – przerwał jej Travis. – To znaczy, że Mr. Simian jest prawdziwą postacią?

– Kim jest w waszym filmie Mr. Simian?

Travis podszedł do komputera i postukał w klawisze.

– Chyba najlepiej odpowiemy na to pytanie, pokazując pani film. Niech się pani wygodnie usadowi, pani detektyw. Zaczynamy.

Amber przygasiła światła i na dużym telewizyjnym ekranie ukazała się czołówka Crazy Ruby Films, obraz okruchów szkła, które zespalając się, tworzyły kubistyczny portret kobiety.

– To logo jest moim pomysłem – wyjaśniła. – Symbolizuje wszystkie rozproszone fragmenty, które łączą się w wizualną całość. Na tym właśnie polega w pigułce kręcenie filmu.

– Proszę popatrzeć teraz. – Travis wziął z miski garść popcornu i usiadł na podłodze u stóp Jane. – Nakręcenie tego pierwszego ujęcia zajęło nam cztery potwornie długie dni. Nasza pierwsza gwiazda pojawiła się kompletnie pijana, więc ją wywaliliśmy. Musieliśmy z dnia na dzień znaleźć zastępstwo.

– A ja skręciłem sobie kostkę na planie – dodał Ben. – Kuśtykałem potem przez kilka tygodni. Zupełnie jakby nad naszym projektem od samego początku zawisło złe fatum.

Na ekranie ładna blondynka w zabłoconych dżinsach biegła na złamanie karku przez ciemny las. Nawet bez złowrogiej muzyki napięcie było ewidentne: dziewczyna łapała kurczowo oddech i miała wyraz paniki na twarzy. Kiedy obejrzała się przez ramię, z tyłu zabłysła latarka i oświetliła jej zastygłe w grymasie przerażenia wargi.

Po cięciu na ekranie pojawiła się ta sama dziewczyna, śpiąca spokojnie w różowej sypialni. „Tydzień wcześniej", głosił napis.

– Scena w lesie przenosi widza w przyszłość – wyjaśniła Amber. – Teraz cofamy się o tydzień, żeby zobaczyć, dlaczego nasza bohaterka, Anna, znalazła się w tym lesie i dlaczego ucieka przed mordercą.

Kolejna scena przedstawiała lekcję biologii, w której brała udział Anna. Kamera pokazywała uczniów: dwie rozchichotane dziewczyny podające sobie liściki, rozpartego w ławce umięśnionego młodzieńca w sportowej kurtce i bladego chłopaka robiącego pilnie notatki. Kamera powoli przesunęła się na front klasy i pokazała nauczyciela.

Jane wpatrywała się jak urzeczona w jego blond włosy, okrągłą dziecinną twarz i okulary w drucianych oprawkach. Wiedziała dobrze, dlaczego do tej roli zaangażowano akurat tego aktora. Był bardzo podobny do Martina Stanka.

– To Mr. Simian? – zapytała cicho.

– Może – odparł Travis. – A może nie – dodał z chytrym uśmiechem. – Nie chcemy psuć pani przyjemności. Niech pani ogląda dalej.

Na ekranie uczniowie wyszli z klasy i rozmawiali ze sobą, otwierając szafki na korytarzu. Oglądała typową galerię postaci ze standardowego młodzieżowego horroru: sportsmen, cicha trusia, kujon, złośliwa cheerleaderka, rozsądna brunetka. Brunetka musiała oczywiście przeżyć; rozsądnym dziewczynom nie przytrafia się w horrorach nic złego.

Dwadzieścia minut później brunetka padła na ziemię z głową odrąbaną siekierą.

Scena jej śmierci pokazana była w zwolnionym tempie: krew lała się strumieniami, w powietrzu latały okruchy czaszki. Jane zaczęła się wiercić. Nic dziwnego, że na co dzień nie oglądała horrorów. Za bardzo przypominały to, co widziała w pracy. Wpatrując się w bezgłowe zwłoki brunetki, przypomniała sobie leżące w wannie w Dorchester ciało młodej kobiety, której naćpany crackiem chłopak odciął głowę. Tamten horror był rzeczywisty, ale nie musiała go oglądać, gdy się rozgrywał, i ostrzeżono ją zawczasu, co zobaczy. Ostrzeżenia przekazywano na ogół przez telefon. Obecny na miejscu zbrodni funkcjonariusz mówił ponurym głosem, że „tym razem fatalnie to wygląda", więc przed przyjazdem była przygotowana na makabryczne widoki i zapachy, bo mundurowi zawsze bacznie ją obserwowali. Chcieli się przekonać, czy pani detektyw jest rzeczywiście taka twarda. Pokazywała, że jest.

Spojrzała na trójkę filmowców, dla których sztuczna krew była chlebem powszednim. Dla nich morderstwo było rozrywką. *Dla mnie jest zawsze cholerną tragedią.*

Zabójca na ekranie był anonimowy. Nie było widać twarzy, znaków szczególnych, wyłącznie niewyraźną postać pochyloną nad zabitą brunetką. Wbijaną w ziemię łopatę. Uciętą głowę, która zatoczyła łuk w powietrzu i wylądowała z głuchym łupnięciem w grobie.

– Nie spodziewała się pani, że to spotka akurat tę dziewczynę? – zapytał, szczerząc zęby, Ben.

– Nie – mruknęła.

Jakie jeszcze niespodzianki czekały ją w tym filmie? *Co próbowałaś nam przekazać, Cassandro?* Scenariusz w upiorny sposób antycypował to, co miało się naprawdę wydarzyć w przyszłości. Pięć potencjalnych ofiar. Kolejne makabryczne zabójstwa. Nieubłagany morderca pracujący w ośrodku opieki dziennej. Czy Cassandra jakimś cudem przewidziała swój los, a także losy innych świadków?

Dwadzieścia minut później anonimowy Mr. Simian uderzył ponownie. Tym razem ostrze siekiery wbiło się w muskularny kark sportsmena. To nie była niespodzianka; sportsmeni nie żyją długo w horrorach. Jane nie zdziwiło także, gdy w rozbryzgach sztucznej krwi i mózgu padła trupem złośliwa cheerleaderka. Śmierć podłych dziewczyn sprawia grzeszną przyjemność młodocianym kinomanom, którzy biorą w ten sposób odwet na zatruwającym im życie, zadzierających nosa laskach.

– No i jak się pani podoba film? – zapytał Travis.

– Hm, jest bardzo wciągający – przyznała.

– Doszła już pani, kim jest Mr. Simian?

– Oczywiście, że to ten facet. – Jane pokazała sobowtóra Martina Stanka, który kucał w tej chwili w ciemnej szafie, zerkając przez szparę w ścianie do damskiej toalety, gdzie cicha trusia właśnie zadarła spódniczkę i podciągała rajstopy. Podglądający ją nauczyciel obleśnie się uśmiechał. – Przecież to kawał sukinsyna.

– Zgadza się, ale czy to on jest zabójcą?

– A któż inny może nim być? Oprócz dzieciaków i ich rodziców w filmie nie ma innych podejrzanych.

Travis uśmiechnął się.

– To, co wydaje się oczywiste, nie zawsze jest prawdą. Nie uczą was tego w szkole detektywów?

Jane instynktownie zadrżała, gdy kolejna fontanna krwi zalała ścianę, przy której kucał podglądacz. Obleśny belfer, którego wytypowała na zabójcę, padł na podłogę z wbitym w czaszkę ostrzem siekiery. W kadrze pojawiła się powoli postać prawdziwego mordercy. Osoby, której w ogóle nie podejrzewała. Zabójca miał na głowie czapkę z połyskującymi srebrnymi koralikami.

– Jest pani zaskoczona, prawda? – zapytał Travis. – Na

tym właśnie polega złota zasada horrorów. Zabójcą zawsze okazuje się ten, którego najmniej podejrzewamy.

Jane wyciągnęła komórkę i zadzwoniła do Frosta.

– Popełniliśmy zasadniczy błąd – powiedziała, widząc na ekranie przerażoną Annę biegnącą przez las, ściganą przez mordercę, który wreszcie przestał być anonimowy. – W tej sprawie nigdy nie chodziło o Apple Tree ani nawet o Stanków. Chodzi wyłącznie o Lizzie DiPalmę. O to, co jej się naprawdę przytrafiło.

□   □   □

Przez siedemnaście lat, jakie upłynęły od zaginięcia córki, Arlene DiPalma mieszkała w tej samej okolicy i tym samym domu, w którym Lizzie spędziła dziewięć lat swojego życia. Być może miała nadzieję, że pewnego dnia córka wejdzie z powrotem przez frontowe drzwi. Być może utrata jedynego dziecka wtrąciła ją w otchłań takiego bólu, że nie była w stanie się nigdzie przenieść, stawić czoło jakiejkolwiek zmianie. Aż w końcu, kiedy przed dwoma laty zmarł na udar jej mąż, musiała to zrobić.

Nagłe wdowieństwo było tym, co wyrwało Arlene z długiego letargu. Rok po śmierci męża sprzedała dom w Brookline i przeniosła się do nadmorskiego osiedla emerytów w East Falmouth, w południowo-zachodniej części Cape Code.

– Zawsze chciałam mieszkać w pobliżu wody – wyznała. – Nie wiem, dlaczego tak długo trwało, zanim podjęłam decyzję. Może nie uważałam się za dość starą, żeby zamieszkać w jednym z tych osiedli dla seniorów, choć z pewnością mam już swoje lata – dodała, patrząc przez okna salonu na posępne szare wody cieśniny Nantucket, w których odbijały się sztormowe chmury. – Urodziłam Lizzie, kiedy miałam czterdzieści lat. Byłam starą mamą.

To znaczy, że ma teraz sześćdziesiąt dziewięć lat, pomyślała Jane, i Arlene rzeczywiście wyglądała na swoje lata. Rozpacz była niczym postarzająca tabletka, która przyśpieszyła upływ czasu i pokryła siwizną skronie. Na stojącej na kominku fotografii Arlene w roli panny młodej miała świeżą, ładną buzię. Po tej młodej kobiecie nie było już teraz śladu; podobnie jak jej córka, tamta Arlene dawno już zaginęła.

Matka Lizzie odwróciła się od okna i siadła naprzeciwko Jane i Frosta.

– Myślałam, że policja dawno już o niej zapomniała. Po tylu latach byłam zaskoczona, że się ze mną skontaktowaliście. Po waszym porannym telefonie przyszło mi do głowy, że może ją w końcu odnaleźliście.

– Przykro mi, że panią rozczarowaliśmy, pani DiPalma – powiedziała Jane.

– Dwadzieścia lat i tyle fałszywych tropów. Ale to nigdy nie gaśnie, prawda?

– Co nie gaśnie?

– Nadzieja. Że moja córka wciąż żyje. Że przez cały czas ktoś trzymał ją w piwnicy, tak jak to się przytrafiło tym dziewczętom w Ohio albo tej biednej Elizabeth Smart, która bała się uciec porywaczom. Nadal łudzę się, że ten, kto ją porwał, chciał mieć po prostu własne dziecko, kogoś, kogo mógłby kochać, kim mógłby się opiekować. Że któregoś dnia Lizzie przypomni sobie, kim jest, chwyci telefon i do mnie zadzwoni. – Arlene wzięła głęboki oddech. – To możliwe – wyszeptała.

– Owszem. To możliwe.

– Ale teraz mówicie o zabójstwach. O zamordowanych czterech osobach. I to odbiera mi wszelką nadzieję.

Frost pochylił się na sofie i dotknął jej ręki.

– Nigdy nie odnaleziono jej ciała, pani DiPalma. Dopóki to się nie stanie, nie będziemy mieli pewności, że zginęła.

– Choć, waszym zdaniem, zginęła, prawda? Wszyscy tak uważają... nawet mój mąż był o tym przekonany. Tylko ja nie chciałam tego przyjąć do wiadomości. – Arlene spojrzała Frostowi w oczy. – Ma pan dzieci?

– Nie, proszę pani. Ale detektyw Rizzoli ma.

Arlene spojrzała na Jane.

– Chłopca? Dziewczynkę?

– Dziewczynkę – odparła Jane. – Ma trzy lata. I podobnie jak pani, nigdy nie straciłabym nadziei. Matki nigdy jej nie tracą. Dlatego chcę odkryć, co przytrafiło się Lizzie. Chcę, żeby poznała pani odpowiedź.

Arlene pokiwała głową i wyprostowała się.

– Proszę mi powiedzieć, jak mogłabym pomóc.

– Dwadzieścia lat temu, kiedy zaginęła Lizzie, głównym podejrzanym był Martin Stanek. Skazano go za molestowanie dzieci, ale nie za porwanie pani córki.

– Prokurator mówiła, że zrobiła wszystko co w jej mocy.

– Brała pani udział w procesie?

– Oczywiście. Uczestniczyło w nim wielu rodziców posyłających dzieci do Apple Tree.

– Więc słyszała pani ich zeznania. Była tam pani, kiedy zeznawał Martin Stanek.

– Liczyłam, że się przyzna. Że w końcu powie, co jej zrobił.

– Wierzy pani, że to Martin Stanek porwał pani córkę?

– Wszyscy tak myśleli. Policja, prokuratorzy.

– A inni rodzice?

– Na pewno byli o tym przekonani rodzice Holly.

– Proszę mi powiedzieć coś więcej o Holly Devine. Co pani zapamiętała?

Arlene wzruszyła ramionami.

– Nic konkretnego. To była cicha dziewczynka. Dość ładna. Dlaczego o nią pytacie?

– Nie zauważyła pani w jej zachowaniu nic dziwnego?

– Nie znałam jej zbyt dobrze. Była o rok starsza od Lizzie i chodziła do innej klasy, więc nie były koleżankami. – Arlene popatrzyła na Jane i zmarszczyła czoło. – Czy jest jakiś powód, dla którego o nią pytacie?

– To Holly Devine znalazła czapkę pani córki w szkolnym autobusie. To ona pierwsza oskarżyła Stanków o molestowanie. Od niej zaczął się ciąg wydarzeń, które doprowadziły do skazania i osadzenia Stanków w więzieniu.

– Dlaczego do tego wszystkiego wracamy?

– Bo zastanawiamy się, czy Holly Devine mówiła prawdę. O tym, co się stało.

Ta ewentualność najwyraźniej mocno zaskoczyła Arlene. Zacisnęła dłonie na poręczach fotela, próbując uświadomić sobie, co to może oznaczać.

– Nie uważacie chyba, że Holly mogła mieć coś wspólnego z zaginięciem mojej córki? – zapytała.

– Ta możliwość była brana pod uwagę.

– Przez kogo?

Przez kobietę, która już nie żyje, pomyślała Jane. Przez

Cassandrę Coyle, która przekazała tę wiadomość zza grobu, w formie filmowego horroru. W filmie *Mr. Simian* zabójcą nie był nauczyciel, którego wszyscy podejrzewali. Podobnie jak Martin Stanek był zmyłką, wygodnym kozłem ofiarnym, który przyciągnął uwagę wszystkich, podczas gdy w mroku czaił się prawdziwy zabójca: cicha trusia.

Złota zasada horroru.

Arlene DiPalma pokręciła głową.

– Nie, nie wyobrażam sobie, żeby ta dziewczynka skrzywdziła moją córkę. Jeśli już, to ten chłopak, ale dlaczego miałaby to zrobić Holly?

– Chłopak? – Jane spojrzała na Frosta, który był tak samo skonsternowany. – Jaki chłopak?

– Billy Sullivan. Lizzie go nie znosiła. Nie chodzili nawet do tej samej klasy... był od niej starszy o dwa lata, ale wiedziała dobrze, żeby trzymać się od niego z daleka.

Jane pochyliła się, nagle bardzo zainteresowana.

– Co takiego Billy zrobił pani córce? – zapytała cicho.

Arlene westchnęła.

– Z początku wyglądało to na zwykłe szkolne przepychanki. Dzieciom to się zdarza, a moja Lizzie nie była dziewczynką, która zgodziłaby się na rolę ofiary. Nigdy się nie poddawała. Dlatego Billy jeszcze bardziej się na nią uwziął. Nie sądzę, aby był przyzwyczajony do sytuacji, w której ktoś mu się sprzeciwia, a Lizzie nie ustępowała mu nawet na krok. Dlatego stawał się coraz bardziej agresywny. Popychał ją na przerwach, kradł pieniądze na lunch. Był jednak bardzo sprytny, nigdy nie zachowywał się tak przy innych. Ponieważ nikt tego nie widział, zawsze było to słowo Lizzie przeciwko słowu Billy'ego. Kiedy zadzwoniłam do jego matki, Susan, nie uwierzyła mi. Jej Billy był aniołem, chodzącym ideałem, a moja Lizzie zwykłą kłamczuchą. Nawet kiedy moja córka wróciła pewnego dnia do domu z rozbitą wargą, Susan upierała się, że Billy nie mógł tego zrobić.

– Chodzi o incydent w autobusie, w którego wyniku znaleziono tam ślady jej krwi?

– Tak. Billy podstawił jej nogę. Lizzie upadła i rozcięła sobie wargę. I znowu to było jej słowo przeciwko słowu Billy'ego.

– Dlaczego ta historia nie wyszła na jaw podczas procesu? – zapytał Frost.

– W pewnym sensie wyszła. Powiedziałam sędziemu, że właśnie dlatego znaleziono ślady krwi Lizzie w autobusie, ale nikt nie zapytał mnie, jak doszło do tego, że rozbiła wargę. A ta prokurator, Erica Shay, była wściekła, że w ogóle podałam tę informację. Nie chciała ujawniać niczego, co osłabiłoby dowody przeciwko Martinowi Stankowi. Była absolutnie pewna, że to on porwał moją córkę.

– Nadal pani w to wierzy? – zapytała Jane.

– Nie wiem. Mam teraz mętlik w głowie. – Arlene znowu westchnęła. – Chcę po prostu, żeby moja Lizzie wróciła do domu. Żywa lub martwa. Chcę, żeby wróciła do domu.

Ze sztormowych chmur, które przez cały ranek zakrywały niebo, zaczęły wreszcie spadać grube płatki śniegu i wirując, znikały w morzu. W letni dzień miło byłoby położyć się tutaj na plaży i budować zamki z piasku, lecz tego dnia widok morza harmonizował z ponurą atmosferą, jaka panowała we wnętrzu domu.

Arlene wyprostowała się w końcu i spojrzała na Jane.

– Nikt nie pytał mnie wcześniej o Billy'ego – powiedziała. – Nikogo najwyraźniej to nie obchodziło.

– Nas to obchodzi. Chcemy odkryć prawdę.

– Cóż, prawda jest taka, że Billy Sullivan był małym podłym gnojkiem. – Arlene zaskoczył chyba własny wybuch i na chwilę zamilkła. – No i popatrzcie, w końcu z siebie to wyrzuciłam. Powinnam była to powiedzieć jego matce, choć na pewno by mi nie uwierzyła. To znaczy, nikt nie dopuszcza do siebie myśli, że jego dziecko takie właśnie się urodziło, ale czasami nie ulega kwestii, kto jest dobry, a kto zły. Dzieciak, który lubi krzywdzić inne dzieci, a potem kłamie, że tego nie robił, dzieciak, który kradnie, jest zły. A mimo to durny rodzic tego nie widzi. – Arlene znowu zamilkła. – Rozmawialiście z Susan Sullivan? – zapytała po chwili.

– Spotkaliśmy się z nią wkrótce po zaginięciu jej syna.

– Wiem, że nie należy mówić źle o matce, która przeżyła taki dramat, ale Susan była częścią problemu. Miała wytłumaczenie na każde draństwo, które popełnił Billy. Wiecie, że kiedyś obdarł ze skóry małego oposa, po prostu dla hecy? Lizzie powiedziała mi, że lubił kroić żywcem zwierzęta. Łapał żaby w stawie, przecinał im brzuchy i patrzył, jak bije im serce. Jeśli robił takie rzeczy jako chłopiec, boję się myśleć, jakim stał się mężczyzną.

– Utrzymywała pani kontakty z Susan?

– Broń Boże. Po procesie jej unikałam. A może to ona unikała mnie. Doszły mnie słuchy, że Billy zrobił karierę w finansach. To idealna praca dla takiego szczura. Obracając należącymi do innych milionami, zdołał kupić matce wielką rezydencję w Brookline i dom letniskowy w Kostaryce. Wiedział przynajmniej, jak się jej odwdzięczyć. – Arlene spojrzała na wirujące w powietrzu płatki śniegu. – Wiem, że po tym, co spotkało Billy'ego, powinnam wysłać Susan list z kondolencjami. Ona nigdy nie złożyła mi kondolencji po zaginięciu Lizzie, ale tak chyba należałoby zrobić. W końcu straciła syna.

Jane i Frost spojrzeli na siebie. Obojgu przyszła do głowy ta sama myśl: Czy aby na pewno?

# Rozdział trzydziesty siódmy

W domu mojego taty unosi się dławiący słodki zapach lilii. Mam ochotę otworzyć na oścież okna i pozwolić, by przewiał go zimowy wiatr, ale byłoby to sprzeczne z zasadami gościnności. Nie wolno mi tego robić, kiedy po salonie i jadalni kręci się trzydzieścioro dwoje gości, zajadając kanapki z rozstawionych tac. Wszyscy mówią półgłosem i czują potrzebę dotykania mojej skromnej osoby, choć w gruncie rzeczy mierzi mnie to krzepiące poklepywanie po plecach i ściskanie za ramię. Mimo to każdemu grzecznie i ze smutkiem dziękuję i udaje mi się nawet uronić kilka łez. Trening czyni mistrza. Nie chodzi o to, że nie zasmuciła mnie śmierć ojca; naprawdę mi go brakuje. Brakuje mi świadomości, że jest na świecie ktoś, kto mnie kocha i uczyniłby dla mnie wszystko, tak jak on to zrobił. Żeby zapewnić mi bezpieczeństwo, tato poświęcił swoje przeżarte rakiem ciało i tych kilka nędznych miesięcy życia, które mu zostały. Wątpię, czy ktoś inny będzie mi kiedykolwiek tak oddany.

Choć Everett Prescott robi wszystko, by kimś takim się wydać.

Od przyjazdu z nabożeństwa żałobnego taty nie odstępuje mnie praktycznie na krok. Dolewa mi bez przerwy wina, donosi przekąski na talerzykach i zaczyna mnie już drażnić jego nadopiekuńczość, bo nie mam chwili dla siebie. Nawet kiedy wymykam się do kuchni, żeby wyjąć z lodówki kolejny półmisek z serem i krakersami, idzie za mną i patrzy, jak ściągam folię z talerza.

– Mogę ci jakoś pomóc, Holly? Wiem, jakie to musi być dla ciebie trudne, obsługiwanie tylu gości.

– Dam sobie radę. Nie chcę po prostu, żeby ktoś wyszedł stąd głodny.

– Daj, ja to zrobię. A co z napojami? Czy nie powinienem otworzyć kilku kolejnych butelek wina?

– Wszystko jest pod kontrolą. Zrelaksuj się, Everett. To tylko znajomi i sąsiedzi mojego taty. Na pewno nie chciałby, żebyśmy z ich powodu się stresowali.

Everett wzdycha.

– Żałuję, że nie poznałem twojego ojca.

– Na pewno by cię polubił. Zawsze powtarzał, że nie obchodzi go, czy facet jest biedny czy bogaty, najważniejsze, żeby dobrze mnie traktował.

– Staram się, jak mogę – odpowiada z uśmiechem Everett. Bierze tacę z serem i krakersami i wracamy razem do jadalni, gdzie wszyscy posyłają mi irytująco współczujące spojrzenia. Zapełniam ponownie półmiski na stole i przestawiam wazony z kwiatami. Ludzie przynieśli tyle tych cholernych lilii, że od ich zapachu robi mi się niedobrze. Nie mogę się powstrzymać, żeby nie sprawdzić, czy w bukietach nie kryją się jakieś palmowe liście, ale oczywiście ich nie ma. Martin Stanek nie żyje. Nie może mnie skrzywdzić.

– Twój ojciec dokonał bardzo odważnego czynu, Holly. Wszyscy mamy wobec niego dług wdzięczności – mówi Elaine Coyle, stojąc z talerzykiem z przekąskami w jednej i z kieliszkiem wina w drugiej ręce. Parę dni temu jej były mąż Matthew wyzionął w końcu ducha po trwającej kilka tygodni śpiączce, ale matka Cassandry prezentuje się nader elegancko w tej samej czarnej sukni, którą włożyła miesiąc temu na pogrzeb córki. – Gdybym miała sposobność, sama zastrzeliłabym tego sukinsyna. Wiem, że nie tylko ja tak myślę – dodaje, zerkając na stojącą obok niej kobietę. – Pamiętasz matkę Billy'ego Sullivana, prawda?

Nie rozmawiałam z Susan Sullivan od wielu lat, ale nie wygląda starzej, niż kiedy ją ostatnio widziałam. Jej włosy – w tym samym co zawsze odcieniu jasnego blondu – są zaczesane do góry i spryskane lakierem, a twarz, co niesamowite, jest zupełnie pozbawiona zmarszczek. Bogactwo chyba jej służy.

Witam się z nią uściskiem dłoni.

– Dziękuję, że pani przyszła, pani Sullivan.

– Wszyscy bardzo ci współczujemy. Twój ojciec był prawdziwym bohaterem.

Elaine ściska ją za rękę.

– Ty też byłaś bardzo dzielna, przychodząc tutaj. Zaraz po tym, jak Billy... – dodaje i urywa.

Susan z trudem się uśmiecha.

– Moim zdaniem, powinniśmy wszyscy uhonorować człowieka, który miał odwagę to zakończyć. Twój ojciec zrobił to, czego nie zdołała zrobić policja – mówi, patrząc na mnie. – I teraz jest już naprawdę po wszystkim.

Obie kobiety oddalają się i podchodzą do mnie inni goście, żeby złożyć kondolencje. Niektórych prawie nie znam.

W wiadomościach bez przerwy trąbią o śmierci mojego taty i podejrzewam, że wielu sąsiadów pojawiło się tu wyłącznie z ciekawości. Ojciec jest przecież bohaterem: zginął, wymierzając sprawiedliwość facetowi, który molestował niegdyś jego córkę.

Teraz wszyscy wiedzą, że jestem jedną z ofiar z ośrodka Apple Tree.

Spojrzenia, jakie mi posyłają, kiedy kręcę się po jadalni, są jednocześnie współczujące i pełne skrępowania. Jak patrzeć w oczy ofierze molestowania, nie wyobrażając sobie przy tym obrazowo wszystkiego, czego doznała? Po dwudziestu latach zapomniano o sprawie, ale teraz trafiła z powrotem na czołówki gazet. POLICJA ZASTRZELIŁA MĘŻCZYZNĘ, KTÓRY ZABIŁ GWAŁCICIELA SWOJEJ CÓRKI.

Trzymam wysoko podniesioną głowę i patrzę wszystkim w oczy, bo nie mam się czego wstydzić. Tak naprawdę nie bardzo pojmuję, czym jest wstyd, ale wiem, jak powinna się zachowywać pogrążona w żałobie córka – dlatego ściskam dłonie, znoszę z godnością niekończące się uściski i wysłuchuję niezliczonych „Tak mi przykro" i „Zadzwoń, jeśli będziesz czegoś potrzebowała". Nie zadzwonię do żadnego z nich i oni dobrze o tym wiedzą, lecz takie rzeczy mówi się po prostu w tych okolicznościach. Idziemy przez życie, wypowiadając słowa, których się od nas oczekuje, bo nie wiemy, co innego mielibyśmy powiedzieć.

Dopiero po kilku godzinach dom pustoszeje i wychodzą ostatni maruderzy. Jestem już kompletnie skonana i marzę tylko o spokoju i ciszy.

– Boże, muszę się czegoś napić – mówię do Everetta, padając z jękiem na sofę.

– To akurat mogę ci zapewnić – odpowiada z uśmiechem, po czym idzie do kuchni i po kilku chwilach wraca z dwiema szklaneczkami whisky. Jedną z nich podaje mnie.

– Gdzie, do diabła, znalazłeś whisky? – pytam.

– Była głęboko schowana w kuchennej szafce twojego taty. – Everett gasi wszystkie lampy i w padającym z kominka ciepłym blasku ognia schodzi ze mnie całe napięcie. – Najwyraźniej dobrze znał się na szkockiej, bo to najwyższej klasy single malt.

– To zabawne. Nie wiedziałam nawet, że lubił whisky.

Pociągam upragniony łyk i nagle podnoszę wzrok, słysząc szum wody w toalecie.

– W domu chyba został jeszcze jeden gość – mówi Everett, wzdychając. – Jak mogliśmy go przeoczyć?

Z łazienki wychodzi Susan Sullivan i patrzy zakłopotana na pusty pokój i płonący w kominku ogień.

– O rany, wygląda na to, że wszyscy już wyszli. Pomogę ci posprzątać, Holly.

– To miło z pani strony, ale damy sobie sami radę.

– Wiem, że to był dla was długi dzień. Pozwólcie, że wam pomogę.

– Bardzo dziękuję, ale zostawmy to do rana. W tym momencie chcemy się odprężyć.

Susan nie rozumie chyba, że chcemy, żeby sobie poszła. Po prostu stoi i gapi się na nas.

– Ma pani ochotę napić się z nami whisky? – pyta w końcu Everett, z czystej uprzejmości.

– Bardzo chętnie, dziękuję.

– Przyniosę pani szklaneczkę z kuchni – mówi Everett.

– Proszę się nie fatygować. Sama to zrobię.

Susan rusza do kuchni. Everett mówi mi bezgłośnie „prze-praszam", ale nie mogę go przecież winić, skoro facetka tak bardzo chciała zostać. Matka Billy'ego wraca ze swoją szkla-neczką i całą butelką whisky.

– Chyba nic wam już nie zostało – mówi i uprzejmie dolewa nam do szklanek, a potem siada na sofie. Butelka z przyjemnym brzękiem ląduje na stoliku do kawy. Przez dłuższą chwilę siedzimy w milczeniu, sącząc drinki. – Na-bożeństwo żałobne było urocze – mówi Susan, wpatrując się w ogień. – Wiem, że powinnam zamówić takie samo za Bil-ly'ego, ale coś mnie powstrzymuje. Nie potrafię po prostu przyjąć tego do wiadomości.

– Bardzo mi przykro z powodu pani syna – mówi Eve-rett. – Holly opowiedziała mi, co się stało.

– Rzecz w tym, że ta sprawa nie jest zamknięta. Billy nie zmarł, ale zaginął, a to oznacza, że zawsze będę miała nadzieję, że żyje. I na tym właśnie polega nadzieja. Nie po-zwala matce się poddać. – Susan upija łyk whisky i lekko się krzywi. – Bez Billy'ego nie widzę powodu, żeby to dalej ciągnąć. Żadnego powodu.

– To nieprawda, pani Sullivan! Zawsze jest jakiś powód, żeby żyć dalej – mówi Everett, odstawiając prawie pustą szklankę i dotykając jej ramienia. To naprawdę miły gest, coś, co przychodzi mu z taką łatwością. Powinnam się tego nauczyć. – Syn z pewnością chciałby, żeby cieszyła się pani życiem, nie sądzi pani?

Susan posyła mu smętny uśmiech.

– Bill zawsze mówił, że powinniśmy się przenieść w ja-kieś cieplejsze miejsce. Gdzieś blisko plaży. Planowaliśmy wyjazd do Kostaryki i odłożyliśmy dość pieniędzy, żeby się tam przenieść. – Susan wbija wzrok w przestrzeń. – Może tam właśnie powinnam pojechać. Do kraju, gdzie mogłabym zacząć wszystko od nowa, bez tych wszystkich wspomnień.

Choć wypiłam bardzo niewiele, kręci mi się w głowie. Przesuwam swoją szklankę w stronę Everetta, który bierze ją i pociąga łyk, nie zdając sobie nawet sprawy, że to moja whisky.

– A może do Meksyku. Jest tam na sprzedaż tyle pięknych domów, tuż przy morzu.

Susan obraca się ku mnie i jej oczy lśnią tak mocno, że wydają się żarzyć w świetle ognia.

– Przy plaży… – mruczy Everett, kręcąc głową. – Chętnie wybrałbym się teraz na plażę. I chętnie bym się zdrzemnął…

– O rany, ale się zasiedziałam. Jesteście oboje skonani. – Susan wstaje z sofy. – Pójdę już.

Kiedy stoi nade mną i zapina płaszcz, w pokoju robi się nagle ciepło, o wiele za ciepło, jakby żar buchnął od kominka. Zerkam na palenisko, żeby sprawdzić, czy nie wypadło z niego jakieś polano, ale widzę tam tylko łagodnie palące się węgle. Widok jest tak piękny, że nie przestaję się w nie wpatrywać. Słyszę, jak zatrzaskują się frontowe drzwi, i płomyki skaczą do góry w przeciągu.

– Tak… tak bardzo mi jej żal – mamrocze Everett. – To straszne stracić syna.

– Nie znałeś jej syna – odpowiadam.

Nadal wpatruję się w płomienie, które wydają się pulsować w tym samym rytmie co moje serce, jakby jakaś magia łączyła mnie z ogniem. Nikt tak naprawdę nie znał Billy'ego. Nikt nie znał go tak dobrze jak ja. Spoglądam na swoje dłonie i na żarzące się opuszki palców. Wychodzące z nich złote jasne nitki zataczają łuk, łącząc się z paleniskiem. Jeśli poruszę palcami jak mistrz marionetek, płomienie zatańczą. To wszystko może się wydawać cudowne, ale wiem, że coś tu nie gra. Na pewno coś tu nie gra.

Potrząsam głową, próbując się skoncentrować, lecz z moich palców wciąż wychodzą jasne nitki i pulsują w półmroku. Światło z kominka odbija się od butelki. Wytężam wzrok, wpatrując się w etykietę, ale nie potrafię jej odczytać. Myślę o Everetcie, który wyszedł z kuchni, trzymając w rękach dwie szklaneczki bursztynowego napoju. Nie widziałam, jak go nalewał. Nie pomyślałam, żeby sprawdzić, co mi podaje, i czy czegoś tam nie dosypał. Nie patrzę na niego, bo boję się, że dostrzeże te wątpliwości w moich oczach. Zamiast tego nadal wpatruję się w palenisko i walcząc z mgłą, która spowija mój umysł, sięgam pamięcią wstecz do tej nocy, kiedy go poznałam. Oboje piliśmy kawę w pobliżu Utica Street, tam gdzie zamordowano Cassandrę. Twierdził, że ma się spotkać z przyjaciółmi na kolacji, ale czy mówił prawdę? A może nasze spotkanie było z góry zaplanowane i wszystko, co zdarzyło się potem, miało doprowadzić do tej chwili? Przypominam sobie butelkę wina, którą mi przyniósł i która nadal stoi nieotwarta w mojej kuchni. Przypominam sobie, jak uważnie mnie słuchał, kiedy opowiadałam szczegółowo o śledztwie w sprawie morderstw.

Co ja tak naprawdę wiem o Everetcie?

Kiedy zastanawiam się nad tym wszystkim, mgła gęstnieje i zaczynają mi drętwieć kończyny. Powinnam wstać, dopóki mam jeszcze władzę w nogach. Podnoszę się i udaje mi się zrobić dwa kroki, ale potem uginają się pode mną nogi. Padając, uderzam głową o skraj stolika do kawy i pod wpływem bólu na chwilę trzeźwieję. Wtedy właśnie słyszę trzaśnięcie frontowych drzwi i czuję chłodny przeciąg. Ktoś stąpa po drewnianej podłodze i zatrzymuje się tuż przy mnie.

– Mała Holly Devine – słyszę. – Nadal przysparza problemów.

Zezując, spoglądam na pochylającą się nade mną twarz, twarz człowieka, który od kilku lat mnie śledził. Człowieka, który powinien leżeć martwy w nieoznakowanym grobie. Kiedy policjanci uznali, że Martin Stanek zabił Billy'ego, uwierzyłam im, ale nie powinnam być taka głupia. Ludzi takich jak Billy nie można zabić; zawsze wracają do życia. Choć umykałam przed nim przez wszystkie te lata, choć zmieniłam nazwisko i wygląd, zdołał mnie w końcu dopaść.

– Co z jej chłopakiem? – pyta drugi głos, który ponownie mnie zaskakuje.

– Jest nieprzytomny. Nie będzie z nim kłopotów – odpowiada Billy.

Staram się skupić wzrok na Susan, która również pojawiła się w polu mojego widzenia. Stoją obok siebie, Billy oraz jego matka, oceniając wyniki jej pracy. Przekręcam głowę i spoglądam na Everetta, który leży bezwładnie na sofie i jest jeszcze bardziej bezbronny ode mnie. Wypił nie tylko swoją, ale i moją whisky. Ja pociągnęłam tylko kilka łyków, a mimo to nie jestem w stanie ruszyć palcem.

– Widzę, że jeszcze nie śpisz, Holly Dolly.

Billy kuca, żeby mi się lepiej przyjrzeć. Ma te same jasne błękitne oczy, ten sam przeszywający wzrok, który pociągał mnie, kiedy byliśmy dziećmi. Już wówczas byłam nim

345

urzeczona i robiłam wszystko, co kazał. Podobnie jak inne dzieci.

Wszystkie oprócz Lizzie, która wyczuła, kim naprawdę jest Billy. Tamtego dnia, kiedy przytknął zapaloną zapałkę do znalezionego na placu zabaw małego oposa, to ona wytrąciła mu ją z ręki. A kiedy ukradł pieniądze z kurtki szkolnego kolegi, ona jedna nazwała go złodziejem. To go rozwścieczyło, a lepiej nie rozwścieczać Billy'ego Sullivana, bo osobę, która to zrobi, czekają konsekwencje. Nie od razu; czasami mijają miesiące albo nawet lata, zanim zaatakuje, ale taki właśnie jest Billy. Nigdy nie zapomina. Zawsze oddaje z nawiązką.

Chyba że ktoś zawrze z nim układ.

– Dlaczego? – udaje mi się wyszeptać.

– Bo jesteś jedyną, która pamięta. Jedyną, która jeszcze żyje i wie.

– Obiecałam, że nikomu nie powiem...

– Sądzisz, że mogę podjąć takie ryzyko? Biorąc pod uwagę tę dziennikarkę i pierdoloną książkę, którą pisze? Rozmawiała już z Cassandrą. Nie mogę dopuścić, żebyście się dogadały.

– Poza nami nikogo tam nie było. Nikt inny nie wie.

– Ale ty wiesz i możesz puścić farbę. – Billy pochyla się niżej i szepcze mi do ucha: – Dostałaś wiadomości, które ci wysyłałem, mój mały Liwinie?

Święty Liwin, męczennik, którego dzień obchodzi się w moje urodziny. Ten, któremu wyrwano język, by go uciszyć. Choć pozostawałam poza zasięgiem Billy'ego, wiedział, jak przekazać mi sygnały, których nie będę mogła zignorować. Wiedział, że zainteresuję się śmiercią Sarah,

346

Cassie i Tima i że zrozumiem symbole, które zostawił na mój użytek: palmowy liść przed spalonym domem Sarah, strzały w piersi Tima i wyłupione oczy Cassandry.

Wiedziałam aż nadto dobrze, co dawał mi do zrozumienia. Nie zdradź naszego sekretu, bo skończysz tak jak oni.

I trzymałam język za zębami. Przez wszystkie te lata nie powiedziałam ani jednej osobie o tym, co zdarzyło się tamtego dnia w lesie z Lizzie. Moja obietnica milczenia przestała jednak wystarczać. Przez tę dziennikarkę prawda zapewne i tak wyjdzie na jaw i oto Billy zjawia się tutaj, by zapewnić, bym, podobnie jak święty Liwin, nie powiedziała już ani słowa.

– Tym razem to ma wyglądać na wypadek, Billy – przypomina mu matka. – Nie rób nic, co wzbudziłoby czyjekolwiek podejrzenia.

– Wiem. – Billy wstaje i przygląda się Everettowi, który leży bezwładny i kompletnie bezbronny. – Musimy się zająć obojgiem. Trudniej będzie to zaaranżować. – Jego wzrok pada na kominek, w którym dogasa pojedyncze polano. – Te stare domy... – mruczy. – Tak szybko się zadymiają. Jaka szkoda, że twój ojciec zapomniał wymienić baterię w czujniku dymu. – Podsuwa krzesło pod czujnik i wyjmuje z niego baterię, po czym dorzuca całe naręcze drew do kominka.

– Mam lepszy pomysł – mówi Susan. – Są zmęczeni i pijani, więc dokąd pójdą? Do sypialni.

– Przenieśmy najpierw jego – proponuje Billy.

Ciągną Everetta do sypialni mojego ojca. Słysząc, jak podeszwy jego butów szurają po podłodze, wiem już, jak zostaniemy odnalezieni. Leżące w łóżku zwęglone ciała pijanej pary. Kolejna tragiczna śmierć w pożarze, który wybuchł wskutek nieostrożności.

Dorzucone do kominka drewno sprawia, że płomienie strzelają w górę. Wpatrując się w piekielny blask, czuję niemal, jak ogień pali moje włosy i ciało. Nie taką śmiercią chcę umrzeć! Panika dodaje mi sił i napędzana adrenaliną, unoszę się na rękach i kolanach, po czym czołgam się w stronę frontowych drzwi. Już po chwili jednak słyszę ich kroki. Billy i Susan wracają z sypialni.

Łapią mnie z tyłu i uderzam twarzą o skraj paleniska. Czuję, jak na policzku rośnie mi wielki siniak, lecz wiem, że i tak nikt go nie zobaczy: ogień strawi całe moje ciało. Billy ciągnie mnie po podłodze do sypialni, a ja jestem zbyt słaba, by stawiać opór.

Oboje kładą mnie na materacu, tuż przy Everetcie.

– Rozbierz ich – mówi Susan. – Nie poszliby przecież do łóżka w ubraniach.

Szybko i sprawnie ściągają ze mnie spodnie, bluzkę i bieliznę. Matka i syn stanowią naprawdę zgrany zespół, pomagając nam w tym chorym striptizie. Po kilku chwilach ja i Everett leżymy nadzy na łóżku. Susan ciska naszą garderobę na krzesło, buty zostawia na podłodze. Przemyślała bardzo dobrze swój scenariusz. Mamy być parą młodych ludzi zmęczonych po seksie. Po chwili namysłu wychodzi z sypialni i wraca z dwiema pustymi butelkami po winie, dwoma kieliszkami oraz świeczkami. Wszystko zawinęła w kuchenne ręczniki: nie będzie żadnych odcisków palców. Niczym scenograf układa wszystko starannie na szafce nocnej. Kiedy od palących świeczek zajmą się zasłony, Everett i ja będziemy spać kompletnie odurzeni alkoholem. Dlatego nie obudzi nas dym. Ogień strawi wszystkie dowody rzeczowe – odciski palców, włosy, włókna, ketaminę w naszych organizmach. Podobnie jak strawił dowody świadczące o tym, że Sarah została zamordowana. Podobnie jak po niej i po nieszczęsnej Joannie d'Arc zostanie po mnie tylko kupka popiołu. Prawda o tym, co przydarzyło się Lizzie DiPalmie, spłonie razem ze mną.

Znam tę prawdę, bo byłam tam, w lesie, kiedy to się stało.

To było w sobotę, w październiku, na drzewach nad naszymi głowami migotały wielobarwne jesienne liście. Pamiętam, że kiedy szliśmy, pod naszymi stopami trzaskały niczym kostki małe gałęzie. Pamiętam, jak Billy, silny już w wieku jedenastu lat, wbił łopatę w ziemię, żeby wykopać grób.

Susan znów wychodzi z sypialni, a Billy siada przy mnie na łóżku. Pieści moją nagą pierś i szczypie mnie w brodawkę.

– Popatrzcie na małą Holly Devine, jak dorosła.

Z obrzydzenia napinam mięśnie, ale się nie poruszam. Nie chcę, żeby wiedział, że działanie ketaminy szybko ustępuje. Nie ma pojęcia, że wypiłam tylko dwa łyki szkockiej, którą Susan nalała mi do szklanki. To Everett dopił mojego drinka i jest teraz pod działaniem pełnej dawki ketaminy. Ma otwarte oczy i cicho jęczy, jednak wiem, że jest całkiem bezbronny. Tylko ja jestem w stanie stawić opór.

– Zawsze byłaś wyjątkowa, Holly – mówi Billy, przesuwając dłoń z mojej piersi na brzuch. Czy czuje, jak drżę? Czy widzi wstręt w moich oczach? – Zawsze gotowa na nową przygodę. Stworzylibyśmy świetny zespół.

– Nie jestem taka jak ty – szepczę.

– Ależ jesteś. W głębi duszy jesteśmy dokładnie tacy sami. Oboje wiemy, co się tak naprawdę liczy na tym świecie. Tylko my i nic innego. Dlatego nie puściłaś pary z ust. Wiedziałaś, że czekają cię konsekwencje. Nie chciałaś chyba, żeby twoje życie legło w gruzach?

– Miałam tylko dziesięć lat.

– Wystarczająco dużo, żeby wiedzieć, co robisz. Żeby samodzielnie podjąć decyzję. Ty też ją uderzyłaś, Holly. Dałem ci kamień i to zrobiłaś. Zabiliśmy ją razem.

Billy kładzie dłoń na moim udzie. Jego dotyk jest tak obrzydliwy, że całą siłą woli powstrzymuję się, by jej nie strząsnąć.

– Nie mogę znaleźć plastikowych torebek – mówi od drzwi Susan.

Billy ogląda się przez ramię.

– Nie ma żadnych w kuchni?

– Znalazłam tylko te nędzne torby po zakupach.

– Sam zobaczę.

Billy z matką wychodzą z pokoju. Nie mam pojęcia, do czego potrzebują plastikowych torebek. Wiem tylko, że to moja ostatnia szansa.

Mobilizując wszystkie siły, przysuwam się do skraju materaca i spadam na podłogę z głuchym odgłosem, który na pewno usłyszeli. Mam mało czasu. Lada chwila mogą tu wrócić. Sięgam pod łóżko i po omacku szukam swojej torebki. Przy takiej liczbie gości musiałam schować ją w bezpieczne miejsce, bo wiem, jacy są ludzie. Nawet w domu żałoby czyjeś lepkie palce mogą zawsze skorzystać z okazji. Otwieram torebkę i wsadzam rękę do środka.

– Udało jej się zsunąć z łóżka – mówi Susan i widzę, jak pochyla się nade mną ze zniecierpliwieniem na twarzy. – Jeśli zostawimy ją w tym stanie, może się odczołgać.

– W takim razie musimy to skończyć teraz. Zrobimy to w staroświecki sposób.

Billy bierze z łóżka poduszkę i klęka obok mnie. Everett jęczy, ale żadne z nich na niego nie patrzy. Całą uwagę skupiają na mnie. Na tym, żeby mnie zabić. Nie poczuję nawet płomieni. Kiedy ogień ogarnie sypialnię, będę już martwa, uduszona poliestrową poduszką.

– Inaczej po prostu się nie da, Holly Dolly – mówi Billy. – Na pewno to rozumiesz. Mogłabyś mnie doprowadzić do zguby, a ja nie mogę na to pozwolić.

Kładzie mi poduszkę na twarz i przyciska tak mocno, że nie mogę złapać tchu, nie mogę się poruszyć. Miotam się i wierzgam nogami, lecz Susan też się na mnie kładzie i przygważdża mi biodra do podłogi. Walczę o odrobinę tlenu, ale poduszka tak ściśle przywiera do moich ust i nosa, że wdycham tylko zapach mokrego materiału.

– Umieraj, do cholery, umieraj! – krzyczy Billy.

A ja rzeczywiście umieram. Drętwieją mi kończyny i tracę resztki sił. Walka dobiega końca. Czuję tylko dociskający mnie ciężar, Billy'ego na twarzy i Susan na biodrach. Prawą ręką nadal trzymam pod łóżkiem, moja dłoń jest wewnątrz torebki.

W ostatnich sekundach świadomości zdaję sobie sprawę, co w niej trzymam. Przedmiot, który nosiłam w torebce od tygodni, odkąd detektyw Rizzoli poinformowała mnie, że moje życie jest w niebezpieczeństwie i że Martin Stanek będzie próbował mnie zabić. Jak bardzo się obie myliłyśmy. Przez cały ten czas to Billy czaił się w mroku. Billy, który zainscenizował własną śmierć i po dzisiejszej nocy zniknie na zawsze.

Nie widzę, gdzie celuję. Wiem tylko, że mój czas się kończy i to moja ostatnia szansa, nim zapadnie ciemność. Wyjmuję pistolet, przyciskam lufę do ciała Susan i pociągam za spust.

Billy odskakuje, słysząc huk wystrzału. Poduszka nie zakrywa mi już ust i łapię kurczowo oddech. Moje płuca wypełnia powietrze i rozjaśnia mi się w głowie.

– Mamo?! Mamo?! – krzyczy Billy.

Susan leży na moich biodrach. Billy odwraca ją na bok i słyszę, jak jej ciało osuwa się na podłogę. Odrzuciwszy poduszkę, widzę, że Billy kuca przy matce, która krwawi z klatki piersiowej. Billy wciska rękę w otwór po pocisku, próbuje zatamować krew, ale widzi chyba, że rana jest śmiertelna.

Susan podnosi rękę i dotyka jego twarzy.

– Uciekaj, kochanie. Zostaw mnie – szepcze.

– Nie! Mamo!

Jej dłoń opada, zostawiając na jego policzku krwawą smugę.

Ręka trzęsie mi się tak bardzo, że nie jestem w stanie w niego wycelować. Druga kula trafia w sufit i odłupuje kawałek tynku.

Billy wyrywa mi pistolet z dłoni. Ma wykrzywioną wściekłością twarz, w jego oczach płonie piekielny ogień. Dokładnie to samo zobaczyłam tamtego dnia w lesie, kiedy podniósł z ziemi kamień i uderzył nim Lizzie DiPalmę w głowę. Przez dwadzieścia lat nie pisnęłam o tym ani słowa. Żeby chronić siebie, musiałam chronić także jego i taka była moja kara. Kiedy podpisuje się pakt z diabłem, ceną jest własna dusza.

Billy zaciska pistolet w obu dłoniach i widzę lufę, która obraca się ku mnie niczym bezlitosne oko.

Strzały, które padają, są oddane tak szybko, że nie wiem, ile ich jest. Kiedy zapada w końcu cisza, mam zamknięte oczy i dzwoni mi w uszach, ale nic mnie nie boli. Dlaczego nie czuję bólu?

– Holly! – Czyjeś ręce łapią mnie za ramiona i mocno mną potrząsają. – Holly? – Otwieram oczy i widzę detektyw Rizzoli, która wpatruje się bacznie w moją twarz. – Jesteś ranna? Powiedz coś!

– Billy – udaje mi się wymamrotać. Próbuję bezskutecznie usiąść. Kończyny nadal odmawiają mi posłuszeństwa. Zapominam, że jestem naga. Zapominam o wszystkim, wiem tylko, że nadal żyję. Nie mam pojęcia, jak to możliwe. Detektyw Frost okrywa mnie swoją marynarką, którą przyciskam do piersi, drżąc nie z zimna, lecz pod wpływem szoku. Wszędzie, gdzie spojrzę, widzę krew. Susan leży obok mnie z zasnutymi mgłą oczami i ręką, którą w przedśmiertnym odruchu wyciągnęła do syna. Ich palce nie stykają się ze sobą; łączy ich tylko rozszerzająca się kałuża, w której krew Susan miesza się z krwią Billy'ego.

Zjednoczeni ze sobą w śmierci matka i syn.

# Rozdział trzydziesty ósmy

– Rozwiązanie zagadki było przez cały czas w filmie Cassandry Coyle – przyznała Jane. – W filmie, który miałam okazję obejrzeć dopiero wczoraj wieczorem.

– Nadal nie bardzo rozumiem, dlaczego uznałaś, że znajdziesz tam odpowiedź – odparła Maura, kucając przy ciałach Susan Sullivan i jej syna. – Myślałam, że to zwykły horror.

Spoglądając na pochyloną głowę Maury, Jane spostrzegła w jej czarnych gładkich włosach kilka siwych nitek. Razem się starzejemy, pomyślała. Obie naoglądałyśmy się zbyt wiele śmierci. Kiedy uznamy, że mamy dosyć?

– To jest zwykły horror – przyznała. – Ale zainspirowany faktami z dzieciństwa Cassandry. Miała przebłyski tego, co się naprawdę wydarzyło, kiedy była dzieckiem. Powiedziała Bonnie Sandridge, że Stankowie nigdy nie zrobili jej nic złego, i wstydzi się, że pomogła wtrącić do więzienia niewinnych ludzi. Ten wstyd powstrzymywał ją przed opowiedzeniem o wszystkim przyjaciołom i rodzinie. Zawarła tę opowieść w jedynym miejscu, w którym mogła zrobić to bezpiecznie:

w scenariuszu o zaginionej dziewczynie. Dziewczynie podobnej do Lizzie DiPalmy.

Maura podniosła wzrok.

– O tym jest *Mr. Simian*?

Jane pokiwała głową.

– Grupka nastolatków nie zdaje sobie sprawy, że ma w swoim gronie potwora. Potwór jest jednym z nich. W filmie Cassandry zabójcą okazuje się dziewczyna w czapce ze srebrnymi koralikami, dokładnie takiej samej, jaką miała Lizzie. Cassandra wskazywała palcem Holly Devine i tu się pomyliła. Ale miała rację w jednym: potwór był wśród nich.

Maura popatrzyła na zwłoki Billy'ego.

– Zainscenizował własne zaginięcie – powiedziała.

– Musiał zniknąć. W ciągu ostatnich kilku lat ukradł klientom Cornwell Investments miliony dolarów. Prawdopodobnie lokował je na Karaibach. Potrwa kilka miesięcy, zanim śledczy federalni ustalą, ile dokładnie sobie przywłaszczył. Kiedy Frost i ja złożyliśmy im po południu wizytę, zamykali właśnie jego biuro. Wydawało nam się, że Billy był kolejną ofiarą Martina Stanka, zakopaną gdzieś w bezimiennym dole. W rzeczywistości Billy zamierzał w ten sposób zatrzeć za sobą ślady. Pozbywał się swojej dawnej tożsamości... i odpowiedzialności za zabicie Lizzie DiPalmy dwadzieścia lat wcześniej.

– Miał tylko jedenaście lat, kiedy to zrobił.

– Ale według matki Lizzie, już wtedy był wrednym małym sukinsynem. Policja nie znalazła ciała małej Lizzie, bo szukali jej w niewłaściwych miejscach. – Jane spojrzała na zwłoki Billy'ego i Susan. – Teraz domyślamy się mniej więcej, gdzie powinniśmy skoncentrować nasze wysiłki.

Maura wyprostowała się.

– Znasz przepisy, Jane. Mamy kolejny śmiertelny policyjny postrzał i to nie jest nawet wasza jurysdykcja. Jesteśmy w Brookline.

Jane zerknęła przez drzwi na detektywa z policji w Brookline, który stał w holu, rozmawiając z ponurą miną przez komórkę. Zaczynały się kompetencyjne przepychanki i wiedziała, że będzie się musiała gęsto tłumaczyć.

– Jasne, zaraz zacznie się dochodzenie. – Westchnęła.

– Ale jeśli istnieje dobry strzał, to było właśnie coś takiego. No i masz cywila, który zezna, że oddając ten strzał, uratowałaś mu życie. – Maura ściągnęła z dłoni lateksowe rękawiczki. – W jakim stanie jest Holly?

– Kiedy zabierała ją karetka, była jeszcze pod działaniem narkotyku, ale jestem pewna, że nic jej nie będzie. Ta dziewczyna przeżyje wszystko. Nie przestaje mnie zaskakiwać.

„Dziwna dziewczynka". Zdaniem Bonnie Sandridge, tak właśnie inne dzieci mówiły o Holly, i naprawdę była dziwna. Jane pomyślała o tym, jak niesamowicie spokojna była w obliczu niebezpieczeństwa i w jak chłodny, analityczny sposób jej się przyglądała. Zupełnie jakby studiowała przedstawicielkę innego gatunku. Jakby ludzie byli jej obcy.

– Była w stanie opowiedzieć ci, co tu się działo? – zapytała Maura.

– W ogólnych zarysach. Szczegółów dowiem się jutro, kiedy poczuje się lepiej. – Jane spojrzała ponownie na leżących w kałuży krwi Susan i Billy'ego. – Ale całą historię widzimy tu chyba jak na dłoni. Wredny mały potwór. Matka, która pozwala, żeby wszystko uszło mu na sucho. Pomaga mu nawet tuszować zbrodnie.

– Zawsze mi powtarzałaś, że miłości matki nie da się porównać z żadną inną.

– Owszem, i mamy tu dowód, jak ta miłość może się wynaturzyć.

Jane wzięła głęboki oddech, wciągając w płuca aż nadto znajome zapachy krwi i przemocy. Tym razem wdychała również zapach nieodwracalności, który był niepokojąco satysfakcjonujący.

□   □   □

Kiedy zajrzała nazajutrz rano do szpitalnej sali, w której przebywała Holly, młoda kobieta siedziała na łóżku, kończąc śniadanie. Miała spuchnięty i zasiniony prawy policzek, a także podrapane i pokaleczone ręce – najlepszy dowód, jak zażartą stoczyła walkę.

– Jak się pani czuje? – zapytała Jane.

– Jestem obolała. Wyglądam chyba strasznie?

– Najważniejsze, że pani żyje. – Jane spojrzała na pustą tacę po śniadaniu. – I widzę, że dopisuje pani apetyt.

– Jedzenie jest tu naprawdę okropne – rzuciła Holly. – Poza tym jest go zdecydowanie za mało – dodała, wzruszając ramionami.

Śmiejąc się, Jane przysunęła sobie krzesło i usiadła.

– Musimy porozmawiać o tym, co się wydarzyło.

– Nie wiem, co jeszcze mogłabym pani powiedzieć.

– Wczoraj wieczorem mówiła pani, że Billy przyznał się do zamordowania innych.

Holly pokiwała głową.

– Ja byłam jego ostatnim celem. Długo nie mógł mnie znaleźć.

– Powiedziała pani również, że przyznał się do zabicia Lizzie DiPalmy.

– Tak.

– Wie pani, jak to zrobił? I gdzie?

Holly przyglądała się przez chwilę swoim pokaleczonym przedramionom.

– Wiecie już, że to on ją zabił. Czy naprawdę ważne są te wszystkie szczegóły?

– Tak się składa, że są ważne, Holly. Są ważne dla matki Lizzie. Pani DiPalmie bardzo zależy na odnalezieniu ciała córki. Czy Billy powiedział coś, co pozwoliłoby domyślać się, gdzie je ukrył?

Holly nie odzywała się; ciągle patrzyła na swoje ręce. Jane bacznie się jej przyglądała. Żałowała, że nie może zgadnąć, co dzieje się w jej umyśle, nie potrafi rozwikłać tajemnicy Holly Devine. Kiedy młoda kobieta podniosła w końcu głowę, miała pusty wzrok. Jane wydawało się, że patrzy w oczy kota, zielone, piękne i enigmatyczne.

– Nie wiem – powiedziała Holly. – Ten narkotyk sprawił, że pamiętam wszystko jak przez mgłę. Przykro mi.

– Może przypomni pani sobie później.

– Może. Jeśli coś sobie przypomnę, dam pani znać. Ale teraz... – Holly westchnęła. – Jestem bardzo zmęczona. Chciałabym się przespać.

– W takim razie porozmawiamy później. – Jane wstała. – Kiedy się pani lepiej poczuje, trzeba będzie złożyć pełne zeznanie.

– Oczywiście. – Holly przetarła dłonią oczy. – Nie mogę uwierzyć, że jest już po wszystkim.

– Ale tak jest. Tym razem na pewno.

Przynajmniej dla Holly, pomyślała Jane. Nie było po wszystkim dla Arlene DiPalmy, która nadal nie znała losu córki. Billy Sullivan zabrał ze sobą do grobu ten sekret. Mogli nigdy nie znaleźć ciała.

Jane miała do załatwienia jeszcze jedną sprawę w szpitalu. Po wyjściu od Holly ruszyła korytarzem w poszukiwaniu Everetta Prescotta. Poprzedniego dnia, kiedy ładowano go do karetki, był zamroczony ketaminą i udało mu się wybełkotać tylko parę słów. Tego ranka leżał w łóżku, wpatrując się w okno.

– Panie Prescott? Mogę wejść?

Młody człowiek zamrugał kilka razy, jakby wyrwała go z zamyślenia, po czym wbił w nią wzrok.

– Być może pan mnie nie pamięta. Jestem detektyw Rizzoli. Pojawiłam się wczoraj w domu Earla Devine'a, kiedy pan i Holly…

– Pamiętam panią – przerwał jej. – Dziękuję, że uratowała mi pani życie.

– Mało brakowało. – Jane przysunęła krzesło do łóżka i usiadła. – Niech pan mi powie, co pan zapamiętał.

– Strzały. A potem, jak stanęła pani nade mną. Razem z pani partnerem. I jazdę karetką. Nigdy jeszcze nie jechałem karetką.

Jane uśmiechnęła się.

– Miejmy nadzieję, że to był pierwszy i ostatni raz.

Everett nie odwzajemnił uśmiechu. Zamiast tego ponownie spojrzał w okno, za którym sunęły ponure szare chmury. Jak na człowieka, który cudem uszedł śmierci, wydawał się bardziej zasmucony niż uszczęśliwiony takim obrotem spraw.

– Rozmawiałam z pańskim lekarzem – powiedziała. – Jego zdaniem, po zażyciu takiej dawki ketaminy nie powinno być długotrwałych negatywnych skutków. Może pan mieć przebłyski pamięci i przez kilka dni będzie pan trochę rozkojarzony. Ale jeśli nie będzie pan więcej zażywał ketaminy, te objawy szybko miną.

– Nie zażywam narkotyków. Nie lubię ich. – Parsknął ironicznym śmiechem. – Bo dzieją się wówczas takie rzeczy.

Wyglądał na kogoś, kto prowadzi zdrowy tryb życia. Zeszłej nocy zebrała na jego temat informacje i dowiedziała się, że jest architektem krajobrazu pracującym w szacownej bostońskiej firmie. Żadnych nakazów aresztowania, żadnej kryminalnej przeszłości, nawet jednego niezapłaconego mandatu za parkowanie. Gdyby ktoś miał wątpliwości, czy użycie broni palnej było wczoraj w pełni uzasadnione, Everett Prescott był doskonałym świadkiem obrony.

– Rozumiem, że dziś pana wypisują – powiedziała.

– Tak. Lekarz uznał, że mogę iść do domu.

– Będzie nam potrzebne pańskie szczegółowe zeznanie na temat tego, co wydarzyło się zeszłej nocy. Jeśli przyjdzie pan jutro na komendę, zarejestrujemy je na wideo. Proszę, to moja wizytówka.

– Przecież oboje nie żyją. Czy ma to jeszcze jakieś znaczenie?

– Prawda zawsze ma znaczenie, nie sądzi pan?

Everett przez chwilę się nad tym zastanawiał, po czym znowu spojrzał w okno.

— Prawda… – mruknął cicho.

— Może pan wpaść jutro do Schroeder Plaza, powiedzmy o dziesiątej rano? Tymczasem, jeśli coś pan sobie przypomni, proszę to zapisać. Wszystko, co pan pamięta.

— Jest coś – odparł, patrząc na nią, Everett. – Coś, co powinna pani wiedzieć.

# Rozdział trzydziesty dziewiąty

Everett przychodzi na drinka.

Nie widziałam się z nim, odkąd wypisali nas ze szpitala tydzień temu, bo oboje potrzebowaliśmy czasu, żeby dojść do siebie. Ja z pewnością potrzebowałam czasu, ponieważ miałam mnóstwo spraw na głowie. Musiałam zapoznać się z testamentem ojca. Zastanowić się, co zrobić z jego psem, który nadal jest w schronisku. Posprzątać dom, a w szczególności zakrwawioną sypialnię. Złożyć zeznania na policji. Rozmawiałam już z detektyw Rizzoli trzy razy i mam czasami wrażenie, że chciałaby mi prześwietlić mózg i poznać szczegółowo, co zdarzyło się tamtej nocy. Powtarzam, że więcej nie pamiętam, że nie mam jej już nic do powiedzenia, i w końcu jest chyba gotowa zostawić mnie w spokoju.

Słyszę dźwięk dzwonka. Chwilę później w progu staje Everett, trzymając w rękach butelkę wina. Jak zawsze punktualny co do minuty. Cały Everett – przewidywalny aż do bólu, a przez to nieco nudny. To ostatnie chyba zbytnio mi nie przeszkadza przy tak atrakcyjnym i bogatym opakowaniu. Nie zaszkodzi mieć zamożnego przyjaciela.

Wydaje się zmęczony i przygnębiony. W ramach powitania ogranicza się do zdawkowego cmoknięcia mnie w policzek.

– Mam otworzyć butelkę? – pytam.

– Jak chcesz.

Co to za odpowiedź? Denerwuje mnie jego brak entuzjazmu. Zabieram wino do kuchni i kiedy przetrząsam szufladę w poszukiwaniu korkociągu, stoi bez ruchu, patrząc na mnie i nie proponując, że pomoże. Wydawać by się mogło, że po tym, co razem przeszliśmy, będzie chciał to uczcić, lecz on się nie uśmiecha. Wygląda, jakby obchodził żałobę.

Wyciągam korek, nalewam wino do kieliszków i podaję mu jeden. Cabernet ma bogaty głęboki aromat i jest prawdopodobnie drogi. Everett pociąga łyk i odstawia kieliszek.

– Muszę ci coś powiedzieć – mówi.

Niech to szlag, mogłam się tego spodziewać. Chce ze mną zerwać. Jak śmie ze mną zrywać? Staram się zachować spokój i obserwuję go znad swojego kieliszka.

– O co chodzi? – pytam.

– Tamtego wieczoru w domu twojego ojca... kiedy o mało nie zginęliśmy... – Głęboko wzdycha. – Słyszałem, co powiedziałaś Billy'emu. I co on ci odpowiedział.

Odstawiam kieliszek i wbijam w niego wzrok.

– Co dokładnie słyszałeś?

– Wszystko. To nie były omamy. Wiem, że ketamina może zaburzyć jasność umysłu, sprawić, że widzi się i słyszy niestniejące rzeczy, ale to działo się naprawdę. Słyszałem, co zrobiłaś tej dziewczynce. Co oboje zrobiliście.

Spokojnie biorę do ręki kieliszek i pociągam kolejny łyk.

– Tylko ci się zdawało, Everett. Nic nie słyszałeś.

– Owszem, słyszałem.

– Ketamina cię zamroczyła. Dlatego dodają ją do tabletki gwałtu.

– Użyłaś kamienia. Oboje ją zabiliście.

– Nic takiego nie zrobiłam.

– Powiedz mi prawdę, Holly.

– Byliśmy tylko dziećmi. Naprawdę uważasz, że mogłabym...

– Choć raz w życiu powiedz mi cholerną prawdę.

Odstawiam zdecydowanym ruchem kieliszek.

– Nie masz prawa mówić do mnie w ten sposób.

– Mam prawo. Byłem w tobie zakochany.

Teraz walnął z grubej rury. Tylko dlatego, że był dość głupi, by się we mnie zakochać, uważa, że może domagać się ode mnie szczerości. Żaden człowiek nie ma wobec mnie takiego prawa.

– Lizzie DiPalma miała tylko dziewięć lat – mówi. – Tak właśnie się nazywała, prawda? Czytałem o jej zaginięciu. Matka widziała ją po raz ostatni w sobotę po południu, kiedy Lizzie wyszła z domu w swojej ulubionej czapce z koralikami, kupionej w Paryżu. Dwa dni później pewne dziecko znalazło czapkę Lizzie w autobusie Apple Tree. Dlatego zaczęto podejrzewać Martina Stanka. Dlatego został oskarżony o porwanie i zabicie Lizzie. To ty byłaś tym dzieckiem, ty znalazłaś jej czapkę. Choć w rzeczywistości to wcale nie było w autobusie. Prawda?

– Wyciągnąłeś sporo wniosków, nie mając absolutnie żadnych dowodów – odpowiadam z chłodną logiką.

– Billy podał ci kamień i uderzyłaś nim Lizzie. Oboje ją zabiliście. A ty zabrałaś jej czapkę.

– Myślisz, że uwierzą w tę bajeczkę w sądzie? Byłeś otumaniony ketaminą. Nikt ci nie uwierzy.

– Tak brzmi twoja odpowiedź? – Everett patrzy na mnie z niesmakiem. – Nie masz nic więcej do powiedzenia o tej dziewczynce, której przez tyle lat nie udało się odnaleźć? I o jej matce, która jest pogrążona w rozpaczy? Że nikt nie uwierzy mi w sądzie?

– Bo nie uwierzy. – Biorę do ręki kieliszek i wypijam kolejny łyk wina. – Poza tym miałam tylko dziesięć lat. Pomyśl o wszystkich rzeczach, które robiłeś w tym wieku.

– Nigdy nikogo nie zabiłem.

– Nie tak to wyglądało.

– Więc jak to wyglądało, Holly? Masz rację, w sądzie nikt w to nie uwierzy, więc możesz mi powiedzieć prawdę. Nie zamierzam się z tobą więcej spotykać, tak że nie masz nic do stracenia.

Przyglądam mu się przez chwilę, zastanawiając się, jak może wykorzystać te informacje. Złoży zeznania na policji? Pójdzie z tym do mediów? Nie, nie jestem taka głupia.

– Podaj mi jeden powód, dla którego miałabym ci coś wyjawić – odpowiadam.

– Pomyśl o matce tej dziewczynki… od dwudziestu lat czeka, że Lizzie wróci do niej, do domu. Możesz jej przynajmniej powiedzieć, gdzie szukać ciała.

– I przy okazji spieprzyć własne życie?

– Własne życie? Tylko to się dla ciebie liczy, tak? – Everett potrząsa głową. – Dlaczego, do diabła, wcześniej tego nie widziałem?

– Och, daj spokój, Everett. Robisz z tego zbyt wielką aferę.

Wyciągam rękę i gładzę go po twarzy, ale on krzywi się i cofa.

– Przestań.

– Łączy nas coś wyjątkowego. Wspaniałe chwile. – Uśmiecham się. – I fantastyczny seks. Proszę, zostawmy to i zapomnijmy, że się w ogóle wydarzyło.

– W tym problem, Holly. To się wydarzyło. Teraz wiem, kim naprawdę jesteś.

Everett odwraca się, żeby wyjść z kuchni.

– Chyba nikomu nie powiesz? – pytam, łapiąc go za ramię.

– Nie powinienem?

– Nie uwierzą ci. Powiedzą, że jesteś rozgoryczonym byłym chłopakiem. A ja opowiem, jak mnie maltretowałeś. Jak mi groziłeś.

– Posuniesz się i do tego, prawda?

– Jeśli będę musiała.

– Cóż, nikomu nie muszę nic mówić, bo słuchają cię dokładnie w tej chwili. Każdego twojego słowa.

Mija kilka chwil, zanim dociera do mnie znaczenie jego słów. Kiedy zdaję sobie z tego sprawę, wyciągam rękę i rozrywam mu koszulę na piersi tak gwałtownie, że nie ma czasu zareagować. Guziki fruwają w powietrzu i spadają na podłogę. Everett stoi z gołą piersią, a ja patrzę na przewody przyklejone taśmą do jego skóry.

Cofając się, analizuję gorączkowo wszystko, co ode mnie usłyszał, słowa, których, teraz to wiem, słuchała policja. Ani razu nie powiedziałam niczego, co można by uznać za przyznanie się do winy. Mogłam się wydać bezwzględna i skłonna do manipulowania ludźmi, ale nie można tego uznać za przestępstwo. Na świecie jest mnóstwo osób podobnych do mnie, niezliczeni dyrektorzy i bankierzy, których nagradza się, a nie karze za bezwzględność. Zachowują się po prostu zgodnie ze swoją naturą.

Everett jest inny. Nie jest jednym z nas.

W milczeniu zakrywa połami koszuli odsłonięte przewody. Widzę na jego twarzy ból, a nawet rozpacz. Tak właśnie umierają iluzje. Taką iluzją była Holly Devine, dziewczyna, którą pokochał. Teraz stoi przed nim prawdziwa Holly, z którą nie chce mieć nic wspólnego.

– Do widzenia – mówi i wychodzi z kuchni.

Nie idę za nim. Stojąc w miejscu, słyszę, jak zatrzaskują się drzwi mieszkania. Ciskam kieliszkiem w lodówkę i szkło roztrzaskuje się na setki okruchów. Czerwone wino kapie niczym krew na podłogę.

# Rozdział czterdziesty

Dwa miesiące później

Z tylnej werandy domu ojca widzę, że coś dzieje się w głębi lasu. Przy Daphne Road stoi kilka radiowozów i policyjnych furgonetek. Słyszę dobiegające z oddali szczekanie psa. Zaczęła się odwilż i mogą w końcu zacząć przekopywać ziemię, ale nie wiedzą, gdzie szukać. Dwa pierwsze dni zmarnowali na przeszukiwanie terenu otaczającego dom, w którym Billy Sullivan mieszkał jako dziecko. Teraz przenieśli się do rosnącego dalej lasu. Dwadzieścia lat wcześniej śledczy w ogóle go nie przeczesywali; skupili się wyłącznie na ośrodku Apple Tree i na odcinku drogi dwa kilometry stąd, gdzie Billy porzucił rower Lizzie. Nikt nie pomyślał o przeszukaniu lasu przy Daphne Road, ponieważ Billy i ja podrzuciliśmy im fałszywy trop, kierując podejrzenia w stronę niewinnego mężczyzny. Wszyscy nam uwierzyli, bo byliśmy dziećmi, a dzieci nie są dość sprytne, żeby uknuć taki spisek. Taka w każdym razie panuje opinia.

Rozlega się dzwonek do drzwi.

Na frontowej werandzie stoi detektyw Rizzoli. Jest w turystycznych butach i zabłoconej kurtce, w jej czarnych włosach tkwi gałązka. Nie zapraszam jej do środka. Mierzymy się przez próg chłodnym wzrokiem, dwie kobiety, które aż nadto dobrze się znają.

– Wcześniej czy później i tak znajdziemy jej zwłoki. Równie dobrze możesz nam powiedzieć, gdzie szukać – mówi.

– I co za to dostanę? Złoty medal?

– Może punkt za to, że z nami współpracowałaś? Satysfakcję, że choć raz zrobiłaś coś dobrego?

– Za to nie dostaje się medalu.

– Więc o to wyłącznie ci chodzi? O samą siebie? O to, co z tego będziesz miała?

– Nie mam nic do powiedzenia – oświadczam i zaczynam zamykać drzwi.

Rizzoli uderza w nie dłonią, z powrotem je otwierając.

– Ale ja mam ci mnóstwo do powiedzenia.

– Słucham.

– To zdarzyło się przed dwudziestoma laty. Miałaś tylko dziesięć lat, kiedy to zrobiłaś, i nikt nie będzie cię o to winił. Nie masz nic do stracenia, mówiąc nam, gdzie ona leży.

– Nie mam również nic do wygrania. Jakimi dysponujecie dowodami, że miałam z tym coś wspólnego? Nieskładne opowieści świadka, który był naćpany ketaminą? Nagraną rozmowę, w której do niczego się nie przyznałam? – Kręcę głową. – Wolę zachować milczenie.

Moja logika jest nie do obalenia. Rizzoli nie może mi nic zrobić. Nie zmusi mnie do współpracy. Bez względu na to, czy znajdą zwłoki Lizzie, czy ich nie znajdą, jestem nie do ruszenia, i ona o tym wie. Patrzymy na siebie: dwie strony tego samego medalu, dwie twarde i sprytne kobiety, które wiedzą, jak przetrwać. Tylko że ona za bardzo się wszystkim przejmuje, a ja mam wszystko w nosie.

Chyba że chodzi o mnie.

– Będę cię obserwować – mówi cicho Rizzoli. – Wiem, co zrobiłaś, Holly. Wiem dokładnie, kim jesteś.

– Różnię się od innych i co z tego? – odpowiadam, wzruszając ramionami. – Zawsze o tym wiedziałam.

– Jesteś pierdoloną socjopatką. Nikim więcej.

– Ale to nie znaczy, że jestem zła. Taka się po prostu urodziłam. Jedni ludzie mają niebieskie oczy, inni biegają w maratonach. A ja? Ja wiem, jak o siebie zadbać. Na tym polega moja siła.

– Która pewnego dnia doprowadzi cię do zguby.

– Lecz nie dzisiaj.

Ciszę, jaka zapada po tych słowach, przerywa trzeszczenie jej krótkofalówki.

– Rizzoli – zgłasza się, wyjmując aparat zza pasa.

– Pies zwietrzył trop – odzywa się męski głos.

– Co widzicie?

– Mnóstwo spadłych liści. Jednak sygnały są bardzo wyraźne. Chcesz rzucić okiem, zanim zaczniemy kopać?

Rizzoli odwraca się i zbiega po schodkach werandy. Patrząc, jak wsiada do swojego samochodu, wiem, że nie widzimy się po raz ostatni. Czeka nas długa partia szachów, to było tylko otwarcie. Żadna z nas nie ma jeszcze przewagi, ale obie dobrze się poznałyśmy.

Wracam na tylną werandę i patrzę na rosnący za podwórkiem ojca las. Na drzewach nie ma jeszcze liści. Za gołymi gałęziami widzę Daphne Road, gdzie pojawiło się teraz znacznie więcej pojazdów. Po drugiej stronie drogi jest las przylegający do dawnego domu Billy'ego. Tam właśnie pies wyczuł trop. Tam właśnie ją odnajdą.

# Rozdział czterdziesty pierwszy

Lizzie DiPalma wyłoniła się z ziemi we fragmentach. Tu kość łódeczkowata, tam kość skokowa. Po dwudziestu latach w płytkim grobie ciało odeszło od kości, ale po odkopaniu czaszki Maura nie miała wątpliwości co do tożsamości ofiary. Trzymając ją na dłoni, oczyściła z ziemi górną szczękę i spojrzała na Jane.

– To czaszka małego dziecka. Na podstawie częściowo wyrżniętych bocznych siekaczy oceniam wiek na osiem, dziewięć lat.

– Lizzie miała dziewięć lat – odparła Jane.

Maura położyła delikatnie czaszkę na płachcie i otrzepała z ziemi dłonie w rękawiczkach.

– Chyba ją znaleźliśmy – powiedziała.

Przez chwilę stały w milczeniu, patrząc na odkopany grób. Miał niecałe trzydzieści centymetrów głębokości, dlatego pies nawet po dwudziestu latach zdołał złapać trop. Dwoje dzieci mogło z pewnością wykopać taki płytki grób, a w wieku jedenastu lat Billy Sullivan był dość duży i dość silny, by posługiwać się łopatą.

Dość silny, żeby zabić dziewięcioletnią dziewczynkę.

Maura wytarła dokładniej czaszkę z ziemi, odsłaniając złamaną lewą kość skroniową. Ten uraz nie mógł być skutkiem przypadkowego uderzenia; cios został zadany z całej siły, w bok głowy, najprawdopodobniej w momencie, gdy leżała na ziemi. Wyobraziła sobie kolejność zdarzeń: dziewczynka pchnięta na ziemię, chłopiec podnoszący kamień i uderzający ją w głowę. Kamień jest najstarszą bronią pod słońcem, pamięta czasy pierwszego morderstwa. Czasy Kaina i Abla.

– Holly pomogła mu to zrobić. Wiem o tym – powiedziała Jane.

– Tylko jak to udowodnisz?

– To właśnie doprowadza mnie do szału. Nie potrafię tego udowodnić. Jeśli wezwiemy na świadka Everetta Prescotta, obrona stwierdzi, że to są domniemania. Gorzej: że to są domniemania oparte na wizjach wywołanych ketaminą. Kiedy do niej poszedł, miał założony podsłuch, ale wtedy też nie powiedziała nic obciążającego. Jest zbyt sprytna, żeby coś chlapnąć, dlatego nie mamy nic, co wiązałoby ją z tym zabójstwem.

– Kiedy to się wydarzyło, miała tylko dziesięć lat. Czy naprawdę może być za to odpowiedzialna?

– Pomogła zabić tę dziewczynkę. No dobrze, może to było przed dwudziestoma laty i sama była wtedy dzieckiem, ale wiesz co? Nie sądzę, żeby ludzie się zmieniali. Jest taką samą osobą, jaką była wtedy. Wąż nie zmienia się w słodkiego króliczka. Ona nadal jest wężem i nadal będzie kąsać. Chyba że ktoś ją powstrzyma.

– To nie stanie się tym razem.

– Nie, tym razem ujdzie jej to na sucho. Ale oddaliśmy przynajmniej jakąś sprawiedliwość Martinowi Stankowi, chociaż bardzo się z tym spóźniliśmy. Bonnie Sandridge z pewnością zadba o to, by cały świat dowiedział się, że Martin był niewinny. – Jane spojrzała na stojący za drzewami dom Earla Devine'a. – Nie masz czasami wrażenia, że jesteśmy osaczeni? Przez bestie w rodzaju Holly Devine i Billy'ego Sullivana? Jeśli dojdą do wniosku, że ujdzie im to na sucho, bez najmniejszego wahania poderżną ci gardło.

– I w tym momencie zaczyna się twoja rola, Jane. Dbasz o bezpieczeństwo innych.

– Problem polega na tym, że na świecie jest o wiele za dużo takich jak Holly Devine i za mało takich jak ja.

– Przynajmniej udało ci się tego dokonać. – Maura popatrzyła na czaszkę Lizzie DiPalmy. – Znalazłaś ją.

– Teraz może w końcu wrócić do domu. Do swojej matki.

To miał być smutny powrót, ale jednak powrót. Jeden z kilku, do których doszło podczas tego śledztwa. Arlene DiPalma miała wkrótce odzyskać zaginioną córkę. Angela Rizzoli była z powrotem z Vince'em Korsakiem. Barry Frost związał się ponownie – na dobre lub na złe – ze swoją byłą żoną Alice.

A Daniel wrócił do Maury.

Tak naprawdę nigdy jej nie opuścił. To ona od niego odeszła, ona uznała, że prawdziwe szczęście może zrodzić się wyłącznie wtedy, kiedy wykorzenia się to, co niedoskonałe – tak jakby odcinało się zgangrenowaną kończynę. Ale w życiu nic nie jest doskonałe, z całą pewnością nie miłość.

I Maura nigdy nie wątpiła, że Daniel ją kocha. Kiedyś gotów był dla niej umrzeć. Czy może być większy dowód miłości?

Zapadł już zmierzch, kiedy Maura wróciła do siebie z miejsca przestępstwa. W jej domu paliły się światła, jasne okna zapraszały do środka. Samochód Daniela stał na podjeździe, kolejny raz w widocznym miejscu, gdzie wszyscy mogli go zobaczyć. Na tyle się posunęli: żeby nie dbać o to, co ludzie pomyślą o ich związku. Próbowała bez niego żyć, wierzyła, że może żyć dalej i że miłość jest tylko jedną z opcji. Wydawało jej się, że rezygnując z czegoś, zyska szczęście, lecz prawdę mówiąc, zapomniała, jak ono smakuje.

Widząc palące się w domu światła i samochód na podjeździe, przypomniała to sobie.

*Jestem gotowa znów być szczęśliwa. Z tobą.*

Wysiadła z auta i z uśmiechem pokonała drogę od mroku do światła.

# Rozdział czterdziesty drugi

Taki jest po prostu świat.

Są ludzie tacy jak ja, i tacy, którzy uważają mnie za kogoś złego, bo w przeciwieństwie do nich nie płaczę na smutnych filmach, na pogrzebach i kiedy śpiewają *Auld Lang Syne*. Ale w duszy każdego sentymentalnego mazgaja tkwi czarny embrion tego, kim jestem, embrion bezwzględnego oportunisty. To on zmienia dobrych żołnierzy w katów, sąsiadów w donosicieli, bankierów w złodziei. Oczywiście każdy temu zaprzeczy. Wszyscy uważają, że są bardziej ludzcy ode mnie tylko dlatego, że oni ronią łzy, a ja nie.

Chyba że muszę.

Z całą pewnością nie płaczę teraz, stojąc w miejscu, gdzie znaleziono ciało Lizzie. Minął już tydzień, odkąd policja spakowała swój sprzęt i wyniosła się stąd, i choć nadal wyraźnie widać, że prowadzono tu poszukiwania – gleba jest wzruszona, a na gałęzi wisi jasny kawałek policyjnej taśmy – w końcu wszystko wróci do normy. Liście spadną z drzew i przykryją ziemię, która jest w tej chwili goła. Wyrosną z niej samosiejki, rozrosną się korzenie i za parę lat, jeśli nikt nie będzie się wtrącał, to miejsce będzie wyglądało tak samo jak reszta lasu.

Tak jak wyglądało dwadzieścia lat temu, kiedy stałam tu razem z Billym.

Pamiętam ten październikowy dzień, to, jak powietrze pachniało drzewnym dymem i mokrymi liśćmi. Billy przyniósł procę i próbował ustrzelić ptaka, wiewiórkę, jakiekolwiek stworzenie, które miało pecha wejść mu w drogę. Nie udało mu się ani razu trafić, więc był wściekły i spragniony krwi. Przywykłam do jego humorów, wiedziałam, że sfrustrowany potrafi się odwinąć jak kobra, ale nie bałam się go, bo w jego oczach rozpoznawałam samą siebie.

To, co we mnie najgorsze.

Strzelił właśnie z procy do kolejnego pierzastego celu i kolejny raz chybił, i nagle zobaczyliśmy na drodze Lizzie, która prowadziła rower. Miała na sobie różowy sweter i wełnianą czapkę z naszytymi błyszczącymi koralikami, tę kupioną w Paryżu podczas rodzinnych wakacji. Jaka dumna była z tej czapki! W poprzednim tygodniu codziennie wkładała ją do szkoły, a ja gapiłam się na nią podczas lunchu, rozpaczliwie pragnąc mieć taką samą. Pragnąc być podobna do Lizzie, takiej jasnowłosej, takiej ładnej, tak łatwo się ze wszystkimi zaprzyjaźniającej. Wiedziałam, że matka nigdy nie kupi mi czegoś tak fajnego, bo zwróciłoby to na mnie niepożądaną uwagę chłopców i zrobiliby mi to, co matce zrobił wujek. „Próżność to grzech, Holly. Podobnie jak zawiść. Ucz się nad nimi panować". Ta kolorowa czapka tkwiła teraz na ślicznej główce Lizzie, która jeszcze nas nie dostrzegła i prowadząc rower, śpiewała tak głośno, jakby słuchał jej cały świat.

Billy strzelił z procy.

Kamyk trafił Lizzie w policzek. Krzyknęła głośno i obróciła się na pięcie, wypatrując sprawcy. Natychmiast nas zauważyła. Rzuciła rower na drogę i ruszyła przez zarośla w naszą stronę.

– Teraz się doigrałeś, Billy Sullivan! Naprawdę się doigrałeś!

Billy wziął do ręki kolejny kamyk i napiął procę.

– Nikomu nie powiesz – odparł.

– Powiem wszystkim! I tym razem gorzko tego...

Drugi kamyk trafił ją w łuk brwiowy. Osunęła się na kolana, czapka spadła jej z głowy. Ale choć krew zalała jej oczy, nadal ożywiała ją wola walki. Nadal nie zamierzała odpuścić Billy'emu. Złapała grudę ziemi i cisnęła nią w jego stronę.

Pamiętam, jak Billy zawył, kiedy gruda trafiła go w twarz. Pamiętam dreszcz, który poczułam, kiedy wybuchnął gniewem, i pamiętam odgłos pięści uderzającej w ciało. Chwilę później oboje leżeli na ziemi, Billy na górze, a Lizzie pod nim, głośno krzycząc.

W tym momencie interesowała mnie tylko jej czapka, więc podbiegłam, żeby podnieść ją z ziemi. Była cięższa, niż sądziłam, bo przyszyto do niej mnóstwo koralików. Kilka kropel krwi zabrudziło wełnę, ale mogłam je zmyć. Mama pokazała mi, jak łatwo zmyć zimną wodą krew z pościeli. Włożyłam czapkę na głowę i obróciłam się, żeby pokazać swój łup Billy'emu.

Stał nad ciałem Lizzie.

– Zbudź się – rozkazał, kopiąc ją butem. – Zbudź się.

Spojrzałam na jej rozbitą głowę. Na krew, która płynęła na ziemię po jej włosach.

– Co jej zrobiłeś?

– Chciała na nas naskarżyć. Chciała ściągnąć na nas kłopoty, ale już jej się to nie uda. – Billy podał mi zaplamiony krwią kamień wielkości pięści, który trzymał w ręce. – Teraz twoja kolej – powiedział.

– Na co?

– Uderz ją!

– A jeśli nie mam ochoty?

– Wtedy nie będziesz mogła zachować tej czapki. I nie będę się z tobą przyjaźnił.

Stałam, ściskając w ręce kamień, i próbowałam dokonać wyboru. Czapka wydawała się taka fajna, tak dobrze leżała mi na głowie. Nie chciałam jej oddawać. Zresztą Lizzie i tak wydawała się martwa. Jedno uderzenie więcej nie zrobi różnicy.

– Zrób to – nalegał Billy. – Nikt nigdy się nie dowie.

– Ona się w ogóle nie rusza.

– Nieważne. Uderz ją. – Nachylił się do mnie bardziej. – Nie chcesz wiedzieć, co się przy tym czuje? – szepnął mi do ucha.

Spojrzałam na głowę Lizzie. Była tak mocno zakrwawiona, że nie widziałam, czy ma otwarte, czy zamknięte oczy. Jakie to miało znaczenie, czy ją teraz uderzę?

– To łatwe – nalegał Billy. – Jeśli chcesz się ze mną przyjaźnić, po prostu to zrób.

Ukucnęłam nad Lizzie i kiedy podniosłam kamień, przeszedł mnie dreszcz. Miałam poczucie, że mogę zrobić wszystko, być kimkolwiek chcę. Decydowałam o życiu i śmierci.

Uderzyłam Lizzie w skroń.

– Nieźle – pochwalił mnie Billy. – To będzie nasz sekret. Musisz teraz obiecać, że nikomu o tym nie powiesz. Nigdy.

Obiecałam.

Resztę popołudnia zajęło nam zakopanie Lizzie w lesie. Kiedy skończyliśmy, byłam podrapana przez krzaki jeżyn i miałam sińce po tym, jak się przewróciłam. Nagrodą za moje trudy była czapka ze srebrnymi koralikami, którą schowałam do plecaka, żeby nie zobaczyła jej mama. Tego wieczoru, po zmyciu krwi, przymierzyłam ją i przejrzałam się w lustrze. Na głowie Lizzie koraliki lśniły niczym brylanty, podkreślając krystaliczny błękit jej oczu. Oczy, które zobaczyłam w lustrze, nie były ani krystalicznie błękitne, ani odmienione. Zobaczyłam po prostu siebie w wełnianej czapce, która straciła cały urok, jaki w niej widziałam.

Wcisnęłam czapkę do plecaka i szybko o niej zapomniałam.

Aż do poniedziałku.

Wszyscy wiedzieli już wtedy o zaginięciu Lizzie DiPalmy. Wychowawczyni naszej piątej klasy, pani Keller, powiedziała, żebyśmy uważali, bo „w okolicy może grasować zły pan". Przy lunchu uczennice opowiadały sobie szeptem, co porywacze robią małym dziewczynkom. Wiele dzieci, trzymanych pod kloszem przez rodziców, nie przyszło tego dnia do szkoły i po południu tylko pięcioro nas pojechało autobusem do Apple Tree. Po drodze nikt się nie odzywał. W tej dziwnej ciszy hałas, z jakim mój plecak spadł z siedzenia na podłogę, wydał się bardzo głośny. Nie zapięłam go dobrze i wszystko się z niego wysypało. Moje książki. Moje ołówki.

I czapka Lizzie.

Pierwsza zauważyła ją Cassandra Coyle.

— To czapka Lizzie! — zawołała, wskazując leżący w przejściu zwitek wełny i koralików.

Złapałam czapkę i wsadziłam z powrotem do plecaka.

– Jest moja.

– Nieprawda! Wszyscy wiedzą, że to czapka Lizzie!

Timmy i Sarah zwrócili na nas uwagę i przysłuchiwali się rozmowie.

– Skąd wzięłaś tę czapkę? – chciała wiedzieć Cassandra.

Pamiętam, że cała czwórka bacznie mi się przyglądała. Cassandra, Sarah, Timmy i Billy. W oczach Billy'ego zobaczyłam niemą groźbę. Nie zdradź sekretu. Nikomu nie zdradź sekretu.

– Tam ją znalazłam – powiedziałam, wskazując tył autobusu. – Była wciśnięta między siedzenia.

W ten sposób podejrzenia padły na Martina Stanka, który zabierał nas sumiennie każdego popołudnia ze szkoły podstawowej Billson do ośrodka Apple Tree.

Tak powstaje akt oskarżenia. Na podstawie słów dziecka oraz czapki należącej do zaginionej dziewczynki. Kiedy ktoś wygląda na winnego, wszyscy uznają, że jest winny, i coś takiego przytrafiło się Martinowi Stankowi, dwudziestodwuletniemu kierowcy autobusu. W ślad za nim oskarżono jego matkę i ojca, bo, zdaniem wszystkich, musieli brać udział w spisku i ponosili taką samą winę.

Kiedy pokazałam lekarzowi skaleczenia i sińce, jakich nabawiłam się, zakopując Lizzie w lesie, nietrudno było rzucić na nich podejrzenia. A kiedy dołączył do mnie Billy ze swoimi oskarżeniami, los Stanków został przypieczętowany. Rodziły się i rozwijały kolejne opowieści. Jeśli będziecie prosić dziecko, żeby przypomniało sobie jakieś wydarzenie, w końcu je sobie przypomni. W ten sposób budowano akt oskarżenia, opierając go na coraz bardziej niesamowitych relacjach.

Jednak prawda jest taka, że wszystko zaczęło się od czapki, którą koniecznie chciałam mieć. Czapki, która pojawiła się później jako wskazówka w filmowym horrorze Cassandry Coyle. Cassandra połączyła elementy układanki i zdała sobie sprawę, że to, co wszyscy sądzili o zaginięciu Lizzie, nie ma nic wspólnego z prawdą. Prawdą było to, co zachowała w pamięci przez dwadzieścia lat. Obraz tego, jak stoję w autobusie i trzymam w ręce czapkę, która do mnie nie należy.

Patrzę na drzewa, na których pojawiają się wiosenne pąki i zielenią gałęzie. Cała reszta już nie żyje, ale ja przetrwałam. Tylko ja jedna wiem, jak naprawdę zginęła Lizzie DiPalma.

Chociaż nie, nie jestem jedyna. Detektyw Rizzoli domyśliła się częściowo prawdy, lecz nie jest w stanie jej udowodnić. I nigdy nie będzie.

Wie, że jestem winna, i będzie mnie obserwować. Dlatego na razie muszę zachowywać pozory. Muszę udawać grzeczną dziewczynkę, która nie oszukuje i nie kradnie, przechodzi zawsze na zielonym świetle i płaci regularnie podatki. Muszę być kimś, kim nie jestem. Ale to też kiedyś minie.

Jestem, kim jestem, i nikt nie będzie mnie obserwował w nieskończoność.

# Podziękowania

Moja matka, imigrantka z Chin, niezbyt dobrze opanowała język angielski, ale rozumiała – i uwielbiała – amerykańskie horrory. Odziedziczyłam po niej upodobanie do tego gatunku i w dzieciństwie przez wiele godzin piszczałam z uciechy, oglądając wielokrotnie swoje ulubione horrory, wśród których byli *Oni, Coś* i *Inwazja porywaczy ciał*. Kiedy mogłam w końcu napisać i wyprodukować własny film fabularny, był to oczywiście horror. Przy pisaniu *Sekretu, którego nie zdradzę* zainspirowały mnie częściowo własne doświadczenia przy kręceniu *Island Zero* i dziękuję Mariah Klapatch, Joshowi Gerritsenowi, Markowi Farneyowi, mojemu mężowi Jacobowi, a także całej obsadzie i ekipie, że wzięli udział w tej przygodzie. Wylaliśmy hektolitry sztucznej krwi, spaliliśmy (z premedytacją) dom, zarywaliśmy noce i wypiliśmy o wiele za dużo piwa, ale słuchajcie, kochani – udało nam się nakręcić film! I to, co napisałam o fanach horrorów, jest w stu procentach prawdą. Jesteśmy jedną wielką rodziną. Nie jesteśmy wcale tacy straszni. Wierzcie mi.

Dziękuję także wszystkim, którzy przyczynili się do wydania tej książki: niezrównanej ekipie z agencji literackiej Jane

Rotrosen, moim redaktorkom Karze Cesare (USA) i Frankie Gray (Wielka Brytania) oraz Kim Hovey, Larry'emu Finlayowi, Dennisowi Ambrose'owi i jego zespołowi redaktorów (nadal wpędzacie mnie w kompleksy), a także moim niezmordowanym agentkom po obu stronach Wielkiej Wody: Sharon Propson i Alison Barrow. Praca z wami wszystkimi była zaszczytem.

*Polecamy powieść Tess Gerritsen*

# IGRAJĄC Z OGNIEM

W małym rzymskim antykwariacie skrzypaczka Julia Ansdell trafia na nuty niezwykłego walca. Po powrocie do Bostonu, urzeczona nieznaną, pełną pasji kompozycją, postanawia udostępnić ją słuchaczom. Ale kiedy próbuje wydobyć ze strun właściwe brzmienie utworu, z jej trzyletnią córeczką dzieje się coś dziwnego.

Czy istnieje jakiś związek między mrocznym walcem a atakami agresji dziewczynki? Wszystkie racjonalnie myślące osoby w otoczeniu Julii absolutnie w to nie wierzą. Ona jest jednak przekonana, że coś się za tym kryje, i kiedy jej uporządkowane życie zaczyna się walić, nie pozostaje jej nic innego, niż wrócić do Włoch i prześledzić historię nut.

Bo tam to się zaczęło, przed laty, w Wenecji, gdzie marzenia młodego żydowskiego skrzypka o karierze i miłości zderzają się z brutalną rzeczywistością rządów Mussoliniego.